LE PROTECTEUR

DU MÊME AUTEUR

RAMBO, *la mission,* Presses de la Cité, 1985.
LA FRATERNITÉ DE LA ROSE, Laffont, 1986 ; LGF, 1990.
TOTEM, Le Rocher, 1987.
LES CONJURÉS DE LA PIERRE, Laffont, 1987 ; LGF, 1991.
LE JEU DES OMBRES, Laffont, 1989 ; LGF, 1991.
LA CINQUIÈME PROFESSION, Stock, 1991 ; LGF, 1992.
LES CONJURÉS DE LA FLAMME, LGF, 1993.
IN EXTREMIS, collection « Grand Format », Grasset, 1995.
DÉMENTI FORMEL, collection « Grand Format », Grasset, 1996.
DOUBLE IMAGE, collection « Grand Format », Grasset, 2000.
LE CONTRAT SIENNA, collection « Grand Format », Grasset, 2001.
DISPARITION FATALE, collection « Grand Format », Grasset, 2002.

DAVID MORRELL

LE PROTECTEUR

roman

*Traduit de l'américain
par*
Florianne Vidal

BERNARD GRASSET
PARIS

L'édition originale de cet ouvrage a été publiée par Warner Books, en 2003, sous le titre

THE PROTECTOR

© 2003, by David Morrell, pour l'édition originale.
© Éditions Grasset & Fasquelle, 2005, pour la traduction française.

*A Henry Morrison, mon agent depuis 1968,
toute une vie ou presque.
Je te remercie du fond du cœur pour ton amitié
et tes précieux conseils.*

Remerciements

La plupart des trucs de métier qui m'ont permis d'écrire Le Protecteur *n'ont jamais figuré dans aucune fiction jusqu'à ce jour. Je les ai appris des professionnels des activités à hauts risques qui ont bien voulu me les enseigner. Les utilisations tactiques du chatterton, des plombs de pêche, des peaux de chamois et des cartouches de fusil cisaillées ne sont que quelques exemples parmi d'autres de leur savoir. Je remercie donc :*

Linton Jordhal, ancien US marshal. Le US Marshals Service figure, avec le Secret Service et le Diplomatic Security Service, au premier rang des unités de protection du gouvernement des Etats-Unis.

Don Rosche et Bruce Reichel, formateurs au centre Bill Scott Raceway's Executive Security Driver Training. De nombreuses agences gouvernementales américaines, dont le Diplomatic Security Service, ont recours au BSR pour former leur personnel aux techniques de conduite automobile antiterroristes défensives et offensives. Pour ne pas encourager mes lecteurs à commettre des infractions, j'ai volontairement omis un important détail dans la scène où j'explique comment allumer un moteur sans clé de contact.

Le lieutenant Dave Spaulding du commissariat de Montgomery dans l'Ohio. Le service du lieutenant Spaulding a contribué à assurer la sécurité lors de la signature des accords de Dayton en 1995 (pour la paix en Bosnie). C'est l'un des meilleurs instructeurs d'Amérique dans le domaine des armes à feu. Il est l'auteur de Handgun Combatives et Defensive Living coécrit avec Ed Lovette, un officier de renseignement de la CIA, aujourd'hui à la retraite.

Karl Sokol, maître-armurier. On ne compte pas les militaires et policiers qui doivent la vie à l'une de ses armes modifiées. Les perfectionnements apportés au Sig Sauer 225 du « protecteur » sont la base de son métier.

Ernest Emerson. Non seulement M. Emerson est l'un des meilleurs fabricants de couteaux tactiques (son CQC-7 joue un rôle non négligeable dans ce roman), mais il enseigne également le combat à l'arme blanche et collabore avec diverses unités d'élite militaires et policières.

Marcus Wynne a servi dans la 82e unité parachutiste. Ancien général de corps aérien, il s'est rendu célèbre en tant qu'écrivain de thrillers. Je citerai entre autres No Other Option et Warrior in the Shadows. Je l'ai connu jeune étudiant, à l'université de l'Iowa où j'enseignais la littérature. Quelques années plus tard, il m'a rendu la politesse en m'initiant au redoutable univers des agents de terrain.

Dan « Rock » Myers, ancien membre des Opérations spéciales US/renseignements militaires et ancien officier travaillant sous contrat pour le Diplomatic Security Service.

Le Protecteur évoque également une profession moins risquée, celle de Jake Eagle et de ses collègues du NLP Santa Fe, formateurs en programmation neuro-linguistique. Voilà quelques années, lorsque j'ai appris que la CIA et d'autres services de renseignement, ainsi que certaines unités militaires d'élite, avaient recours à la PNL dans leur entraînement, j'ai décidé d'étudier cette technique.

Toutes ces personnes m'ont fourni les précisions indispensables à l'écriture de ce roman. Si j'ai mal restitué certains de leurs enseignements (des détails trop précis, je le répète, risquant d'encourager à commettre des infractions), j'en porte toute la responsabilité.

David Morrell
Santa Fe, Nouveau-Mexique

Aucune passion ne prive aussi radicalement l'esprit de ses facultés d'agir et de raisonner que la peur.

EDMUND BURKE,
Du beau et du sublime

PROLOGUE

État d'urgence

1

LA BRIGADE ANTI-ÉMEUTES
DISPERSE LES MANIFESTANTS

St. Louis, Missouri, 14 avril (A.P.) – Les autorités prévoyaient un troisième jour d'émeutes. Il s'est achevé ce matin, lorsque deux mille policiers munis de gilets pare-balles ont dispersé quelque dix mille manifestants à coups de matraques, bombes au gaz poivre et grenades lacrymogènes. Les émeutes qui ont perturbé la conférence de l'Organisation mondiale du commerce avaient transformé le centre-ville de St. Louis en un véritable champ de bataille. Les incendies et autres actes de vandalisme ont causé des dégâts dont le coût s'élèverait à 15 millions de dollars.

Les activistes prétendent que l'OMC ferme les yeux sur les abus commis au détriment de l'environnement et des travailleurs des pays sous-développés. Bien que les autorités de St. Louis aient tiré de précieux enseignements des manifestations qui se sont déroulées à Seattle voilà quatre ans, les forces de l'ordre se sont quand même trouvées débordées. « Nous avons passé six mois à nous préparer », a déclaré le chef de la police Edward Gaines, lors d'une conférence de presse. « Mais ces anarchistes sont encore plus organisés que ceux de Seattle. Dieu merci, nous en sommes venus à bout. »

2

« *Anarchistes* ». Le directeur de la cellule de réflexion soupesa le mot. « Bien vu !
— C'est Al qui a suggéré au chef de la police de glisser ce terme dans sa déclaration, précisa le général de l'armée de terre.
— Mais le chef de la police ignore ce qu'il en est réellement. Une opération parfaitement réussie », déclara l'analyste militaire.

Deux lieutenants-colonels et une grande femme tout en muscles se joignirent au groupe. La prénommée « Al » (diminutif d'Alicia), dont le général venait de parler, portait une combinaison pantalon kaki semblable à un uniforme. Elle s'installa avec les autres dans le salon lambrissé de bois sombre, leurs fauteuils profonds disposés devant un grand écran sur lequel un projecteur placé en hauteur diffusait la cassette des derniers événements.

Ils venaient de visionner le reportage tourné par NBC et, à présent, se concentraient sur un résumé de celui de CNN. Les séquences initiales étaient consacrées au premier jour des émeutes. On voyait la foule des manifestants se répandre sur l'ensemble du secteur compris entre le Busch Stadium, la Cour fédérale et l'immense America's Center où l'Organisation mondiale du commerce tenait sa conférence. A la tombée de la nuit, le centre de St. Louis était paralysé. Sur l'écran, des bandes de casseurs s'en prenaient à toutes les vitrines qu'ils trouvaient sur leur chemin, retournaient les voitures avant d'y mettre le feu. Les flammes se reflétaient sur les trottoirs jonchés d'éclats de verre.

Dans les séquences tournées le deuxième jour, des manifestants en plus grand nombre encombraient les rues, brisant tout ce qui leur tombait sous la main. Ensuite, le petit groupe d'officiels eut droit à la conférence de presse du maire. Il y déclarait l'état d'urgence et demandait à ses administrés d'éviter le centre-ville.

Le troisième jour, grâce à d'importants renforts policiers et aux soldats de l'armée et de la Garde nationale appelés à la rescousse, les forces de l'ordre contre-attaquèrent. On les voyait lancer des grenades lacrymogènes pour endiguer le flot des manifestants et le repousser le long de Market, Chestnut et d'autres rues menant au Memorial Park. Rassemblée dans le parc entourant Gateway Arch, la foule des protestataires se mit à piétiner les nombreuses tentes qu'ils avaient eux-mêmes dressées.

On entendait un reporter commenter fiévreusement l'action tandis qu'une caméra embarquée à bord d'un hélicoptère filmait les émeutiers battant en retraite. Les policiers, eux, avançaient inexorablement sous les jets de pierres et de bouteilles. On apercevait dans un coin un jeune homme tenant une bouteille d'essence d'où dépassait un bout de chiffon. Quand il l'enflamma et la jeta, il y eut un rapide mouvement de caméra dans sa direction, une fraction de seconde avant l'explosion. Avec leurs masques à gaz, leurs casques, leurs boucliers et leurs gilets pare-balles, les membres des forces de l'ordre ressemblaient à une « armée de Robocops », déclara le reporter essoufflé. Ignorant les projectiles et l'essence enflammée, la police continuait à balancer des grenades lacrymogènes. Il y avait tellement de fumée autour des émeutiers qu'on les voyait à peine.

La scène suivante était filmée par une caméra installée à bord d'une barge flottant sur le Mississippi. Les manifestants émergèrent du brouillard en titubant, pliés en deux par la toux. Leur colère semblait avoir soudain fait place à la peur. Des policiers équipés de masques à gaz surgirent et, à grands coups de matraques et de boucliers, repoussèrent encore davantage la foule réduite à l'impuissance. A demi asphyxiés, les manifestants pris de panique reculèrent tant bien que mal vers leur dernier, leur seul refuge : le Mississippi. Par milliers, ils tombèrent dans le fleuve en faisant des efforts désespérés pour ne pas couler.

Pendant ce temps, les silhouettes sombres des policiers se regroupaient le long de la rive et restaient plantées là, à monter la garde.

« Je suis sûr que vous avez remarqué l'homme qui a lancé le cocktail Molotov, intervint le général. Selon certains commentateurs indépendants, il ferait partie d'un groupe d'agitateurs. La thèse officielle est la suivante : les corporations dont la politique est aujourd'hui mise en danger ont payé des casseurs pour semer le trouble et la violence. La police a contre-attaqué et les manifestants pacifiques n'ont eu d'autre choix que de se transformer eux-mêmes en casseurs, ce qui a discrédité leur cause.

— Un complot. » Le directeur de la cellule de réflexion poussa un soupir. « La théorie du complot, ce truc-là marche à tous les coups. En l'occurrence, il y a bien eu complot. Mais pas celui qu'ils imaginent. »

Le général hocha la tête. « En plus, tout le monde a suivi l'affaire à la télévision. Sur toutes les chaînes. Ça s'est passé juste sous leurs yeux. Et personne n'a rien remarqué.

— Je vous l'ai dit – l'analyste militaire adressa un geste de félicitations aux quatre hommes et femme assis près de lui – c'est une opération parfaitement réussie. »

3

DES RANGERS TROUVENT LA MORT LORS D'UNE MISSION D'ENTRAÎNEMENT

CAMP RUDDER, Floride, 24 avril (A.P.) – Le commandant de Camp Rudder, quartier général du Sixième Bataillon de Rangers, confirme que quinze soldats se sont noyés dans un marécage voilà deux jours, au cours d'un exercice d'entraînement nocturne. Nous avons attendu que les familles des victimes soient prévenues pour diffuser la nouvelle, a-t-il déclaré.

« A l'heure actuelle, nous tentons encore de déterminer ce qui s'est passé, a précisé le lieutenant-colonel Robert Boland. Nos troupes connaissent bien ce secteur puisqu'elles s'y entraînent fréquemment. D'ailleurs, nous n'avons presque jamais rencontré de problèmes. Il est vrai que cette nuit-là était particulièrement froide pour la saison et que les pluies récentes avaient fait monter le niveau de l'eau au-delà des seuils habituels. Mais ces hommes étaient des Rangers. A ce stade de leur formation, ils étaient capables d'endurer des conditions bien plus pénibles. Nous savons seulement qu'ils n'ont pas établi de contact radio au moment où ils étaient censés le faire. »

4

Le marécage est mon ami, se répétait Braddock.

Son M-16 levé au-dessus de la tête, de l'eau jusqu'à la poitrine, il avançait péniblement à cause de la boue qui aspirait ses bottes, tout en psalmodiant le mantra que ses instructeurs lui avaient enfoncé dans le crâne voilà plusieurs années déjà, à l'époque où il s'était engagé dans les Rangers.

Le marécage est mon ami.

Braddock avait baroudé un peu partout depuis. Il s'était battu à la Grenade, au Panamá, en Irak, en Afghanistan, et avait participé à d'innombrables missions secrètes, souvent en pleine jungle. Aujourd'hui, c'était lui l'instructeur et pendant qu'il fendait les ténèbres, légèrement courbé pour compenser les soixante livres de son paquetage, il se prenait à espérer que tous les hommes de son escouade répétaient eux aussi cette petite phrase lancinante : « Le marécage est mon ami. »

Les alligators sont mes amis.

Les serpents sont mes amis.
Ne pense pas.
Contente-toi de réciter ce mantra et d'y croire.

Ignorant délibérément la chose – sans doute une grosse branche – qui venait de lui glisser entre les jambes, il rétablit l'équilibre et se concentra sur les mots salvateurs en priant pour que ses hommes en fassent autant.

Cela faisait trois heures qu'ils pataugeaient dans ce marécage dont ils ne verraient le bout que dans deux longues heures. Vous avez parcouru plus de la moitié du chemin. Braddock aurait aimé les rassurer mais n'en avait pas le droit. Cet exercice d'entraînement était soumis à une consigne stricte : le silence absolu. Même les messages radio qu'ils envoyaient toutes les trente minutes à l'autre escouade patrouillant quatre cents mètres plus loin s'effectuaient dans le plus grand silence, les pulsations électroniques remplaçant les paroles. Et pour accroître le handicap, on ne leur avait pas fourni de lunettes de vision nocturne, partant du principe que cet équipement sophistiqué était un luxe dont ils devraient se passer.

L'obscurité est mon amie.

On avait choisi cette nuit-là parce qu'il n'y avait pas de lune. Par-dessus le marché, d'épais nuages de traîne, vestiges de la tempête de la veille, masquaient les étoiles. Des squelettes d'arbres morts se dressaient dans la pénombre, gris sur noir, et pour trouver son chemin, Braddock devait se contenter des infimes gradations situées tout en bas du spectre. Les conditions de visibilité étaient telles que les rayures vertes et noires du camouflage couvrant leurs visages auraient pu sembler superflues, mais Braddock avait ordonné à ses hommes d'envisager toutes les éventualités, leur précisant que même au cours d'une mission nocturne, la graisse de camouflage était une précaution obligatoire.

Son uniforme détrempé lui collait aux jambes, aux hanches, à la poitrine. Il vit une petite lueur vaciller au-dessus de l'eau au moment où le soldat envoyé en éclaireur consulta son compas lumineux et changea de direction, suivi de ses camarades. Braddock serait obligé de le sanctionner pour ce geste malheureux. Soit le confiner dans son baraquement soit le faire crapahuter quelques kilomètres de plus. Je n'aurais pas dû voir la lumière du compas, pensa-t-il. Si jamais un sniper avait traîné dans le coin, il l'aurait repérée, lui aussi.

Il avait eu beau s'asperger de répulsif, les moustiques se posaient quand même sur son visage pour lui sucer le sang. Les démangeaisons le rendaient dingue. Il décida de ne pas y prêter attention. Les insectes sont mes amis.

Il frissonna.

Ce réflexe nerveux le troubla. Braddock était habitué à des conditions bien plus terribles et angoissantes. Je ne vais quand même pas perdre mon sang-froid pour si peu, se dit-il, agacé.

Une nappe de brouillard grise dérivait vers lui ; bientôt une odeur âcre lui monta aux narines. Tout à coup, l'eau lui parut plus froide ; il frissonna encore plus violemment. Mais peu lui importaient ses jambes engourdies, son torse contracté. Il avait d'autres priorités.

Ça ne va pas tarder, pensa Braddock.

Son sens du timing était parfait. Au-dessus d'eux, des lumières jaillirent, auréolées de fumée. Leur éclat transperça les ténèbres. Stupéfaits, ses hommes fixèrent les fusées qui descendaient en se reflétant sur l'eau frangée d'écume. Braddock savait ce qui se passait mais avait reçu l'ordre de n'en rien dire à ses hommes.

Anticipe.

Ne te laisse jamais surprendre.

Le but de l'exercice consistait à soumettre son unité à une menace inattendue survenant dans un contexte déjà éprouvant pour les nerfs. Soudain, trois avions de chasse passèrent au-dessus des arbres, à une telle vitesse qu'on n'entendit leur fracas assourdissant que quelques secondes après. Grâce au transmetteur de position électronique waterproof que Braddock portait, les pilotes savaient où ne pas bombarder. Ils lancèrent leurs roquettes et mitraillèrent le marais avec des balles traçantes de 50 mm. Deux cents mètres devant eux, un déluge de feu déchira la nuit.

« Nom de Dieu ! », s'exclama quelqu'un.

Non ! hurla Braddock en lui-même. *Tu n'as pas le droit de parler !*

« Mais qu'est-ce que..., s'affola un autre. Ils savent pas qu'on est là ? »

Braddock fendit l'eau, rejoignit le soldat qui venait de s'exprimer et le foudroya du regard. Ferme-la, intimaient les yeux de l'officier.

La fumée dérivait vers eux. L'air empestait tellement la cordite et la pourriture que Braddock en eut des haut-le-cœur.

« Putain, ces roquettes ont bien failli nous avoir », s'écria un troisième.

A grand renfort d'éclaboussures, Braddock courut vers ses hommes et, d'un regard, leur ordonna de se taire. Bordel, gardez votre sang-froid. Respectez les consignes, voulait-il leur hurler.

On aurait dit que la température de l'eau ne cessait de baisser. De nouveau, une chose molle effleura le flanc gauche de Braddock ; un frisson irrépressible l'agita. Son cœur s'emballa. Son souffle se fit plus court.

« Personne n'a jamais parlé de *roquettes* », lâcha un quatrième, d'une voix chevrotante.

Furieux, Braddock se précipita vers lui puis s'immobilisa au moment où les fusées touchèrent l'eau en sifflant. Un épais brouillard s'éleva ; l'obscurité recouvrit tout. Braddock tremblait si fort que ses dents claquaient.

En même temps, une chaleur intense se répandait dans son ventre, une peur inexplicable l'envahissait, contractant les muscles de son torse. Il avait l'impression que son cœur brûlait. Son souffle devint si rapide qu'il ne parvenait plus à le contrôler. Inspire, un, deux, trois. Bloque, un, deux, trois. Expire, un, deux, trois. Inspire, un, deux, trois. Bloque, un, deux, trois.

Mais sa poitrine continuait à se soulever d'elle-même. Il ne comprenait pas. Cette mission n'était rien comparée à tous les vrais combats qu'il avait menés au cours de sa carrière. Le marécage est mon ami. L'obscurité est mon amie. *Qu'est-ce qui m'arrive ?* voulut-il crier.

L'un de ses hommes – la plus coriace de ses recrues – cria à sa place. « Un truc m'a mordu ! »

Non ! Le soldat avait l'air aussi paniqué qu'un simple civil l'aurait été dans la même situation. C'était inconcevable.

« Un serpent ! »

Un bout de bois – ou *autre chose* – effleura la hanche de Braddock.

« Un alligator !

— *Je sens un truc sous mon...* »

Soudain, une rafale d'automatique zébra les ténèbres. Les éclairs qui sortaient du canon éclairèrent les rides fripant la surface de l'eau, les balles déchiquetèrent des arbres morts, les hommes braillèrent et, imitant leur camarade, se mirent à tirer dans le vide, eux aussi. Une balle perdue brûla le bras droit de Braddock qui perdit l'équilibre et bascula en arrière. L'eau grasse s'engouffra dans sa bouche et lui monta dans le nez.

Sous l'eau, le crépitement des M-16 rendait un bruit sourd. Empoignant plus fermement son arme, Braddock se redressa avec peine, alourdi par son paquetage. Quand il sortit la tête et avala sa première goulée d'air, le vacarme de la fusillade était tellement puissant que ses oreilles se mirent à siffler. Les volutes de fumée et l'odeur de la cordite l'environnaient de toutes parts.

Aveuglé par les éclairs qui jaillissaient des canons, il beugla : « Cessez le feu ! Cessez le feu ! » C'est à peine s'il reconnut sa voix tant la peur lui serrait la gorge. Lui qui avait l'habitude de hurler ses ordres d'une voix de stentor, ne parvenait plus à émettre que quelques criaillements.

Une balle se ficha dans son épaule gauche. Il tomba à la renverse. Quand il toucha l'eau, il sentit des crocs se planter dans son cou. « *Non ! Le marécage est mon ami ! Les alligators, les...* »

Et lorsque enfin il réussit à refaire surface au milieu des cris de panique et du tumulte de la fusillade, une balle lui emporta l'arrière du crâne.

PREMIÈRE PARTIE

Évaluer la menace

1

DES chaussures et des montres. Cavanaugh savait depuis longtemps que l'une des recettes du bon agent de protection consistait à observer les chaussures et les montres. Par exemple, les mocassins. Les grands criminels, les kidnappeurs, les assassins endurcis portaient rarement ce genre de chaussures qui vous lâchent dès qu'on commence à courir ou à se battre au corps à corps. Les malfrats leur préféraient donc les bottes ou les chaussures à lacets. Les semelles constituaient un indice supplémentaire. Un homme avec des chaussures à semelles fines ne représentait jamais une menace sérieuse. Pour se battre, il valait mieux opter pour les semelles épaisses. Bien sûr, il arrivait parfois qu'un porteur de mocassins ou de semelles fines s'avère dangereux, mais il ne pouvait s'agir que d'un amateur.

De même, il lui suffisait d'observer la montre d'un type pour deviner ce qu'il manigançait. Nombre de malfaiteurs ayant fait leurs classes dans les années 70 et 80 possédaient des Rolex, de plongée ou de pilotage. Il y avait deux raisons à cela. D'abord, ces montres avaient la réputation de résister aux conditions les plus extrêmes, détail indispensable pour un professionnel du crime. Et ensuite, en cas de besoin, on pouvait facilement les échanger contre une bonne liasse de billets puisque les Rolex se vendaient bien et cher.

Cavanaugh ne repéra pas le moindre porteur de Rolex dans les parages. Ayant débuté dans le métier au cours des années 70 ou 80, ces gens-là avaient au moins une quarantaine d'années. En outre, les voyous appartenant à cette tranche d'âge avaient tendance à choisir des tenues passe-partout. Tennis, jeans, tee-shirts et blousons (souvent en cuir) un peu vagues de manière à dissimuler un éventuel pistolet. Pour un œil non exercé, un type vêtu de cette façon passait facilement inaperçu mais Cavanaugh, lui, n'était pas dupe.

Les mauvais garçons ayant fait leurs classes dans les années 90 et après correspondaient à un autre profil. D'abord, ils étaient plus jeunes, bien entendu, et ensuite ils préféraient les montres bon marché, anonymes mais robustes, comme ces montres de plongée renforcées par du caoutchouc avec une fonction chronomètre qu'on trouve dans toutes les bonnes boutiques de sport. Ils aimaient les grosses chaussures de randonnée (à semelles épaisses), les pantalons larges à poches (pour dissimuler une arme), les pulls trop grands (pour dissimuler une arme) et les gros sacs (pour dissimuler une arme). Etant donné le piètre goût vestimentaire de la plupart des citadins, les gens ainsi vêtus ne risquaient guère d'attirer l'attention de l'homme de la rue. Cavanaugh, lui, les repérait tout de suite et les tenait à l'œil.

Les montres. Elles vous en apprenaient long sur les individus. Autrefois, à Istanbul, Cavanaugh avait travaillé au sein d'une équipe de protection chargée d'assurer la sécurité d'un milliardaire américain. L'homme était venu en Turquie pour négocier une fusion de sociétés, et ce malgré les menaces pesant sur lui en raison du soutien financier qu'il recevait d'Israël. Avant que l'avion du milliardaire n'atterrisse à l'aéroport d'Istanbul, Cavanaugh avait soigneusement inspecté le hall bondé et les alentours. Les gens dans la foule étaient habillés de multiples manières – des tuniques traditionnelles jusqu'aux vêtements occidentaux – et, du coup, il avait eu du mal à identifier un dénominateur commun sur lequel se baser. Mais Cavanaugh sachant que les montres mentaient rarement, avait soudain repéré une demi-douzaine d'individus âgés d'une trentaine d'années, tous habillés différemment mais de vêtements étonnamment larges ; rien ne les rapprochait hormis leurs chaussures à semelles épaisses et leurs grosses montres de sport noires, renforcées par du caoutchouc. Une alarme résonna dans sa tête. Pour que son client sorte sain et sauf de cet aéroport, il allait devoir trouver un autre moyen.

Cet exercice mental, Cavanaugh ne l'effectuait pas de manière consciente. C'était sa façon à lui d'appréhender le monde qui l'entourait. En suivant son instinct. Tout comme le légendaire expert en sécurité, le colonel Jeff Cooper, qui conseillait à ses disciples de rester en état d'éveil. Il appelait cela la « Condition Jaune » (la Blanche correspondant à l'insouciance naturelle du quidam, l'Orange à une attention soutenue face au danger et la Rouge à la lutte pour la vie).

Placé en Condition Jaune, observant chaussures, montres et autres indices, Cavanaugh descendit d'un taxi sur Colombus Circle et pénétra dans Central Park. Il était environ deux heures de l'après-midi. Il choisit de passer entre les arbres en évitant les allées, juste pour vérifier si quelqu'un le suivait. Il déboucha sur la 17e Rue Ouest, sillonna le quartier de manière plus ou moins aléatoire, en direction du sud, se retrouva finalement sur Colombus Avenue et grimpa les marches aboutissant au Lincoln Center dont il traversa l'immense esplanade.

Cette attitude de prudence avait l'avantage d'accroître infiniment sa perception de l'espace et des choses. A chaque seconde, rien ne lui échappait, que ce soit la foule massée comme d'habitude devant le Lincoln Center, le ciel plus clair qu'à l'accoutumée, ou encore la douce caresse du soleil en ce splendide après-midi de mai. Il traversa la place et s'approcha de la célèbre fontaine où il s'assit de dos pour ne rien perdre de ce qui se passait autour de lui. Deux jeunes gens jouaient au frisbee. Des étudiants, de l'Université Juilliard probablement, lisaient leurs manuels, installés sur des bancs. Des gens affairés entraient et sortaient des divers immeubles environnants. Des couples discutaient. En se retournant, Cavanaugh vit un homme assis comme lui sur le rebord de la fontaine, une mallette sur les genoux. Il regardait sa montre.

Par habitude, Cavanaugh changea de position afin de l'examiner tout à loisir. Une trentaine d'années, taille et corpulence moyennes, cheveux bruns coupés court. L'individu avait tout de l'homme d'affaires. Il avait dû payer très cher ce complet noir qui lui allait à la perfection. Trop ajusté pour y cacher une arme. Sa mallette brillante, sans doute neuve, devait valoir aussi cher que le costume. Quand l'homme croisa les jambes, Cavanaugh put étudier ses chaussures. De solides Oxford noires, aux semelles à peine rayées par l'usage. Quant à la montre...

C'était une de ces montres voyantes, équipées de toutes sortes de cadrans et de boutons. Cavanaugh ne s'y attarda pas. Certains hommes d'affaires préféraient rester discrets, d'autres succombaient à la tentation des gadgets. Il n'y avait en soi rien de blâmable à aimer porter une montre capable de donner l'heure exacte sur deux fuseaux horaires. Non, ce n'était pas cela qui chiffonnait Cavanaugh. En fait, cette montre était si épaisse que l'homme avait dû renoncer à boutonner le poignet de sa chemise. Détail curieusement déplacé chez un monsieur si bien mis par ailleurs.

De nouveau, l'homme regarda l'heure puis tourna la tête vers la gauche et les portes de l'Avery Fisher Hall, l'un des bâtiments du complexe immobilier.

Au même instant, Cavanaugh sentit qu'on s'approchait de lui. En levant les yeux, il découvrit un homme grand et mince portant une fine moustache et un chapeau à large bord destiné à cacher ses cheveux gris dégarnis. Bien qu'il ait dans les cinquante ans, on sentait émaner de lui l'énergie de la jeunesse. Ses chaussures impeccablement cirées reflétaient presque les déplacements des passants. Son costume gris à fines rayures tenait de l'uniforme. Sur sa chemise blanche, lourdement empesée, le bleu et le rouge de sa cravate, seules taches de couleur, n'atténuaient en rien la pâleur de son teint.

« Duncan. » Cavanaugh lui tendit la main dans un sourire.

« Tu as une mine de papier mâché. Il faudrait que tu sortes un peu plus.

— Ça nuit à ma santé. » Le rebord de son chapeau projetait une ombre sur le visage de Duncan. Wentworth de son patronyme. Comme il avait passé une bonne partie de sa vie à barouder dans les pays chauds pour le compte des Forces spéciales, avant de devenir instructeur pour Delta Force, il avait développé un grave cancer de la peau qui lui avait valu de passer trois fois sur le billard. « Tu es beaucoup trop bronzé. Mets donc de l'écran total.

— Ah ouais, la couche d'ozone. Comme si on n'avait pas assez de soucis sans ça. » Cavanaugh jeta encore un coup d'œil sur l'homme en noir assis derrière lui. « De toute façon, aujourd'hui il fait trop beau pour rester enfermé. Et comme tu devais superviser les nouveaux dispositifs de sécurité du Lincoln Center, je me suis dit qu'il valait mieux qu'on se rencontre ici plutôt qu'à ton bureau. » Il faisait allusion au siège social de Global Protective Services, une agence de sécurité installée sur Madison Avenue, que Duncan avait fondée après avoir quitté Delta Force. En seulement cinq ans d'activité, elle avait essaimé plusieurs succursales à Londres, Paris, Rome et Hong-Kong. Une dernière allait bientôt ouvrir à Tokyo. L'agence s'était bâti une réputation d'excellence grâce à la grande qualité des agents de protection engagés par Duncan. Ils avaient tous passé plusieurs années au sein des Opérations spéciales et la plupart l'avaient même eu comme instructeur.

« Et tes blessures ? s'enquit Duncan.
— Guéries.
— L'ambassadeur te fait ses amitiés.
— Il a eu beaucoup de chance.
— Oui. D'avoir eu auprès de lui quelqu'un d'assez compétent pour lui éviter le pire. »

Cavanaugh ne put s'empêcher de sourire. « Chaque fois que tu commences à me passer de la pommade, je sais que tu vas me demander un service. »

Duncan lui adressa un regard coupable. « Est-ce que tu te sens prêt à reprendre le collier ? »

Cavanaugh jeta un autre coup d'œil derrière lui. De nouveau, l'homme en noir consulta sa montre d'un air inquiet et reprit sa surveillance de l'Avery Fisher Hall. La manchette ouverte faisait de plus en plus déplacé.

Soudain, il se raidit comme s'il venait d'apercevoir quelque chose puis posa les mains sur les serrures de sa mallette.

« Excuse-moi une minute », dit Cavanaugh à Duncan. Il se leva et longea le bord de la fontaine en suivant le regard de l'homme. C'est alors qu'il remarqua la femme rousse qui venait de sortir de l'Avery Fisher Hall. La trentaine, élégante, plutôt jolie, elle était accompagnée d'un homme qu'elle embrassa sur la joue comme s'ils devaient se retrouver un peu plus tard. Ensuite, elle entreprit de traverser la place. Dans dix secondes, après avoir fendu la foule, elle arriverait à proximité du type en noir assis là, à l'observer.

Cavanaugh se glissa discrètement de côté, juste au moment où l'homme entrouvrait la mallette pour y glisser la main.

La femme avançait toujours, le regard braqué sur l'homme en noir. Cavanaugh en fut étonné parce que la plupart des gens ne remarquent rien de ce qui se passe autour d'eux. Lorsque enfin elle le vit se débarrasser de la mallette et brandir un pistolet, elle s'immobilisa, paralysée de stupeur.

Les choses se précipitèrent. La femme poussa un hurlement. L'homme fit un pas vers elle, vite rattrapé par Cavanaugh qui lui arracha son pistolet, le tira en arrière pour le faire basculer dans la fontaine et lui enfonça la tête sous l'eau.

Duncan se précipita pour lui prêter main-forte. « En effet, je constate que tu vas beaucoup mieux.

— Tu comptes rester planté là à te marrer ou tu appelles un flic ? »

Duncan sortit un téléphone cellulaire. « Tu ne crois pas que tu devrais le laisser respirer ?

— Ça me tente pas trop. Mais je vais peut-être le faire, sinon on n'aura jamais le plaisir de l'entendre nous raconter son histoire.

— Elle lui a annoncé qu'elle voulait divorcer – quelque chose dans ce goût-là – et bien sûr il n'a pas supporté, proposa Duncan.

— Le truc classique. Mais je veux savoir pourquoi il s'est habillé comme ça. Ce type-là n'a pas l'habitude des complets chic. Ça se voit à sa montre. Elle l'empêche de boutonner la manchette de sa jolie chemise.

— Si tu ne le laisses pas respirer, tu ne le sauras jamais.

— Faut toujours que tu gâches tout. » Cavanaugh retira le visage de l'homme de l'eau et attendit qu'il recrache pour lui poser la question qui lui tenait à cœur.

Après un autre séjour subaquatique, l'homme se laissa convaincre. Il avait prévu de tuer sa femme qui, en effet, souhaitait divorcer et s'apprêtait à se rendre chez leur avocat pour une rencontre commune. Ensuite, il se serait donné la mort. Le complet noir était neuf, les chaussures aussi. Il avait laissé des instructions pour qu'on l'enterre dans cette tenue.

« Et moi qui croyais avoir tout entendu », lança Cavanaugh.

Mais ce n'était pas tout. Si l'homme n'avait cessé de surveiller sa montre c'était qu'il connaissait l'heure à laquelle sa femme sortirait du bureau pour aller chez l'avocat. L'un des trois cadrans indiquait l'heure qu'il était, un autre le temps écoulé depuis qu'elle lui avait demandé le divorce ; le troisième égrenait les secondes lui restant à vivre.

Cavanaugh lui replongea la tête sous l'eau.

« Alors qu'en dis-tu ? demanda Duncan.

— Rappelle-moi de quoi il s'agit.

— Te sens-tu prêt pour une nouvelle mission ? »

2

Le Warwick avait été rénové récemment mais son hall lambrissé de marbre et de bois sombre évoquait encore le style très particulier des vieux hôtels de Manhattan. Cavanaugh tourna à gauche et entra dans le bar feutré. Une femme séduisante, dotée de splendides yeux verts et d'un visage à l'expression fascinante, était installée à une table dans un coin. Elle avait choisi le bon emplacement – de dos à une cloison, loin des nombreuses fenêtres donnant sur la rue –, se félicita Cavanaugh. S'il avait flairé le moindre danger, jamais il ne lui aurait donné rendez-vous dans un lieu public.

Elle s'appelait Jamie Travers et vivait avec lui dans son ranch du Wyoming, perché au milieu des montagnes près de Jackson Hole. Jusqu'à une époque récente, elle y était restée cloîtrée. Il avait tenu à la former au maniement des armes et veillé à ce qu'elle s'entraîne régulièrement au tir. Quand il partait en mission, il convoquait quelques-uns de ses collègues disponibles pour lui servir de gardes du corps. Deux ans plus tôt, elle avait déposé en tant que témoin oculaire dans une affaire de règlement de comptes entre gangs. Le chef de bande s'étant retrouvé derrière les barreaux à cause de cela, il avait lancé un contrat sur elle. A deux reprises, elle avait failli se faire tuer, malgré la protection de la police, aussi avait-elle décidé de recourir aux services de Cavanaugh. Ce dernier, agréablement surpris par sa force de caractère, s'était chargé de la faire disparaître de la circulation. Le jour où le caïd mourut dans sa prison fédérale en s'étranglant avec des spaghettis aux boulettes, le contrat prit fin. Bien que cette mort soudaine eût toutes les apparences d'un accident, Jamie restait persuadée que Cavanaugh y avait joué un rôle. Quand elle l'interrogeait à ce sujet, il campait sur ses positions, refusant d'admettre toute implication dans l'affaire. Pourtant il lui avait avoué un jour que pour supprimer la menace, il suffisait de décapiter le gang. « Mystère et boule de gomme » fut l'unique commentaire qu'elle obtint de lui au sujet du soi-disant accident. Peu après, ils se marièrent. A présent, le Wyoming restait leur port d'attache mais à cause de la beauté de ses paysages, pas de son isolement.

Ses cheveux mi-longs, bruns et brillants, s'harmonisaient à merveille avec son tailleur-pantalon beige et son chemisier vert émeraude. En la dévorant des yeux, il déplaça une chaise afin de pouvoir s'asseoir dans l'alcôve, près d'elle, pour surveiller à la fois les gens entrant dans la salle et les piétons circulant sur le trottoir de la 54e Rue et de l'avenue des Amériques.

« Qu'est-ce que tu bois ? demanda-t-il.

— Perrier citron. »

Il en prit une gorgée délicieusement acide. « Comment s'est passé ton après-midi ? Ça te plaît de jouer la touriste ?

— J'adore. J'ai passé des heures au musée d'Art moderne. C'était comme si je retrouvais un vieil ami. Et toi, *ton* après-midi ? »

Il lui raconta.

« Tu as accepté une autre mission ? » Jamie eut l'air surpris.

« Nous avions prévu de rentrer à la maison après-demain, ça n'est donc pas très gênant, surtout si tu comptes retourner voir ta mère demain. Je me suis dit que tu ne verrais pas d'inconvénient à rentrer un peu avant moi. Je te rejoindrai dans une semaine.

— Mais tu es à peine remis.
— Cette mission ne présente pas de difficultés.
— C'est déjà ce que tu as dit la dernière fois.
— Et elle rapporte.
— Nous avons de l'argent à ne savoir qu'en faire », rétorqua Jamie.

Cavanaugh hocha la tête. Ses revenus d'agent de protection leur permettaient de vivre à Warwick, dans une maison confortable sans plus. En revanche, avec la fortune de Jamie, qui lui venait de la vente d'une société en ligne fondée dans les années 90, époque de la grande ruée sur internet, ils auraient pu s'installer à vie dans une suite royale du Plaza ou du St. Regis, à tout le moins.

« Pourquoi refuses-tu que je t'entretienne ? demanda-t-elle.
— Stupide orgueil masculin.
— Ça, je ne te le fais pas dire. »

Il haussa les épaules. « Les gens ont besoin de quelqu'un pour les protéger.
— Et ce quelqu'un c'est toi. J'aurais pu m'abstenir de te poser cette question. » Elle glissa son bras sous le sien. « Bon, dis-moi, en quoi cette mission-là est-elle si facile ?
— Le client ne veut pas qu'on lui serve de bouclier.
— Oh ? » De nouveau, Jamie eut l'air surpris. « Qu'est-ce qu'il veut, alors ?
— La même chose que toi autrefois. Disparaître. »

3

CAVANAUGH descendit de voiture, une Ford Taurus vieille de deux ans fournie par Global Protective Services. Légèrement modifiée, elle bénéficiait entre autres d'un moteur de bolide et d'une suspension assortie. Mais s'il l'avait choisie c'était d'abord en raison de sa couleur gris poussière et de sa ligne passe-partout. Elle ressemblait à toutes les autres berlines et, de ce fait, passait quasiment inaperçue au milieu de la circulation. En ce dimanche après-midi toutefois, il n'y avait pas foule dans la zone industrielle de Newark, New Jersey. La Taurus était même le seul véhicule visible. Il prit le temps d'observer l'entrepôt couvert de graffiti : un bâtiment large, à deux étages, dont la plupart des vitres étaient brisées. Des portes rayées de rouille bâillaient au vent. Derrière, il crut voir des tas d'ordures. En fait, il s'agissait d'un squat. A l'intérieur, on discernait des cartons défoncés servant d'abris pour dormir et des sacs en plastique noir contenant les quelques trésors accumulés par les SDF qui créchaient là.

Des nuages sombres projetaient leur ombre froide. Sur le fleuve coulant derrière l'entrepôt, on entendait bourdonner les moteurs des bateaux. Un remorqueur fit mugir sa sirène. Il y eut un coup de tonnerre. Cavanaugh appuya son coude droit sur le pistolet 9 mm enfoncé dans un holster de ceinture, sous sa veste. Une présence rassurante. Le Sig Sauer 225 contenait huit balles dans le chargeur et une dans la chambre. Plutôt modeste comme arsenal, rien à voir avec les seize coups d'un Beretta, mais le Beretta était légèrement trop gros pour sa main ; une mauvaise prise risquait de réduire la précision et mieux valaient neuf coups bien ajustés que seize partant dans tous les sens. En plus, comme les commissaires de l'air fédéraux en avaient décidé à la fin des années 80, la légèreté du Sig Sauer 225 et sa silhouette mince et compacte faisaient de ce pistolet une arme de poing facile à cacher. En cas de besoin, il disposait quand même de deux autres chargeurs de huit cartouches chacun, rangés dans un étui accroché au côté gauche de sa ceinture, sous sa veste.

Le vent commençait à fraîchir, annonçant l'averse. Dans les entrées béantes de l'entrepôt, quelques visages grisâtres le scrutaient.

Cavanaugh sortit son téléphone portable de sa veste et composa le numéro « à usage unique » que Duncan lui avait communiqué.

A l'autre bout de la ligne, une première sonnerie retentit. D'autres visages hâves apparurent, certains inquiets, d'autres curieux.

Il y eut une deuxième sonnerie.

« Oui ? », répondit un homme dont la voix vibrait comme dans une chambre d'écho.

Cavanaugh prononça la moitié de la phrase censée leur servir de code de reconnaissance. « Je ne pensais pas que cet entrepôt était fermé.

— Ça fait dix ans », articula la même voix au timbre insolite. Il s'agissait bien de la réponse prévue. « Vous vous appelez...

— Cavanaugh. Et vous, c'est...

— Daniel Prescott. Daniel. Pas Dan. »

Ce dialogue, lui aussi, faisait partie du code.

Les visages hagards qui l'examinaient de loin étaient de plus en plus nombreux. Une armée de gueux se demandant sans doute si le nouveau venu était un ennemi, un bienfaiteur ou une victime potentielle.

Quelques gouttes de pluie martelèrent le pavé graisseux.

« A ce qu'on dit, vous êtes les meilleurs, chez Global Protective Services, reprit l'homme. Du coup, je m'attendais à une voiture plus classe.

— Si nous sommes les meilleurs c'est en partie grâce à notre discrétion. Nous savons passer inaperçus. Et nos clients n'ont pas coutume de s'en plaindre. »

La pluie sur le toit redoubla d'intensité.

« J'en déduis que vous me voyez, poursuivit Cavanaugh. Je suis venu seul, comme vous le souhaitiez.

— Ouvrez les portières. »

Cavanaugh s'exécuta.

« Ouvrez le coffre. »

Il obéit de nouveau. A l'évidence, l'homme était placé de telle manière qu'il apercevait l'intérieur de la voiture.

Les nuages noirs s'amoncelaient. La pluie se fit plus drue.

De légers bruits métalliques résonnèrent sur la ligne. « Allô ? »

Pas de réponse.

« Allô ? », répéta-t-il.

Encore ces curieux tintements.

On entendit un coup de tonnerre non loin de là.

Quelques clochards sortirent de l'entrepôt. Comme les autres, ils étaient en guenilles, le visage mangé par la barbe, mais leurs yeux fous n'avaient rien de commun avec les regards résignés des premiers. Des drogués au crack, supposa-t-il. Ils sont dans un tel état de manque qu'ils seraient bien capables d'agresser un type assez dingue pour s'aventurer dans leur enfer. « Hé ! Je suis venu pour vous aider, fit-il dans le téléphone, pas pour me faire tremper. »

Encore ces échos métalliques.

« J'ai l'impression qu'il y a comme une erreur. » Cavanaugh ferma le coffre et la portière côté passager. Sur le point de regagner son siège, il entendit la voix chevrotante articuler :

« Devant vous. Sur la gauche. Vous voyez la porte ?

— Oui. »

C'était la seule porte intacte. Et fermée.

« Entrez », dit la voix.

Cavanaugh s'assit au volant.

« J'ai dit, "Entrez", insista la voix.

— D'abord, je déplace la voiture. »

Il roula sur le ciment craquelé du parking. Arrivé près de la porte, il fit demi-tour et se gara de manière à pouvoir démarrer en catastrophe sans manœuvrer, en cas de besoin.

« J'entre », annonça-t-il dans le portable.

Il descendit, verrouilla les portières avec sa télécommande et courut sous l'averse. Du coin de l'œil, il vit quelque chose bouger sur sa gauche, près du mur de l'entrepôt, à l'endroit où les drogués amassés sous la pluie ne cessaient de le dévisager. Redoutant d'autres mauvaises rencontres derrière la porte, il glissa son téléphone dans sa veste et fit une chose qu'il n'avait pas prévu de faire : il sortit son pistolet. Lorsqu'il actionna la poignée, il remarqua que la serrure, bien que poussiéreuse, brillait légèrement – neuve. La lourde porte n'était pas verrouillée ; elle s'ouvrit en grinçant. Il passa la tête à l'intérieur.

4

Pour éviter de rester trop longtemps exposé à contre-jour, Cavanaugh referma aussi vite que le permettaient les gonds rouillés, puis s'enfonça dans la pénombre et entreprit de repérer les lieux. Au pied d'une cage d'escalier en ciment couverte de poussière, commençait une volée de marches métalliques. De la rampe, pendaient des toiles d'araignée. Sur la gauche, un moteur ronronnait derrière une porte d'ascenseur. L'endroit sentait le moisi. Il y faisait atrocement froid.

Tout en braquant son pistolet vers les escaliers puis vers l'ascenseur, il passa une main derrière lui pour tourner le gros verrou. Mais il n'en eut pas besoin, le pêne s'enclencha tout seul, actionné à distance.

Sentant naître un malaise, il rassembla ses esprits. Il n'y avait rien d'alarmant dans tout cela. Après tout, Duncan l'avait averti que son client potentiel avait un petit côté excentrique.

Prescott est un type prudent, c'est tout, se dit Cavanaugh pour se rassurer. Bon Dieu, s'il nous a appelé à l'aide c'est qu'il craint pour sa sécurité. Il est donc naturel qu'il s'assure que la porte est bien fermée. C'est lui qui est en danger, pas moi.

Alors pourquoi ai-je sorti ce pistolet ?

Il prit le téléphone dans sa veste et dit : « Bon, et maintenant ? » Sa voix résonna sur les parois de l'entrepôt.

Pour toute réponse, l'ascenseur s'ouvrit, révélant une cabine vivement éclairée.

Cavanaugh détestait ces petites boîtes scellées qui se transformaient en pièges comme un rien. Comment savoir ce qui vous attend derrière la porte d'un ascenseur au moment où il faut en sortir ?

« Merci, dit-il dans le portable, mais j'ai besoin d'exercice. Je vais monter à pied. »

Comme ses yeux s'habituaient à l'obscurité, il remarqua une caméra de surveillance discrètement fixée sous les escaliers, face à la porte d'entrée. « On m'a dit que vous souhaitiez disparaître. Il semble que vous y soyez déjà parvenu.

— Pas assez », fit la voix mal assurée. Cette fois, elle ne venait pas du téléphone mais d'une enceinte cachée dans le mur.

Cavanaugh rempocha son portable. Une vague odeur âcre lui chatouilla les narines. On aurait dit un relent de pourriture. Son pouls s'accéléra.

Bien qu'il s'efforçât de ne faire aucun bruit avec ses chaussures, l'écho de ses pas sur les marches métalliques accompagnait sa montée.

Arrivé au premier, il continua de grimper. L'odeur âcre se fit plus prononcée. Son estomac se serra quand il se retrouva face à une lourde porte en métal vers laquelle il tendit une main hésitante.

« Pas celle-là », dit la voix dans le mur.

De plus en plus crispé, Cavanaugh escalada encore quelques marches ct se présenta devant une autre porte.

« Celle-là non plus, fit la voix. A propos, l'arme que vous portez est-elle censée me rassurer ?

— Je ne sais pas pour vous mais *moi*, étant donné les circonstances, elle me rassure sacrément. »

L'homme émit une sorte de gloussement caustique.

L'averse qui cognait dru contre le bâtiment le faisait vibrer de fond en comble.

Tout en haut, il trouva une troisième porte, ouverte comme pour l'attirer dans le couloir très éclairé qui s'étendait derrière et s'achevait sur une autre porte, fermée celle-là.

C'est pas tellement mieux qu'une cabine d'ascenseur, songea-t-il. L'odeur âcre grimpa d'un cran. Ses muscles se contractèrent. Il ne comprenait pas ce qui lui arrivait. Tout au fond de lui, quelque chose lui criait de partir en courant. Brusquement, il se demanda s'il en aurait seulement la possibilité. Bien sûr, il avait toujours sur lui de quoi crocheter une serrure mais il doutait que les outils cachés sous le revers de sa veste suffisent à forcer la lourde porte du bas. C'était perdu d'avance. Le souffle court, il se répéta qu'il ne courait aucun danger – contrairement à Prescott. D'où la présence de ce dispositif de sécurité. Cavanaugh se prit à espérer qu'il s'agissait là de simples mesures de protection et non pas d'un piège qu'on lui aurait tendu.

Il leva les yeux vers la caméra de surveillance fixée dans le couloir où il était censé s'engager. Qu'est-ce que j'en ai à fiche ? pensa-t-il, troublé de constater que ses paumes étaient couvertes de sueur froide. Si Prescott avait voulu me tuer, il l'aurait déjà fait. En dépit des battements insistants de son cœur, une puissante intuition lui dictait d'accepter la situation tandis qu'une autre voix lui intimait de s'enfuir, chose absurde puisqu'il n'avait aucune raison de se croire menacé. Agacé par sa propre réaction, il prit la décision de se calmer et rengaina son arme. De toute façon, elle ne me servira à rien dans ce corridor.

En entrant, il ne fut pas surpris de voir la porte se refermer derrière lui et d'entendre le verrou glisser.

Comme il venait à peine de quitter la pénombre de la cage d'escalier, la lumière lui blessa les yeux. Au moins l'odeur avait-elle disparu. En s'efforçant de recouvrer son calme, il s'avança jusqu'à la porte du fond, tourna la poignée, poussa et se retrouva dans une salle très éclairée, truffée de moniteurs de surveillance et de consoles électroniques. Face à lui, à l'autre bout de la pièce, il vit une fenêtre condamnée par des briques.

Mais il n'y avait pas que cela. Un homme obèse, âgé d'une quarantaine d'années, se tenait au milieu de tout cet appareillage lumineux. Il portait un pantalon froissé et sa chemise blanche tout aussi fripée, couverte de taches de sueur, collait à son ventre proéminent. Son épaisse tignasse couleur sable était hirsute et une barbe de plusieurs jours couvrait ses joues et son menton. Le manque de sommeil avait dessiné de gros cernes sous ses yeux aux pupilles dilatées par l'angoisse.

L'homme braquait sur lui un Colt .45 semi-automatique qui tressautait entre ses mains tremblantes.

Cavanaugh se dit que s'il n'avait pas eu la bonne idée de rengainer son arme avant d'entrer, l'autre lui aurait tiré dessus. En s'efforçant de réguler sa respiration, il leva les mains pour lui montrer qu'il ne constituait pas une menace. Malgré le gros pistolet nerveusement braqué sur lui, le malaise que Cavanaugh avait commencé à ressentir en montant les escaliers n'était rien face à la peur panique qui semblait posséder cet homme. En fait, sauf en situation de combat, c'était la première fois qu'il voyait quelqu'un d'aussi terrifié.

5

« JE vous rappelle que c'est vous qui m'avez fait venir, dit Cavanaugh. Je suis ici pour vous aider. »

Prescott continuait à le viser avec son Colt, les pupilles toujours plus dilatées. Sa peur était presque palpable.

« Je connaissais votre numéro de téléphone à usage unique et le code de reconnaissance, dit Cavanaugh. Seul un agent de Protective Services peut détenir ces informations.

— Vous auriez pu faire parler la personne qu'ils m'ont envoyée », répliqua Prescott. Sa voix tremblait comme au téléphone tout à l'heure, mais à présent Cavanaugh pouvait constater que ce n'était pas à cause d'un problème de transmission – elle tremblait parce qu'il avait peur.

Derrière Cavanaugh, la porte se ferma d'un coup, la serrure s'enclencha. Il parvint à rester de marbre. « Je ne sais ni par qui ni par quoi vous vous sentez menacé, mais pour qu'un type seul arrive à vous dénicher, il faudrait qu'il soit sacrément futé, à voir la façon dont l'endroit est aménagé. Si vous raisonniez avec logique, vous en déduiriez que vous n'avez rien à craindre de moi.

— L'effet de surprise est la plus brillante des tactiques. » La main qui tenait le .45 tremblait tout autant que la voix. « En plus, votre logique vous dessert. Si un homme seul ne constitue pas une menace, comment un homme seul pourrait-il me protéger efficacement ?

— Vous n'avez pas précisé que vous aviez besoin de protection. Vous disiez vouloir *disparaître*. »

Prescott étudiait Cavanaugh d'un air méfiant. Des taches de sueur s'élargissaient sous ses aisselles.

« Mes nouveaux clients, je les rencontre *toujours* en tête-à-tête, dit Cavanaugh. J'ai besoin de leur poser des questions pour évaluer le degré de menace. Ensuite, je décide du niveau d'intervention requis par la mission.

— On m'a dit que vous avez fait partie de Delta Force. » Prescott passa la langue sur ses grosses lèvres sèches.

« C'est exact. »

Le physique classique des agents des Opérations spéciales consistait en une paire d'épaules larges, un torse musclé, des hanches solides et compactes, leur entraînement intensif étant en partie destiné à développer le haut du corps.

« De la gym et encore de la gym, lâcha Prescott. Et à votre avis, ça suffit pour faire de vous un protecteur qualifié ? »

Dans l'espoir de le détendre un peu, Cavanaugh émit un petit rire. « Vous voulez consulter mes états de service ?

— Oui, si vous désirez me convaincre que vous êtes ici pour m'aider. Si vous voulez travailler pour moi.

— Vous renversez la situation. Quand je m'entretiens avec mes clients potentiels, ce n'est pas parce que je *veux* travailler pour eux. En outre, il m'arrive de ne pas avoir *envie* de travailler pour eux.

— Ça veut dire que vous avez besoin de les *aimer* ? demanda Prescott avec dédain.

— Parfois je ne les aime pas, dit Cavanaugh. Mais cela ne signifie pas qu'ils n'ont pas le droit de vivre. Je suis un protecteur, pas un juge. Il y a quand même des exceptions. Pas de trafiquants de drogue. Pas de violeurs d'enfants. Les monstres, je les écarte d'office. Etes-vous un monstre ? »

Prescott eut un regard incrédule. « Bien sûr que non.

— Alors il n'y a qu'un seul critère qui puisse m'aider à décider si je souhaite ou non assurer votre protection.

— Lequel ?

— Comptez-vous coopérer ? »

Prescott cligna les paupières pour en chasser la sueur.

« Hein ?

— Je ne peux pas protéger quelqu'un qui ne suit pas mes ordres, déclara Cavanaugh. Tel est le paradoxe du protecteur. Une personne loue mes services. En théorie, c'est elle qui commande. Mais en matière de protection, c'est moi qui distribue les ordres. L'employeur doit m'obéir comme si c'était moi le patron. Comptez-vous coopérer ?

— Si ça peut me sauver la vie.

— Vous ferez ce que je vous dirai ? »

Prescott réfléchit avant d'acquiescer d'un hochement de tête craintif.

« Bon, OK, voilà votre première directive : baissez-moi ce foutu flingue avant que je vous l'enfonce dans la gorge. »

Prescott papillonna des yeux, recula comme si Cavanaugh l'avait giflé, resserra son emprise sur l'arme et, fronçant les sourcils, se résolut à la baisser lentement.

« Excellent début, dit Cavanaugh.

— Si vous n'êtes pas celui que vous prétendez être, faites-le tout de suite, s'exclama Prescott. Tuez-moi. Cette existence m'est insupportable.

— Du calme. Je ne connais pas vos ennemis mais je peux vous assurer que je n'en fais pas partie. »

Cavanaugh examina la pièce. Sur la droite, dans un coin, derrière les appareils électroniques et les moniteurs, il remarqua un lit de camp, un minifrigo, un évier et un petit four. Au-delà, il y avait des toilettes, une pomme de douche et un siphon. A voir la nourriture entreposée sur les étagères, on comprenait vite que Prescott ne surveillait guère son poids : des boîtes de macaronis au fromage, des raviolis, des lasagnes, des sachets remplis de chocolat, de friandises, des chips et du Coca classique. « Depuis quand êtes-vous ici ?

— Trois semaines. »

Cavanaugh aperçut quelques livres alignés sur une autre étagère, sous les provisions de bouche. Il y avait peu de romans, surtout des essais portant sur des sujets aussi variés que la géologie et la photographie. Sur une couverture, on voyait la photo d'une femme nue. Sans doute un livre porno. Se démarquant radicalement du précédent, un autre volume intitulé

Poèmes choisis de Robinson Jeffers côtoyait quelques études sur ledit Jeffers. « Vous aimez la poésie ? demanda Cavanaugh.

— La poésie apaise l'âme », répondit Prescott sur un ton légèrement méfiant, comme s'il craignait que Cavanaugh ne se moque de lui.

Cavanaugh prit le recueil, l'ouvrit et lut les premières lignes qui lui tombèrent sous les yeux. « *Dans ma jeunesse, j'ai bâti pour elle une tour – Un jour elle mourra* ».

Prescott semblait de plus en plus méfiant.

« Ça m'a l'air passionnant. » Cavanaugh reposa le livre et reprit son examen de la pièce. Des cassettes vidéo étaient entreposées près d'une petite télévision. Prescott avait des goûts éclectiques : un thriller de Clint Eastwood, un vieux film à l'eau de rose pour adolescents, avec Troy Donahue et Sandra Lee...

« J'ai connu pire comme planque. » Cavanaugh réfléchit un instant. « Des SDF et des drogués en guise de couverture. Génial. Comment avez-vous appris l'existence de cet entrepôt ? Comment avez-vous fait pour aménager cette pièce ?

— Ça date d'un an, répondit Prescott.

— Vous avez senti le vent venir, alors ?

— Ce vent-là, non, je ne l'ai pas senti.

— Alors pourquoi...

— Je suis un homme prudent de nature, dit Prescott.

— C'est absurde.

— Au cas où, ajouta Prescott.

— Au cas où quoi ? » Soudain, quelque chose bougea sur l'écran d'un moniteur. « Attendez un peu », s'écria Cavanaugh.

6

« Que se passe-t-il ? » Prescott se tourna brusquement vers le moniteur.

L'image grise montrait une douzaine d'hommes en haillons marchant pesamment sous la pluie en direction de la Taurus.

« Seigneur ! souffla Prescott.

— Les camés au crack sont vraiment étonnants, commenta Cavanaugh. Dès qu'ils voient un truc qui traîne, ils cherchent à le voler. J'ai connu un type qui avait dérobé vingt kilos de bouffe pour chiens à son père pour acheter du crack. Et attendez la meilleure : son dealer s'est contenté de prendre la bouffe sans lui demander d'argent. Je crois qu'il l'a mangée. »

Sur l'écran, les hommes en guenilles, ruisselants de pluie, s'escrimaient à arracher les rétroviseurs extérieurs et à déboîter les enjoliveurs au moyen de grosses tiges de métal.

« Vous avez un moyen d'entendre ce qui se passe dehors ? » s'enquit Cavanaugh.

Prescott actionna un commutateur. Aussitôt, le martèlement de la pluie sortit d'une enceinte.

Cavanaugh perçut en arrière-fond les raclements métalliques produits par les hommes qui s'acharnaient à démonter sa voiture sous l'averse. « Voilà de quoi vous occuper, les gars. »

Il prit la télécommande du véhicule dans la poche de sa veste. Plus perfectionnée que les télécommandes habituelles, elle possédait une demi-douzaine de boutons.

D'un air perplexe, Prescott regarda Cavanaugh appuyer sur l'un d'entre eux.

Soudain, de l'enceinte jaillit le mugissement d'une sirène, celle de la Taurus. Dehors, les hommes lâchèrent leurs pieds-de-biche improvisés et détalèrent sous l'orage, tels des épouvantails tout droit sortis du *Magicien d'Oz,* mais en plus trempés.

Cavanaugh rappuya sur le bouton, la sirène se tut.

« Vous êtes prêt à partir ? demanda-t-il à Prescott.

— Pour aller où ? » Prescott avait l'air inquiet.

« Dans un endroit plus sûr que celui-ci, bien que, je l'avoue, cet entrepôt me semble l'être, à première vue. Quand mon équipe nous aura rejoints et que nous nous serons organisés, nous vous donnerons une nouvelle identité qui vous permettra de changer de vie. Mais d'abord, je dois savoir de quel niveau de risque il s'agit. Pourquoi avez-vous tellement peur ? »

Prescott ouvrit la bouche pour répondre, puis fronça les sourcils en lorgnant le moniteur.

Ils étaient revenus. Juste quatre hommes qui s'avançaient vers la Taurus.

« En tout cas, ils ont de la suite dans les idées », s'exclama Cavanaugh.

Il appuya sur un autre bouton de la télécommande.

Un jet de fumée grise sortit des essieux et malgré la pluie, se répandit dans l'air, enveloppant le petit groupe de casseurs. Toussant, pestant, les drogués battirent en retraite Pliés en deux comme pour vomir, ils s'éloignèrent cahin-caha en se frottant les yeux.

Cavanaugh rappuya sur le bouton, ce qui coupa net le jet de fumée.

« Mais qu'est-ce que c'est que ce truc ? demanda Prescott.

— Du gaz lacrymogène.

— Quoi ?

— Cette voiture bénéficie des meilleurs dispositifs mis au point par les services secrets. Elle est blindée et... » De nouveau, une image insolite s'afficha sur le moniteur. « Etonnant. Avec une pareille ambition, si ces gars-là se lançaient dans la politique, ils deviendraient les maîtres du monde. »

Sur l'écran, deux drogués se dirigeaient vers la Taurus.

« Baissez le volume de cette enceinte », ordonna Cavanaugh à Prescott.

Troublé, Prescott s'exécuta.

Des essieux jaillirent de petites grenades pareilles à de minuscules boîtes de conserve. Elles explosèrent avec un tel fracas que l'enceinte tressauta, bien qu'on ait baissé le son. Les éclairs des déflagrations étaient si lumineux que la caméra n'arrivait pas à régler le contraste.

Quand la fumée se dissipa, les deux drogués gisaient sur le sol en ciment.

« Mon Dieu, vous les avez tués, s'alarma Prescott.

— Non.

— Mais ils étaient tout près des grenades. »

Sur l'écran, les deux hommes se mirent à se tortiller.

« J'ai utilisé des flash-bangs, dit Cavanaugh.

— Des flash-bangs ?

— Des sortes de grenades, sauf qu'elles ne projettent pas de shrapnel. En revanche, elles rendent aveugle et sourd pendant un certain temps. Ces types sont bons pour une migraine carabinée. »

Les deux drogués tentaient de se dresser sur leurs jambes, les mains collées aux oreilles.

« Mais cette voiture *peut* aussi être équipée de vraies grenades si la mission le nécessite, précisa Cavanaugh. Et on peut la modifier de manière à installer des mitrailleuses sous les phares. Tous les grands dictateurs et les caïds de la drogue possèdent ce genre de joujou. Sauf que leurs voitures à eux sont plus luxueuses que la mienne, bien sûr. Croyez-moi, monsieur Prescott, nous sommes à la hauteur. »

Cavanaugh posa son regard sur la rangée de moniteurs. Sur l'un d'entre eux s'encadrait la Taurus, filmée au ras du sol. Il voyait donc ce qui se passait dessous. Il fronça les sourcils en remarquant une ombre. Le doigt pointé vers l'écran, il demanda : « Y a-t-il un zoom sur cette caméra ?

— Elles en ont toutes. » Prescott tourna un cadran pour agrandir l'image. L'ombre sous la Taurus avait la forme d'une petite boîte. Seigneur, pensa Cavanaugh, l'un de ces types a dû la déposer là.

Au moment où la Taurus explosa, Cavanaugh ne put s'empêcher de cligner les yeux.

7

Le rugissement de l'explosion, amplifié par l'enceinte, fit littéralement trembler la pièce. Sur l'écran, on vit de gros morceaux de ferraille projetés contre le sol en ciment. La fumée et les flammes s'élevèrent comme une houle.

Prescott eut un hoquet de surprise.

Une deuxième déflagration secoua la pièce. Sur un autre moniteur, la porte par laquelle Cavanaugh était entré dans le bâtiment fut soufflée vers l'intérieur. De la fumée et des flammes emplirent l'espace s'étendant au pied des escaliers. Trois hommes firent irruption dans l'entrepôt. Malgré leurs cheveux nattés et leurs visages crasseux, mangés par la barbe, on voyait bien qu'ils n'étaient ni des SDF ni des drogués. Dans leurs yeux, on ne lisait ni l'expression apathique des uns ni l'avidité désespérée des autres. Ces hommes avaient le regard vif propre aux tueurs que Cavanaugh avait pu rencontrer tout au cours de sa carrière.

« Y a-t-il une autre sortie ? »

Prescott restait figé devant l'écran, à contempler la scène. Un homme braquait son arme sur la porte de l'ascenseur ; les deux autres, pistolets pointés vers le haut, s'engouffraient dans la cage d'escalier.

« Prescott ? », insista Cavanaugh en dégainant.

Prescott semblait incapable de détacher ses yeux de l'écran.

Cavanaugh l'attrapa, le retourna vers lui et le secoua. « Pour l'amour du Ciel, écoutez-moi. Y a-t-il une autre sortie ? »

Au lieu de répondre, Prescott tendit brusquement la main vers l'une des consoles électroniques et tourna un bouton.

« *Qu'est-ce que vous faites ?* », demanda Cavanaugh.

Prescott fixa un autre moniteur.

Les deux hommes apparurent. Presque arrivés en haut de l'escalier, ils s'immobilisèrent en braquant leurs armes vers le plafond. On aurait dit qu'ils venaient de flairer un piège. Tout avait été trop facile jusqu'à présent, semblaient-ils penser.

Sur le moniteur montrant l'entrée principale, deux autres individus en guenilles fonçaient à travers la fumée qui commençait à se dissiper. Eux aussi étaient armés.

Ils s'engagèrent dans l'escalier puis s'arrêtèrent, comme l'avaient fait leurs comparses. Méfiants, ils jetèrent un coup d'œil derrière eux, vers le bas des marches, comme s'ils pressentaient un danger.

« *Vous avez piégé l'escalier, c'est ça ?* », demanda Cavanaugh à Prescott.

Mais nulle explosion ne vint saturer l'écran. Aucune arme cachée ne se mit à cracher du plomb. Pas de flammes jaillissant des murs. Et pourtant, de toute évidence, quelque chose gênait les intrus. On voyait l'homme posté face à l'ascenseur, les deux qui venaient de s'immobiliser au milieu de l'escalier et les deux autres, plus haut, fixant le plafond avec appréhension comme s'ils se savaient pris au piège.

Leurs visages ruisselaient. D'abord, Cavanaugh crut qu'il s'agissait de la pluie qu'ils avaient reçue avant d'entrer.

Puis il comprit que c'était de la sueur.

L'un des intrus coincés dans les escaliers se mit soudain à tirer en direction de l'étage supérieur.

Brusquement, les autres en firent autant. Au pied des marches, la silhouette debout devant l'ascenseur se retourna, comme alertée par un bruit inquiétant. L'homme pivota sur lui-même, pointa son arme vers la porte défoncée et tira. Ses balles se perdirent sous l'averse.

« Mais qu'est-ce qui se passe ici ? », demanda Cavanaugh.

Prescott continuait à tourner le bouton en marmonnant entre ses dents comme si quelque chose ne fonctionnait pas. « Oui. » Il se plaça face à Cavanaugh. « Il y a une autre sortie. »

Perplexe, Cavanaugh regarda Prescott se précipiter vers les étagères de nourriture puis revenir aux écrans, d'un air toujours plus inquiet. Les tueurs continuaient à tirer vers le haut des marches. Deux d'entre eux rechargèrent d'un geste frénétique, pendant que les deux autres les couvraient. L'homme au rez-de-chaussée ne cessait de viser alternativement l'ascenseur et la porte d'entrée défoncée.

Un bruit dans la pièce attira l'attention de Cavanaugh. Un raclement produit par le glissement des étagères vers la gauche. Prescott venait de révéler un passage.

« Où ça mène ?

— Dans l'entrepôt. »

Se rappelant l'armée de drogués qu'il avait vue en arrivant, Cavanaugh se demanda jusqu'à quel point il pouvait compter sur l'aide de Prescott. « Vous savez vous servir de l'arme que vous pointiez sur moi tout à l'heure ?

— Non. »

Cavanaugh n'en fut guère surpris. Quand il saisit le .45, il vit que Prescott n'avait pas enlevé le cran de sûreté. Pire encore, après que Cavanaugh l'eut retiré et reculé la glissière d'un centimètre, il s'aperçut que le canon était vide. Sortant le chargeur, il constata toutefois qu'il contenait bien les sept cartouches habituelles. Après l'avoir renfoncé, il engagea une cartouche dans le canon, prête à l'usage.

« Vous avez d'autres munitions ?

— Non. »

Cavanaugh n'en fut pas davantage surpris. Comme le .45 avait besoin d'être armé avant de tirer, il laissa le percuteur en position arrière et mit la sécurité, une méthode prisée par les professionnels. Après avoir glissé le Colt dans sa ceinture, il sortit son Sig.

Une dernière fois, il observa les moniteurs. Deux autres faux mendiants se ruaient dans l'escalier, pistolets tendus devant eux. Comme leurs collègues, ils s'arrêtèrent pile, effrayés par une chose invisible pour l'objectif des caméras.

Une image au milieu de la rangée de moniteurs attira l'attention de Cavanaugh. Un homme barbu, couvert de haillons, était posté à l'extérieur, derrière la carcasse calcinée de la Taurus qui n'en finissait pas de brûler malgré l'averse. Dégoulinant de pluie, l'individu tenait un tube de métal d'un mètre vingt de long environ, qui ressemblait curieusement à un lance-roquettes antichar.

« *Prescott, allez-vous enfin me dire ce qui se trouve derrière cette porte ?*

— La rangée de moniteurs en haut. Sur la droite. »

L'écran ne montrait rien d'autre qu'une passerelle métallique noyée dans l'ombre.

« Ouvrez ! Fichons le camp d'ici ! »

Le regard fou, Prescott déverrouilla la porte et l'ouvrit d'un coup sec en pivotant pour se mettre à couvert derrière le mur.

Cavanaugh tira par l'ouverture mais ne vit rien hormis la passerelle qu'il avait déjà remarquée sur le moniteur, un pont suspendu s'étirant dans l'ombre. L'entrepôt grondait sous l'averse.

« Vous vous rappelez ce que j'ai dit tout à l'heure à propos de votre coopération ? »

Prescott pouvait à peine parler. « Oui.

— Vous avez le cœur solide ? Pas de maladie qui vous empêcherait de piquer un sprint ? »

Prescott lâcha un « Non.

— OK, quand je passerai cette porte, vous me suivrez en vitesse ! Et vous ne me lâcherez pas d'une semelle ! »

Sur l'écran du milieu, l'homme crasseux, debout sous l'averse, finit d'armer le lance-roquettes d'un modèle assez compact pour qu'on puisse le manipuler facilement. Il le haussa au niveau de l'épaule puis leva les yeux en direction de la fenêtre condamnée.

« On y va ! », cria Cavanaugh.

Il fonça droit devant en braquant son arme vers les ombres régnant sous la passerelle. Ses pas rapides résonnaient sur le métal. Un instant plus tard, il eut le soulagement d'entendre ceux de Prescott claquer juste derrière lui.

Puis, quand la roquette explosa contre le mur du bâtiment, ses oreilles s'emplirent d'un puissant sifflement qui recouvrit tout autre bruit. Il ressentit la secousse. C'était comme s'il recevait une bonne bourrade dans le dos. Et puisqu'il ne pouvait se risquer à regarder en arrière, il se contenta d'imaginer les briques volant à travers la pièce, fracassant moniteurs et consoles électroniques.

L'onde de choc l'avait fortement déséquilibré. Il fut projeté contre la passerelle, tête la première. Son front heurta le métal pendant que Prescott s'affalait sur lui de tout son poids. Le .45 coincé sous Cavanaugh s'enfonça dans ses côtes. L'espace d'un instant, il ne vit plus rien.

La passerelle vacillait.

8

PRESCOTT gémit.

La passerelle oscillait toujours plus dangereusement.

Cavanaugh rassembla ses idées. Respirant avec difficulté, il se mit à se tortiller pour se dégager de la masse de Prescott. Des tourbillons de fumée mêlée de poussière engendrés par l'explosion dérivaient vers eux.

« Prescott. »

Le gros homme toussa.

Cavanaugh sentit la pression de son torse sur son dos. « Vous êtes blessé ?

— J'en sais rien... Je crois pas. »

Alors qu'il était juste au-dessus de lui, Cavanaugh percevait la voix de Prescott comme un lointain murmure, à cause du sifflement qui n'en finissait pas de résonner dans ses oreilles. « Il faut vous lever.

— Attention à la passerelle », prévint Prescott.

Elle oscillait si fortement que Cavanaugh avait l'impression d'être à bord d'un avion pris dans la tempête. Grâce à son entraînement Delta Force, il n'éprouvait ni vertige ni nausée. Mais pour Prescott c'était une autre affaire. N'ayant aucune expérience, il devait être mort de trouille.

Des pigeons paniqués s'envolèrent dans tous les sens. Par les trous du toit, la pluie se déversait en cascades.

« Prescott, je vais m'occuper de vous. Ce que vous allez devoir faire est simple.

— Simple ? » Prescott s'accrochait à lui comme un homme qui se noie s'accroche à son sauveteur.

« *Très* simple. » Cavanaugh se figura les tueurs montant les escaliers quatre à quatre. Dans quelques secondes, ils entreraient dans la salle de contrôle. Mais il se garda bien de communiquer son inquiétude à Prescott.

« Que voulez-vous que je fasse ?
— Soulevez-vous. »

La passerelle se mit à vibrer, Prescott se raidit.

« On n'a pas le choix. » Cavanaugh s'efforçait de garder un ton calme. « Imaginez que vous faites des pompes. »

Prescott était incapable de bouger.

« Allez-y, dit Cavanaugh. *Maintenant.* »

Avec maintes précautions, Prescott s'efforça de déplier les coudes. Un centimètre après l'autre.

Cavanaugh se dégagea en rampant. Il enfonça son arme dans son holster et s'accroupit, agrippé aux rampes métalliques de la passerelle branlante. A présent que la poussière était retombée, la lumière grise qui filtrait à travers les fenêtres brisées suffisait à percer les ombres. Quand il se retourna vers la pièce remplie de décombres qu'ils venaient de quitter, il s'aperçut que la passerelle était fixée au mur.

Au moyen de boulons rouillés à moitié dévissés.

Il se demanda dans combien de temps leurs assaillants feraient irruption dans la salle de contrôle.

« C'est très bien, Prescott. Maintenant, vous allez vous lever.
— Je ne peux pas. »

La passerelle frémit. Cavanaugh avait du mal à garder l'équilibre. La pluie ruisselant à travers les déchirures du toit clapotait tout autour de lui.

« Alors rampez, commanda-t-il.
— Quoi ?
— Rampez. *Maintenant.* »

Il tira Prescott pour le faire avancer un peu.

« Allez. Plus vite. »

Cavanaugh tira encore une fois, Prescott se décida à ramper. La pluie lui éclaboussait la main.

« J'ai mal au cœur, dit Prescott.

— Attendez qu'on soit sortis d'ici. » Cavanaugh espérait qu'en entendant cela, Prescott se projetterait dans le futur.

« Sortis d'ici, murmura Prescott.

— Voilà, c'est bien. Continuez comme ça. Plus vite. Nous allons bientôt atteindre l'autre porte. »

Cavanaugh scruta la pénombre devant eux et vit que les boulons retenant la passerelle de l'autre côté étaient à demi dévissés eux aussi.

Le métal gémit.

En bas, un homme hurla. « Regardez ! Sur la passerelle ! »

Dans la pièce qui avait servi de cachette à Prescott, une explosion arracha la porte par laquelle Cavanaugh était entré. Les tueurs se ruèrent à l'intérieur. Cavanaugh sortit son pistolet et tira à trois reprises, contraignant leurs assaillants à se mettre à couvert. Il fit feu encore trois fois, dans l'espoir que les tueurs resteraient tapis assez longtemps pour que Prescott et lui atteignent la porte devant eux. Mais en entendant la fusillade, Prescott eut un brusque mouvement de recul. La passerelle chavira. Les boulons se détachèrent du mur d'en face.

Et la passerelle se décrocha.

9

LE métal rouillé se déforma. L'extrémité de la passerelle racla le mur et s'inclina comme un toboggan pendant que Cavanaugh et Prescott faisaient l'impossible pour ne pas tomber.

« Attrapez la rampe ! », hurla Cavanaugh.

Pour une fois, Prescott ne se le fit pas répéter. Même dans la lumière grise, on vit nettement ses articulations blanchir quand ses mains s'agrippèrent désespérément à la rambarde.

Le métal grinça, la passerelle s'inclina selon une pente encore plus abrupte.

« Servez-vous de la rampe comme d'une corde ! ordonna Cavanaugh. Descendez une main après l'autre ! »

Dans un fracas assourdissant, le bout de la passerelle s'écrasa sur le premier palier et s'immobilisa. Le choc fut tellement puissant que Cavanaugh faillit lâcher prise.

Prescott et lui pendaient au-dessus du vide, à quarante-cinq degrés.

Cavanaugh songea aux hommes qui avaient investi la pièce, au-dessus d'eux. Il espérait que la pénombre les empêcherait d'ajuster leurs tirs. Mais celui qui venait de crier, en dessous ?

« Prescott, on change de tactique ! Au lieu de descendre avec les mains, coincez vos talons contre le métal et laissez-vous glisser ! »

Le visage de Prescott adopta une expression de complet désarroi.

« Allez-y ! cria Cavanaugh. Faites comme moi ! »

Il se mit à glisser sur le dos, se servant de ses chaussures comme frein et de ses mains sur la rampe pour se guider. Le raclement qu'il perçut derrière lui le rassura. Prescott faisait de son mieux pour le suivre.

Des coups de feu retentirent à travers l'entrepôt. Les balles tirées à partir de la salle de contrôle décrochèrent de gros morceaux de mur.

En entendant cela, Prescott n'eut soudain plus besoin d'encouragements. Il se mit à glisser si rapidement que ses chaussures heurtèrent Cavanaugh. Ce dernier, à son tour, accéléra l'allure à tel point qu'il crut y laisser son fond de pantalon. Puis de nouveau, les pieds de Prescott le touchèrent, encore plus violemment, si bien qu'il glissa encore plus vite.

Il tomba sur le sol mouillé et avant que Prescott ne s'écrase sur lui, se dépêcha de rouler de côté puis, sans prendre le temps de vérifier si Prescott était sain et sauf, sortit son arme et s'accroupit pour échapper aux tirs de l'homme dont ils avaient entendu le cri, sous la passerelle.

Un mur bougea. Aussitôt, Cavanaugh comprit qu'il s'agissait des SDF tapis dans l'ombre. Il discerna les gros cartons où ils dormaient et les sacs-poubelles remplis de Dieu sait quoi. Les relents d'urine et d'excréments lui soulevèrent le cœur.

Plusieurs drogués s'avancèrent mais les tirs venus d'en haut les obligèrent à reculer. Les balles martelèrent le sol.

Les tueurs ne nous voient pas, pensa Cavanaugh. Ils tirent à l'aveuglette. Si je réplique, l'éclair du canon leur indiquera où viser.

L'eau qui tombait du toit clapotait tout autour de lui. Il regarda en arrière, vit une porte et aussitôt empoigna Prescott pour l'obliger à se relever.

Mais lorsque Cavanaugh essaya d'ouvrir, il s'aperçut qu'elle était verrouillée. Pestant en lui-même, il chercha une autre issue, repéra un escalier menant au rez-de-chaussée et entraîna Prescott dans cette direction. Ils risquaient fort de tomber sur les tueurs, en bas, mais il fallait tenter le coup.

Prescott et lui ne se connaissaient que depuis vingt minutes. Il ignorait qui était cet homme et pourquoi on voulait le tuer. Il n'était même pas sûr qu'il aurait accepté cette mission une fois leur entretien terminé et les risques évalués. Il ne savait qu'une chose. Prescott lui avait juré qu'il n'était ni trafiquant de drogue ni l'un de ces monstres que Cavanaugh refusait de protéger. Mais tout cela n'avait plus aucune importance, à présent. L'assaut qu'ils venaient de subir lui avait ôté toute possibilité de choix. Prescott et lui se retrouvaient désormais dans les rôles respectifs de protégé et protecteur.

Tout en guidant Prescott vers l'épaisse pénombre du rez-de-chaussée, il se hâta d'effectuer un rechargement tactique. Sortant le chargeur à moitié vide, il le mit dans sa poche et en saisit un neuf à sa ceinture avant de l'enfoncer dans la crosse de son pistolet.

La puanteur se fit plus atroce encore. Prescott était comme fou, ses pas sur les marches produisaient un bruit épouvantable. Non ! pensa Cavanaugh. Ils vont nous entendre et nous tirer dessus ! Il ne lui restait qu'à espérer que le grondement de la pluie sur le toit atténuerait les bruits.

Son espoir fut déçu. De nouveaux coups de feu arrachèrent d'autres plaques de mur. Cavanaugh contraignit Prescott à presser l'allure et frémit en voyant apparaître un autre groupe de clochards. Il braqua son arme, incapable de distinguer les vrais SDF des faux. La plupart s'étaient déjà recroquevillés pour éviter les tirs venant d'en haut et se protéger des deux étrangers qui avaient fait irruption au milieu d'eux. Quand ils virent le pistolet de Cavanaugh, ils se tassèrent encore plus.

Tous n'étaient pas transis de peur. Certains rappelaient par leur attitude le chacal qui attend que sa proie détourne le regard pour lui foncer dessus.

Aucun ne possédait d'arme de poing ni de fusil d'assaut mais ils étaient assez nombreux pour maîtriser un homme seul, même armé.

Au-dessus de lui, Cavanaugh entendit résonner plusieurs voix tonitruantes. La passerelle émit une sorte de raclement, comme si les tueurs avaient décidé d'emprunter ce passage acrobatique pour les rejoindre. Quant aux autres hommes de l'équipe d'assaut, ils allaient probablement dévaler les escaliers jusqu'à l'entrée principale, puis ils sortiraient sous la pluie, courraient quelques mètres, surgiraient dans l'entrepôt, éparpilleraient ses occupants déguenillés et la chasse à l'homme reprendrait de plus belle. Pendant ce temps, certains de leurs comparses se précipiteraient vers l'autre bout de l'entrepôt pour leur couper la route au cas où Prescott et lui tenteraient de fuir dans cette direction. Mais on n'en était pas là ; les tueurs n'étaient sûrement pas aussi rapides.

Sans cesser de viser les clochards, Cavanaugh fit à Prescott un geste qui intimait de le suivre jusqu'à une porte rouillée, près d'une ouverture donnant sur la rivière un peu plus loin. Mais il comprit très vite que même si l'équipe d'assaut n'avait pas eu le temps d'atteindre cette partie du bâtiment, des snipers les attendaient peut-être, postés aux fenêtres des étages, prêts à faire feu à travers les vitres brisées.

Nous n'aurions pas l'ombre d'une chance, songea-t-il. La pluie s'engouffrait par rafales dans l'ouverture béante. La lumière grise les attirait. Sur le fleuve, la sirène d'un remorqueur beugla. Si près. De nouveau, Cavanaugh imagina les tueurs faisant irruption dans l'entrepôt, éparpillant ses occupants dépenaillés, à la recherche de...

Eparpillant ?

« Prescott, suivez-moi. On retourne d'où on vient.
— *On ne s'en va pas, alors ?*
— Quand je vous le dirai. » Cavanaugh conduisit Prescott au centre de l'entrepôt.

Il se campa face aux clochards. « J'ai du boulot pour tout le monde. »

Les SDF parurent déroutés et, pour certains, aussi effrayés par le mot *boulot* que par le pistolet braqué sur eux.

Le tonnerre gronda.

« Votre premier pas sur le chemin de l'autonomie. »

Ils accueillirent cette déclaration d'un air carrément perplexe.

« Pas besoin de compétences particulières ; et si tout se passe bien, demain je vous enverrai un camion plein de nourriture et de vêtements. Il y en aura pour vous tous. C'est un marché tout ce qu'il y a d'honnête, non ? »

Ils considérèrent Cavanaugh comme s'il parlait chinois.

« Alors qu'est-ce que vous en dites ? Prêts à vous retrousser les manches ? »

Ils continuaient à le dévisager.

« Génial, s'exclama Cavanaugh. Bon, voilà ce que vous aurez à faire. Vous voyez cette ouverture là-bas ? Elle mène à d'autres entrepôts et au fleuve. Ce que j'attends de vous... Prescott.
— Quoi ?
— Protégez-vous les oreilles. »

Prescott ne se le fit pas dire deux fois.

« Je vais vous expliquer ce que j'attends de vous, annonça Cavanaugh au petit groupe déguenillé. Pensez à la nourriture et aux vêtements que vous aurez demain et – Cavanaugh leva son pistolet – courez dans cette direction. »

Ils le considérèrent sans réagir.

« Courez ! »

Comme ils ne bougeaient toujours pas, il tira un coup de feu en l'air. L'éclair aveuglant qui sortit du canon déchira la pénombre. La détonation assourdissante fit reculer le groupe.

« Courez ! » Cavanaugh tira deux autres coups au-dessus de leurs têtes. Ses propres oreilles en subirent les douloureux effets mais cette fois, les clochards prirent peur et commencèrent à s'agiter, pressés d'échapper au dingue qui les canardait.

Lorsque Cavanaugh fit feu pour la quatrième fois, il obtint enfin ce qu'il cherchait. Pris de panique, ils se ruèrent en masse vers la sortie et, se bousculant à qui mieux mieux, se retrouvèrent dehors.

10

« SUIVEZ-les ! », lança Cavanaugh à Prescott.
Pour bien enfoncer le clou, Cavanaugh tira une dernière fois, ce qui provoqua une telle épouvante que le groupe de SDF s'élança sous la pluie battante. Ils devaient être au moins trente à courir à la recherche d'un abri. Il ordonna à Prescott de continuer à les suivre, espérant que, surprise par ce charivari, l'équipe d'assaut cesserait le feu. La pluie glaciale le transperça. Prescott et lui dévalèrent une rampe de béton puis traversèrent une aire de parking encombrée de détritus.

Les épouvantails détalaient dans toutes les directions. Certains s'engouffrèrent tête baissée dans la déchirure d'une barrière grillagée. Ils leur emboîtèrent le pas en pataugeant dans les flaques. Cavanaugh fit passer Prescott par le trou du grillage en lui mettant la main sur la tête pour le protéger du fil de fer coupant et s'apprêtait à le suivre quand un frisson le parcourut. Pas à cause de la pluie. Il venait de réaliser que Prescott et lui formaient des cibles trop voyantes, à présent que la bande de clochards s'était dispersée dans la nature. Les seuls éléments jouant en leur faveur étaient la distance et la difficulté d'atteindre une cible mouvante à partir d'une position élevée.

Blam ! Une balle déchiqueta le sol de ciment derrière eux.

« Prescott, cet entrepôt, là-bas ! »

Blam ! Encore un trou dans le sol.

« On y est presque, Prescott ! »

Blam! Un éclat de ciment passa devant le front de Cavanaugh. « Dépêchez-vous, Prescott ! »

Cavanaugh ne pouvait se permettre de courir aussi vite qu'il l'aurait souhaité. Il lui fallait tenir compte de son compagnon. Tout en criant pour l'encourager, il lui attrapait le bras dès qu'il le voyait sur le point de trébucher. Et malgré cette allure relativement lente, lorsqu'ils tournèrent au coin de l'entrepôt, il constata que ses poumons brûlaient à cause de l'effort fourni.

Protégé par le mur, Prescott se pencha en frissonnant, hors d'haleine. « On a réussi, parvint-il à articuler. J'y crois pas...

— Ne vous arrêtez pas.

— Mais il faut que je reprenne mon...

— Pas le temps. Allons-y. » Cavanaugh le saisit par le bras pour le forcer à avancer.

Il étudia l'entrepôt. Ses vitres étaient intactes. On voyait des boîtes entassées à l'intérieur. Encore en activité, pensa-t-il. Harcelé par la pluie battante, il marcha vers une porte qu'il tenta d'ouvrir. Verrouillée. On n'était qu'au milieu de l'après-midi mais les locaux étaient sombres. Pas le moindre mouvement. Rien d'étonnant à cela puisqu'on était dimanche.

Il parvint à entraîner Prescott dans une course à petites foulées qui les mena à l'avant du bâtiment. Là, ils trouvèrent d'autres édifices, plus petits, puis le fleuve assombri par l'orage. Pas plus que le précédent, ces bâtiments ne semblaient abandonnés et pourtant, rien ne bougeait à l'intérieur. Il devait bien y avoir un gardien quelque part, mais il était invisible et bien sûr il n'était pas question de l'appeler. Le moindre cri attirerait l'équipe d'assaut. D'autant plus qu'en ce moment même, ils étaient sûrement en train de converger par ici.

Ses vêtements détrempés lui collaient à la peau. Tout en grelottant, il passa dans sa tête différentes solutions qu'il rejeta les unes après les autres. Et s'il forçait une serrure ? Ils pourraient se cacher dans l'un de ces bâtiments. Hélas, toutes les portes possédaient une lucarne grillagée. Leurs poursuivants n'auraient qu'à jeter un coup d'œil à l'intérieur pour les repérer grâce aux flaques d'eau que Prescott et lui ne manqueraient pas de répandre sur le sol en entrant.

Sans lâcher le bras de Prescott, Cavanaugh longea la voie

déserte. Les nuages noirs, menaçants, les ombres projetées par les hangars plongeaient la scène dans une semi-pénombre, alors qu'on était en plein jour. Ça nous fera une couverture, songeat-il. Mais ça ne suffira pas. Bien conscient qu'ils ne pouvaient rester plus longtemps dehors, il se remit à chercher un abri. Une benne à ordures attira une seconde son attention, mais elle était pleine et de toute manière, c'était un piège tout aussi mortel que les autres puisque les tueurs finiraient bien par y fourrer leur nez.

« Faut que je souffle », murmura Prescott. La fatigue et l'obésité avaient eu raison de sa frayeur. A présent, il se traînait lamentablement.

« Bientôt. »

Tout en obligeant son compagnon épuisé à descendre la rue, Cavanaugh songea de nouveau à forcer une serrure. L'équipe d'assaut ne découvrirait pas tout de suite dans quel bâtiment ils se cachaient. Ensuite, ils seraient bien obligés de le fouiller et cela prendrait du temps. Cavanaugh pourrait utiliser ce répit pour appeler Protective Services sur son portable et demander des renforts.

Les explosions et les coups de feu avaient peut-être alerté quelqu'un dans le voisinage. A moins que les gens du coin n'aient mis tout ce raffut sur le compte du tonnerre et des éclairs. Soit le grondement de l'orage avait couvert le bruit des détonations, soit ce genre de vacarme était monnaie courante dans le quartier. En tout cas, si les forces de l'ordre débarquaient, ça risquerait de compliquer encore plus les choses. Après tout, les tueurs s'étaient bien déguisés en drogués, pourquoi n'échangeraient-ils pas leurs guenilles contre des uniformes de policiers ? Comment savoir ? Mieux valait ne compter que sur Protective Services. Il téléphonerait à Duncan. Une équipe de secours arriverait...

Quand ? Dans quinze minutes ? Peu probable. Une demi-heure ? Peut-être. Mais pas garanti. Et comment l'équipe de secours s'y prendrait-elle pour déterminer dans lequel de ces entrepôts ils se cachaient ? Il y en avait tant.

Il faut qu'on continue à avancer, pensa Cavanaugh. La main droite crispée sur son pistolet et la gauche sur la chemise trempée de Prescott, il poursuivit sa route. Une autre barrière grillagée se dressa devant eux. Celle-là était intacte ; on la franchissait par une lourde porte en métal munie d'une serrure. Non loin de là, une pancarte placardée sur un bâtiment annonçait WILSON FRÈRES – ENTREPRISE DE CONSTRUCTION. Grelottant de froid, il mena Prescott près de la barrière. De l'autre côté, étaient parqués deux chariots élévateurs, une benne à ordures, un pick-up et une berline cabossée couleur rouille qui devait dater d'une bonne vingtaine d'années.

Pourvu qu'il y ait de l'essence dans le réservoir. Cavanaugh sortit ses outils de crochetage d'une fente pratiquée sous le col de sa veste détrempée. Il rangea son pistolet dans son étui, choisit deux crochets adaptés à ce modèle de serrure, les enfonça dans l'orifice puis tourna l'entraîneur pendant qu'avec le palpeur, il libérait les goupilles. Dix secondes plus tard, la porte s'ouvrait.

Il fit entrer Prescott et referma la barrière. A ce moment même, plusieurs hommes passèrent en courant entre les deux entrepôts, au bas de la rue. Quand ils entendirent leurs pas précipités et leurs voix furieuses, Prescott et lui étaient déjà accroupis derrière la berline. Ce fut à peine si Cavanaugh remarqua que la couleur rouille du véhicule était due à la corrosion et non à la peinture.

La portière côté conducteur s'ouvrit sans mal. Son propriétaire devait estimer que le grillage constituait une protection largement suffisante pour un pareil tas de boue. Les voix se rapprochaient. Si jamais les tueurs se dirigeaient vers la barrière et remarquaient qu'elle n'était pas verrouillée...

La pluie brouillait sa vision. Cavanaugh se glissa sur le siège, face à la colonne de direction, y appuya ses pieds, attrapa le volant à deux mains et tira d'un coup sec, ce qui brisa la serrure interne qui le bloquait. Puis il actionna le levier d'ouverture du capot et sortit sous la pluie pour inspecter le moteur. Un réseau de fils reliait la colonne de direction au compartiment moteur. Il repéra ceux qui l'intéressaient, sortit l'épingle de sûreté dissimulée sous son col, les perça, les assembla pour former un circuit puis referma l'épingle de manière à les maintenir ensemble. Le moteur démarra.

En l'entendant, les hommes pressèrent le pas. Leurs foulées et leurs voix étaient à présent bien audibles.

Sans plus s'inquiéter du bruit qu'il pouvait faire, Cavanaugh referma brutalement le capot et fit monter Prescott sans ménagements. « Attachez votre ceinture ! »

Il passa vite la première et mit le pied au plancher. « Baissez votre vitre ! »

11

La voiture rouillée bondit comme une fusée, ce qui surprit fort Cavanaugh. On avait dû entretenir son moteur, contrairement à sa carrosserie qui était juste bonne pour la casse.

« Baissez votre vitre ! », hurla de nouveau Cavanaugh. Prescott – habitué à obéir, à présent – s'exécuta aussitôt.

« Planquez-vous ! » Cavanaugh sortit son pistolet.

Quand la voiture défonça la barrière, ses phares se brisèrent ; la porte grillagée se rabattit violemment à droite. Par la vitre baissée, Cavanaugh tira plusieurs coups de feu sur les deux tueurs qui venaient d'apparaître, sans doute venus vérifier si la porte était bien fermée. Frappés de stupeur, ils restèrent une seconde bouche bée avant d'être projetés en arrière par l'impact des balles.

La glissière de son pistolet était ouverte. Le chargeur vide. Cavanaugh amorça un virage serré sur la gauche pour mettre de la distance entre eux et les types armés qui venaient de surgir. La manœuvre était trop délicate pour qu'il lâche le volant. Impossible de recharger le Sig avec le dernier chargeur passé dans sa ceinture. Il lui faudrait compter sur le .45 de Prescott.

Il l'extirpa de sa ceinture et le laissa tomber sur le siège. Etant donné les circonstances, il aurait eu du mal à s'en servir. Garder le contrôle de la voiture était déjà assez compliqué. Elle dérapait sur le pavé graisseux. La pluie qui tambourinait sur le pare-brise tombait si dru qu'il voyait à peine la rue étroite s'étirant devant lui. De la main gauche, il chercha à tâtons la manette des essuie-glaces sur la colonne de direction, la tourna et découvrit que seul l'essuie-glace côté conducteur fonctionnait. Et il n'y avait pas le choix de la vitesse : c'était ultrarapide ou rien.

Tandis que l'essuie-glace s'agitait furieusement sur le verre, une balle perça le pare-brise arrière et traversa le toit, juste au-dessus de la tête de Cavanaugh qui se baissa, tout en gardant un œil au-dessus du tableau de bord. Il savait qu'en se tassant ainsi derrière le volant, il n'échapperait pas forcément aux tirs. Les balles pénétrant par l'arrière avaient toutes les chances de traverser le coffre, la banquette, le dossier de son siège et de terminer leur course dans son corps.

En revanche, si l'équipe d'assaut visait le réservoir, qui était aux trois quarts plein d'après la jauge du tableau de bord, les balles lui feraient perdre du carburant, certes, mais à moins qu'ils n'utilisent des balles traçantes, ce qui n'était pas le cas, le risque d'explosion était quasiment nul. L'essence ne s'enflammait pas si facilement. Encore une histoire à dormir debout. Tout au contraire, le carburant ralentirait les balles et les empêcherait de traverser les sièges.

L'équipe d'assaut avait tout intérêt à tirer dans les roues. C'était la meilleure tactique. Mais même dans ce cas, les dommages seraient bien moins importants qu'on avait coutume de se le figurer. Un coup de fusil ou une rafale de mitraillette avait toutes les chances de déchirer un pneu, mais une ou deux balles de pistolet, non. La roue resterait gonflée pendant sept kilomètres environ, c'est-à-dire assez longtemps pour que Cavanaugh sème leurs poursuivants. Au besoin (il l'avait fait à deux reprises au cours de sa carrière), il roulerait sur les jantes.

Une deuxième balle perça le pare-brise arrière et poursuivit sa course à travers le pare-brise avant. Cavanaugh l'entendit siffler à son oreille, sentit son souffle lui fouetter la joue. Mais impossible de savoir à quelle distance elle était passée. Prescott, lui, était collé au sol.

Cavanaugh restait totalement concentré sur sa conduite, tant la pluie et l'essuie-glace au va-et-vient accéléré formaient comme un brouillard devant ses yeux et l'empêchaient de bien voir la route. Une longue voiture noire déboula d'une rue latérale et freina à mort, bloquant l'étroit carrefour devant lui. Des hommes en descendirent et se placèrent aussitôt en position de tir derrière la carrosserie. Mais avant même de faire feu, ils comprirent qu'ils venaient de tomber dans le piège qu'ils avaient cru lui tendre. En effet, Cavanaugh n'avait pas le temps de s'arrêter. Soudain leur belle assurance se changea en panique ; ils filèrent se réfugier dans les bâtiments de chaque côté de la rue.

« Prescott, accrochez-vous bien ! On va jouer aux autos tamponneuses. »

Arrivé à quelques dizaines de mètres de la voiture barrant le carrefour, il effectua un rapide calcul. Malgré le rideau de pluie, il réalisait parfaitement qu'il ne pourrait pas la contourner. L'espace était trop étroit. Ne restaient que deux solutions. La première consistait à tirer d'un coup sec sur le frein à main en tournant le volant d'un quart de tour pour que la voiture vire à 180 degrés : ce qu'on appelle un tête-à-queue. Ensuite il lâcherait le frein à main et mettrait le pied au plancher pour s'éloigner au plus vite de la barricade.

Mais cette idée n'en était pas une, puisque revenir en arrière ne servirait qu'à les ramener vers ceux-là mêmes qu'ils tentaient de fuir. De plus, le pavé était tellement glissant que la manœuvre s'avérerait difficile à exécuter avec précision. Il fallait donc passer à la deuxième option.

Cavanaugh vérifia le compteur de vitesse. Quatre-vingt-dix. Trop rapide. Couvert de sueur, il relâcha la pédale de l'accélérateur et tenta de stabiliser ses mains moites sur le volant à dix heures dix, doigts écartés pour une prise maximum.

De toute évidence, s'il se jetait sur la voiture – une force lancée contre une masse inerte –, il les tuerait tous les deux. Mais il existait un moyen de survivre au choc. Il suffisait pour cela de changer le rapport entre la force et la masse.

« On y va, Prescott ! Tenez bon ! »

Cavanaugh ralentit. Quand il atteignit soixante-dix kilomètres-heure, il projeta tant bien que mal son regard au-delà de l'essuie-glace qui gigotait devant lui et repéra l'endroit où l'obstacle était le moins lourd – le coffre, sur la droite. Il se concentra sur le pare-chocs arrière et, en même temps, tourna le volant à droite afin que le phare gauche de la Taurus emboutisse le pare-chocs de l'autre véhicule.

L'onde de choc lui traversa le corps. Pour éviter le coup du lapin, il se ramassa sur lui-même et colla sa nuque contre le dossier. Il ressentit malgré tout une violente douleur dans le cou.

Au lieu de percuter l'autre véhicule de plein fouet – cent pour cent de force heurtant cent pour cent de masse – cette manœuvre réduisit chaque facteur des deux tiers. Il y eut des éclats de verre. Du métal froissé. La voiture d'en face pivota et sa partie arrière s'écarta du passage, créant une trouée dans laquelle Cavanaugh s'engouffra à toute allure.

Derrière lui, l'équipe d'assaut, vite remise de sa surprise, tirait sur le véhicule qui s'éloignait. Tête baissée derrière le tableau de bord, Cavanaugh entendait les balles cogner. Certaines traversèrent l'habitacle et le pare-brise avant, désormais réduit à quelques bouts de verre. L'une d'elles vint se ficher dans le tableau de bord. Une autre déchiqueta l'essuie-glace fou.

La pluie, pénétrant par le trou béant du pare-brise, cinglait l'intérieur de la berline. Cavanaugh roulait de plus en plus vite le long de la ruelle. Au loin, il entendit des sirènes.

« Ça va, Prescott ? »

Pas de réponse.

Entre deux bourrasques, Cavanaugh vit se profiler une intersection. Il appuya doucement sur la pédale de frein afin de pouvoir tourner. Sur le pavé trempé, les pneus glissèrent comme sur de la glace. Il relâcha le frein, de même que l'accélérateur, et se fia au frein moteur. Ce stratagème ne lui fut d'aucune utilité. Il dépassa le carrefour avant d'avoir eu le temps de virer.

« Prescott, dites-moi quelque chose ! *Rien de cassé ?* »

Recroquevillé sur le sol, Prescott remua un peu.

« Content de voir que vous êtes toujours des nôtres. »

Tandis que le hurlement des sirènes au loin devenait plus distinct, une autre intersection se profila. Cette fois, Cavanaugh réussit à contrôler sa vitesse pour éviter de déraper au moment où il prit à droite.

Ils avaient échappé aux tirs. Un répit momentané que Cavanaugh accueillit pourtant avec un joyeux soulagement. Il demanda à Prescott : « Etes-vous blessé ?

— Non.
— Alors, redressez-vous et rendez-vous utile.
— Ça va pas si bien que ça.
— J'ai connu des jours meilleurs, moi aussi. Ecoutez, il faut que je me concentre sur la conduite. Prenez mon téléphone dans ma veste et composez ce numéro. » Cavanaugh le lui dicta. « Ensuite, donnez-moi l'appareil pour que je demande de l'aide.
— Oui, de l'aide, articula Prescott.
— Et après, dit Cavanaugh, vous me direz qui sont ces types et pourquoi ils veulent votre peau. »

12

« ILS ne veulent pas ma peau, répondit Prescott.
— Quoi ?
— Ils me veulent vivant. »
Brusquement, Cavanaugh sentit un frisson le parcourir, un frisson n'ayant rien à voir avec la pluie qui le fouettait. Pendant qu'il regardait dans le rétroviseur pour vérifier si l'équipe d'assaut se lançait à leur poursuite, sa vision de la réalité changea du tout au tout. Il fallait donc considérer l'attaque sous un angle radicalement différent. Dans l'entrepôt, Cavanaugh avait cru que les tueurs étaient gênés par la pénombre et la pluie. A présent, il comprenait que leurs tirs avaient été au contraire soigneusement ajustés. Ils étaient censés arrêter Prescott, pas le tuer. Le seul homme à abattre, c'était lui, Cavanaugh ; pas son client. Tout s'expliquait. Voilà pourquoi, par exemple, leurs poursuivants s'étaient contentés de viser le côté gauche de la berline, puisque c'était là qu'il était assis. Seule la roquette lancée sur la fenêtre condamnée aurait pu les avoir tous les deux. Et encore, si l'on y réfléchissait bien, on trouvait encore une

explication. La puissance du missile avait été bien inférieure à la normale. Preuve en était que les dommages causés au bâtiment auraient pu être beaucoup plus importants. On avait réduit la force de frappe afin que le projectile provoque une commotion mais pas la mort.

« Bien sûr. » Soulagé de pouvoir se diriger sans peine malgré la pluie, Cavanaugh bifurqua pour quitter le quartier des entrepôts. Il atteignit une série de maisons en ruine, près d'une grande route. « Ils se sont déguisés en drogués pour se fondre dans le décor, en espérant vous prendre par surprise. Quand je suis apparu, ils ont compris que la situation était sur le point de leur échapper, alors ils ont revu leurs plans et décidé de passer à l'attaque. Or ils n'étaient pas vraiment prêts à le faire. »

Le hurlement des sirènes grimpa de plusieurs tons.

« Prenez mon portable, répéta Cavanaugh. Composez le numéro que je vous ai donné. »

Prescott s'exécuta enfin. « Voilà. Ça sonne. »

Pendant que Cavanaugh détachait sa main droite du volant et prenait l'appareil, il résolut de tester Prescott : « Ces sirènes. Vous ne voulez pas qu'on aille voir la police ?

— Non, répliqua Prescott.

— Et pourquoi non ?

— Pas de police », insista Prescott.

La voix de Duncan l'empêcha de creuser la question : « Global Protective Services.

— Cavanaugh à l'appareil. Je suis en Condition Rouge. »

Cavanaugh imagina Duncan se redressant sur son siège, droit comme un piquet.

A cause du vent et du vrombissement du pot d'échappement endommagé, il eut du mal à entendre la suite de la phrase : « Le système de pistage de ta Taurus ne fonctionne pas. Je ne te vois pas sur l'écran.

— La Taurus, c'est de l'histoire ancienne. Nous avons volé une voiture. » S'escrimant à contrôler le véhicule avec sa seule main gauche, Cavanaugh pressa le portable plus fort contre son oreille.

« Donne-moi ta localisation.

— Je passe en mode crypté. » Cavanaugh appuya sur le bouton du brouilleur. Si les véhicules de leurs poursuivants étaient équipés de scanneurs de portables, ils pourraient entendre leur conversation. « Je suis toujours à Newark, reprit-il. Je m'éloigne du fleuve. Je vois une forte circulation devant moi, mais impossible d'identifier la route où je me trouve. »

— Combien sont-ils ? Duncan parlait d'une voix tendue par l'inquiétude.

— Peut-être huit.

— Ils sont à vos trousses ?

— Je n'en suis pas sûr. Je pense que... » Ils dépassèrent en trombe d'autres bâtisses lugubres. De nouveau, Cavanaugh jeta un coup d'œil dans le rétroviseur. Il était sur le point de finir sa phrase en disant « je les ai semés » quand deux voitures débouchèrent d'une route obscure derrière eux et foncèrent dans leur direction. « Oui, corrigea-t-il. Ils sont à nos trousses. »

Cavanaugh prit la voie de droite et passa devant un panneau. « Je me dirige vers le nord, sur la route 21. » Il repéra un autre panneau. « La route McCarter.

— Si tu t'éloignes du fleuve vers le nord sur la 21 – Cavanaugh imagina Duncan en train d'examiner une carte sur un écran d'ordinateur – continue tout droit. Dans quinze kilomètres environ, tu trouveras l'embranchement de la route 3. Prends à l'est, puis au nord sur la 17. Tu peux aller jusqu'à Teterboro ? »

Duncan voulait parler de l'aéroport de Teterboro, le quatrième de la région de New York, après Kennedy, La Guardia et Newark International. Situé dans le New Jersey, au point de convergence des routes 17 et 46, près de l'Interstate 80, Teterboro était distant de trente kilomètres du centre de Manhattan via le pont George Washington. Cet aéroport faisait surtout office de piste « annexe », pour les avions d'affaires, les charters et les jets privés. Ce qui permettait de soulager les grands aéroports voués au trafic de masse. Comme la plupart de leurs clients étaient des chefs d'entreprise, Protective Services possédaient au sein même de l'aéroport un bureau et un hélicoptère portant le logo d'une de leurs filiales, Atlas Avionics.

« Je suis actuellement dans notre bureau de Teterboro. » L'orage faisait grésiller la voix de Duncan. « Nous passons le relais. » Traduction : l'équipe avait pris un client en charge à

Manhattan et l'avait transféré d'une voiture blindée vers son jet privé où des agents n'appartenant pas à Protective Services étaient censés prendre le relais. Quand le jet quitterait le sol, la mission serait accomplie. « *Tu peux arriver jusque-là ?*

— Je ferai de mon mieux. » Cavanaugh vérifia la jauge du carburant. Elle était passée des trois quarts à la moitié. De l'essence s'était échappée du réservoir percé.

« Rappelle dans dix minutes, dit Duncan. Je te donnerai des détails sur le rendez-vous. »

Cavanaugh coupa la communication et posa le téléphone sur le siège, près du .45. Il regarda longuement dans le rétroviseur et vit les deux voitures s'engouffrer à toute vitesse dans le flux de la circulation. A cause de l'orage, la plupart des véhicules qu'ils croisaient roulaient pleins phares, mais ces deux-là non.

Les sirènes s'éloignèrent.

« Prescott, vous ne m'avez pas répondu. » Cavanaugh essuya la pluie sur son visage et se concentra pour doubler un camion. « Pourquoi refusez-vous que j'aille voir la police ?

— Ils ne sauraient que faire de nous. Des armes. Une voiture volée. Seigneur ! » Le visage de Prescott, contracté par la tension, semblait avoir perdu un peu de sa rondeur joufflue. « Ils nous interrogeront sur la route. Ils remettront ça au poste de police. Et quand finalement, ils me laisseront partir, les types qui me recherchent n'auront plus qu'à me cueillir.

— Exact. » De nouveau, Cavanaugh essuya l'eau sur son visage. « Pourtant j'ai le sentiment que vous fuyez la police pour une autre raison.

— C'est vrai, et voilà pourquoi je n'irai pas non plus à la brigade de répression des fraudes. Je n'ai aucune confiance dans les institutions gouvernementales.

— *La brigade de répression des fraudes ?* Mais qu'est-ce qu'ils ont à voir avec... » Cavanaugh eut soudain la désagréable impression que Prescott était peut-être un monstre, après tout.

« Les hommes qui nous poursuivent travaillent pour Jésus Escobar. » La peur donnait au visage de Prescott la même couleur que celle de sa chemise blanche crasseuse.

Cavanaugh se sentait de plus en plus mal : Jésus Escobar était l'un des plus importants caïds de la drogue d'Amérique du Sud.

Il jeta encore un rapide coup d'œil dans le rétroviseur et vit que les voitures se rapprochaient. « Vous m'avez juré que cette affaire n'avait rien à voir avec la drogue. Je ne protège pas les dealers.

— Je vous ai affirmé que je n'en étais pas un. Et c'est la pure vérité. Mais je n'ai pas dit que cette affaire n'avait rien à voir avec la drogue.

— Je n'y comprends rien.

— Avez-vous déjà entendu parler de DP Bio Lab ?

— Non. » Cavanaugh dépassa un autre camion ; ses pneus firent jaillir une gerbe d'eau.

« DP pour Daniel Prescott. Cette société m'appartient – un laboratoire de recherches biotechnologiques dernier cri. » Les pupilles de Prescott se dilatèrent sous l'effet de la peur lorsqu'il se retourna pour épier, à travers les trombes d'eau, les deux voitures qui les poursuivaient. « Si vous m'aviez répondu que vous connaissiez DP Bio Lab, ça m'aurait inquiété. Je travaille essentiellement pour le gouvernement. »

Cavanaugh éprouva tout à coup une impression fort pénible.

« Dans le cadre de leur dernière campagne de lutte contre la drogue, ils m'ont engagé pour effectuer des recherches sur les zones du cerveau touchées par l'état de dépendance. » Il parlait vite à cause de l'émotion. « La dépendance est un phénomène extrêmement compliqué. On ne sait pas très bien si les gens deviennent accros pour des raisons psychologiques ou physiques. » Son débit se faisait de plus en plus rapide. « A chaque personnalité correspond une drogue. Les passifs prennent des antidépresseurs. Les actifs des stimulants. Et parfois, c'est l'inverse. »

A présent, les véhicules de leurs poursuivants roulaient à une centaine de mètres de la berline rouillée.

« L'idée était la suivante, poursuivit Prescott. Si j'avais pu trouver un commun dénominateur, un déclencheur physique pour tous, dans le cortex cérébral par exemple, ou l'hypothalamus, on aurait peut-être réussi à en empêcher l'activation et du coup se débarrasser du phénomène de dépendance. »

Les voitures étaient assez proches pour que Cavanaugh dénombre leurs occupants. Il y en avait quatre dans chaque. L'un des chauffeurs portait une moustache. L'autre avait le crâne rasé. Dans leurs yeux on lisait la farouche détermination des chasseurs d'hommes.

« Et vous l'avez trouvé – l'élément déclencheur de la dépendance ?

— Non. »

Tout en discutant, Cavanaugh tentait d'anticiper la tactique des tueurs. Ils le veulent vivant, pensa-t-il. Donc ils ne me tireront pas dessus. Pas à une telle vitesse. Si jamais ils provoquent un accident, Prescott mourra. Ils n'ont qu'une seule solution : m'obliger à sortir de la route.

« Je n'ai pas trouvé de déclencheur susceptible d'être désactivé, dit Prescott. Mais en revanche j'ai trouvé, Dieu me pardonne, une substance facile à fabriquer, capable d'*induire* une dépendance instantanée. A elle seule. Sa production coûte trois fois rien. Elle ne nécessite pas d'équipement sophistiqué. Et le processus de fabrication est exempt de tout risque d'explosion ou d'incendie, contrairement à celui de certaines drogues. »

Cavanaugh replongea son regard dans le rétroviseur. Roulant à tombeau ouvert sous la pluie battante, les autres n'étaient plus qu'à vingt mètres derrière eux.

« Dès que je lui ai fait part de ma découverte, reprit Prescott, l'agence pour laquelle je travaillais a décidé d'interrompre le programme de recherches. Ils ont cédé à la panique. »

L'une des voitures se colla derrière la berline pendant que l'autre tentait de se faufiler sur sa gauche. Ils vont essayer de nous coincer pour nous obliger à nous ranger sur le bas-côté, se dit Cavanaugh.

« Un beau jour, la DEA[*] s'est amenée et a confisqué mes travaux, poursuivit Prescott. Ils m'ont fait jurer le secret, et à mes assistants aussi. Pourtant ces gens-là n'auraient pas dû les inquiéter. Moi seul connais la formule. »

Cavanaugh étudia brièvement la circulation et se décida. La voix de Prescott tremblait. Les paroles suivantes jaillirent presque dans un souffle. « Mais Escobar doit avoir un informa-

---

[*] DEA : « Drug Enforcement Administration », comparable à la Brigade des Stupéfiants en France. (N.d.T.)

teur à la DEA. Mes recherches sont tellement sécurisées que même les hommes d'Escobar ne peuvent y accéder. Il ne reste que moi. Ils veulent me capturer et me forcer à leur livrer la formule.

— Pour l'amour du ciel, pourquoi la DEA n'a-t-elle rien fait pour vous protéger ?

— Ils ont essayé. Mais la bande d'Escobar a quand même réussi à me retrouver. A mon avis, il tire ses renseignements d'un membre de la DEA. L'équipe chargée de me protéger a été attaquée. Ils ont tenté de m'enlever mais j'ai profité de la confusion pour m'esquiver et je suis allé m'enfermer dans cet entrepôt.

— Que vous aviez aménagé quelque temps auparavant. Au cas où, ajouta Cavanaugh.

— Je ne pouvais pas y rester indéfiniment. J'aurais vite été à court de nourriture. Et c'est terrible de n'avoir personne à qui parler. J'en ai assez d'avoir peur.

— Je ferai de mon mieux pour arranger cela. » Cavanaugh baissa sa vitre. Outre le martèlement de la pluie, un autre bruit pénétra dans l'habitacle ; le vrombissement de la voiture qui accélérait pour se placer à sa hauteur. « Vous savez charger un pistolet ?

— Non. »

Ça m'aurait étonné, pensa Cavanaugh. Il avait compté lui passer un chargeur neuf pour le Sig mais c'était inutile donc, et il n'avait pas le temps de lui expliquer le mode d'emploi. Cavanaugh allait devoir se contenter du .45 de Prescott.

Arrivée à la hauteur de la berline, la voiture de gauche fit une embardée. Il y eut un choc.

« Votre ceinture est bien attachée ? », demanda rapidement Cavanaugh.

La voiture cogna encore une fois. Cavanaugh entendit le bruit du métal froissé. Tenant fermement le volant de la main gauche, il baissa la droite pour saisir le .45. « Pourvu qu'il marche. »

Il fit passer l'arme dans sa main gauche et posa la droite sur le volant.

Il ressentit un troisième choc sur le flanc gauche de la berline. Les autres voulaient l'obliger à se ranger sur le bas-côté.

Cavanaugh enleva le cran de sûreté du .45.

13

Quand leurs masses sont égales, deux véhicules peuvent s'entrechoquer pendant un bout de temps et, si leurs conducteurs sont assez habiles, aucun des deux ne cédera. Mais, en l'occurrence, les données du problème étaient autres. Leurs assaillants possédaient une voiture plus robuste que la berline rouillée de Cavanaugh. Les lois de la physique jouaient donc en leur faveur. Ils finiraient forcément par obtenir ce qu'ils cherchaient.

Cavanaugh aurait pu tirer sur le conducteur mais s'il le touchait, la voiture devenue folle risquait de faire un tête-à-queue et d'aller emboutir les véhicules arrivant derrière. De plus, les balles pouvaient très bien transpercer le corps du chauffeur et poursuivre leur course jusqu'aux voitures arrivant en sens inverse, ce qui provoquerait probablement la mort d'un innocent.

Il y avait une autre façon d'utiliser le .45.

« Prescott, protégez-vous les oreilles. »

Depuis que Cavanaugh avait commencé à tirer, tout à l'heure dans l'entrepôt, ses oreilles n'avaient cessé de siffler. A présent, il s'apprêtait à endurer une douleur encore plus vive.

Il enfonça la pédale de l'accélérateur ; la berline fit un bond. Quand il arriva à la hauteur du moteur de l'autre, il sortit le .45 par la fenêtre, visa le capot et tira sept fois, vidant le chargeur aussi vite que le lui permettait son index pressé sur la détente. Sous le capot, le ventilateur partit en miettes. Le radiateur explosa. De l'essence et de la poussière de carbone jaillirent du moteur et s'échappèrent par les trous pratiqués par les balles. Tout de suite après, il vit un jet de vapeur à l'avant de la voiture.

La glissière resta en position arrière : le .45 était vide. Très vite, Cavanaugh rentra son arme pour que les tueurs comprennent qu'il ne tirerait plus et ne répliquent pas. Ils devaient se trouver devant un dilemme. Comment stopper la berline tout en respectant les ordres d'Escobar ? Pour ne pas mettre en péril la vie de Prescott, il leur fallait renoncer à abattre le chauffeur du véhicule transportant ce dernier. Le .45 avait causé de tels dégâts que leur voiture perdait rapidement de la vitesse. Dans un nuage de vapeur d'eau et d'essence, elle se laissa distancer puis se rangea sur l'accotement à gauche de la route.

Celle qui les suivait tenta de compenser la perte du premier véhicule en accélérant pour se rapprocher de la berline. Elle heurta son pare-chocs arrière, ce qui eut pour seul effet de faire vibrer toute la carrosserie. Cavanaugh n'en éprouva aucune gêne. C'était une manœuvre impressionnante mais totalement inefficace. Quand les autres foncèrent de nouveau sur son pare-chocs arrière, il se contenta de freiner un peu pour réduire leurs efforts à néant. La voiture poursuivante en fut réduite à le pousser. Le fait que son conducteur estime judicieux de procéder ainsi indiquait qu'il n'avait guère l'expérience du combat en voiture.

Il n'existait qu'une seule manière de répliquer à ce genre d'attaque. D'abord Cavanaugh devait se mettre en position. Il vira brusquement vers le bas-côté droit et appuya sur le frein mais sans toucher le plancher. Pour mesurer la pression exercée sur la pédale, il se fia aux pulsations de freinage transmises par elle. En appuyant à quatre-vingt-dix pour cent, on obtenait une puissance de freinage suffisante sans pour autant perdre le contrôle de son véhicule. S'il avait appuyé à cent pour cent, les pulsations d'accélération se seraient arrêtées d'un coup, les freins se seraient bloqués et la berline aurait glissé sur le bitume, comme une masse de métal inerte de plus de deux tonnes.

Quand il se retrouva derrière la voiture ennemie, il relâcha le frein et se lança à sa poursuite, mais sans s'éloigner du bas-côté. Ajustant la position de son pare-chocs avant gauche, il le colla au pare-chocs arrière droit de l'autre, suivant la technique d'immobilisation-précision, comme on l'appelle dans le jargon. Il suffisait de procéder en douceur et se contenter d'effleurer légèrement la carrosserie de l'adversaire.

Encore une fois, les lois de la physique entrèrent en action. La voiture ennemie fit un tête-à-queue. Ses occupants perplexes qui, l'instant d'avant, s'étaient retournés pour observer Cavanaugh, se retrouvèrent soudain face à lui. En même temps, leur voiture dérapa sur la droite, en direction de l'accotement, puis décrivant une courbe, elle finit par s'écraser contre une barrière dressée au bord de la route. Pendant ce temps, Cavanaugh filait sans demander son reste.

« Prescott, jetez un œil derrière nous. Voyez-vous déraper d'autres véhicules ? Des accidents ? »

Prescott s'exécuta d'un air stupéfait. « Non. Mon Dieu, je vois quelques voitures qui slaloment mais elles restent sur la route. Pas de casse. Je n'arrive pas y à croire. Vous nous avez débarrassés d'eux.

— Non, répondit Cavanaugh.

— Mais...

— La manœuvre n'a pas gravement endommagé leur véhicule, expliqua Cavanaugh. A moins qu'ils n'aient subi une grosse avarie en heurtant la barrière, on ne va pas tarder à les voir rappliquer. » Cavanaugh examina la jauge du carburant, sur le tableau de bord. L'aiguille était descendue à un quart. « En plus, notre réservoir est une vraie passoire. On va bientôt tomber en panne sèche. »

Au loin, on entendait des sirènes gémir.

Cavanaugh regarda dans le rétroviseur : la deuxième voiture restait invisible. A travers le rideau de pluie qui brouillait sa vision, il aperçut une bretelle de sortie. Il avait mis assez de distance entre lui et leurs poursuivants pour que ces derniers ne remarquent pas son changement de direction. Du moins l'espérait-il.

Le gémissement des sirènes s'amplifia.

« Il est temps de changer de tactique. » Cavanaugh s'engagea sur la bretelle de sortie et, parvenu au bas de la pente, vit un centre commercial sur la gauche. Le parking était comble. Les gens assis dans leurs voitures contemplaient bouche bée l'arrière défoncé de la berline.

« Prescott, servez-vous de votre manche de chemise. Essuyez tout ce que vous avez touché. Effacez vos empreintes digitales. »

Espérant que la pluie dissimulerait sa manœuvre, Cavanaugh pénétra dans l'immense parking. Malheureusement tous les emplacements de la rangée qu'il avait choisie étaient occupés. En jurant, il donna un coup de volant et prit la rangée suivante. Pas une seule place de libre.

Evidemment, pensa-t-il. Un dimanche après-midi pluvieux. Qu'est-ce que font les gens pour tuer le temps ? Ils vont se promener au centre commercial.

Cavanaugh essaya l'allée suivante, puis une autre et une autre encore. Elles étaient toutes bourrées à craquer.

Au loin, les sirènes s'arrêtèrent, probablement près de la voiture que Cavanaugh avait envoyée dans le décor.

Soudain, une voiture noire s'engagea dans l'allée que Cavanaugh venait d'emprunter et fonça sur lui. Derrière les essuie-glaces en mouvement, il vit les trois passagers et le chauffeur au crâne rasé lui lancer un regard assassin.

Cavanaugh freina, mit la marche arrière mais prévoyant sa manœuvre, l'homme assis à côté du conducteur baissa sa vitre, sortit la tête sous la pluie et braqua sur lui un pistolet muni d'un silencieux. Cavanaugh n'entendit pas la détonation mais perçut nettement l'impact de la balle sur son radiateur.

Un jet de vapeur sortit du trou. *Whump.* Une deuxième balle transperça le radiateur. L'équipe d'assaut avait bien profité de la leçon qu'il leur avait donnée tout à l'heure aux dépens de leurs collègues. Leur pistolet n'était pas assez gros pour être un .45. Il ne ferait pas autant de dégâts sur son moteur mais détruirait certainement le radiateur.

Très vite, Cavanaugh fit marche arrière en tournant le volant pour que la berline pivote de 180 degrés. Le sol était trop mouillé et il ne disposait pas de la place suffisante pour exécuter le tête-à-queue impeccable dont il avait le secret. La partie droite de son pare-chocs avant rebondit contre les feux arrière d'une camionnette garée là, envoyant une forte secousse à travers la berline. Et pourtant, sans attendre, il redressa. A présent, il faisait face au centre commercial et non plus à ses ennemis. Il passa une vitesse et s'enfila dans l'allée.

Mais alors que la pluie chassait la vapeur jaillissant du radiateur, Cavanaugh sentit sa poitrine se contracter. Une femme tenant un parapluie venait d'apparaître entre deux véhicules en stationnement. Elle commença à traverser puis s'immobilisa en voyant la voiture de Cavanaugh foncer sur elle.

14

Ne regarde jamais l'obstacle. Regarde toujours là où tu veux aller. Les instructeurs de Cavanaugh lui avaient seriné cette maxime lors de la formation qu'il avait suivie au Bill Scott Raceway en Virginie de l'Ouest, où Global Protective Services et diverses agences de renseignement envoyaient leurs agents s'initier aux secrets de la course-poursuite.

« Pourquoi la plupart des voitures accidentées sont-elles embouties de plein fouet sur le côté ou de face, comme si on n'avait rien fait pour les éviter ? » Duncan lui avait posé cette question un jour qu'il était assis près de lui à la place du passager.

Trop occupé à négocier un virage à 180 kilomètres-heure, Cavanaugh n'avait pas été capable de répondre.

« Si un conducteur dérape sur une plaque de verglas, pourquoi ira-t-il justement s'écraser contre le seul poteau téléphonique du coin ou le seul arbre du champ voisin ? »

De nouveau, Cavanaugh était resté muet, trop concentré sur le vrombissement et la pulsation de ses roues. Il savait que si le vrombissement augmentait en intensité, si les pulsations s'accéléraient, les roues perdraient de leur adhérence en plein virage et qu'il quitterait la piste.

Duncan avait répondu à sa place. « Parce que le conducteur regarde la voiture qui arrive devant lui, ou le poteau téléphonique planté sur le bas-côté, ou l'arbre au milieu du champ, et malgré ses efforts pour les éviter, il leur rentre dedans. Et pourquoi il leur rentre dedans ?

— Parce qu'il les regarde, réussit enfin à répondre Cavanaugh, tout en accélérant à la sortie du virage.

— Oui. On se dirige là où se porte le regard. Si tu regardes l'obstacle, tu te jettes dessus. »

Soudain, une grosse boîte en carton avait traversé en trombe la piste. Cavanaugh, surpris, n'avait pu s'empêcher de la suivre des yeux et, du coup, avait failli rouler dessus. Mais il s'était vite repris et projetant son regard au-delà de l'obstacle était parvenu à l'éviter sans toutefois foncer dans le décor. Sa voiture en pleine accélération n'avait fait qu'une légère embardée en dépassant la boîte qui s'était ensuite envolée vers un fossé. A cet instant, il avait cru voir dépasser une corde.

« Aurait-on caché quelqu'un au bord de la piste, un type chargé de déplacer cette boîte ? avait demandé Cavanaugh tout en négociant un autre virage.

— Quatre-vingts pour cent des débutants qui passent par ici suivent le carton dans le fossé, avait répondu Duncan. Alors, quelle leçon doit-on en tirer ?

— Regarde l'endroit où tu veux aller, pas ce que tu crains de heurter.

— Oui ! »

Sur le parking du centre commercial, Cavanaugh ignora sciemment la silhouette de la femme paralysée de surprise et se focalisa sur les gouttes de pluie qui clapotaient à la surface d'une grosse flaque, quelques mètres plus loin.

Ne bougez pas, madame.

Cavanaugh écrasa la pédale de frein dont il évalua les pulsations croissantes. Quand il jugea avoir atteint quatre-vingt-dix-huit pour cent de sa capacité de freinage, il cessa d'appuyer. S'il continuait, les freins se bloqueraient, rendant la voiture impossible à contrôler. Mais tant que les freins n'étaient pas bloqués, il pouvait la diriger tout en réduisant la vitesse.

Il était si près de la femme qu'au moment où il tourna le volant à droite, il put voir ses pupilles dilatées par la peur.

Non ! Ne la regarde pas ! Regarde la pluie dans la flaque derrière elle !

La berline menaça de déraper sur le sol mouillé. Soudain, elle passa à droite comme il le souhaitait. Sans quitter la grosse flaque des yeux, il tourna ensuite le volant vers la gauche et contourna la femme. Au passage, il sentit son parapluie filer comme une flèche à côté de lui. Quand il atteignit enfin la flaque, il leva le pied de la pédale de frein.

Cavanaugh vérifia dans son rétroviseur et, durant un court instant d'angoisse, craignit que la voiture de ses poursuivants ne renverse la femme ; mais celle-ci avait recouvré ses esprits. Elle tourna les talons, se retrancha entre les véhicules en stationnement et ne reçut que quelques éclaboussures lorsque la voiture noire passa près d'elle.

Redoutant l'apparition impromptue d'autres piétons, Cavanaugh s'engouffra dans l'allée menant au centre commercial et prit à gauche pour s'approcher d'une entrée formée d'une série de portes en verre qu'on voyait briller sur le côté droit de la berline.

« Prescott, ouvrez votre portière ! On saute !
— Mais...
— Allez-y ! » Cavanaugh freina à mort devant les portes. Il attrapa le Sig et le .45. « Maintenant ! »

Dans son dos, il entendit la voiture noire arriver. Prescott et lui se ruèrent à l'intérieur du centre commercial.

15

AMÉNAGÉ sur deux niveaux, l'endroit était tiède, sec et lumineux. Une foule s'y pressait, produisant un immense brouhaha. Cavanaugh ne s'intéressait qu'à une seule chose : le magasin de matériel électronique situé juste sur sa gauche.

« On entre là ! », dit-il à Prescott.

Cavanaugh savait que, dans un instant, la voiture noire stopperait tout près de la berline rouillée et que ses trois passagers se lanceraient à leurs trousses. Le chauffeur resterait assis au volant tout en gardant le contact avec les autres au moyen de son téléphone portable. Si jamais Cavanaugh et Prescott tentaient de s'esquiver par une autre issue, ses acolytes seraient en mesure de le prévenir et lui indiquer devant quelle porte cueillir les fuyards.

Tout en entraînant Prescott vers le magasin d'électronique, Cavanaugh glissa le .45 dans sa ceinture. Il fallait absolument disparaître avant que les tueurs n'entrent dans la galerie marchande. Tenant discrètement le Sig contre lui, il éjecta son chargeur vide, le mit dans sa poche et en enfonça un neuf pris dans son étui de ceinture, avant de presser le levier qui enclenchait vers l'avant la glissière au sommet pour faire passer une cartouche dans la chambre. Il fit tout cela en courant et sans réfléchir, avec une assurance qui lui venait de son entraînement intensif.

Dans le magasin, un jeune vendeur eut l'air stupéfait de les voir surgir dans cet état. Leurs vêtements trempés dégoulinaient sur le sol. « Puis-je vous aider ? »

Gardant le Sig bien caché sous sa veste, Cavanaugh poussa Prescott. Ils passèrent devant le vendeur, longèrent des rangées de téléviseurs allumés et autres magnétoscopes et lecteurs de DVD. « Où est l'arrière de ce magasin ? »

Le vendeur se mit en devoir de les suivre. « Si vous m'indiquez ce que vous cherchez, je serai heureux de vous aider.

— Génial. » Se faufilant entre les clients, Cavanaugh et Prescott s'approchèrent du comptoir du fond.

Derrière le comptoir, à gauche, ils virent une porte que Cavanaugh ouvrit.

« Monsieur ! s'écria le vendeur. Les clients ne sont pas autorisés à entrer dans la réserve !

— Mais c'est justement ça que nous cherchons. » Cavanaugh attira Prescott dans la réserve, referma la porte et mit le verrou.

« Monsieur ! », protesta une voix assourdie.

Dans la demi-pénombre, Cavanaugh se tourna vers des étagères où s'empilaient des cartons contenant des magnétoscopes et des lecteurs de DVD. « On y va, Prescott. »

De l'autre côté, quelqu'un agitait la poignée en tambourinant. Cavanaugh s'avança jusqu'à la porte métallique sur le mur d'en face. Cette issue, il l'avait vue de l'extérieur quand il s'était arrêté devant l'entrée du centre commercial ; il savait que la loi exigeait que les sorties de secours des magasins soient équipées de serrures faciles à ouvrir, afin qu'en cas d'incendie, les clients ne restent pas piégés à l'intérieur. Celle-là ne possédait qu'un simple verrou.

Il le tourna.

Pendant que les tueurs passaient le centre commercial au peigne fin, Cavanaugh et Prescott sortirent en courant sous la pluie. Sur le trottoir, la voiture noire, moteur allumé, était garée derrière la berline rouillée, comme Cavanaugh l'avait prévu. Le chauffeur au crâne rasé ne quittait pas des yeux les portes en verre par lesquelles ses comparses étaient entrés. Cela aussi Cavanaugh l'avait prévu.

Au moment où le chauffeur se retourna pour voir ce qui remuait près de lui, Cavanaugh était déjà là, accroupi dans l'obscurité. Comptant sur la berline rouillée et les nuages de vapeur qui en sortaient pour dissimuler son approche, il sortit le .45, le seul objet contondant qu'il pouvait se permettre d'endommager. Il cogna le canon contre la vitre, côté passager. Le verre de sécurité éclaboussa les sièges et retomba en pluie sur l'homme rasé qui, d'un air éberlué, fixa Cavanaugh et le Sig braqué sur lui. Son portable et son pistolet étaient posés sur le siège à côté, près d'un Zippo et d'un paquet de cigarettes. Le moteur tournait toujours.

« Dehors ! » ordonna Cavanaugh.

Ses mains gantées posées sur le volant, le crâne rasé coula un regard affolé vers l'arme posée sur le siège.

« *Dehors !* » hurla Cavanaugh.

L'homme terrifié ne pouvait détacher les yeux de son pistolet si proche.

Cavanaugh appuya sur la détente. La balle troua le plafond.

Le rasé tressaillit et descendit sans plus attendre.

« *Cours !* » Cavanaugh tira quelques centimètres au-dessus du crâne lisse du chauffeur qui détala sous l'averse. On le vit longer les vitrines du centre commercial.

« Montez, Prescott ! »

Comme Prescott s'exécutait, Cavanaugh contourna prestement la voiture, ouvrit la portière côté conducteur, s'assit et s'empara du briquet posé sur l'autre siège.

Il l'alluma et le jeta sous le coffre de la berline où le carburant s'écoulait du réservoir percé. Protégé de la pluie, le briquet mit le feu aux vapeurs d'essence. Bientôt les flammes léchèrent le châssis de la berline. Cavanaugh sauta dans la voiture noire, passa la première et démarra sur les chapeaux de roues.

Dans le rétroviseur, il vit la berline rouillée se soulever au moment où son réservoir, saturé de vapeurs d'essence, se décida enfin à exploser. Le bruit ne ressemblait pas au rugissement produit par des tonnes de TNT. Il y eut juste un *whump* et un jaillissement de flammes. En fait, si le réservoir avait contenu plus de carburant, la quantité d'oxygène aurait été insuffisante pour provoquer une explosion. La voiture n'aurait brûlé qu'à l'extérieur.

Jetant un dernier regard dans son rétroviseur, Cavanaugh aperçut trois hommes furieux sortir en trombe du centre commercial. Il crut remarquer qu'ils portaient des gants, tout comme le chauffeur. Puis il quitta le parking et les perdit de vue.

Il fonça vers la bretelle d'accès menant à l'autoroute. C'était un vrai luxe d'avoir une voiture avec un pare-brise intact et deux essuie-glaces en état de marche.

L'imposante poitrine de Prescott se souleva. Il y pressa ses deux mains.

« Vous allez bien ? » Cavanaugh s'engagea sur l'autoroute sans quitter la voie de droite, pour tenter de se fondre dans la circulation. « Vous n'allez pas avoir une attaque, dites ?

— Non. C'est juste que j'ai du mal à... reprendre mon souffle.

— Pas la grande forme, fit Cavanaugh. Il faut que vous preniez un peu plus soin de vous. » Pour l'apaiser, Cavanaugh lui changea les idées en évoquant l'avenir, un avenir où il serait en sécurité. « Quand on vous aura fait disparaître, vous aurez tout le loisir de vous mettre au sport.

— Sport. Même ce mot me semble agréable. »

Au loin, d'autres sirènes faisaient entendre leur gémissement. Bien qu'impatient d'atteindre l'aéroport de Teterboro, Cavanaugh prit bien garde à ne pas dépasser la limitation de vitesse. Ce n'était pas le moment de se faire remarquer.

« C'est bon d'être enfin au sec. » Nouvelle tentative de Cavanaugh pour calmer Prescott.

« Et au chaud.

— Oui. » Ses vêtements mouillés lui collaient à la peau. Le chauffage était allumé. Cavanaugh sentait les bouffées d'air tiède au-dessus de lui.

Prescott frissonna.

« Montez le chauffage, dit Cavanaugh. Réglez le ventilateur sur maximum. »

D'une main tremblante, Prescott tripota les manettes du tableau de bord. « Vous avez mis le feu à la voiture pour... détourner l'attention?

— En partie. Il faudra du temps à la police pour l'éteindre et comprendre ce qui s'est passé.

— Vous avez dit "en partie" ». Le front épais de Prescott se plissa. « Vous aviez une autre raison?

— Nos empreintes. » De nouveau, Cavanaugh regarda dans le rétroviseur. « Au départ, j'avais prévu d'abandonner la berline sur le parking. On ne l'aurait pas remarquée avant un bon bout de temps. Nous aurions pu essuyer nos traces avant de quitter le coin et appeler de l'aide. Mais quand l'autre voiture est apparue... Avec cet incendie, plus besoin de nous tracasser pour les empreintes. Croyez-moi, la police nous aurait vite identifiés grâce à elles. Plutôt fâcheux pour un type qui veut disparaître et un autre qui préfère rester anonyme.

— Cavanaugh.

— Quoi?

— Je ne connais pas votre prénom.

— Je n'en ai pas. Cavanaugh est mon nom usuel. Je ne révèle jamais mon *véritable* nom. Pour la sécurité des gens que je protège

— Un pseudonyme alors?

— Vous connaissez un peu le jargon du métier? » Soulagé de constater que Prescott reprenait peu à peu son souffle, Cavanaugh résolut de se laisser interroger. Au moins, pendant ce temps-là, Prescott penserait à autre chose. « Mettons qu'un type mal intentionné en veuille à l'un de nos clients, il pourrait très bien se servir de ses protecteurs pour arriver à ses fins, s'il connaissait leurs véritables identités.

— Mais comment cela ?

— Le type en question se renseignerait sur leur adresse, leur famille et ainsi de suite. Vous imaginez les conséquences ? »

Prescott hocha la tête, ce qui eut pour effet de faire trembloter son menton. « Evidemment, rien ne l'empêcherait de surveiller leur domicile et de se débarrasser d'eux au moment où ils s'y attendraient le moins.

— Le client embaucherait une nouvelle équipe qui, elle, ne disposerait pas des données indispensables à sa sécurité et donc, ne le protégerait pas aussi efficacement que la première. Ainsi le client deviendrait une cible facile », ajouta Cavanaugh.

De nouveau, Prescott répondit d'un hochement de tête avant de poursuivre : « Ou bien encore, notre malfaiteur pourrait très bien enlever les proches d'un garde du corps pour l'obliger à lui livrer son client.

— Vous pigez vite. Tant que les malfaiteurs ignoreront leur existence, la vie de mes proches ne sera pas menacée. Mais pour cela, il faut que lesdits malfaiteurs ignorent qui *je* suis, conclut Cavanaugh.

— Vous avez une famille ?

— Non, mentit Cavanaugh. Vous avez employé l'expression "garde du corps". Je n'en suis pas un.

— Alors, que... ?

— Le terme technique est *agent de protection*.

— Quelle est la différence ?

— Les gardes du corps sont des brutes. Ils travaillent pour les gangsters. Rien que du muscle.

— En revanche votre métier, et vous l'avez prouvé, requiert des talents très particuliers. Je ne sais comment vous exprimer ma reconnaissance. Ce que vous avez enduré pour me sauver est proprement remarquable. Je n'ai jamais assisté à une telle démonstration de courage.

— Non, répliqua Cavanaugh. Cela n'a rien à voir avec le courage.

— Je ne trouve pas d'autre mot.

— Je suis conditionné. »

Entre eux deux, le téléphone du chauffeur rasé bourdonna.

16

PRESCOTT tressaillit.

Le téléphone bourdonna de nouveau.

« Appuyez sur le bouton, ordonna Cavanaugh. Et passez-le-moi. »

Mal à l'aise, Prescott obéit.

Tenant habilement le volant de sa main gauche, Cavanaugh porta le combiné à son oreille droite. « Pizza Hut.

— Pas mal, articula une voix râpeuse comme du papier de verre.

— Merci.

— Je parle pas de Pizza Hut mais de l'incendie de ta voiture et du vol de la nôtre.

— J'avais parfaitement compris. »

Prescott ne quittait pas Cavanaugh des yeux. Il tentait de reconstituer les paroles de son interlocuteur.

« Il en faut plus pour nous arrêter. On vous suit à la trace, dit la voix.

— Ça ne m'étonne pas, rétorqua Cavanaugh.

— T'es pas un flic. Sinon, tu aurais appelé du renfort. Au lieu de ça, tu as soigneusement évité les voitures de patrouille. Tu dois être un agent de sécurité. Un privé. Laisse tomber. Tu joues pas dans la bonne division.

— Eh bien, moi qui croyais vous avoir montré ce dont je suis capable !

— Prescott t'a dit où tu mettais les pieds ?

— Il n'a pas encore eu le temps de me dire quoi que ce soit », mentit Cavanaugh. La réception était de mauvaise qualité et ses oreilles sifflaient tellement, à cause des fusillades successives, qu'il eut besoin d'appuyer le téléphone plus fort contre son oreille pour arriver à distinguer les paroles suivantes de son interlocuteur.

« Si tu ne sais rien, on va être gentils avec toi. Tu nous le livres et on te laisse partir.

— Répétez, je vous prie, mais en y mettant plus de conviction, cette fois. »

L'autre répondit d'une voix lasse. « Tu serais mort à l'heure qu'il est si Prescott n'avait pas été près de toi. Un client servant de bouclier à son garde du corps. On n'avait jamais vu ça.

— Protecteur.

— Quoi ?

— Je ne suis pas un garde du corps.

— Comme tu veux. » La voix se fit plus sèche. « La prochaine fois qu'on se verra, vaudrait mieux pour toi que Prescott soit dans les parages. Autrement, je t'explose la tête. J'ai mis assez de conviction ?

— C'est pour me dire ça que vous appelez ? Pour me sortir vos menaces à deux balles ? »

Le silence se fit.

Soudain Cavanaugh comprit ce qu'il était en train de se passer. « Avec beaucoup de fromage, hein ?

— Quoi ?

— Votre pizza sera prête dans quinze minutes. » Cavanaugh prit le risque de quitter la route des yeux assez longtemps pour appuyer sur la touche de déconnexion.

Une camionnette de brocanteur le doubla. Il baissa sa vitre et balança le portable qui atterrit au milieu des vieux meubles.

« Qu'est-ce que vous faites ? s'inquiéta Prescott.

— Les hommes d'Escobar n'ont pas simplement appelé pour tuer le temps. Ils voulaient s'assurer que nous avions bien leur téléphone portable.

— Mais pourquoi...

— L'appareil doit contenir une sorte de système de pistage. Ils vont le suivre, en espérant nous cueillir à l'arrivée. Ils en seront pour leurs frais ; ce téléphone ne les mènera nulle part. A mon avis, cette voiture possède elle aussi un système de pistage, mais pour l'instant, je n'y peux rien.

— Pourquoi avez-vous épargné le chauffeur ? demanda Prescott.

— Quoi ? » Surpris par la question, Cavanaugh fronça les sourcils.

« Là-bas, au centre commercial, vous avez couru un risque quand vous lui avez demandé de s'en aller. Il aurait pu nous tirer dessus, dit Prescott.

— La présence d'un cadavre dans cette voiture nous aurait ralentis. Il m'aurait fallu le sortir de là. Et pendant ce temps, les autres nous auraient peut-être rejoints.

— Vous l'auriez tué s'il n'avait pas été dans la voiture ? demanda Prescott.

— S'il m'y avait obligé, oui. Autrement... Je suis un protecteur, pas un meurtrier. »

La pluie se calmait.

Cavanaugh prit son téléphone dans sa veste et appuya sur la touche rappel.

« Global Protective Services. » La voix de Duncan était tendue.

Le portable fonctionnait toujours sur le mode crypté. « J'ai dû faire un échange standard. Nous sommes dans une Pontiac noire.

— Tu peux aller jusqu'au Holiday Inn, près de l'aéroport ? Je t'y attendrai avec quelques-uns de tes amis.

— Bien, fit Cavanaugh. Je sais que je peux toujours compter sur les amis. »

DEUXIÈME PARTIE

Éviter la menace

1

La pluie battante avait laissé place à une petite bruine lorsque Cavanaugh, suivant les instructions de Duncan, atteignit l'Holiday Inn sur la route 17, à quelque huit cents mètres de l'aéroport de Teterboro. Duncan l'attendait sous l'auvent, à l'entrée du motel, vêtu d'un imperméable et d'un chapeau, les deux mains enfoncées dans les poches. On devinait que l'une d'elles tenait un pistolet. Ses moustaches bien taillées accentuaient le pincement de ses lèvres. Avec sa posture raide d'ancien militaire et ses yeux perçants, il semblait si attentif, si au fait des choses que Cavanaugh ressentit comme un heureux soulagement. Cet homme-là, on pouvait lui faire confiance.

Au moment où Cavanaugh s'engagea sous l'auvent et s'arrêta près de Duncan, une camionnette grise apparut derrière eux.

Prescott tressaillit. « Ils nous ont rattrapés.

— Non, le rassura Cavanaugh. Tout va bien. »

Jetant un coup d'œil dans le rétro, il vit deux hommes et une femme descendre de la camionnette, trois silhouettes familières, protégées par des cirés qui couvraient leurs mains sans doute crispées sur des armes. Ils balayèrent le secteur du regard en insistant tout particulièrement sur l'endroit où le parking rejoignait l'autoroute. Comme tout semblait tranquille, cinq secondes plus tard, l'un des hommes s'approcha de la vitre de Cavanaugh.

A ce moment-là seulement, Cavanaugh se sentit autorisé à déverrouiller les portières.

Aussitôt, Duncan ouvrit la portière côté passager et regarda à l'intérieur. « Monsieur Prescott ? »

Prescott semblait abasourdi.

« Je suis Duncan Wentworth. Global Protective Services. Nous avons discuté au téléphone. Suivez-moi, je vous prie. »

Avant que Prescott ait eu le temps de réagir, Duncan l'avait fait descendre. La femme et l'homme restés en retrait l'escortèrent jusqu'à la camionnette. Duncan ouvrait la marche.

Cavanaugh sortit de la voiture.

« Comment que ça va ? » Le type costaud, posté près de la portière, le regardait en mastiquant un chewing-gum.

« Mieux qu'il y a une demi-heure.

— Maintenant, tu peux souffler. On s'occupe de la suite des festivités.

— Vérifie un truc avant. Je suis sûr que cette bagnole est équipée d'un système de pistage.

— Quand ils la trouveront, elle sera à des kilomètres de l'aéroport. Ils ne comprendront jamais comment vous avez fait pour disparaître.

— Le pistolet sur le siège appartient à l'équipe d'assaut. » Cavanaugh sortit le .45 de sa ceinture. « Celui-là est à Prescott. Je ne sais pas d'où il sort. »

L'homme, un nommé Eddie, hocha la tête. La règle était claire, on ne garde jamais une arme dont on ne connaît pas l'historique. Si on vous prend en sa possession et que le laboratoire de balistique fourre son nez dans l'affaire, ils peuvent très bien découvrir qu'elle a servi lors de telle ou telle attaque à main armée. Et la police en conclura bien entendu que vous y avez participé.

« Ces pièces à conviction vont bientôt se retrouver en pièces détachées au fond d'un égout », dit Eddie.

Amusé par le jeu de mots, Cavanaugh fit un pas de côté et laissa Eddie s'installer au volant. « Ils portaient tous des gants. »

Eddie enfila les siens. « Puisqu'on ne peut pas les identifier par leurs empreintes, ça ne t'ennuie pas si j'efface les vôtres.

— Nous n'avons touché que la partie avant.

— Ça facilitera les choses. Ciao. »

Comme la Pontiac noire s'éclipsait sous la bruine, Cavanaugh monta à l'arrière de la camionnette.

« Salut Cavanaugh. » Le chauffeur, un Hispanique, passa la

première et quitta lui aussi l'abri de l'auvent. La pluie fine produisait une sorte de sifflement en heurtant le toit.

« Salut Roberto. » Cavanaugh ne connaissait l'homme à barbiche que par son prénom, un pseudonyme, supposait-il. « Comment vont tes poissons tropicaux ?

— Ils se sont bouffés entre eux. Du coup, j'ai décidé de changer de hobby.

— Tu fais quoi maintenant ?

— De l'aéromodélisme. Des petits avions à moteur. Qui volent pour de vrai. Je compte les modifier pour les transformer en véritables avions de combat avec mitrailleuse et tout.

— Et tout ?

— Tu sais, des petites fusées. Peut-être même qu'ils pourront lâcher des minibombes. »

Le véhicule utilitaire était conçu de telle façon que ses deux rangées de sièges se faisaient face, séparées par une table. Cavanaugh s'installa dans le fond, à la suite de Prescott et Duncan, boucla sa ceinture et regarda devant lui l'homme et la femme qui avaient escorté Prescott jusqu'à la camionnette. Comme ils avaient ôté leurs cirés, on voyait à présent leurs vestes en Kevlar et leurs pistolets passés dans un holster de ceinture.

« Salut Chad », dit-il au rouquin. Bâti en athlète, comme Cavanaugh, Chad devait avoir dans les trente-cinq ans. Son nom à lui aussi était sans doute un pseudonyme.

Dans certaines branches de leur profession, ses cheveux roux auraient pu poser problème, car on le repérait de loin. Mais comme agent de protection, Chad avait eu l'occasion de tirer parti de sa rousseur. Et ce plus d'une fois. En fait, il servait de leurre. Avant de passer à l'action, un assassin ou un kidnappeur étudie souvent les faits et gestes de sa future victime. La voyant toujours accompagnée d'un protecteur roux, il se focalise sur lui, en se disant que son client est forcément dans les parages. Or Chad avait pour spécialité de remplacer le client en question par un vague sosie, pendant que le vrai s'esquivait sous bonne escorte. Autrement, lorsque Chad voulait passer inaperçu, il mettait un chapeau.

« J'avais entendu dire que tu t'étais fait descendre, dit Cavanaugh.

— Ben non.

— Tant mieux. Je suis content que tu t'en sois sorti indemne.

— Je n'ai jamais dit que je m'en étais sorti indemne, répondit Chad. J'ai reçu un coup de couteau.

— Ouch.

— Ç'aurait pu être pire. C'est mon épaule gauche qui a pris, pas celle dont je me sers pour jouer au bowling, heureusement... »

Cavanaugh se tourna vers la femme assise à côté de Chad. « Salut Tracy. »

Elle portait un sweet-shirt des Yankees et une casquette de base-ball assortie qui cachait une bonne partie de sa chevelure blonde. Elle savait se transformer à volonté, jouant tantôt la banalité tantôt la séduction. Si elle était entrée dans le restaurant de l'Holiday Inn, après s'être maquillée, débarrassée de sa casquette pour libérer ses longs cheveux et avoir rajusté son sweet-shirt afin qu'il épouse mieux ses formes, elle aurait laissé à toutes les personnes attablées, y compris aux gosses de quatre ans, un souvenir inoubliable.

« J'avais entendu dire que tu avais donné ta démission, dit Cavanaugh.

— Moi ? Pour abandonner ces fabuleuses conditions de travail ? En plus, quand est-ce que je verrais mon amoureux si je ne bossais pas avec lui ? »

L'amoureux en question c'était Chad, mais elle disait cela pour plaisanter. On n'autorisait pas les relations sentimentales à l'intérieur d'une même équipe, pour ne pas perturber le bon déroulement des missions. En cas de danger, deux amants s'occuperaient plus l'un de l'autre que de leur client. Or, Chad et Tracy, au cours de leurs nombreuses missions communes, avaient démontré quelles étaient leurs priorités.

La camionnette s'engagea sur l'autoroute et prit la direction de l'aéroport. Pendant ce temps, Duncan distribua des couvertures à Prescott et Cavanaugh, puis versa du café fumant dans deux tasses en plastique. « Vous pourrez bientôt passer des vêtements secs. On vous a amené des bleus de travail. »

Cavanaugh sentit le café lui réchauffer l'estomac. « Vous vous en êtes bien sorti, monsieur Prescott.

— Monsieur ? Vous me donnez du monsieur, à présent ? Depuis l'entrepôt, c'était "Prescott faites ceci, Prescott faites cela". »

Duncan fronça les sourcils. « Il y a un problème ? »

Les petits yeux porcins de Prescott se plissèrent dans un sourire. « Pas le moindre. Cet homme m'a sauvé la vie. Je lui suis profondément reconnaissant. » Avec un sourire, Prescott serra la main de Cavanaugh.

« Vos doigts sont glacés, dit Cavanaugh.

— J'allais dire la même chose des vôtres. »

Cavanaugh baissa les yeux et regarda ses mains. En effet, elles étaient froides. Mais pas à cause de l'averse.

Ça commence, pensa-t-il. Il voulut les réchauffer autour de son gobelet mais elles tremblaient tellement que quelques gouttes de café se répandirent. C'était comme si ses mains ne lui appartenaient plus.

« Ton taux d'adrénaline va bientôt retomber, intervint Duncan.

— C'est déjà fait.

— Tu veux de la Dexédrine pour arranger ça ?

— Non. » Cavanaugh posa sa tasse et se concentra pour faire cesser le tremblement. « Pas d'excitant. »

Cavanaugh connaissait trop bien les effets dépressifs que subissait le système nerveux après une violente montée d'adrénaline. Mais c'était justement cette montée d'adrénaline qui lui avait permis d'accomplir de telles performances en termes de force et d'endurance. Déjà, il éprouvait le besoin irrépressible de bâiller, une sensation désagréable qui n'avait rien à voir avec le sommeil, provoquée par le relâchement de la tension musculaire. La Dexédrine aurait rétabli son équilibre nerveux. Grâce à elle, il se serait senti aussi alerte qu'au moment de son intervention dans l'entrepôt. Mais il détestait s'en remettre aux médicaments et, comme toujours, tenait à juguler le malaise causé par la chute de l'adrénaline d'une manière aussi naturelle que possible. Toutefois, il avait horreur qu'un client le voie dans cet état : cette légère défaillance, ces bâillements. Prescott aurait pu mal interpréter les conséquences inévitables de son hyperactivité et mettre son comportement sur le compte de la peur, tout comme, quelques minutes auparavant, il s'était trompé en le louant pour son courage.

« Pas d'excitant », répéta Cavanaugh.

2

APRÈS que la tour de contrôle eut donné l'autorisation de décollage, l'hélicoptère Bell 206L-4 s'éleva au-dessus de la piste de Teterboro et mit cap au nord en longeant l'Hudson River. Comme le trafic de l'aéroport se composait exclusivement d'avions de société, de charters et de jets privés, les détecteurs de métaux et autres contrôles de sécurité étaient absents. Les membres de l'équipe avaient donc pu embarquer leurs armes pour lesquelles ils possédaient par ailleurs un permis valable dans plusieurs Etats.

Comme les bateaux, les voitures et les armes à feu – pour citer quelques accessoires incontournables dans leur profession – aucun hélicoptère n'était conçu pour satisfaire à toutes les exigences de ses utilisateurs. La rapidité était à mettre en relation avec le nombre de places offertes aux passagers, la capacité de chargement, la manœuvrabilité, le rayon d'action et l'altitude maximum. Avec son fuselage effilé, cet hélicoptère-là, un « Long Ranger », avait été conçu pour une fonction particulière : atteindre et quitter aisément les zones les plus inaccessibles ou reculées. Il avait la cote auprès des équipes de secours et des forces de police. Quant aux sociétés, elles l'appréciaient pour son efficacité et son confort. Il accueillait sept passagers, pilote compris – ce jour-là, le pilote c'était Roberto –, sa vitesse de pointe était de 200 kilomètres-heure et son autonomie de sept cents kilomètres, ce qui signifiait qu'il pouvait voler pendant trois heures à vitesse maximum.

Il pouvait s'élever jusqu'à vingt mille pieds, mais le plan de vol de Roberto ne lui imposait pas de dépasser les quatre mille pieds au-dessus du fleuve. La bruine s'était muée en brouillard. Peu de temps après, le ciel s'éclaircit. Profitant de l'occasion pour distraire Prescott, il lui montra les falaises et les étendues boisées s'étirant le long de New Jersey Palisades.

Mais Prescott ne s'intéressait nullement à la vue. Il n'accorda pas un regard aux grandes vitres de plexiglas que lui désignait Duncan en précisant qu'elles étaient à l'épreuve des balles. Les sièges du Long Ranger étaient placés en vis-à-vis, comme ceux de la camionnette. Mais tandis que ceux de la camionnette blindée avaient été conçus pour résister en cas d'attaque, ceux que Duncan avait fait installer dans le Long Ranger protégé par du Kevlar étaient remarquablement confortables, recouverts de cuir souple, inclinables, et munis de repose-pieds et d'accoudoirs.

La combinaison grande taille qu'avait enfilée Prescott contenait à grand-peine son ventre et son torse volumineux. Il continuait d'ignorer le paysage, trop occupé à répondre aux questions de Duncan et à lui parler de Jésus Escobar.

Cavanaugh, lui, gardait le silence. Toute remarque de sa part aurait perturbé le débriefing. L'équipe avait besoin d'apprendre les problèmes de Prescott de sa propre bouche.

Dans la cabine qui étouffait les bruits et les vibrations, Duncan s'adressa enfin à Cavanaugh. « Quelque chose à ajouter ?

— J'ai eu le temps d'observer les occupants des deux bagnoles. Je n'ai vu aucun Hispanique. »

Roberto, qui avait écouté tout en pilotant, lança par-dessus son épaule : « Donc Escobar est le genre d'employeur qui n'exerce pas de discrimination. Comme les Noirs n'emploient pas uniquement des Noirs.

— Il fallait quelqu'un possédant les ressources d'Escobar pour monter une attaque pareille, dit Cavanaugh.

— Moi j'ai l'impression, intervint Chad, qu'ils ont suivi un plan parfaitement orchestré en se faisant passer pour des drogués, histoire de se fondre dans le paysage. Tout était prévu. Si M. Prescott avait quitté l'entrepôt, ils lui seraient tombés dessus, s'il était resté caché trop longtemps à leur goût, ils seraient entrés de force. Quand Cavanaugh est apparu, ils se sont dit qu'il n'était pas venu seul mais avec une équipe de secours. Alors, ils n'ont pas eu d'autre choix que de revoir leur stratégie.

— Je contacterai la DEA pour leur demander de s'occuper de leurs fuites, dit Duncan.

— Pour l'amour du ciel, ne leur dites pas que je vous ai engagés pour me faire disparaître, s'écria Prescott. La taupe d'Escobar ferait passer l'information.

— Ne vous tracassez pas, répondit Duncan. Il y a eu suffisamment de fuites comme cela. Je n'ai pas l'intention d'en créer d'autres. Détendez-vous et profitez de la balade.

— Où m'emmenez-vous ?

— Dans un endroit où vous serez en sécurité. »

3

L'HÉLICOPTÈRE suivit l'Hudson River pendant trois cents kilomètres vers le nord. Ils dépassèrent plusieurs villes et agglomérations en bord de mer, certaines couvertes par des nappes de brouillard. Après Kingston, Roberto vira à l'ouest et plongea vers les reliefs ondulants des Catskill Mountains. Densément boisées, ces montagnes étaient sillonnées de magnifiques vallées.

« Regardez. » Cavanaugh désigna un filet de fumée s'élevant d'une crête vers le nord. « Un feu de broussailles.

— J'ai écouté les conversations à la radio, dit Roberto par-dessus son épaule tout en manipulant les commandes de l'hélicoptère. La pluie n'est pas arrivée jusque-là, contrairement aux éclairs. Voilà la raison de cet incendie. Ils ont réussi à le circonscrire. »

Duncan hocha la tête et jeta un coup d'œil sur le ciel derrière eux. « On nous suit ? »

L'hélicoptère modifié hébergeait toute une série d'équipements électroniques sophistiqués, capables d'isoler n'importe quel engin volant dans leur sillage.

Roberto tapa quelques chiffres sur un clavier puis étudia l'écran radar. « Nada.

— Vas-y », fit Duncan.

Roberto effleura un pic avant de plonger vers une petite vallée envahie de conifères particulièrement touffus.

« Regardez en bas, monsieur Prescott, lança Chad. Ça va vous plaire. »

L'hélicoptère s'enfonça plus profondément dans la vallée.

« Qu'est-ce que je dois regarder ? demanda Prescott. Je ne vois que des sapins.

— C'est ça que vous êtes censé voir, rétorqua Tracy.

— Je ne... » Prescott se pencha attentivement vers la vitre en plexiglas.

Tout en manipulant les commandes de l'engin, Roberto appuya sur un bouton. « Et maintenant ?

— Non, je... attention ! Si vous descendez encore, vous allez percuter les arbres ! Grands dieux ! »

De là où il se tenait, Cavanaugh ne pouvait pas voir ce que voyait Prescott. Mais il devinait la scène. Au beau milieu de la forêt, un rectangle de végétation – trente mètres carrés de verdure – s'était mis à bouger. Et tout d'un coup, une plaque de béton était apparue.

« Mais qu'est-ce..., s'exclama Prescott.

— Le meilleur filet de camouflage au monde, annonça Duncan. Quelle que soit la hauteur à laquelle on vole, impossible de distinguer l'illusion de la réalité. »

L'hélicoptère se posa sur la piste en ciment. Après que Roberto eut coupé le moteur, les occupants dégrafèrent leur ceinture, ouvrirent les portes et descendirent.

« Attention », dit Cavanaugh. Le courant d'air l'avertit que les pales tournoyaient encore. Il obligea Prescott à se pencher.

Le groupe se dirigea vers la gauche et s'arrêta devant un boîtier électrique fixé à une borne, au milieu des arbres, sur le bord de la piste d'atterrissage.

Duncan ouvrit le boîtier. « Il va falloir attendre quelques instants que les pales cessent de tourner ou sinon le souffle risque d'aspirer le camouflage à l'intérieur du rotor. »

Peu après, Duncan appuya sur un interrupteur. On entendit le ronronnement d'un moteur.

Prescott n'en croyait pas ses yeux. Le filet dont la peinture imitait de manière incroyablement réaliste une épaisse futaie de conifères, vue du ciel, se remit en mouvement, cette fois dans l'autre sens. Maintenu en l'air par de gros piliers coulissant sur des rails motorisés enchâssés dans le sol, le filet glissa au-dessus du groupe, voila peu à peu le ciel et se referma sur l'hélicoptère.

« En hiver, quand il neige, expliqua Duncan, le filet se rétracte automatiquement grâce à un détecteur, cela afin d'éviter que le poids de la neige ne l'endommage. Des résistances placées dans le béton la font fondre. Lorsque la tempête se calme, le filet reprend sa position initiale. La neige sur les arbres se met vite à fondre elle aussi, si bien que le filet et le paysage qui l'entoure redeviennent indissociables. »

Roberto ajouta : « Sur le plan de vol que j'ai défini avec le contrôleur de Teterboro, notre destination est censée être un domaine privé perdu dans les montagnes. Ici toutes les vallées se ressemblent. La description de notre point de chute n'est pas assez précise pour servir d'indicateur à d'éventuels poursuivants. Même un visiteur comme vous serait incapable de retrouver cette vallée s'il lui prenait l'envie de revenir par ici.

— D'après le radar, personne ne nous a suivis, ajouta Tracy.

— Et personne ne peut apercevoir l'hélicoptère à partir du ciel, précisa Chad. Alors détendez-vous. Vous êtes en parfaite sécurité.

— Mais les signatures thermiques de l'hélicoptère ? »

A peine Prescott eut-il posé cette question que tous les membres de l'équipe se regardèrent, interloqués.

« Vous connaissez les signatures thermiques ? demanda Cavanaugh.

— Je suis un scientifique, après tout. Tout objet dégage de la chaleur. Un engin volant équipé de capteurs infrarouges sophistiqués peut très bien détecter cette chaleur, isoler sa forme et déterminer ce qui se cache sous des arbres, un filet de camouflage ou dans l'obscurité.

— L'équipement dont vous parlez est réservé à l'armée ou à la police, dit Chad. Si un particulier avait les moyens d'équiper un avion avec ce genre de trucs, il pourrait également s'offrir d'autres pièces de quincaillerie de premier choix.

— Comme des mitrailleuses et des roquettes », proposa Tracy.

Prescott fronça les sourcils. « C'est supposé me rassurer ?

— Ce qu'ils veulent dire par là, intervint Cavanaugh, c'est que pendant que vous y êtes, vous pourriez aussi bien imaginer des bombes au napalm. »

Prescott ne comprenait pas.

Duncan s'avança vers lui. « Nous adaptons nos prestations au niveau de menace. C'est une règle de base de la protection. Escobar ne manque ni d'argent ni de ressources, mais son organisation ne dispose pas de moyens techniques assez sophistiqués pour pouvoir équiper un avion avec ce genre de matériel en si peu de temps. La planque parfaite n'existe pas. Même le centre de commandement militaire de Cheyenne Mountain serait vulnérable si quelqu'un parvenait à y introduire une mallette contenant une arme nucléaire. Mais dans les circonstances présentes, étant donné la menace que vous affrontez, vous pouvez croire ce que Chad vient de dire. » Duncan posa une main rassurante sur le bras de Prescott. « Vous êtes en parfaite sécurité. »

Toujours aussi mal à l'aise, Prescott regardait furtivement autour de lui. « Où allons-nous nous installer ?

— C'est par là, dit Tracy.

— Où ? Je ne vois que des arbres.

— Regardez mieux.

— Cette colline ? Il y a une cabane ou un truc comme ça par-derrière ?

— Une sorte de cabane, oui. » Cavanaugh guida Prescott entre les arbres.

« Je vous rejoins dans une minute, dit Roberto. Il faut que je refasse le plein. » Il se dirigea vers une pompe posée près d'un engin camouflé à côté de la piste d'atterrissage.

— Vous voulez dire que vous stockez du carburant, ici ? » Prescott ouvrit de grands yeux.

« Un réservoir souterrain. Tous les six mois, nous envoyons un camion pour le remplir. »

Les ombres s'allongeaient sous le soleil couchant. Une petite brise fraîche diffusait le doux parfum des aiguilles de pins. Le sol meuble de la forêt étouffait le bruit de leurs pas.

La colline couverte de broussailles qui se dressait devant eux était haute de dix mètres. De gros blocs de pierre affleuraient à la surface. Sans quitter Prescott, Cavanaugh dépassa l'un des rochers et lui montra un passage en béton dissimulé aux regards.

« Voilà la cabane. Enfin, si on peut employer ce terme. »

Duncan s'engagea sur l'allée menant à une porte métallique équipée d'un pavé de touches. Lorsqu'il tendit la main, un détecteur de mouvement alluma une petite lumière sur le clavier. Duncan pressa une série de boutons en prenant bien garde à ce que Prescott ne voie pas la combinaison.

Dans un claquement assourdi, le système électronique déverrouilla la porte. Quand Duncan ouvrit, une alarme retentit.

« Si l'alarme n'est pas désactivée dans les quinze secondes, dit Cavanaugh à l'intention de Prescott, l'intrus reçoit une dose de gaz soporifique. »

Duncan se tourna vers un panneau de contrôle intérieur et de nouveau appuya discrètement sur les touches.

La sirène se tut. Les capteurs enclenchèrent la lumière.

« Bienvenue dans votre planque. »

4

ENCORE plus étonné qu'au moment où le filet de camouflage avait révélé la piste d'atterrissage, Prescott s'avança d'un pas lent.

Sur la droite, un couloir menait à un vaste salon. Le sol était de chêne poli. Les meubles en cuir. Contre les murs blanc cassé, des bibliothèques, des tableaux impressionnistes et une grande cheminée.

« C'est une structure en dôme renforcée par du béton et recouverte de terre, l'informa Duncan. Dans un souci de confort, nous avons créé des murs perpendiculaires à l'intérieur. Comme le bâtiment est très bien isolé, la température tend à rester constante. Il y fait plus ou moins 22 degrés, été comme hiver, et les cheminées présentes dans chaque pièce servent de chauffage d'appoint.

— L'électricité est fournie par des panneaux et des batteries solaires, intervint Chad. Un générateur de secours se met en marche en cas de nécessité.

— L'eau potable provient d'un puits creusé sous le bunker, ainsi personne ne peut l'empoisonner, ajouta Tracy. La lumière du soleil qui entre par le puits d'aération est reflétée par un système de miroirs. Ce dispositif est si performant que les pièces sont aussi claires que si elles avaient des fenêtres. Peu de maisons d'habitation utilisent l'énergie de manière aussi rationnelle.

— Mais puisque l'entrée est contrôlée électroniquement, en cas de coupure de courant, on est pris au piège, s'inquiéta Prescott.

— Elle s'ouvre manuellement. Et il existe une deuxième issue. » Duncan désigna une porte métallique à l'autre bout du couloir. « Elle possède une poignée et un levier en guise de verrou. Mais de l'extérieur, il n'y a rien – pas de poignée, pas de trou de serrure, donc impossible d'entrer par effraction. »

Prescott respirait mieux.

« Quelqu'un a faim ? » Chad se frotta les mains.

« Ça dépend, dit Tracy. Qui se charge de la cuisine ? *Toi ?*

— Je ne vois personne d'autre.

— Dans ce cas, j'ai une faim de loup. »

Chad avait une réputation de cordon-bleu. « Monsieur Prescott, êtes-vous végétarien ? Avez-vous des allergies alimentaires ?

— Je mange de tout. »

Cavanaugh approuva en silence, se souvenant des étagères chargées d'aliments riches en hydrates de carbone qu'il avait découvertes dans l'entrepôt.

« Ce sera du bœuf Stroganoff, déclara Chad.

— Vas-y mollo avec la crème, ce coup-ci, lui conseilla Tracy.

— Hé, si tu commences à brider mon génie...

— J'essaie juste de surveiller ma ligne.

— Moi aussi, je surveille ta ligne.

« — C'est incroyable la manière dont ce type me parle, vous ne trouvez pas ?

— Pendant qu'ils règlent le problème, dit Duncan à l'intention de Prescott, je vous propose de vous retirer dans vos appartements. Si vous fumez, nous disposons d'une pièce où vous trouverez différentes sortes de tabacs.

— Non. » Prescott eut l'air choqué qu'on puisse penser cela de lui.

« Dans ce cas, votre chambre – non-fumeur – est la troisième sur la gauche dans le couloir. J'imagine qu'une douche chaude et des vêtements à votre taille seront les bienvenus. Il y a un bar. La télévision par satellite. Un sauna. Vous en avez bavé. Si vous arrivez à faire tomber un peu la tension, vous dormirez peut-être quelques minutes. »

5

« Que penses-tu de lui ? » demanda Duncan après que Cavanaugh et lui eurent regardé Prescott entrer dans sa chambre. Laissant Chad et Tracy vaquer à leurs diverses besognes, les deux hommes traversèrent le salon en direction d'un bureau s'ouvrant à côté de la cheminée.

« Il n'a pas beaucoup de personnalité, mais c'est un client idéal, répondit Cavanaugh. Il m'a obéi en tout point. Il est obèse et sa forme laisse beaucoup à désirer, mais il a réussi à surmonter ce handicap. Il a fait tout ce qu'il fallait faire. Evidemment, de peur, il a failli rendre son déjeuner, mais il m'a fait confiance et n'a jamais paniqué au point de perdre les pédales. En fin de compte, il m'a presque impressionné.

— Rien d'autre ?

— Il est intelligent.

— Bien sûr. C'est un biochimiste.
— Il aime apprendre. Il pose des tas de questions.
— J'ai traité avec lui par téléphone et il a réglé par virement, dit Duncan. Il tenait à ce qu'on ne se rencontre pas.
— Maintenant on sait pourquoi. » Cavanaugh s'arrêta à l'entrée de la pièce tandis que Duncan franchissait le seuil.

« Pourquoi ne m'a-t-il pas expliqué la nature de son problème au téléphone ? » Duncan étala sa longue et fine carcasse sur un fauteuil Aeron posé derrière un bureau.

« Il se demandait peut-être s'il pouvait se fier à nous, proposa Cavanaugh. Il voulait attendre de nous voir pour se faire son idée. »

Duncan réfléchit un instant. « Et pourtant, il a bien fallu qu'il nous fasse confiance pour nous révéler l'emplacement de sa cachette. Ça ne tient pas debout.
— Pas forcément. Il n'avait pas le choix. Puisqu'il ne pouvait venir à nous, il était bien obligé de nous laisser venir à *lui*, répondit Cavanaugh. En plus, dans l'entrepôt, il me surveillait grâce à des caméras vidéo. S'il avait constaté quoi que ce soit de suspect, il lui aurait suffi de couper la communication, et je n'aurais même pas su où il se terrait.
— Crois-tu qu'il comprenne ce que disparaître signifie vraiment ? Est-il préparé à en assumer les conséquences ?
— Il est plus que motivé, répliqua Cavanaugh. Comme l'un de ses agresseurs me l'a dit au téléphone, ils ne le lâcheront pas. En fait, je fais partie du gibier, moi aussi.
— Oh ?
— L'homme m'a clairement signifié que je réentendrai parler de lui. »

Duncan prit encore le temps de réfléchir et décrocha un téléphone. « Je vais appeler mes contacts à la DEA pour obtenir plus de détails sur la situation de Prescott.
— Pendant que tu y es...
— Oui ?
— Dans l'entrepôt, des SDF nous ont aidés à nous enfuir. Je leur ai promis un camion rempli de nourriture et de vêtements pour demain. Peut-être quelques sacs de couchage. »

Duncan sourit. « Je vais leur arranger ça comme au Ritz. »

6

CAVANAUGH avait posé son arme démontée sur une serviette étalée sur la table basse du salon pour la nettoyer. En plus du résidu de poudre, il avait trouvé de l'eau de pluie dans l'un des composants internes. Voyant quelque chose bouger, il leva les yeux vers Prescott qui entrait.

« Vous avez réussi à dormir ? », demanda Cavanaugh.

Prescott hocha la tête affirmativement. « Ça m'a étonné. J'étais si stressé. Je pensais juste m'étendre sur le lit et rester là, à fixer le plafond.

— Ça vous a fait du bien ?

— Quand je me suis réveillé, je me suis senti en pleine forme pendant une seconde. Et puis... »

La voix de Prescott se cassa. Il avait l'air empêtré dans son pantalon et sa chemise en jean, lui qui manifestement ne portait d'habitude que des complets-veston. Au moins ces vêtements-là étaient-ils adaptés à ses formes rebondies, contrairement à la combinaison qu'on lui avait donnée dans l'hélicoptère. Duncan mettait un point d'honneur à ce que la garde-robe du bunker propose un large échantillon de tailles.

« Où sont les autres ? », s'enquit Prescott.

Cavanaugh enduisit de graisse les diverses pièces du Sig, soigneusement disposées sur la serviette devant lui. « Duncan est au téléphone. Tracy dans la salle de contrôle.

— La salle de contrôle ?

— Un peu comme celle que vous aviez dans l'entrepôt. Ce bunker est entouré de caméras vidéo. Tracy surveille les moniteurs et, si jamais un avion passe dans le secteur, l'écran radar nous préviendra. Roberto s'occupe de l'hélicoptère. Chad fait la cuisine. »

Le fumet du bœuf Stroganoff leur chatouilla les narines.

« Et *vous* ? » Prescott contempla la tenue en jean que Cavanaugh avait passée. « Vous avez pu vous reposer ?

— J'avais un rapport à écrire plus quelques petits travaux à effectuer.

— Comme ceux-ci ? » Prescott désigna l'arme démontée.

« Après l'action, la première des priorités c'est mon équipement. C'est ce qu'on m'a appris. » Cavanaugh posa le canon sur la culasse, puis inséra le ressort récupérateur et sa tige-guide à la bonne place. Quand il pressa sur le ressort, il prit soin de le détourner de peur qu'il ne se détende d'un coup et ne blesse l'un d'entre eux.

« Qu'est-ce que vous entendiez par "conditionné" ? », demanda Prescott.

Cavanaugh secoua la tête sans comprendre.

Prescott poursuivit. « Quand je vous ai dit que ce que vous aviez fait pour me sauver la vie était l'un des actes les plus courageux auxquels j'avais jamais assisté, vous avez répondu que vous n'étiez pas courageux – mais conditionné. »

Cavanaugh enfonça le mécanisme de glissière assemblé dans la carcasse du Sig et l'assura. Il réfléchit un instant. « Les gens font preuve de courage quand, malgré la peur qu'ils éprouvent, ils risquent leur vie pour sauver celle d'un autre. »

Prescott, captivé, hocha la tête.

« Pourquoi ça vous intéresse ? demanda Cavanaugh.

— Le fonctionnement du cerveau humain est ma spécialité. Je cherche à connaître le rôle des hormones, leur influence sur notre comportement, expliqua Prescott. « L'épinéphrine – l'hormone communément appelée adrénaline – remplit une fonction majeure dans le phénomène de peur. Le rythme et la contraction du cœur. La sensation de chaleur au creux de l'estomac. L'hyperactivité musculaire. Ça m'intéresse de comprendre comment quelqu'un comme vous est capable de juguler les effets des hormones.

— Mais je ne jugule pas leurs effets.

— Je ne comprends pas.

— L'entraînement que j'ai subi à Delta Force m'a appris à m'habituer aux effets couramment associés à la notion de peur, négatifs donc, et à les rendre positifs. »

Prescott continuait à boire ses paroles.

« Placez un parachute sur le dos de quelqu'un et dites-lui de sauter d'un avion à vingt mille pieds. Il sera terrifié. En soit, le saut en parachute est une activité à risque et de plus, c'est une situation totalement inhabituelle. Mais prenez le temps de former cette personne, apprenez-lui à sauter dans une piscine à partir de plongeoirs de plus en plus hauts. Ensuite équipez-la d'un harnais pour le saut à l'élastique et faites-la monter sur des plates-formes toujours plus élevées. Puis montrez-lui comment on saute de petits avions à des altitudes raisonnables. Peu à peu, augmentez la taille et la puissance des avions et la hauteur du saut. Au moment où il sautera de cet avion à vingt mille pieds, il ressentira les mêmes impressions qu'avant : le cœur qui se serre, la chaleur au creux de l'estomac, l'hyperactivité musculaire. Mais cette fois, il ne sera plus paralysé de peur. Il aura appris à minimiser la sensation de danger puisqu'il aura expérimenté des centaines d'autres situations similaires. Ce qu'il ressentira n'aura plus grand-chose à voir avec la peur ; il s'agira plutôt d'une intense concentration, comme celle d'un athlète prêt à se jeter dans l'action. Son adrénaline l'affectera toujours de la même manière. Mais son esprit saura la contrôler et apprécier ses effets constructifs.

— Constructifs ?

— L'emballement et les contractions du cœur provoquent un afflux de sang vers les muscles et les préparent à entrer en mouvement. L'accélération de la respiration alimente les muscles en oxygène. Le foie sécrète du glucose, augmentant le taux de sucre dans le sang. En même temps, les acides gras se diffusent dans l'organisme. La combinaison du sucre et des acides gras fournit un carburant surpuissant, qui produit à la fois de l'énergie et de la résistance.

— Exact, dit Prescott. Vous avez été à bonne école.

— On m'a formé à *accueillir* l'adrénaline comme un bienfait, à apprécier son action, car c'est elle qui me garde en vie. On m'a également formé à considérer les fusillades, les courses-poursuites et tout ce que nous avons vécu aujourd'hui comme des choses... non pas normales mais prévisibles. Je sais comment y réagir. Honnêtement, je peux dire que pas une fois aujourd'hui je n'ai ressenti ce qu'on a coutume d'appeler la peur. »

Cavanaugh s'interrompit. Pas une fois ? se demanda-t-il. Et ce moment insolite, dans l'entrepôt, quand il avait grimpé les escaliers pour rejoindre Prescott ?

« Une violente poussée d'adrénaline, poursuivit Cavanaugh, mais pas de peur à proprement parler. Voilà pourquoi j'estime que ce que j'ai fait aujourd'hui n'a rien à voir avec le courage. C'est vous qui avez été courageux. »

Prescott cligna les yeux. « Moi ? Courageux ? C'est beaucoup dire. J'ai passé ces trois dernières semaines – et surtout aujourd'hui – à claquer des dents.

— Justement, dit Cavanaugh. On ne peut être courageux si l'on n'a pas peur. Les épreuves auxquelles vous avez survécu étaient assez épouvantables pour déstabiliser des professionnels, même expérimentés. Je suppose que vous avez dû recourir à toute votre force de caractère pour surmonter votre frayeur. Vous n'êtes pas resté paralysé. Même si vous avez connu des moments de panique, vous n'y avez pas cédé. Vous m'avez promis de coopérer et vous l'avez fait. Vous êtes un client parfait. »

D'un air confus, Prescott se mit à contempler le parquet de chêne. Apparemment, il n'avait pas l'habitude des compliments. « Vous n'avez peut-être pas peur, mais vous risquez quand même votre vie. Et pour des étrangers. Pourquoi faites-vous cela ? »

Cavanaugh enfila des gants de coton et entreprit d'insérer des cartouches 9 mm dans le chargeur du pistolet. A Manhattan, au Warwick's bar, Jamie lui avait posé la même question. « Parce que je ne sais rien faire d'autre.

— C'est la seule raison ? demanda Prescott.

— Je n'aborde guère ce genre de sujet pour la bonne raison que la plupart des gens sont incapables de comprendre. Si *vous* vous comprenez un jour, ce sera peut-être grâce à vos recherches sur la dépendance.

— J'aimerais essayer de comprendre.

— L'alcool, la cocaïne, l'héroïne, les méthamphétamines. Les gens peuvent devenir accros à des tas de choses. Quand ils quittent le service actif, les commandos ne supportent pas la routine de la vie quotidienne. Ils s'engagent comme mercenaires ou travaillent sous contrat avec la CIA, ou deviennent des spécialistes de la sécurité.

— Ou des agents de protection ? »

Cavanaugh tendit les mains dans un geste d'aveu. « C'est comme un pilote de course qui n'est heureux que sur un circuit à se battre contre sa machine pour dépasser les autres bolides à 350 kilomètres-heure. La poussée d'adrénaline. Pour l'obtenir, il est obligé de se reposer entre chaque course. Ne rien faire du tout. La plupart des missions de protection sont comme ça. On ne fait rien du tout. Et pourtant, même quand on ne fait rien qu'attendre interminablement que les ennuis vous tombent dessus, on a des poussées d'adrénaline. J'ai horreur de dire ça mais je suis un drogué.

— Horreur de dire ça ?

— Toute dépendance est une faiblesse. »

Le silence emplit la pièce.

Chad s'encadra dans la porte opposée à celle que Prescott avait franchie pour entrer dans le salon. Son petit tablier blanc formait un contraste avec ses cheveux roux et donnait une allure légèrement ridicule à sa grande carcasse musculeuse. Il tenta de prendre la voix du maître d'hôtel dans les films. « Le dîner est servi. »

Cavanaugh ne put s'empêcher de sourire. « Je vais chercher les autres. »

Tandis que Chad retournait à la cuisine, Prescott regarda avec perplexité les gants de coton de Cavanaugh. « Pourquoi mettez-vous des gants pour charger le...

— Magasin. » Cavanaugh l'enfonça dans le Sig et travailla la glissière en haut du pistolet, insérant une cartouche dans la chambre. Il poussa le levier de désarmement. « Ce genre d'arme de poing se vide de ses douilles au fur et à mesure des tirs. Si je laisse mes empreintes dessus, il sera facile de m'identifier.

— Une autre manière de demeurer invisible ?

— Si j'étais un chevalier du Moyen Age, "Sois invisible" serait ma devise.

— Ce que vous avez dit sur la dépendance et la faiblesse, reprit Prescott. Ce n'est pas toujours le cas. Il y a des choses qu'on peut contrôler.

— Je crois à la volonté, dit Cavanaugh.

— Parfois elle ne suffit pas. La substance que j'ai découverte, par exemple, est plus puissante que la plus puissante des volontés. »

7

« JE vous préviens tout de suite que le seul aloyau sans os que j'aie pu trouver était congelé et que j'ai dû le passer au micro-ondes. Que personne ne s'avise de s'en plaindre », dit Chad.

Le groupe, excepté Tracy qui continuait à surveiller les moniteurs dans la salle de contrôle, était assis autour d'une longue table dans une cuisine remplie d'ustensiles en aluminium. Au centre de leurs assiettes, s'étalaient des tranches de bœuf épaisses de deux centimètres baignant dans une sauce crémeuse parsemée de champignons et d'oignons, servies avec des pâtes vertes. Un bol de salade était disposé à côté de chaque assiette et un panier de pain à peine sorti du four, couvert d'une serviette, trônait au centre de la table.

« Et je ne veux entendre personne râler parce que les pâtes vertes ne sont pas faites maison mais qu'elles viennent d'une boîte.

— J'ai du mal à imaginer qu'on puisse vous faire la moindre remarque, dit Prescott. Ça a l'air délicieux et ça sent merveilleusement bon.

— Voilà quelqu'un de bien. Je vous mitonnerai ce que vous voulez quand vous le voudrez, s'exclama Chad.

— L'équipe n'a pas le droit de boire du vin durant le service, dit Duncan à Prescott, mais ça ne signifie pas que le vin *vous* est interdit. Je peux vous proposer un chianti classico dont on m'a dit le plus grand bien. »

Prescott approuva d'un hochement de tête.

Roberto accrocha une serviette au col de sa chemise, ce qui fit ressortir sa barbe sombre. « Eh ben, mon vieux, ça fait des lustres que j'ai pas mangé de goulasch.

— C'est pas du goulasch. C'est du bœuf Stroganoff, repartit Chad. Ce plat a été inventé par un chef français qui travaillait pour un aristocrate russe à la fin du XIXe siècle. Comme d'habitude, on a retenu le nom du grand patron et on a oublié celui du chef qui l'a créé.

— As-tu jamais songé à te reconvertir dans un métier honnête et ouvrir un restaurant ? demanda Cavanaugh.

— J'y pense sans arrêt, rétorqua Chad, mais je sais que l'odeur de la graisse à fusil me manquerait.

— Exquis. » Prescott mangeait avec un enthousiasme impressionnant. « Il y a comme un petit truc dans cette sauce que je n'arrive pas à déterminer. Je sens bien la moutarde et la crème aigre. Mais... »

Chad regarda avec intérêt Prescott savourer une autre bouchée.

« De la sauce aux huîtres ? C'est ça, non ? De la sauce aux huîtres ?

— Deux cuillerées. Vous vous y connaissez en cuisine.

— Voilà le vin. » Duncan présenta la bouteille à Prescott et lui en versa un verre.

Prescott goûta le breuvage sombre en le faisant rouler sur sa langue.

« J'ai essayé d'appeler mes contacts à la DEA pour en apprendre davantage sur les tactiques d'Escobar, mais on est dimanche soir, je n'ai donc pas pu les joindre, l'informa Duncan. Je réessaierai demain. Mais avant cela, nous avons pas mal de questions à évoquer. » Il regarda Cavanaugh qui aussitôt posa sa fourchette pour entamer le briefing.

« Vous devez comprendre que votre disparition nécessite quatre étapes à organiser entre nous, dit Cavanaugh. La première consistera dans le choix d'une nouvelle identité et la fabrication de nouveaux papiers, surtout un certificat de naissance et un numéro de sécurité sociale. Pour que le gouvernement n'y voie que du feu, il faut respecter certaines précautions. Le mieux c'est de récupérer l'identité d'une personne décédée depuis longtemps, quelqu'un n'ayant aucun proche susceptible de nous prendre à défaut. Pour cela, il faut chercher dans les vieux journaux un article portant sur une famille ayant péri dans un incendie ou un désastre du même genre. Ensuite on s'arrange pour connaître le numéro de sécurité sociale de l'un des enfants morts, en fonction de l'âge qu'il aurait aujourd'hui s'il avait survécu. Beaucoup de parents sollicitent l'attribution d'un numéro de sécurité sociale pour leur bébé. Les hôpitaux font mention de ces demandes dans leurs documents administratifs. Dans certains Etats, les certificats de décès indiquent ce numéro, et les certificats de décès sont faciles à obtenir. Ils sont à la disposition de tout un chacun.

— S'octroyer le numéro de sécurité sociale d'un autre est parfaitement illégal, bien sûr, précisa Duncan. Par conséquent, nous ne le faisons pas pour tous nos clients. Nous nous contentons de leur dire comment opérer.

— Je comprends », fit Prescott.

Cavanaugh poursuivit. « Quand la menace est faible, c'est une manière relativement sûre de changer d'identité.

— Mais pas sûre à cent pour cent, malgré tout. » Roberto s'essuya la bouche avec sa serviette avant de se joindre à la conversation. « Il arrive que le gouvernement engage une enquête quand un numéro de sécurité sociale n'ayant pas été utilisé pendant des années réapparaît tout d'un coup sur les relevés ; ce qui signifie qu'en plus des types qui vous cherchent des crosses, vous avez le gouvernement sur le dos et vous vous retrouvez accusé d'un crime fédéral.

— Tout à fait, renchérit Cavanaugh. Le niveau de menace que vous affrontez avec Escobar est trop élevé pour que nous vous laissions vous exposer de quelque façon que ce soit.

— Le service que nous vous proposons est onéreux, poursuivit Duncan. Il vous en coûtera plus que les cent mille dollars dont nous étions convenus au téléphone.

— Vous voulez faire monter les prix ? » Prescott posa son couteau et sa fourchette.

« Etant donné ce qui s'est passé aujourd'hui, expliqua Duncan, je n'ai pas le choix.

— Ça fera combien ? » Prescott fronça les sourcils.

« Quatre cent mille de plus. »

Prescott ne broncha pas. « Vous avez fait une enquête sur mes activités ?

— Oui.

— Vous savez que mes brevets biotech m'ont rapporté des millions.

— Oui.

— Grâce à Protective Services, j'ai échappé aux griffes d'Escobar. En fait, étant donné tout ce que Cavanaugh et le reste de votre équipe ont fait pour moi, sans parler de tout cela – Prescott désigna ce qui l'entourait – un demi-million de dollars, ce n'est pas cher payé. Demain matin, je m'occuperai de faire virer la somme sur votre compte.

— Sur cette somme, vous retiendrez cent mille dollars, précisa Duncan. Dès que je vous aurai dit comment brouiller la piste électronique, je veux que ces cent mille dollars soient transférés sur le compte de quelqu'un d'autre. » Duncan fit glisser une feuille de papier sur la table en direction de Prescott. Des références bancaires y étaient inscrites.

« Il s'agit d'un spécialiste qui pourra vous obtenir un numéro de sécu tout neuf, n'ayant jamais été attribué, dit Cavanaugh.

— Le même genre de problème ne va-t-il pas se présenter ? demanda Prescott. Les nouveaux numéros sont attribués aux jeunes. Le gouvernement risque de se poser des questions s'il découvre que le titulaire de celui-là est un homme de mon âge.

— On attribue également de nouveaux numéros aux immigrants qui viennent d'obtenir leur carte verte », fit remarquer Duncan.

Prescott lui adressa un regard complice. « Génial.

— Je suppose que ce spécialiste vous inventera un passé sur mesure, en choisissant un pays d'origine adapté à votre physique d'Anglo-Saxon. Canada, Grande-Bretagne, Afrique du Sud, Australie ou Nouvelle-Zélande, ajouta Duncan. Elle vous donnera...

— Elle ?

— Vous verrez, Karen est une fille charmante. Elle vous donnera tous les détails nécessaires sur votre passé – où vous êtes censé avoir grandi, l'école où vous avez étudié, etc. Vous devrez tout apprendre par cœur jusqu'à ce que vous ayez l'impression d'être cette autre personne Elle vous fournira également des photos et des informations sur les lieux que vous aurez soi-disant fréquentés, de manière à pouvoir répondre à d'éventuelles questions. Evidemment, il vous faudra un nouveau nom auquel vous devrez vous habituer jusqu'à ce qu'il vous semble familier. Un permis de conduire avec votre photo d'identité. Un passeport. Des cartes de crédit. Peut-être même une carte de bibliothèque. Des documents parfaits en tous points. Du cousu main. Très chers », conclut Duncan.

Prescott avait l'air fasciné. « Mais comment fera-t-elle ?

— Si je lui demandais, je suis sûr qu'elle refuserait de répondre, ou alors elle me raconterait n'importe quoi. »

C'était Duncan qui racontait n'importe quoi, Cavanaugh le savait. En vérité, Karen avait autrefois travaillé pour la branche du Département d'Etat chargée de fournir des faux papiers aux agents de renseignement.

« Tout ce qui compte en l'occurrence, c'est que ses prestations sont d'une qualité exceptionnelle, poursuivit Duncan. « A l'heure actuelle, elle s'est déjà mise au travail. Vous aurez juste à poser pour la photo destinée à figurer sur votre permis de conduire et votre passeport. Demain, nous vous conduirons à Albany et le tour sera joué. A la tombée de la nuit, vous serez devenu un autre homme.

— Vous parliez de quatre étapes dans l'organisation de ma disparition, dit Prescott. Quelles sont les trois autres ? »

Duncan regarda Cavanaugh et lui adressa un signe de tête pour qu'il prenne la suite.

« Il vous faudra changer d'apparence. Par certains côtés, ce sera chose facile. Comme vous avez les cheveux clairs, le plus simple c'est de les teindre en brun. Vous êtes imberbe, il tombe sous le sens que vous vous ferez pousser la moustache ou la barbe. Vous ne portez pas de lunettes, alors pourquoi ne pas adopter une monture munie de verres non correcteurs ? Toutes ces précautions tombent sous le sens, et si le risque encouru était modéré cela suffirait, mais dans votre cas, nous vous recommandons une opération esthétique. Nous vous conduirons chez un chirurgien avec lequel nous avons l'habitude de travailler. Votre mère elle-même ne vous reconnaîtra pas quand il en aura fini avec votre nez et votre menton.

— Ma mère est morte, dit Prescott.

— Désolé, mais d'un autre côté, cela résout en partie notre plus gros problème, répondit Cavanaugh.

— Lequel ?

— J'y viendrai dans un instant, après que j'aurai évoqué la troisième étape de votre disparition, qui consiste à vous permettre d'accéder à votre argent. Il arrive fréquemment que la personne qui disparaît doive abandonner son travail. Dès lors, dans sa nouvelle existence, l'argent devient un problème majeur.

— Heureusement pour vous, ce problème ne se posera pas puisque vous êtes riche. » De nouveau, Duncan glissa un bout de papier sur la table. « Demain, quand on aura peaufiné les derniers détails de votre nouvelle identité, on transférera votre argent sur un compte en banque numéroté que nous avons ouvert pour vous aux Bahamas. Vous noterez que le mot de passe est Phénix. Pour l'idée de renaissance. Je n'ai pas pu résister. Dès que vous accéderez à ce compte, commencez par changer le numéro et le mot de passe, ainsi vous serez assuré que l'argent est en lieu sûr et que personne n'y touchera, pas même nous.

— Il vous faudra ouvrir un autre compte, comme n'importe quel quidam, à votre nouveau nom, dans la ville où vous aurez choisi de résider, poursuivit Cavanaugh. Périodiquement, vous transférerez des fonds vers cette deuxième banque, de préférence des montants inférieurs à dix mille dollars, parce que les transactions portant sur des sommes plus importantes doivent être signalées au gouvernement. Mais surtout ne virez pas dix mille dollars pile, parce que la DEA utilise ce modèle pour identifier les trafiquants de drogue. Sept à huit mille dollars sont un chiffre raisonnable qui n'attirera pas l'attention du gouvernement.

— Il faudra que vous racontiez une histoire à votre banquier pour expliquer vos revenus, ajouta Duncan. Dites-lui par exemple que vous touchez régulièrement des dividendes. Ou alors que vous vous êtes mis en retraite anticipée après avoir vendu votre affaire et que, pour des raisons fiscales, vous avez opté pour des versements échelonnés. Nous vous laissons le choix. »

Prescott prit une autre gorgée de vin. « Et la quatrième étape ? Celle qui présente le plus de problèmes ? »

Cavanaugh regarda ses collègues assis autour de la table. Tout le monde baissa le nez, mal à l'aise.

« Au début, se lancer dans une nouvelle existence peut paraître tentant, dit Cavanaugh. On se débarrasse de ses ennemis. C'est un nouveau départ. Ça permet de corriger ses erreurs et de tout recommencer à zéro. Le problème c'est que vous devrez faire une croix sur votre passé. Avez-vous de la famille, monsieur Prescott ?

— Non.

— Pas d'ex-épouse ? Pas d'enfants à l'université ?

— Non. Quand on exerce ma profession, on n'a pas le temps de se marier et de fonder une famille.

— Une petite amie ?

— Non.

— Un petit ami ?

— Je ne suis pas homo, répliqua Prescott contrarié.

— C'est remarquable. Ça fait des années que je protège des gens, et c'est la première fois que j'ai affaire à quelqu'un qui n'a aucune attache sociale. Vous disiez que votre mère était morte. Votre père ?

— Mort lui aussi.

— En d'autres termes, si jamais vous disparaissez de la circulation, vous ne manquerez à personne.

— On peut dire ça comme ça. » Prescott baissa les yeux d'un air embarrassé. « Oui.

— Voilà qui facilite les choses, dit Cavanaugh, parce que si vous vous coupez radicalement de votre passé, vous ne pourrez plus entrer en contact avec vos parents, s'ils sont en vie, ni avec d'autres membres de votre famille, ni avec vos amis. Si vous l'aviez souhaité, votre femme et vos enfants auraient pu vous accompagner dans votre nouvelle existence, à condition qu'eux-mêmes acceptent de briser leurs propres attaches. Avec le risque que vous ou un membre de votre famille finisse par craquer et entre en contact avec des personnes appartenant à votre passé ou au leur. Dans la plupart des cas, c'est ainsi que nos clients se font avoir. Leurs ennemis surveillent leurs proches, vérifient leur courrier, posent des écoutes téléphoniques et observent le moindre changement dans leur façon de vivre. Heureusement, ce problème n'en sera pas un en ce qui vous concerne.

— Avez-vous jamais rêvé de vivre dans un lieu en particulier ? demanda Duncan. Quand vous avez décidé de disparaître, aviez-vous un endroit en tête ?

— Non. » Prescott contemplait son verre de chianti d'un air éperdu.

« Bien, fit Duncan. Parce que sinon, il se peut que vous en ayez parlé aux personnes que vous fréquentiez dans votre travail ou à vos relations d'affaires.

— Il suffit d'une conversation banale, précisa Chad. « Du genre "Bon sang, ça serait génial de vivre à Aspen et de passer l'hiver à skier quand ça me chante". Ensuite vous disparaissez, vous vous installez à Aspen, et comme par hasard, les hommes de main d'Escobar viennent défoncer votre porte.

— Etes-vous abonné à une revue scientifique ? demanda Cavanaugh.

— A plusieurs.

— On arrête ça, ordonna Duncan. Escobar aura tôt fait de repérer les revues qui publient des articles susceptibles de vous intéresser. Il mettra la main sur la liste des abonnés et verra lesquels ont déménagé récemment et lesquels ont souscrit un abonnement après votre disparition.

— Et à la suite de quoi, dit Roberto, faisant écho à la précédente remarque de Chad, les hommes de main d'Escobar viennent défoncer votre porte.

— Aimez-vous jouer au golf ? demanda Cavanaugh.

— Oui. C'est l'un des rares sports que...

— Le golf c'est fini. Vous vous tiendrez éloigné des parcours. Escobar s'arrangera pour connaître vos habitudes. S'il parvient à découvrir la région où vous vous êtes installé, il placera quelqu'un en surveillance près de chaque terrain de golf, en attendant que vous vous montriez. Etc., etc., dit Cavanaugh. Comprenez-vous ce que je tente de vous expliquer ? »

Prescott avala d'un trait sa dernière gorgée de vin et se resservit en remplissant de nouveau son verre à ras bord. « Quand vous dites "nouvelle existence", vous l'entendez au sens littéral. Je dois faire une croix sur mon passé.

— Sans exception, insista Cavanaugh. Votre façon de vous habiller. La musique que vous aimez. La nourriture aussi. Il va falloir changer tout ça. Les livres qui vous plaisent. Dans l'entrepôt, j'ai vu que vous aviez les œuvres poétiques de Robinson Jeffers et deux essais sur cet écrivain. Désormais, on ne devra plus vous surprendre en train de lire du Jeffers.

— A vous entendre..., fit Prescott d'une voix blanche, ça risque d'être déprimant.

— Pour beaucoup ça l'est ; dès que la personne qui disparaît commence à mesurer toutes les conséquences, dit Duncan. Il faut vous préparer à affronter le problème tout de suite. Escobar vous fait-il peur à ce point ? Etes-vous prêt à faire tout ce qui est nécessaire pour lui échapper, quelle que soit la solitude que vous devrez affronter pour cela ? »

Prescott avala encore une bonne gorgée. « J'en ai assez d'avoir peur. Oui. » Son expression se durcit. « Je suis prêt à faire tout ce qui est nécessaire.

— Bien, dit Duncan. Demain, nous vous conduirons à Albany où vous rencontrerez Karen. On vous prendra en photo et vous endosserez votre nouvelle identité. »

Tracy entra en trombe dans la pièce. « Peut-être pas.

— Pourquoi ? demanda Duncan, inquiet.

— Trois hélicoptères se dirigent par ici. »

8

DUNCAN et Cavanaugh se levèrent ensemble d'un bond. Suivis par Chad, Roberto et Tracy, ils sortirent en courant de la cuisine, s'engouffrèrent dans un corridor et entrèrent dans la salle de contrôle.

Des rangées de moniteurs de télévision étaient alignées le long d'un mur. Sur les écrans, tremblaient les lueurs vertes des images infrarouges captées par les caméras positionnées autour de l'hélicoptère et du bunker. Mais c'était un autre écran qui captivait les membres de l'équipe. Celui du radar où trois points clignotants étaient en train de se diriger vers le nord, c'est-à-dire vers eux.

Roberto les étudia. « Ouais, d'après la vitesse et la formation, on dirait bien des hélicoptères.

— Qu'est-ce qui se passe ? s'exclama Cavanaugh. Il n'y a peut-être pas lieu de s'inquiéter.

— Au moment où ils sont apparus sur le radar et que j'ai vu qu'ils volaient vers le nord, dit Tracy, j'ai compris qu'ils suivaient le plan de vol que nous avons fourni à Teterboro.

— Coïncidence ? demanda Duncan.

— Peut-être, répondit Chad. Il y a quantité de petits aéroports sur l'Hudson, sans parler de celui d'Albany. Il se peut qu'ils atterrissent sur l'un d'entre eux pour rejoindre un séminaire d'entreprise ou autre. Bon Dieu, ils transportent peut-être des politiciens en route pour la capitale de l'Etat.

— Peut-être, fit Tracy. Ou peut-être pas.

— *Qu'allons-nous faire ?* », demanda Prescott.

Personne ne quittait le radar des yeux.

« Si ce sont les hommes d'Escobar, dit Roberto, la destination indiquée sur le plan de vol est trop vague pour qu'ils trouvent notre cachette. Il y a trop de montagnes et de vallées dans la région. Même en plein jour, ces hélicos pourraient passer des heures à écumer la région sans résultat.

— Regardez. » Tracy pointa un doigt vers l'écran où les trois points clignotants commençaient à se séparer. Ils viraient vers l'ouest en s'éloignant de la rivière.

« Même s'ils possèdent un équipement de vision nocturne, rien ne peut leur indiquer où nous sommes, précisa Roberto. Ils savent juste que nous avons atterri près d'une ferme et que notre hélicoptère est caché dans une grange. Il leur faudrait des semaines pour fouiller toutes les fermes de la région.

— En plus, s'ils viennent de Teterboro, ils seront obligés de refaire le plein dans une heure environ, ajouta Cavanaugh.

— Regardez. » De nouveau, Tracy tendit le doigt.

Sur l'écran, les trois points clignotants faisaient des allées et venues chacun de son côté.

« Recherche systématique, dit Duncan.

— Mais ils vont horriblement vite, dit Cavanaugh. Même avec un équipement de vision nocturne, il faudrait qu'ils ralentissent pour ne rien rater. »

Les trois points passèrent rapidement dans trois autres secteurs.

« Nom de... On n'a jamais vu personne effectuer un repérage visuel dans une vallée à une telle vitesse, même en plein jour, s'exclama Tracy.

— A moins qu'il ne s'agisse d'une autre sorte de repérage, dit Chad.

— Que veux-tu dire ?

— Autre chose qu'un repérage visuel. »

Soudain, le reste du groupe comprit ce que Chad voulait dire. Ils se tournèrent vivement vers Prescott.

La pâleur de son visage formait un contraste saisissant avec ses yeux sombres, agrandis par l'angoisse. Lui aussi venait de comprendre ce qui se passait.

Cavanaugh revint vers l'écran radar. « Capteurs infrarouges ? Capteurs *thermiques* ? »

De nouveau, les points changèrent de secteur.

« *Dios*, s'écria Roberto. Ça expliquerait tout. Ils recherchent la signature thermique de l'hélicoptère. Le moteur a refroidi mais avec un scanner thermique le métal offre un aspect différent de celui du bois ou de la terre. Grâce à cet équipement, ils peuvent différencier l'hélicoptère des arbres alentour.

— En plus, dit Tracy, la piste d'atterrissage en ciment retient la chaleur du soleil absorbée durant toute la journée.

— Mais la chaleur dégagée par les habitations et les machines agricoles ne risque-t-elle pas de les induire en erreur ? demanda Prescott.

— Non, répondit Duncan. Les modèles thermiques d'une maison ou d'un tracteur sont totalement différents. En plus, cette vallée est tellement boisée que les fermes sont rares. Au milieu de la forêt, la signature thermique de la piste d'atterrissage se verra comme le nez au milieu de la figure. »

Prescott écarta les autres pour s'avancer jusqu'au radar. « Dans combien de temps seront-ils ici ?

— A une altitude suffisante, s'ils ont installé des amplificateurs sur les détecteurs, ils peuvent couvrir des dizaines de miles en un rien de temps. A l'allure où ils vont, ils seront là dans dix minutes, annonça Tracy.

— C'est impossible, dit Duncan.

— Qu'entendez-vous par "impossible" ? » Prescott semblait de plus en plus paniqué. « La chose est en train de se passer juste sous vos yeux.

— Même avec tout son argent, Escobar n'a pas les ressources nécessaires pour se procurer en si peu de temps trois hélicoptères équipés de détecteurs thermiques, expliqua Duncan. C'est un équipement très spécial. Il faut s'y prendre bien à l'avance pour l'obtenir, et Escobar n'avait aucune raison de prévoir une sortie en hélicoptère.

— Alors, où diable a-t-il pu dégotter des détecteurs thermiques ? demanda Chad. Ça n'a aucun sens ? A moins que...

— Quoi ? s'enquit Roberto.

— ... que ce ne soit pas les hommes d'Escobar. » Duncan se tourna de nouveau vers Prescott. « Avez-vous d'autres ennemis ? Qui d'autre a bien pu se lancer à vos trousses ?

— Personne. Si ces hélicoptères n'appartiennent pas à Escobar, je ne vois pas du tout à qui ils peuvent être. »

Sur l'écran radar, les points clignotants poursuivaient leur inlassable balayage de la région. On les voyait se rapprocher inexorablement du centre, autrement dit du bunker et de leur propre hélicoptère.

« Je ne sais pas à qui ils appartiennent, mais ils sont sacrément bien équipés, dit Duncan. Que peut-il y avoir d'*autre* à bord de ces hélicos ?

— C'est peut-être le moment de songer aux roquettes dont nous parlions tout à l'heure, proposa Chad.

— Le moment de vérité, articula Tracy. Il faut prendre une décision.

— *Qu'est-ce qu'elle raconte ?* demanda Prescott.

— Rester ou partir, commenta Tracy. Si nous restons, nous prenons le risque de les voir pénétrer en force dans la place. Mais si nous partons...

— Impossible d'utiliser l'hélicoptère, dit Roberto. S'ils ont des détecteurs de chaleur, il faut supposer qu'ils ont aussi des radars. Ils nous verront décoller.

— Mais imagine que M. Prescott ne soit pas à bord, suggéra Duncan. Si tu décollais seul pour servir de leurre ?

— Ça ne les empêchera pas de me descendre, fit remarquer Roberto.

— Non, dit Cavanaugh. Ils ne tireront pas. Pas s'ils croient que Prescott est à l'intérieur. Ils le veulent vivant. Quand ils me poursuivaient sur l'autoroute, ils auraient pu m'abattre, or ils ne l'ont pas fait. Ils ne voulaient pas provoquer un accident susceptible de tuer Prescott. Tu n'auras pas de problèmes si tu décolles pour détourner leur attention.

— Quant à nous, on prendrait la jeep. » Chad faisait allusion à l'un des deux véhicules stationnés dans le garage souterrain, voisin du bunker.

« Les *deux* jeeps, répliqua Tracy. L'une des deux pourrait également servir de leurre. Les hélicoptères repéreront de nouvelles signatures thermiques et se lanceront à notre poursuite. Ils devront se séparer pour suivre trois directions. Si nous arrivons à atteindre l'autoroute – le New York State Thruway est à trente kilomètres à l'est – nous nous fondrons dans la circulation et ils seront bien en peine de nous retrouver. »

Les points clignotants continuaient à converger vers le centre de l'écran radar.

Les membres de l'équipe gardaient les yeux rivés sur Duncan.

« Si nous partons, ils ne nous tireront pas dessus parce qu'ils veulent récupérer M. Prescott vivant. Si nous restons, ils le prendront au piège. Ai-je bien résumé la situation ? », demanda Duncan.

Les autres le fixaient sans mot dire.

« On y va », dit Duncan.

9

PERSONNE n'eut besoin qu'on lui indique la marche à suivre. Ils avaient gardé leurs pistolets avec eux mais enlevé leurs gilets en Kevlar. En bon ordre, mais sans traîner, ils sortirent de la salle de contrôle et passèrent dans une pièce adjacente, servant d'arsenal. Les gilets étaient posés sur une table.

« Vous en aurez besoin. » Cavanaugh en tendit un à Prescott. « Au cas où vous prendriez une balle qui nous serait destinée. »

Après s'être sanglés dans leurs gilets, les agents s'avancèrent vers un râtelier où s'alignaient plusieurs fusils et un plus grand nombre d'armes de poing. Chacun d'entre eux s'empara d'un fusil d'assaut AR-15.

En théorie, le AR-15, version civile du M-16 militaire, ne s'utilise qu'en mode semi-automatique. Une pression sur la détente égale un coup. Du moins selon les lois fédérales. Mais ceux-là avaient été modifiés. Ils fonctionnaient en mode automatique, ce qui signifiait qu'à chaque pression sur la détente, ils crachaient quantité de balles. Si jamais des officiers de police faisaient mine de vouloir les examiner, on pouvait désactiver la fonction automatique en faisant pivoter un petit levier placé sur le côté ; une pièce interne équipée d'un ressort venait s'installer en lieu et place du levier, rendant à l'arme toute sa légalité et camouflant en même temps les traces de sa modification.

Le teint blême, Prescott voulut prendre un fusil.

« Non, dit Chad. Les pétoires c'est pour nous. Vous risqueriez de vous tirer dans le pied.

— Ou sur l'un d'entre *nous*, ironisa Tracy.

— Mais si j'ai besoin de me défendre ? Il faudrait quand même me montrer comment on utilise ces engins.

— Si les choses tournent mal à ce point-là, il n'y aura plus que Dieu pour nous venir en aide, répondit Roberto. Ne touchez pas aux fusils à moins que nous soyons tous morts et que vous n'ayez pas d'autre solution. Dans ce cas, coincez le fût contre votre épaule. Pointez le canon sur la cible. Pressez la détente. Si une cartouche reste bloquée, libérez-la en tirant un bon coup en arrière sur cette manette sur le côté.

— Le AR-15 a tendance à se soulever, dit Cavanaugh. Si vous ne faites pas attention, vous tirerez en l'air et c'est tout. Tenez-le fermement de manière que le canon reste bien baissé en direction de la cible. Vous vous en souviendrez ?

— J'espère que je n'en aurai pas besoin. »

Chad courut à la cuisine pour s'assurer que les plaques et le four étaient éteints. Chacun attrapa son coupe-vent et l'enfila sur son gilet en Kevlar. Duncan ouvrit la porte. Ils s'engouffrèrent dans le passage et tandis que leurs pas précipités résonnaient sur le béton, Cavanaugh entendit croître le *whump* des hélicoptères qui approchaient.

« Bonne chance, Roberto. » La lumière filtrant par l'embrasure de la porte en train de se refermer fit miroiter un bref instant la chevelure blonde de Tracy.

« Il leur reste moins d'une heure de carburant et mon réservoir est plein. Je peux les semer. » Roberto prit à gauche et s'enfonça dans la nuit froide. « Adios.

— On y va, Prescott. » Avec son gilet pare-balles, Cavanaugh avait une carrure encore plus impressionnante. Il plongea dans l'obscurité et fonça sur sa droite pour rejoindre le garage souterrain dont l'entrée était creusée dans la colline. « Restez près de moi. » Quand il atteignit le garage, il jeta un coup d'œil derrière lui. « Prescott ? »

Equipés de leurs AR-15, Duncan, Chad et Tracy l'imitèrent.

Cavanaugh chercha en vain parmi les silhouettes indistinctes des arbres et des buissons. « Prescott ? »

Le grondement des hélicoptères ne cessait de se rapprocher.

« Qu'est-ce qui s'est passé ? demanda Chad. Où est-il ?

— La dernière fois que je l'ai vu, c'était... » Duncan observa l'endroit d'où ils venaient. « Ne me dites pas qu'il est encore à l'intérieur.

— Je vais chercher les jeeps, dit Tracy.

— Prescott ! » appela Cavanaugh.

Grâce au passage couvert, les occupants des hélicos ne virent pas la faible lueur produite par le corps de Duncan au moment où il se précipita vers la porte équipée du pavé de touches.

« Prescott ! » Cavanaugh scrutait la végétation enténébrée. Derrière lui, il perçut le bruit assourdi du moteur actionnant l'ouverture du garage.

A l'extrémité du passage, une autre lumière apparut lorsque Duncan poussa la porte et s'engouffra dans le bunker.

« Il est peut-être dans les buissons, dit Chad. Il a eu terriblement peur quand il a vu les points sur l'écran radar. Avec une telle frousse qui sait si sa vessie ne lui a pas joué des tours ?

— Ou ses boyaux, dit Cavanaugh. A moins qu'il ne soit en train de vomir. » Il s'enfonça entre les buissons obscurs, pour voir si leur hypothèse se vérifiait. « Prescott ! »

Dans son dos, il entendit la première jeep remonter la rampe du garage souterrain. Tracy était au volant.

Tandis que le vrombissement des hélicoptères ne cessait de s'intensifier, Cavanaugh s'aperçut brutalement qu'il n'avait pas entendu décoller l'hélico de Roberto. Dépêche-toi, Roberto ! cria-t-il au-dedans de lui-même. Si tu ne pars pas tout de suite, tu n'arriveras pas à les distancer.

« Prescott ! » Frôlant les branches, Chad continuait d'arpenter le sous-bois. Pendant ce temps, Tracy descendait de la jeep et repartait en courant vers le garage.

A présent que ses yeux étaient habitués à l'obscurité, Cavanaugh y voyait assez pour éviter les obstacles luisant faiblement sous les étoiles. Il dépassa l'entrée du bunker et, se faufilant entre les branches des conifères, se précipita vers la piste d'atterrissage.

« Prescott ! »

Soudain, il vit que le filet de camouflage était toujours en place et l'hélicoptère, telle une grosse libellule noire, toujours collé au sol, son moteur silencieux, ses pales immobiles. Quand les émanations de carburant arrivèrent jusqu'à lui, ses narines se contractèrent. L'air de la nuit en était saturé.

Il se mit à courir, trébucha sur un bout de bois et tomba. Pour que le canon du AR-15 ne s'enfonce pas dans la boue, il roula sur lui-même. Son épaule et son dos absorbèrent l'impact. Dans le même mouvement, il se rétablit et s'accroupit. Malgré sa chute, il avait eu le temps de voir que le bout de bois n'en était pas un.

Roberto était couché de tout son long, inerte, éclairé par le croissant de lune. Cavanaugh vit nettement le regard vide de ses yeux grands ouverts et la flaque de sang où baignait sa tête. On lui avait défoncé l'arrière de la boîte crânienne.

Brusquement la nuit s'illumina. Les vapeurs de carburant venaient de s'enflammer. L'incendie se reflétait sur la pompe à essence renversée d'où le fuel jaillissait avant de s'écouler vers les taillis et les arbres ; en un rien de temps la végétation alentour se transforma en un long rempart de flammes. La fournaise obligea Cavanaugh à battre en retraite.

Avant de se remettre à courir, il vit le brasier envelopper l'hélicoptère et le filet de camouflage disparaître dans un éclair crépitant. La lumière des flammes était si vive qu'il distinguait nettement toutes les aiguilles de pin et les rides plissant les écorces. Il fonça vers le bunker. Les brindilles sèches craquaient sous ses pas. Et soudain un terrible rugissement l'avertit que le feu commençait à dévorer la forêt derrière lui, comme lancé à ses trousses.

« Prescott ! »

Le grondement des flammes était assez puissant pour couvrir ses cris mais pas le vacarme des hélicoptères. Accélérant l'allure, Cavanaugh aperçut les deux jeeps que Tracy venait de sortir du garage souterrain. Agrippés à leurs AR-15, Chad et elle attendaient près des véhicules en fixant d'un air sidéré l'incendie qui gagnait rapidement du terrain.

L'instant d'après, Tracy et Chad disparaissaient dans un éclair de feu. Une langue de flamme avait jailli de l'un des hélicoptères. Les deux jeeps explosèrent, projetant dans toutes les directions de gros morceaux de métal mêlés aux restes démembrés de ses deux compagnons.

Abasourdi par ce qu'il venait de voir, presque assommé par la déflagration, Cavanaugh faillit tomber à la renverse. Ce qui avait eu lieu était tellement énorme qu'il crut un instant perdre la raison. Mais en voyant Duncan sortir en courant du bunker, son conditionnement reprit le dessus. Cramponné à son fusil d'assaut, il se précipita et s'accroupit près de lui. Duncan regardait bouche bée les flammes dévorer un arbre après l'autre.

« Prescott n'est pas à l'intérieur ! » Duncan pivota sur lui-même pour fixer le cratère qui s'ouvrait à l'endroit où les jeeps avaient disparu. « Chad et Tracy...

— Ils les ont eus !

— Quel salopard ! » Sur le visage de Duncan, la colère fit place à l'inquiétude lorsqu'il entendit un bruit strident provenant de l'un des hélicoptères.

10

Ils foncèrent dans le passage et plongèrent à l'intérieur du bunker une fraction de seconde avant qu'une deuxième explosion ne retentisse derrière eux. Des morceaux de shrapnel et des bouts de bois enflammés, arrachés aux arbres, vinrent joncher le sol, à l'endroit même qu'ils venaient de quitter.

Duncan claqua la porte. « Je croyais qu'Escobar voulait Prescott vivant ! » Le bunker trembla sous le coup d'une nouvelle déflagration. « En nous bombardant ainsi, il court le risque de le tuer lui aussi !

— Roberto est mort ! » Cavanaugh se redressa et courut vers la salle de contrôle.

« Quoi ? Sans lâcher son AR-15, Duncan se précipita derrière lui.

— On lui a fracassé le crâne !

— Bon Dieu, mais qu'est-ce qui se passe ? »

Arrivés dans la salle de contrôle, ils se plantèrent devant les moniteurs. Tracy avait laissé les instruments allumés mais certains écrans étaient noirs, le feu ayant détruit les caméras auxquelles ils étaient reliés. D'autres s'éteignirent pendant que Cavanaugh s'y penchait. Mais il restait assez de caméras en état de marche pour qu'il puisse constater l'étendue des dégâts. L'incendie ravageait déjà un tiers de l'espace entourant le bunker, du côté de la piste d'atterrissage.

Les trois hélicoptères s'encadrèrent sur un écran.

Cavanaugh renifla. « Tu sens la fumée ?

— Ça vient du système de ventilation. » Duncan actionna un interrupteur. « Voilà, je l'ai arrêté. L'air extérieur et la fumée ne peuvent pas entrer. Nous avons assez d'air pour tenir deux jours. »

Cavanaugh hocha la tête. « On n'aura pas besoin de rester terrés ici aussi longtemps. Il faudra bien que les hélicos partent refaire le plein. Et à mon avis, ils ne reviendront pas étant donné que l'incendie et les explosions auront fait rappliquer la police et les pompiers, entre-temps.

— Comment peuvent-ils croire qu'ils s'en iront sans qu'on les remarque ? Je ne comprends pas pourquoi Escobar agit de manière si désespérée.

— Rappelle-toi ce que tu as dit – peut-être avais-tu raison. » Cavanaugh ne quittait pas des yeux les images vertes qui scintillaient sur les écrans. Certaines caméras extérieures, équipées de lentilles infrarouges, peinaient à s'adapter à l'éclat aveuglant du brasier. Parfois, on ne voyait rien d'autre qu'une grosse tache d'un vert éblouissant. « Ce n'est peut-être pas Escobar.

— Alors qui... »

La fumée qui régnait dans la pièce irritait la gorge de Cavanaugh. « Je croyais que tu avais fermé le système de ventilation.

— Tu m'as vu le faire.

— Alors pourquoi cette fumée ? »

Un brouillard toujours plus épais sortait d'un panneau d'aération fixé dans le plafond.

« Ça sent...

— *Du kérosène !* » Poussant Duncan devant lui, Cavanaugh sortit en trombe de la salle de contrôle et s'engouffra dans le corridor. Au même instant, des flammes jaillirent de la grille d'aération et commencèrent à lécher le plafond.

Cavanaugh sentit la chaleur dans son dos.

Brusquement, des flammes et des tourbillons de fumée sortirent d'un deuxième panneau.

Terrassé par la chaleur, Duncan se mit à tousser. « Le feu a dû descendre par le conduit avant que je ne coupe la ventilation.

— Non ! Regarde la salle de contrôle ! Le moniteur en haut à gauche ! »

Malgré la fumée et les flammes, ils parvenaient encore à discerner ce qui se passait sur les écrans. Celui que désignait Cavanaugh montrait le sol au-dessus du bunker. Le feu n'avait pas gagné les buissons. Alors pourquoi cette fumée dans le puits d'aération ?

« Comment diable le kérosène a-t-il pu couler dans le conduit de ventilation ? », demanda Cavanaugh.

La fumée dérivait sous le plafond en nuages toujours plus épais.

« Impossible de sortir par-devant ! » Pris d'une violente quinte de toux, Duncan désigna la salle de contrôle et les écrans enveloppés de fumée.

Le moniteur en haut à droite était relié à une caméra située sous le passage couvert et braquée sur ce qui, quelques minutes auparavant, avait été une forêt de conifères. Les flammes tenaient tout l'écran.

En revanche, sur son voisin, les arbres et les buissons étaient encore intacts, l'incendie n'ayant pas atteint l'issue placée à l'arrière du bunker.

Plié en deux, Cavanaugh traversa à toute vitesse la cuisine et le salon enfumés. Duncan et lui atteignirent le corridor de devant et longèrent un mur percé de nombreuses portes. Au bout, ils trouvèrent l'autre sortie.

Duncan tourna le verrou; la porte s'ouvrit sur un passage extérieur. Prêt à se servir de son fusil d'assaut, Cavanaugh le suivit. Dehors, l'air était respirable et les arbres encore verts. Mais le souffle de l'incendie fouettait les branches et le reflet ondulant des flammes, qui gagnaient du terrain en crépitant sur la droite, commençait à trouer la pénombre. Soudain, Duncan tomba à la renverse sur Cavanaugh. Les deux hommes basculèrent ensemble. Le rugissement d'un fusil automatique se répercuta sur le revêtement de ciment. Des éclairs jaillissaient du canon comme des lumières stroboscopiques, des balles ricochaient sur le béton. Duncan poussa un grand cri.

Aussi brutalement qu'elle avait commencé, la fusillade s'arrêta. Etouffé par l'odeur de la cordite, écrasé par le poids de Duncan, Cavanaugh grogna. Il avait mal à l'épaule. Sous les arbres, un raclement métallique se fit entendre. On aurait dit que quelqu'un s'escrimait à libérer une cartouche coincée dans la chambre d'un fusil d'assaut. La lumière de l'incendie dissipait les ombres. Quelle ne fut pas sa surprise lorsqu'il vit Prescott accroupi au milieu des buissons, regardant les flammes d'un air farouche. Prescott armé d'un AR-15, probablement celui de Roberto, s'ingéniait à rabattre la manette placée sur le côté.

« Duncan », réussit à prononcer Cavanaugh.

Pas de réponse.

Son épaule lui faisait de plus en plus mal. Duncan pesait des tonnes. Cavanaugh se tortilla pour se dégager. C'est alors qu'il sentit l'odeur écœurante du sang.

« Duncan, bouge ! »

Il se prit à espérer de tout son cœur que Duncan ne soit que légèrement blessé. Mais quand il se pencha sur lui, il découvrit son visage horriblement défiguré par une demi-douzaine de balles de gros calibre.

Le raclement métallique cessa.

« Non ! » Dans une dernière tentative désespérée, Cavanaugh attrapa Duncan et le traîna à l'abri dans le bunker. Une autre violente rafale siffla au-dessus de sa tête. Les balles se fichèrent dans le plafond du corridor et fendirent le ciment au-dessus de la porte. Cavanaugh referma vivement sans laisser à Prescott le temps de rectifier son tir en empêchant cette fois le canon de se relever, ainsi qu'il le lui avait enseigné. Les balles vinrent percuter l'acier du battant.

« Duncan. » Son épaule gauche le faisait atrocement souffrir. Sans parvenir à réprimer les quintes de toux causées par la fumée et la chaleur, il se pencha sur son ami et chercha son pouls en sachant qu'il ne le trouverait pas.

« *Duncan !* »

11

TIRAILLÉ entre la fureur et la peine, trop enragé pour se préoccuper de sa propre survie, ne rêvant que d'écraser le visage de Prescott jusqu'à ce qu'il se transforme lui aussi en une bouillie sanglante, Cavanaugh s'enfonça de nouveau dans le bunker. Après avoir lancé un dernier regard à son ami, il partit en direction du salon. Impossible de sortir par la porte de derrière. Le passage couvert agissait comme un champ de tir canalisant les balles vers leur cible. Tant que Prescott monte la garde là-devant, je n'ai aucune chance, pensa Cavanaugh. S'il était en vie c'était parce que, au moment fatal, Duncan l'avait couvert de son corps, absorbant presque toute la puissance du tir.

Cavanaugh traversa le salon à toute vitesse en retenant sa respiration pour ne pas suffoquer. Son épaule gauche avait été touchée par un projectile à un endroit non protégé par le gilet, juste entre la clavicule et le cou. Il y porta la main. Toujours penché, il entra dans la cuisine et observa ses doigts rougis. Il pissait le sang.

Se laissant tomber sur les genoux, il aspira de son mieux l'air relativement frais qui stagnait près du sol. Mais bientôt, harcelé par les bouffées de chaleur venant du plafond enflammé, il décida de changer de position et se précipita vers la pièce où étaient stockées les munitions. Pour quitter le bunker, il devrait sortir par-devant, or à cet endroit-là les arbres et les buissons en flammes bloquaient le passage. Il l'avait vu sur les moniteurs. Dans l'arsenal, une trappe ouvrait sur un tunnel de béton débouchant près de la piste d'atterrissage, mais comment savoir si ce tunnel était praticable ? Après tout, c'était dans cette zone que l'incendie était le plus violent.

Environné de fumée, écrasé par la chaleur, il repoussa la table qui avait servi à entreposer les gilets en Kevlar. D'un coup de pied, il se débarrassa d'un tapis, découvrit la trappe et en souleva la poignée. Des bouffées de fumée en jaillirent, ce qui confirma ses soupçons. Ce tunnel n'était pas une solution. S'il y descendait dans l'espoir d'échapper aux flammes, il se retrouverait coincé dans un espace clos à l'oxygène extrêmement raréfié et mourrait asphyxié avant d'être réduit en cendres.

Son épaule le torturait. Il fut pris de vertiges.

Faut arrêter l'hémorragie. Et vite. Cavanaugh réfléchit un instant puis se dirigea vers une étagère où s'alignaient plusieurs étuis de couleur rouge : des trousses de premiers secours fournies par le service des urgences. Entre autres choses, chaque trousse contenait des tampons de gaze gros comme le poing appelés « coupeurs de sang » parce qu'ils étaient capables d'aspirer un demi-litre de sang environ. Mais le danger était trop immédiat pour que Cavanaugh trouve le temps d'ouvrir une trousse, sortir un coupeur de sang, l'appliquer sur la blessure et le fixer avec du sparadrap.

Il faudrait se contenter de sparadrap. Mais hélas, il n'en trouva pas dans la trousse. Se ravisant, il aperçut un rouleau de chatterton posé à côté. Le chatterton était généralement considéré comme un élément essentiel de l'équipement de survie. Ce bon vieux chatterton. L'ami du guerrier. Combien de fois n'y avait-il pas eu recours pour suturer une mauvaise plaie. Il dégagea son col et, avec sa manche droite, essuya le sang qui maculait sa peau sur la zone musculeuse reliant son épaule à son cou. Il déchira deux morceaux de chatterton, les colla en croix sur la blessure puis appuya fort en grimaçant de douleur. La surface adhésive de la bande resta en place. Ça tenait.

Toujours penché, Cavanaugh sortit de l'arsenal et entra dans une pièce encore plus enfumée – la salle de bains. Il enjamba le rebord de la baignoire, tourna le robinet de la douche, mouilla copieusement ses cheveux et ses vêtements puis passa une serviette sous l'eau et la noua autour de sa tête. Entièrement trempé, il se dirigea vers la cuisine et s'empara de l'extincteur placé sous l'évier. Les lumières vacillantes du bunker s'éteignirent totalement quand il entra dans le bureau de Duncan pour attraper un autre extincteur posé dans un coin.

En titubant, il traversa le salon seulement éclairé par les flammes, réussit à gagner le corridor et l'entrée du bunker où il déposa les deux extincteurs avant d'en sortir un troisième d'un placard. Comme celle de derrière, la porte de devant était équipée d'une poignée et d'un verrou qu'il tourna. Mais lorsqu'il posa la main sur la poignée, il eut un mouvement de recul tant elle était brûlante. Alors, tirant sur la manche de sa veste pour se protéger, il fit un autre essai. Ça brûlait toujours mais il n'y prit pas garde. Le plus important, c'était de sortir de là.

Quand la porte s'ouvrit, il ne put s'empêcher de faire un pas en arrière. Dans son dos, la chaleur était intense mais devant, le spectacle qui s'offrait à lui ressemblait à s'y méprendre à... l'enfer.

12

Au rugissement des flammes bloquant le passage se mêlait le hurlement du souffle qui en émanait. La chaleur de l'incendie aspira l'oxygène qui restait dans le bunker, causant un formidable appel d'air. Cavanaugh fut littéralement propulsé vers l'extérieur, ce qui eut raison de son hésitation.

Maintenant !

Un jour, quand il était enfant en Oklahoma, Cavanaugh avait assisté à l'incendie du derrick sur lequel travaillait son père. Cavanaugh n'avait jamais oublié la hauteur proprement hallucinante des flammes et la chaleur terrible qu'elles dégageaient. Le feu avait pris au coucher du soleil et fait rage toute la nuit ; on se serait cru en plein jour. Cinq lances à incendie fonctionnant à plein régime s'étaient révélées impuissantes à circonscrire le sinistre. Finalement, le père de Cavanaugh, vêtu d'une combinaison et d'une capuche ignifugées, s'était approché du brasier aux commandes d'un bulldozer. On avait placé la pelle de l'engin en position haute afin de protéger son conducteur de la chaleur. Une tige métallique en dépassait, d'où pendait un conteneur bourré d'explosifs, retenu par des câbles gainés d'amiante. Cavanaugh père avait déposé les explosifs tout près du cœur du brasier puis, faisant rapidement marche arrière, avait sauté de l'engin pour aller s'abriter derrière pendant que l'un de ses collègues appuyait sur le détonateur. Posté à bonne distance de là, le jeune Cavanaugh avait quand même failli être renversé par le souffle de la déflagration. Le fracas l'avait assourdi pendant plusieurs heures, bien qu'il se fût protégé les oreilles avec les mains. Mais le plus impressionnant, le plus stupéfiant dans cette affaire, c'était que l'explosion avait éteint l'incendie.

« La déflagration a créé un vide. L'air a été aspiré hors du brasier », lui avait expliqué son père.

13

Debout sur le seuil du bunker, Cavanaugh balança le premier extincteur dans les flammes puis, rassemblant toutes ses forces, prit le deuxième et le jeta encore plus loin. Il ignorait dans combien de temps les conteneurs succomberaient aux flammes, mais ne pouvait se permettre d'attendre. Sans réfléchir davantage, sentant ses vêtements mouillés bouillir sous l'effet de la chaleur et sachant qu'il mourrait s'il ne bougeait pas, il attrapa le dernier extincteur et s'élança vers la fournaise.

L'onde de choc causée par la première explosion l'atteignit comme un coup de poing. Sans cesser de courir, il balança le troisième extincteur loin devant lui. L'explosion suivante l'étourdit et faillit le projeter contre le sol. Mais il n'avait pas le choix. Il entra dans le brasier rugissant, ou du moins dans ce qui l'instant d'avant avait été un brasier rugissant, car les explosions et la substance jaillie des extincteurs avaient créé un vide au cœur de l'incendie. Quand le troisième extincteur explosa devant lui, il se retrouva au milieu d'un couloir vide de flammes mais flanqué de deux parois incandescentes, hautes de trois mètres. En retenant son souffle, il fonça tête baissée dans les broussailles noircies, perdit l'équilibre, roula le long d'une pente boisée. L'air déplacé par sa chute éteignit les flammèches qui grignotaient sa veste et son pantalon. A peine eut-il atterri qu'avec un gigantesque soupir, le brasier se reforma derrière lui.

D'avoir roulé sur les cailloux, ses jambes, ses bras et son dos lui faisaient mal. Mais la douleur ne l'inquiétait guère. Elle signifiait qu'il était encore vivant. Elle le poussait à avancer. Il se mit à courir au fond d'un ravin encaissé. La serviette nouée autour de sa tête était tombée mais quelle importance puisqu'elle était complètement sèche à présent ? Il y avait plus grave. Ses cheveux brûlaient. Il se donna des claques sur la tête avec les mains et les manches.

De nouveau, il tomba, roula et se rétablit avant de poursuivre en boitillant son cheminement au cœur des ténèbres. Derrière lui, le brasier progressait à grand renfort de craquements sinistres. Mais il y avait autre chose. Le vacarme assourdissant des trois hélicoptères approchant du bunker. Ils se dirigeaient vers la zone encore épargnée par l'incendie.

Cavanaugh leva les yeux. Les hélicos dépourvus de toute inscription frôlaient la cime des arbres. Les flammes se reflétaient sur les carlingues. Plusieurs cordes en jaillirent puis des hommes en noir, armés de mitraillettes compactes passées en bandoulière, sautèrent d'une trappe et descendirent en rappel – un, deux, trois, quatre, cinq hommes par appareil. Ils glissèrent en douceur le long de la corde, comme de vrais professionnels. Ils portaient des casques avec micro et écouteurs.

Puis ils s'enfoncèrent dans la forêt. Cavanaugh reprit tant bien que mal sa progression le long du ravin obscur. Il en avait assez vu pour conclure qu'aucun caïd de la drogue, pas même Escobar, n'avait les moyens de s'offrir une équipe aussi nombreuse et bien entraînée. Ce genre de types ne courait pas les rues. On ne les trouvait que dans l'armée, et dans une branche bien particulière, qui plus est. Les soldats qui venaient de descendre en rappel de ces hélicos appartenaient de toute évidence aux Opérations spéciales. Lui-même en avait fait partie.

Le cœur battant à tout rompre, il vit les hélicos reprendre de l'altitude, se séparer et se stabiliser en formation parfaitement triangulaire, au-dessus de l'incendie. Cavanaugh était loin d'être tiré d'affaire, car les hommes restés à bord continuaient sans doute à fouiller la forêt pour repérer les éventuels fuyards grâce à leurs capteurs thermiques.

Il n'osait pas courir. Si jamais les détecteurs identifiaient une source de chaleur de forme humaine, le responsable des recherches, là-haut, transmettrait sa position par radio à l'équipe d'assaut patrouillant au sol. Et les tueurs convergeraient vers lui.

Pour leur échapper, Cavanaugh allait devoir revenir sur ses pas et rester aussi près que possible des flammes afin que sa trace thermique se confonde avec celle de l'incendie. Il fit demi-tour et remonta péniblement la pente du ravin en direction des arbres et des buissons qui, en se consumant, produisaient de petits bruits pareils à des détonations miniatures. Pourvu qu'ils n'aient pas entendu les extincteurs exploser, se prit à espérer Cavanaugh. Ou s'ils les avaient entendus, peut-être les avaient-ils confondus avec les divers claquements produits par l'incendie. Suffoqué par les odeurs de brûlé, il tenta de se remonter le moral ; désormais il était à l'abri des capteurs thermiques.

Mais la chaleur était si intense que si Cavanaugh s'approchait davantage, il n'y survivrait probablement pas. Le feu avançait toujours plus vite et il fallait tenir le rythme. Dans le ravin, les buissons s'embrasaient les uns après les autres, comme lancés à sa poursuite. La tactique adoptée par Cavanaugh ressemblait à un jeu avec la mort : suivre les déplacements du feu, se plier à ses caprices. Sa vision se brouillait. Sa peau se desséchait. Il n'avait jamais eu si soif mais c'était le cadet de ses soucis : en plus de régler son pas sur l'avancée du feu, il devait rester attentif à ce qui se passait à droite et à gauche, au cas où les tueurs surgiraient du sous-bois encore épargné. D'après lui, ils s'étaient séparés afin de mieux investir le périmètre. Ils réglaient leur progression sur celle des flammes, tout comme lui, à la seule différence qu'eux pouvaient se permettre de rester à bonne distance du brasier, les capteurs thermiques étant là pour les guider dans leur chasse à l'homme.

Poursuivi par le feu, voyant autour de lui un nombre croissant d'arbres et de buissons succomber aux flammes, Cavanaugh atteignit un secteur du ravin encore plus accidenté. Sentant ses genoux se dérober sous lui, il rassembla toute son énergie. L'air était tellement vicié que sa poitrine peinait à se soulever. Ses genoux fléchirent encore une fois, mais là, il perdit vraiment l'équilibre, fit la culbute, tomba de tout son poids et s'écrasa au fond du ravin. Son flanc heurta un rocher. Il se relevait en grimaçant quand soudain tout son être se raidit Devant lui, un homme armé d'une mitraillette venait de sortir des buissons.

En entendant le violent craquement d'une branche enflammée, le tueur se retourna brusquement. Cavanaugh en profita pour plonger et se mettre à couvert. Collé au sol, coincé entre le rocher qu'il venait de heurter et la pente du ravin, il tenta de se fondre dans le décor. Avec un peu de chance, la suie qui noircissait ses vêtements et son visage le ferait peut-être ressembler à un bloc de pierre ou à une vieille souche d'arbre.

Si tu veux passer inaperçu, surtout ne regarde jamais celui qui te cherche. Telle était la consigne maintes fois répétée par ses instructeurs. Ton poursuivant risque de remarquer l'éclat de tes yeux. Et même s'il ne voit pas tes yeux, il percevra l'intensité de ton regard. Ne le fixe jamais. Etudie-le du coin de l'œil. Suis ses mouvements avec ta vision périphérique.

C'était justement ce que Cavanaugh était en train de faire. Ses prunelles visaient l'autre bout du ravin, mais en fait il observait ce qui se passait à sa droite. La silhouette trouble du tueur descendit au fond de la crevasse et fit une pause comme pour vérifier la progression de l'incendie. Si jamais il faisait mine de s'avancer vers le rocher où Cavanaugh tentait de se cacher, ce dernier n'hésiterait pas à lui tirer dessus. L'homme attendit encore un moment. Un trop long moment. Cavanaugh était sur le point d'appuyer sur la détente quand l'autre renonça et se mit à escalader la pente du ravin pour reprendre ses recherches à la lisière des flammes.

La fournaise n'avait jamais été aussi proche. Pressé contre le sol par la chaleur, Cavanaugh se faufila entre les rochers pour s'éloigner encore du brasier qui le talonnait. Il aurait voulu avancer plus vite mais le tueur risquait de l'apercevoir s'il lui prenait l'idée de se retourner. Afin d'avaler le plus d'air possible, Cavanaugh respirait par la bouche ; le souffle surchauffé lui brûlait la langue et la gorge.

Au-dessus de sa tête, les trois hélicoptères toujours disposés en triangle continuaient à rechercher le modèle thermique d'un éventuel survivant. La chaleur transperçait la semelle de ses chaussures. Presque rejoint par les flammes, Cavanaugh se mit à slalomer plus vite entre les rochers. Il ignorait si d'autres tueurs traînaient dans les parages. Le ravin était trop profond pour qu'il les aperçoive. Mieux valait résoudre un problème à la fois et, pour l'instant, la première des priorités consistait à trouver un moyen de ne pas mourir brûlé vif.

Il passa sous un long bloc de terre formant saillie à flanc de ravin. Les torrents gonflés par les pluies d'orage y avaient creusé une anfractuosité. Soudain, de ce plafond artificiel uniquement maintenu par des racines, un peu de terre s'écroula sur lui. Ses muscles se contractèrent. Il s'immobilisa en imaginant le tueur posté là-haut, juste au-dessus de lui, arme au poing, l'œil rivé sur les buissons encore intacts. Il se dit que l'homme était assez lourd pour provoquer un véritable éboulement et lui tomber dessus. Quand le tueur changea de position, la terre dégringola de plus belle sur la nuque de Cavanaugh.

La gorge irritée par la fumée, Cavanaugh luttait pour ne pas tousser tout en se préparant à tirer au cas où l'homme descendrait dans le ravin. Puis la fumée devint si épaisse que Cavanaugh dut retenir son souffle. Son poursuivant avait le même problème que lui, songea-t-il. Il ne tiendrait pas longtemps dans cet air vicié. La question qui se posait était la suivante : lequel des deux bougerait le premier ? Grâce à l'entraînement intensif que Cavanaugh avait suivi à Delta Force, il était capable de tenir un certain temps sans respirer. A l'époque, il pouvait rester quatre minutes dans une pièce saturée de gaz lacrymogènes. Mais aujourd'hui, quelle que soit sa détermination, il doutait de pouvoir réitérer cette performance. En plus, l'homme planté au-dessus de lui portait peut-être un masque filtrant.

Les flammes se rapprochaient inexorablement. Presque anéanti par la chaleur, Cavanaugh savait que dans quelques petites secondes, si l'homme ne partait pas, il devrait sortir de sa cachette en roulant sur lui-même et lui tirer dessus avant de se mettre à courir droit devant, à la recherche d'une poche d'air respirable.

Et ensuite ? Les autres entendraient-ils les détonations ? Se précipiteraient-ils vers la source du bruit ? Même s'ils n'entendaient rien, le problème demeurerait. Chaque homme était censé rester en contact régulier avec les hélicoptères et les autres membres de son équipe. S'il cessait de signaler ses déplacements, ses collègues s'inquiéteraient et rappliqueraient illico.

Ses collègues mais aussi les hélicoptères. Cavanaugh retenait toujours son souffle ; des taches se mirent à tournoyer devant ses yeux. Il lui semblait que les hélicoptères se dirigeaient *déjà* vers lui. A en juger d'après le bruit qu'ils produisaient, on aurait dit qu'ils redescendaient vers la cime des arbres.

L'homme planté au-dessus de Cavanaugh baragouina quelque chose dans son micro. De toute évidence, il était inquiet. L'instant d'après, Cavanaugh entendit des pas pesants marteler le sol. L'homme s'en allait. Il reçut encore un peu de terre sur la tête. Le vacarme des hélicoptères s'amplifia.

Cavanaugh avait absolument besoin de respirer, les taches qui dansaient devant ses yeux lui bouchaient presque la vue. Il bondit hors de son trou et se mit à courir tant bien que mal pour échapper aux épaisses nappes de fumée. Il dépassa un rocher, puis un autre encore, avant de pénétrer dans une zone où il put s'emplir les poumons. L'air était chaud mais il n'en avait pas respiré de meilleur depuis qu'il avait quitté le bunker. Bientôt il retrouva une vision quasiment normale. Quand il se retourna vers l'endroit qu'il venait de quitter, il vit onduler des flammes orangées. Mais, pour l'instant, quelque chose d'autre le préoccupait. Il leva les yeux vers les bords du ravin en pointant son arme, au cas où d'autres tueurs apparaîtraient au-dessus de lui.

Personne ne se montra. Les hélicoptères rugissaient à quelques dizaines de mètres sur sa droite. Pour en avoir le cœur net, il grimpa et passa prudemment la tête hors du ravin. Eclairés par l'incendie, ils planaient au-dessus des arbres, à cent mètres du sol. Les commandos se balançaient entre ciel et terre ; on les aurait crus en lévitation. En fait, ils étaient tractés par des câbles. Cavanaugh n'avait jamais assisté à une extraction aussi parfaite. Chaque appareil récupéra ses cinq hommes en moins de temps qu'il n'en faut pour le dire. Sans attendre la fermeture des trappes, ils pivotèrent, se placèrent dans le bon axe et s'éloignèrent de l'incendie, cap à l'ouest, vers une partie plus densément boisée de la montagne. Le fracas de leurs rotors se perdit dans le lointain ; leurs silhouettes se fondirent dans les ténèbres. Bientôt, on n'entendit plus que le grondement du brasier. A présent, Cavanaugh était libre de courir aussi vite et aussi loin qu'il le pouvait.

Pendant qu'il s'éloignait en titubant, en quête d'un peu

d'oxygène, il entendit plusieurs explosions du côté du bunker. L'incendie avait dû gagner l'arsenal. Il enjamba lourdement d'autres rochers, d'autres troncs d'arbres tombés en travers du chemin, franchit d'épais buissons en écartant les rameaux de conifères. Il avait perdu tellement de sang qu'il se sentait très faible. Il aurait aimé s'asseoir pour se reposer, mais il fallait continuer sans faillir, sinon les flammes auraient tôt fait de le rejoindre. De nouveau, un bruit insolite lui parvint. Une sorte de gémissement aigu, effrayant, lointain d'abord mais qui ne cessait de se rapprocher. Une sirène. *Non*, se dit-il. *Plusieurs* sirènes. La police et les services d'urgence sans aucun doute. Débouchant de l'étroite route bitumée qui traversait la bourgade voisine, douze kilomètres plus loin, ils s'engouffreraient bientôt sur l'allée poussiéreuse à peine visible et flanquée d'arbres conduisant au bunker dont ils ignoraient l'existence mais qu'ils trouveraient sans peine à cause du feu.

Cavanaugh eut la tentation de marcher vers eux, de se poster au milieu du sentier pour guetter les phares des véhicules d'urgence. Il pourrait enfin se reposer. Faire soigner ses blessures. Se désaltérer – il avait tellement soif, sa langue desséchée commençait à gonfler. Après tout, il n'avait rien à se reprocher. Il était en droit de demander l'aide de la police.

Mais soudain, surgirent dans son esprit toutes les questions qu'on risquait de lui poser. Ils le placeraient sous bonne garde, expression qui, selon Cavanaugh, signifiait sécurité zéro. Ils l'enfermeraient dans un hôpital ou un commissariat, soi-disant pour le protéger. A moins qu'ils ne lui offrent une planque, mais on savait ce qu'elles valaient, leurs planques. En plus, ils le soupçonneraient d'avoir pris part au massacre, c'était couru d'avance. Prouver son innocence lui ferait gaspiller un temps précieux. Sa libération s'en trouverait repoussée d'autant, ce qui multiplierait les risques. Prescott avait fomenté sa mort et celle du reste de l'équipe. Cette espèce d'ordure. Jusqu'à ce que Cavanaugh recouvre un peu ses esprits et parvienne à aligner deux pensées logiques – Qui étaient les hommes dans les hélicoptères? Des militaires, comme il le soupçonnait? Et qu'avaient-ils à voir avec Prescott? – le plus prudent serait de faire croire à Prescott et aux types des hélicos que tous les membres de l'équipe étaient morts, lui compris. Autrement, s'ils apprenaient qu'il était en vie, ils remettraient ça. Plus il se creusait la tête moins il comprenait la raison de ces assassinats. Duncan, Chad, Tracy, Roberto. En récitant la litanie de ses amis disparus, il avait envie de hurler. Il restait tant de questions sans réponse. Sa tête lui faisait plus mal chaque fois qu'il repensait à cela. Non décidément, il se ferait passer pour mort jusqu'au moment où il trouverait la clé de l'énigme.

Je suis un cadavre, pensa-t-il. Un cadavre qui marche.

Qui marche ? Non. Qui titube. Rien que pour poser un pied devant l'autre et continuer à avancer, il devait mobiliser toute sa volonté et ce qui lui restait de force physique. Sa blessure fermée par du chatterton le faisait toujours souffrir. La peau de ses mains, de son visage, de son crâne cuisait d'avoir été exposée à l'incandescence des flammes. Mais tant pis, il déploierait assez d'énergie pour arriver à marcher droit, sans se laisser aller.

Imagine que tu es au camp d'entraînement, ironisa-t-il, pour se remonter le moral. Ou mieux – et là, il fallait vraiment avoir le moral – imagine que tu viens de débarquer à Delta Force. En évoquant le camp isolé de Fort Bragg, une vague de nostalgie l'envahit. Fais en sorte que tes instructeurs soient fiers de toi, pensa-t-il, et marche comme si de rien n'était.

Les sirènes approchaient sur sa droite. En se fiant à leur bruit, Cavanaugh poursuivit son avancée à travers la forêt sombre tout en veillant à maintenir de la distance entre elles et lui. Je vais avoir besoin d'aide, songea-t-il. Je dois faire peur, dans l'état où je suis. Dès que je me montrerai, les gens vont se mettre à hurler et appeler la police. Qui donc pourrait m'aider ?

Il pensa à Eddie le mâcheur de chewing-gum, le petit plaisantin – ces pièces à conviction vont bientôt se retrouver en pièces détachées au fond d'un égout – qui s'était occupé de faire disparaître la voiture noire. Redoutant la présence d'un système de pistage à l'intérieur du véhicule, il l'avait abandonné quelque part loin de l'aéroport. Cavanaugh avait déjà travaillé avec lui. Dès que Eddie apprendrait ce qui s'était passé, il lâcherait tout et rappliquerait séance tenante.

Mais quelque chose sonnait faux dans cette histoire. Suppose que Prescott et/ou les hommes des hélicos aient un informateur au sein de Protective Services. Suppose qu'ils sachent qu'Eddie fait partie de l'équipe. Pour s'assurer que Cavanaugh et les autres ont bien été tués, il leur suffit de mettre Eddie sous surveillance. Si jamais quelqu'un l'appelle au secours en lui donnant rendez-vous dans une ville proche du bunker détruit, les tueurs auront tôt fait de comprendre qu'il reste au moins un survivant.

Je ne peux pas courir ce risque, songea Cavanaugh. Je dois rester invisible.

Mais alors, nom de Dieu, à qui demander de l'aide ?

Quel que soit l'angle sous lequel il envisageait la question, il en revenait toujours à la même réponse : la seule personne au monde qu'il ne voulait pas contacter était aussi la seule qu'il puisse se permettre de contacter.

TROISIÈME PARTIE

Identifier la menace

1

« WARWICK Hôtel, articula le réceptionniste d'une voix endormie.
— Chambre 504, je vous prie. » Caché dans l'ombre, Cavanaugh chuchotait dans son téléphone portable. Il se tenait accroupi derrière des rochers et des arbres, à quatre cents mètres des lumières de la ville qu'il avait mis quatre heures à atteindre puis à dépasser. Pour appeler, il avait attendu d'être loin, craignant que le périmètre de l'incendie ne soit surveillé par un scanner de téléphone cellulaire (ceux que l'armée utilisait avaient une portée de six kilomètres) dans le but de repérer les éventuels survivants. Mais à présent qu'il se trouvait aux abords d'une ville, le risque devenait moindre. Près d'une agglomération, quoi d'étonnant à ce que quelqu'un utilise son portable, même à une heure aussi tardive ? Par-dessus le marché, en ce moment même, tous les membres des équipes d'urgence étaient certainement pendus au téléphone. Du coup, pour isoler une conversation en particulier, le seul moyen consistait à régler le scanner sur des mots-clés comme *mort, attaque, Global Protective Services* ou le nom de Cavanaugh. Or, il avait l'intention de rester aussi évasif que possible.

« Pourriez-vous parler plus fort, monsieur ? Je vous entends à peine.
— Chambre 504.
— Il est horriblement tard. Etes-vous vraiment certain de vouloir déranger...

— Ma femme attend mon appel. »

Le réceptionniste poussa un soupir de lassitude. « Je vous la passe. »

Appuyant le téléphone contre son oreille droite, Cavanaugh écouta le bourdonnement répétitif à l'autre bout de la ligne.

« Euh... allô ? La voix de Jamie était embuée de sommeil.

— C'est moi. » Cavanaugh s'enfonça entre les arbres. Dans sa main, le téléphone était froid comme un bloc de glace.

« Allô ? Je ne...

— C'est moi. » C'était un code convenu entre eux, signifiant qu'il n'appelait pas sous la contrainte et que Jamie pouvait se fier à ce qu'il disait. Il lui avait appris à ne jamais prononcer leurs noms au téléphone. Il espérait qu'elle s'en souviendrait.

« Pareil. » C'était la réponse attendue. « Pourquoi tu... ? Quelle heure est-il ? »

Elle n'avait pas oublié. Soulagé, il se détendit un peu. « Tard.

— Mon Dieu, il est presque quatre heures. »

Il l'imagina repoussant ses cheveux bruns et plissant les yeux pour voir les chiffres affichés sur la pendule digitale, près du lit. Il aurait aimé lui annoncer tout de suite ce qu'il attendait d'elle, mais la conversation devait avoir l'air normal, au cas où quelqu'un les espionnerait. « Ouais, je sais, mais ton avion décolle très tôt ce matin, et je voulais être sûr de pouvoir te joindre avant que tu ne partes pour l'aéroport. Je n'ai pas pu fermer l'œil depuis notre dispute.

— Dispute ? »

Cavanaugh l'imagina fronçant les sourcils. « Samedi après-midi, au bar de l'hôtel quand je t'ai annoncé que je reprenais le boulot. Je suis désolé de t'avoir déçue. Tu as raison. Nous devrions passer plus de temps ensemble. » Il la vit froncer les sourcils encore plus fort. « Tu te rappelles, tu m'as dit que tu étais assez riche pour m'entretenir. Ta proposition tient toujours ? »

Jamie réfléchit un instant. On sentait qu'elle ne saisissait pas où il voulait en venir. « Mais parfaitement, j'adorerais cela.

— Bien. Ce matin, quitte l'hôtel comme tu l'as décidé. Mais au lieu de prendre l'avion pour rentrer à la maison, je te propose de faire le trajet en voiture. Avec moi. Comme ça, nous verrons du pays et nous en profiterons pour nous amuser un peu.

— Ça me va très bien. » Toujours aussi perplexe, Jamie essayait de donner le change. « La voiture, où je la trouve ? Dans une agence de location ?

— Va jusqu'au West Side et achètes-en une. De toute façon, on a besoin d'en changer. L'ancienne ne m'a jamais plu.

— A moi non plus. A ton avis, quel modèle dois-je choisir ?

— Une Ford Taurus m'irait assez bien. Une teinte pas trop voyante. Que dirais-tu d'un bleu nuit ou d'un vert foncé ?

— Mes couleurs préférées. » Jamie avait encore la voix enrouée par le sommeil. L'entendre lui donnait envie de la serrer dans ses bras.

« Prends le modèle haut de gamme. » Cavanaugh savait que la berline en question possédait un moteur de deux cents chevaux, cinquante de plus que les modèles standard. Ces quelques chevaux supplémentaires ne leur permettraient pas de battre des records de vitesse, contrairement aux moteurs de course dont Global Protective Services équipaient leurs Taurus. En tout cas, ils la rendraient un peu plus nerveuse. De plus, mieux valait opter pour l'anonymat que pour la puissance, et de ce côté-là, il était tranquille. Il y avait des millions de Taurus sur les routes.

« Comme nous allons passer pas mal de temps à voyager, je vais avoir besoin de quelques vêtements de rechange », poursuivit-il. Sa valise était restée dans le coffre de la Taurus qui avait explosé devant l'entrepôt. « Des pantalons confortables, un manteau sport. Des jeans, un pull, une paire de Rockports. Tu te rappelles ma taille et ma pointure ?

— Comment pourrais-je les oublier ?

— Rien de trop excentrique.

— Loin de moi cette idée. Quoi d'autre ?

— Des sous-vêtements.

— J'adore quand tu me parles de choses sexy.

— Des chaussettes. Une brosse à dents. Un rasoir. Une trousse de premier secours. On ne sait jamais ce qui peut se passer sur la route.

— On n'est jamais trop prudent.

— T'as pas idée, dit Cavanaugh. Prépare quelques sandwiches. Et de l'eau. Beaucoup d'eau en bouteille. »

Le téléphone resta un instant silencieux pendant que Jamie

tentait de comprendre la signification de tout ceci. « Ça prendra un peu de temps.

— J'imagine. Voilà pourquoi il faut que tu t'y mettes très vite.
— Où est-ce que je te retrouve ?
— Je ne le sais pas encore exactement. Je te rappellerai à midi.
— J'ai hâte de te revoir.
— Moi aussi. Désolé de t'avoir réveillée.
— Hé, tu peux me réveiller quand tu veux. Sauf que je préférerais que tu sois à côté de moi dans ces moments-là. »

2

CAVANAUGH coupa la connexion puis éteignit le téléphone, autant pour économiser la batterie que pour l'empêcher de sonner et d'attirer l'attention. Il glissa l'appareil dans son coupe-vent et jeta des coups d'œil prudents autour de lui tout en épiant les bruits produits par les véhicules de secours sillonnant la ville qu'il venait de dépasser. L'incendie était proche. La police d'Etat était sans doute en train de procéder à l'évacuation des habitants. Tant de véhicules allaient et venaient sur la route qu'il avait eu le plus grand mal à traverser discrètement avant de poursuivre son chemin dans la forêt, de l'autre côté. Il avait vu arriver des camions, d'où étaient descendus des hommes munis de pelles et de tronçonneuses, sans doute une équipe chargée d'établir des barrages anti-incendie. D'autres poids lourds venaient de déposer plusieurs bulldozers.

Quand il entendit un avion à hélice bourdonner au-dessus de lui, il se baissa instinctivement. L'appareil appartenait certainement aux brigades de pompiers. De là-haut, des guetteurs devaient indiquer à leurs collègues au sol les déplacements de l'incendie et les moyens de le contenir. Et pourtant, il ne pouvait s'empêcher d'imaginer que l'avion était équipé d'un capteur thermique et qu'il était là juste pour le débusquer. Parfois il faut s'en remettre à la foi, pensa-t-il.

Se fiant aux bruits des véhicules, il s'enfonça dans la forêt. Cinq minutes plus tard, il entendit un hélicoptère approcher et de nouveau se recroquevilla. Puis il se raisonna. L'équipe d'assaut ne commettrait jamais la folie de revenir sur les lieux de l'attaque. Cet hélicoptère doit faire partie des engins de secours. Il va peut-être lâcher de l'eau ou un retardateur chimique. Et malgré tout, Cavanaugh ne pouvait s'enlever de l'esprit qu'il était là pour lui.

Le croissant de lune lui fournissait assez de lumière pour se diriger à travers les marais fangeux et les branches de résineux. Il espérait atteindre la prochaine agglomération sur la route, environ huit kilomètres à l'est. A cet endroit, une voie nord-sud coupait la nationale venant de l'ouest, un embranchement de la New York State Thruway. Cette dernière continuait vers l'ouest et la ville qu'il venait de franchir. C'était elle que les équipes d'urgence empruntaient pour se rendre sur la zone sinistrée. Il savait que la police d'Etat établirait un barrage à l'entrée de la ville qu'il souhaitait atteindre, afin d'empêcher les automobilistes de rouler droit vers l'incendie. Pour que Jamie puisse le rejoindre, il fallait donc qu'il décide d'un point de rendez-vous au-delà du barrage.

Bientôt, grâce à la lumière pâle de l'aube, il put accélérer le pas. Le soleil, brouillé par la fumée, était levé depuis deux heures quand, à travers les arbres, il entrevit une maison de bardeaux grise. Immédiatement, il se baissa et se mit en surveillance au milieu des buissons. Il repéra un potager bien entretenu, un hangar, un petit garage peint en gris, comme la maison. Mais une chose en particulier l'attirait irrépressiblement. Il s'agissait d'un tuyau d'arrosage vissé à un robinet, à l'arrière du bâtiment. *Si seulement je pouvais ramper jusque-là et boire un coup...*

Il imagina l'eau fraîche et douce coulant sur ses lèvres et dans sa gorge desséchée.

Il faillit céder à cet appel et sortir des fourrés ; mais il fit bien de résister, car cinq secondes plus tard, une jeune femme mince, en bottes de caoutchouc, jeans, sweat-shirt et gants sortait de la maison. Elle l'aurait certainement vu et, comme il était couvert de sang séché, se serait précipitée sur le téléphone pour appeler la police.

Or, en l'occurrence, elle se contenta de froncer les sourcils en regardant la fumée dériver dans le ciel. Ramassant le tuyau, elle cria en direction de la maison : « Hé, Pete, je ne sais pas si c'est l'incendie dont on nous a parlé. Mais si tu as envie de profiter encore un peu de ta baraque, tu ferais peut-être mieux de poser ta canette de bière et de prendre l'autre tuyau pour m'aider à arroser le toit. »

Trop déshydraté pour transpirer malgré la chaleur, Cavanaugh recula sous les arbres. En se tenant à bonne distance, il contourna la maison grise et plusieurs de ses voisines. De cette façon, il dépassa la ville. Parvenu aux abords de la route nord-sud, il descendit dans un caniveau frais, sableux et sec. De l'autre côté, il retrouva la forêt. Bientôt, il pourrait se reposer ; cette pensée le ragaillardit. Il bifurqua vers la route est-ouest qui sortait de l'autoroute, se faufila à travers les buissons jusqu'au bas-côté et scruta le carrefour, à l'ouest. La police avait établi un barrage, mais après le carrefour, à l'intérieur de la ville elle-même.

Parfait, pensa-t-il.

Il revint vers les arbres, au bord du caniveau. Quand il consulta sa montre, il fut étonné de constater qu'il était déjà midi dix. Il sortit son téléphone, l'alluma et composa le numéro.

Jamie décrocha à la première sonnerie. « Oui ? fit-elle d'une voix inquiète.

— C'est moi. » Il chuchotait.

« Pareil. Quand midi a sonné et que j'ai vu que tu n'appelais pas...

— Tout va bien.

— Tu en es sûr ?

— Ça ira encore mieux quand tu seras venue me chercher. » Il entendit des voix dans le fond. « Où es-tu ?

— Chez le vendeur de voitures. On aurait pu croire qu'en payant cash et sans marchander, les choses auraient été plus rapides, mais non. C'est la paperasse qui prend du temps. Ils vont quand même se décider à me donner les clés. Enfin. »

La main de Cavanaugh se crispa sur le téléphone. « En parlant de cash...
— De combien avons-nous besoin ?
— Au moins deux mille en billets de vingt.
— J'en amènerai trois.
— Dis à l'employé de banque que nous allons à Atlantic City. Quand tu auras tout, prends la New York State Thruway en direction du nord. A environ quatre-vingts kilomètres après Kingston, tu trouveras un embranchement et un panneau marqué Baskerville. »

Cavanaugh n'avait pas le choix – au point où il en était, il était bien obligé de citer la ville. Il se dit que les équipes d'urgence ne devaient cesser d'évoquer ce nom dans leurs appels téléphoniques et qu'aucun scanner n'était donc réglé pour le repérer.

« Suis la route vers l'ouest, poursuivit-il. Quinze kilomètres plus loin, quand tu seras arrivée à Baskerville, arrête-toi au carrefour et tourne à droite. Une centaine de mètres après la sortie de la ville, tu verras un caniveau en contrebas de la chaussée. Le ruisseau est à sec. Arrête-toi et descends comme si tu venais de crever.
— Au carrefour. A droite. Caniveau. Compris. C'est là que tu seras ?
— C'est là que je serai. » Il leva les yeux vers les arbres. Un autre hélicoptère passa en vrombissant au-dessus de lui. Un énorme conteneur, rempli d'eau probablement, pendait sous son ventre. « A moins que le feu de forêt n'avance plus vite que prévu.
— Un feu de forêt ? » Comme il ne répondait pas, Jamie ajouta : « Tu n'as pas ton pareil pour dénicher les endroits où on s'amuse. Je te rejoins aussi vite que possible.
— Appelle-moi juste avant d'arriver. Je laisse mon portable allumé.
— Tu vas bien, tu es sûr ?
— J'*irai* bien. Merci pour ton aide.
— Merci de me l'avoir demandée. Je n'aurais jamais cru que tu te déciderais à le faire un jour. »

3

CAVANAUGH glissa le téléphone dans sa veste. Il avait fait tout ce qu'il devait faire. Jetant un coup d'œil sur la forêt autour de lui, il repéra dans le sol un trou qu'il couvrit de branches mortes. Après s'être assuré que son camouflage avait l'air naturel, il se glissa sous les branches, se blottit dans l'ombre en reposant son dos las sur le plan incliné. La terre dégageait une odeur plutôt agréable. Il savait que ce répit n'était que temporaire mais se laissa quand même envahir par une sensation de soulagement. A présent, je n'ai plus qu'à attendre Jamie, pensa-t-il.

Malgré l'ombre dispensée par les épais branchages déployés au-dessus de lui, il faisait de plus en plus chaud. Remarquant que le gilet en Kevlar réduisait son autonomie de mouvement, il décida de l'enlever. C'est alors qu'il vit des éclats de métal fichés à l'intérieur : ils provenaient de l'explosion de l'un des extincteurs.

Il passa presque une minute à considérer les bouts de métal d'un air soucieux puis testa le chatterton fermant sa blessure. Une douleur lancinante lui déchirait la base du cou. Les grosses bandes argentées tenaient toujours bon. Le sang ne filtrait pas. Mais quand il tournait la tête, ses chairs tuméfiées se manifestaient par de violents élancements.

Il étendit les jambes, ou tenta de le faire – elles ne cessaient de se rétracter, de se replier involontairement. Voilà que ça recommence, songea-t-il, étonné de la rapidité du phénomène. Pendant qu'il courait pour échapper aux flammes, organisait le rendez-vous avec Jamie, cherchait un refuge, son taux élevé d'adrénaline avait fourni à son corps épuisé l'énergie nécessaire pour avancer.

Mais à présent qu'il était immobile et que plusieurs heures allaient s'écouler ainsi, l'adrénaline, devenue inutile, lui agaçait les nerfs. Non seulement elle lui pliait les genoux, mais elle crispait ses bras sur sa poitrine. Il ressentait un irrésistible besoin de bâiller, en partie à cause du manque de sommeil, mais surtout parce que ses muscles avaient besoin de relâcher la tension. Si vous aimez les émotions fortes, il faut savoir en payer le prix, pensa-t-il.

Il croisa les bras et frissonna. Puis il adopta une position fœtale, le temps que son corps se décontracte. Quand le taux d'adrénaline baissait, il fallait se préparer à renaître. C'était sa théorie. Et toute naissance se vit dans la douleur.

Ses paupières étaient lourdes. Sur le point de s'assoupir, il régla son portable sur le vibreur, le glissa sous sa veste puis sortit son pistolet et le posa sous l'une de ses mains croisées. Une fois tous ces préparatifs accomplis, il sombra dans le sommeil.

4

CAVANAUGH reprit conscience en sentant le téléphone vibrer sur son ventre. Avec les années, il avait acquis assez de discipline pour échapper en un clin d'œil aux torpeurs de l'endormissement et se placer aussitôt en état d'alerte. Il se faufilait hors de sa cachette quand le téléphone vibra une deuxième fois. A l'affût de tout bruit pouvant constituer une menace, il glissa prudemment son regard sous les branchages. Le portable se manifesta une troisième fois mais Cavanaugh prit quand même le temps de humer l'air afin de détecter une éventuelle odeur de brûlé. Ne sentant rien, il en conclut que, pour l'instant, il ne courait aucun danger.

Il se laissa glisser au fond de son trou, enfonça le pistolet dans son holster et décrocha. « Taco Bell. » Encore un code entre eux.

« Ah, tant mieux. Vous êtes ouverts, fit Jamie en complétant l'échange comme convenu. Comme tu n'as pas répondu tout de suite...

— Je faisais un petit somme ». Tenant le combiné pressé contre son oreille, il jeta un coup d'œil sur sa montre. Il était presque 16 heures 30. « Où es-tu ?

— J'approche de la ville. Je vois le carrefour. Tu ne plaisantais pas en parlant de l'incendie. La montagne est couverte de fumée. Il y a un barrage routier.

— Dans la ville ? » Cavanaugh craignit un instant qu'ils ne l'aient déplacé au niveau du carrefour.

« Oui, dans la ville. Un policier est en train de détourner deux voitures devant moi.

— Tu peux tourner au carrefour ?

— Oui.

— Je t'attends. »

Il coupa la communication, glissa le téléphone dans sa veste et attrapa le gilet en Kevlar. Non sans avoir de nouveau glissé un œil entre les branchages, il sortit de son trou et s'enfonça dans la forêt. Quand il eut atteint les buissons qui la bordaient, il observa ce qui se passait le long de l'axe nord-sud. Comme Jamie l'avait dit, la montagne était couverte de fumée. On aurait dit que l'incendie avait progressé vers l'ouest au lieu d'avancer vers la ville. Un hélicoptère déversait des tonnes d'eau sur la forêt embrumée.

Une camionnette passa sur la route, gyrophare éteint. Cavanaugh resta tapi dans les fourrés le temps que le bruit du moteur s'éloigne. Puis après avoir encore une fois examiné la chaussée sans rien voir d'inquiétant, il emprunta un fossé planté d'herbes pour rejoindre le caniveau. Une fois arrivé à destination, il tendit l'oreille, espérant entendre une voiture s'arrêter au-dessus de lui.

Une minute plus tard, en effet, une voiture s'arrêta.

Une portière s'ouvrit et se referma. Des pas résonnèrent sur le macadam puis crissèrent sur le gravier. Quelqu'un contournait le coffre, comme pour examiner un pneu à plat.

« Où es-tu ? » chuchota Jamie.

Il réussit à s'extraire à demi du caniveau. « Regarde la route. Personne ne nous voit ?

— Il n'y a pas âme qui vive.

— Remets-toi au volant. Attends que je m'installe sur la banquette arrière. Et démarre. »

Cavanaugh écouta les pas de Jamie se diriger vers la portière côté conducteur. Son cœur s'emballa. Au moment où il l'entendit monter, il sortit complètement du caniveau, courut jusqu'à la Taurus, ouvrit la portière arrière, balança le gilet en Kevlar sur la banquette et s'y jeta à son tour. Couché sur le siège, il referma la portière.

Jamie portait une veste en lin marron clair. Sa chevelure brune et brillante se découpait en contre-jour sur le pare-brise. Quand elle passa la première, elle se tourna vers lui en écarquillant ses yeux verts tant le spectacle était affreux : le sang séché, les vêtements déchirés, la crasse, la suie, les cheveux roussis et l'épaule couverte de gros bouts de chatterton. « Oh, seigneur ! », s'écria-t-elle.

Il ressentit un élan de fierté lorsque, surmontant son émotion, Jamie se replaça face à la route, écrasa la pédale de l'accélérateur et se mit à rouler à une vitesse assez raisonnable pour ne pas attirer l'attention.

« C'est grave ? » Tendue, elle ne quittait pas la route des yeux.

« Moins que ça en a l'air. » Sa bouche était tellement sèche, sa langue tellement gonflée qu'il avait du mal à s'exprimer.

Sur le plancher, il aperçut un pack de bouteilles d'eau minérale enveloppé d'un film plastique qu'il déchira en arrachant la languette.

« On t'a – elle reprit son souffle – tiré dessus ?

— Oui. » Il s'empara d'une bouteille, dévissa le bouchon.

« Alors comment peux-tu dire que ce n'est pas grave ?

— Je n'ai pas été touché en plein corps. Juste à l'épaule. » Toujours couché, Cavanaugh versa de l'eau dans sa bouche. Quelques gouttes se répandirent sur sa veste et la banquette. On aurait dit que sa langue absorbait le liquide comme une éponge.

Jamie répliqua, énervée : « C'est comme si tu disais : "T'inquiète pas, bébé, c'est rien qu'une égratignure." Mais qu'est-ce que c'est que ce truc ? Du chatterton ?

— Ne partez jamais sans lui.

— Tu t'es réparé comme un tuyau qui fuit ? Pour l'amour du ciel, si ça s'infecte tu peux en mourir. Je te conduis chez un docteur.

— Non, fit Cavanaugh dans un souffle. Pas de docteur.

— Mais...

— Les médecins sont obligés de faire un rapport à la police en cas de blessure par balle. Et je ne veux pas que la police s'en mêle. Je ne veux pas que les autorités me sachent en vie.

— Ils n'ont pas de médecins chez Protective Services ?

— Si.

— Alors...

— Personne ne doit savoir que je suis vivant.

— Mais Bon Dieu, qu'est-ce qui se passe ? »

Cavanaugh avala goulûment une autre gorgée. Il était tellement déshydraté qu'il suivait le parcours de l'eau dans sa gorge et le long de son œsophage. Près du pack d'eau minérale, il vit une petite glacière en polystyrène. Son épaule meurtrie le fit grimacer de douleur quand il ôta le couvercle pour voir ce qu'il y avait dedans.

« Sandwich au pastrami et pain de seigle, commenta Jamie. Salade chou-pommes de terre. J'ai dû mettre un ou deux cornichons à l'aneth, aussi. »

Cavanaugh se précipita sur un gros sandwich. Mais dès qu'il avala la première bouchée, il fut pris de nausées. Alors il s'étendit sur le dos et resta à fixer le plafond qui paraissait onduler au rythme des douces vibrations de la voiture.

« Tu es sérieux ? Pas de docteur ? demanda Jamie.

— Pas de docteur.

— Où veux-tu que je t'emmène ?

— Reprends l'autoroute. Roule plein nord. Albany est à environ une heure d'ici. Trouve-nous un de ces motels où on peut se garer devant la chambre.

— Laisse-moi deviner – un truc pas trop coquet, n'est-ce pas ?

— Oui, c'est ça, carrément miteux. Le genre d'endroit où les

clients paient en espèces et où le gérant a perdu le numéro du poste de police.
— Je vois ça d'ici. Ce sera charmant.
— Tu as apporté une trousse de premiers secours ?
— Quelque chose dans ta voix me disait que tu avais besoin du grand modèle. Elle est avec les sacs de vêtements, par terre. »

Cavanaugh chercha entre les valises et tomba sur une trousse en plastique de la taille d'un gros annuaire. Sa blessure lui faisait de plus en plus mal. Il fouilla, écarta les bandages, les pommades, une paire de ciseaux et dénicha enfin plusieurs sachets de Tylenol. Il en déchira deux, avala leur contenu en le faisant passer avec une gorgée d'eau. Il s'obligea à boire lentement, pour ne pas se rendre malade.

« J'ai été patiente, dit Jamie. Je ne t'ai posé la question qu'une seule fois.
— Tu veux savoir ce qui se passe.
— Bon sang, comment as-tu deviné ?
— Je ne t'ai jamais parlé de mes missions.
— C'est juste, répondit Jamie toujours absorbée par sa conduite. Mais cette fois-ci, tu vas le faire.
— Oui, dit Cavanaugh. Si tu décides de m'aider, tu risques gros. Alors tu as le droit de savoir où tu mets les pieds. Cette fois, je vais t'en parler. »

5

Le motel d'Albany, Day's End Inn, se trouvait sur une voie secondaire, dans un quartier minable à cinq cents mètres de la sortie de l'autoroute, loin des Holiday Inn et autres Best Western. Le genre de banlieue où, pour tout commerce, on ne trouve que des bars, un vendeur de pièces détachées pour automobiles et une pseudo-brasserie servant des hamburgers. Le soleil couchant étirait les ombres sur le macadam. Etant donné l'heure, la boutique de pièces détachées était fermée. Des hommes descendirent de plusieurs camionnettes et entrèrent dans l'un des bars. A part eux, il n'y avait pas âme qui vive dans cette rue.

Pendant qu'ils roulaient, Cavanaugh avait vidé plusieurs bouteilles d'eau pour nettoyer le sang et la suie maculant son visage. Il avait enfilé la parka et le jean apportés par Jamie. Le chatterton disparut sous un pull ; il dissimula ses cheveux roussis sous une casquette de base-ball judicieusement jointe aux bagages. Il put donc s'asseoir sans craindre d'attirer l'attention. Pendant que Jamie passait à l'accueil pour louer une chambre, il prit le temps d'étudier le décor sinistre qui les entourait.

Jamie remonta en voiture, munie d'une clé attachée à un gros cube de plastique jaune.

« Tu as payé en espèces ? demanda-t-il.

— Oui. J'ai dit au réceptionniste qu'on nous avait volé notre carte de crédit.

— Une explication comme une autre.

— Je suppose que la plupart des gens qui descendent ici paient en espèces. Il nous a peut-être pris pour un couple illégitime. » Jamie démarra. « Je sais pourquoi tu refuses que j'utilise ma carte de crédit. Pas de trace écrite. Mais en principe personne ne me connaît, non ?

— En principe, oui, dit Cavanaugh. Personne à Protective Services ne connaît ton existence, pas même Duncan. » Soudain, il revit le visage mutilé de son ami et sentit la douleur et la rage monter en lui.

Jamie roula jusqu'aux dernières chambres et se gara près d'une benne à ordures. « Alors pourquoi toutes ces précautions ? » Elle secoua la tête. « Je sais ce que tu vas dire. On n'est jamais trop prudent. »

Malgré sa tension, il parvint à esquisser un sourire.

Jamie descendit de voiture, s'avança vers la porte de leur chambre et tourna la clé.

Pendant ce temps, Cavanaugh ouvrit la portière arrière de la Taurus, ramassa plusieurs sacs, au cas où on les observerait – les gens adorent regarder les bagages – et se dirigea d'un pas aussi assuré que possible vers la chambre sombre.

Il vit deux lits tout simples, garnis d'un édredon aux couleurs fanées, une table couverte d'éraflures, une petite télé fixée au mur, un tapis élimé et un miroir fendu au coin.

« C'est assez miteux à ton goût ? », demanda Jamie.

La chambre sentait vaguement le tabac froid.

« Ils n'avaient pas de chambre non-fumeur, précisa Jamie.

— Ça ira. » Cavanaugh posa les bagages sur la table, s'allongea sur le lit et ferma les yeux en espérant échapper aux vertiges. « La planque idéale. Tu as fait le bon choix.

— Je vais sortir l'eau et le reste des affaires. » Quand Jamie eut fini de transporter leurs bagages, elle verrouilla la porte.

Couché sur le lit, les yeux clos, Cavanaugh sentit qu'elle l'observait.

« Dois-je éteindre la lumière ? demanda-t-elle.

— Oui.

— Que puis-je faire pour toi ?

— Apporte-moi encore de l'eau. Et redonne-moi du Tylenol.

— Ta blessure est infectée ? »

Il avala les capsules et but une rasade. « Je pense... – il parvint à se redresser –... qu'il vaut mieux vérifier. »

6

DEBOUT sous la douche, Cavanaugh laissait l'eau tiède ruisseler sur sa tête penchée et son dos. Puis il offrit son visage et sa poitrine au jet bienfaisant. Il était si faible qu'il dut se résoudre à s'asseoir.

Comme le rideau de la douche était ouvert, il vit la silhouette de Jamie se découper devant le néon du miroir à maquillage fixé au mur de la salle de bains. Elle baissa l'abattant des toilettes, s'assit coudes sur les genoux et tourna son regard vers lui.

La lumière trop vive lui blessait les yeux mais lui permettait de voir nettement le sang, la crasse et la suie disparaître en tourbillonnant dans le siphon, suivis par les bouts de cheveux roussis qui partaient avec la mousse du shampooing.

« Tes jambes et ta poitrine sont couvertes de bleus », dit-elle.

Il avait profité du trajet pour lui raconter, d'une voix hésitante, ce qui s'était passé. De nouveau, il avait ressenti un élan de fierté car elle l'avait écouté sans l'interrompre par des remarques intempestives, ravalant au contraire ses émotions pour ne poser, de temps à autre, que les quelques questions nécessaires.

« J'ai dû me faire ça en roulant dans le ravin, expliqua-t-il. Tu aurais fait un bon agent, tu sais ? Tu apprends vite. Je ne sais pas où tu les as attrapés mais tu possèdes les réflexes qui sauvent. »

La gravité la rendait encore plus belle. « Ces réflexes me viennent à force de te fréquenter. » Elle remonta ses manches et lui savonna le dos. « Pourquoi Prescott voulait-il éliminer ton équipe ?

— Et qui étaient les types à bord des hélicoptères ? Ils se comportaient comme des agents des Forces spéciales de l'armée, dit Cavanaugh.

— Et l'équipe d'assaut dans l'entrepôt ?

— Ils avaient du matériel, mais leur tactique était conventionnelle. Rien à voir avec la discipline des soldats dans les hélicos. Quand ils se sont engouffrés dans les escaliers de l'entrepôt, à un moment ils ont reculé comme s'ils avaient peur. »

Il ferma le robinet de la douche. Jamie et lui restèrent immobiles quelques longues secondes pendant que l'eau dégoulinait le long de son corps.

« Je pense que le grand moment est arrivé, déclara-t-il. Tu te souviens de ce qu'on doit faire.

— Tu as été très clair.

— OK. » Cavanaugh inspira profondément, leva la main droite vers son épaule gauche, pinça les extrémités du chatterton, expira, inspira de nouveau et commença à tirer sur les bandes. La face collante se détacha lentement. Il ne pouvait aller plus vite, craignant de déchirer la plaie. Chaque seconde prolongeait la douleur. Quand il eut tout enlevé, le sang se remit à couler, mais moins qu'au moment où la balle l'avait atteint, des caillots s'étant formés entre-temps.

Jamie pressa dessus une serviette imbibée d'eau savonneuse et se mit à tamponner la blessure à petits coups rapides mais délicats pour la débarrasser de la saleté et du pus qui la souillaient.

Il fit la grimace.

« Voilà, c'est fait », dit-elle.

Il se pencha pour ouvrir la douche et se rincer. « Je n'arrive pas à tourner assez la tête pour voir ce que ça donne.

— Tu as un trou dans l'épaule, à la base du cou. Je te donne tout de suite la bonne nouvelle : la balle est ressortie, pour autant que je puisse en juger.

— C'est bien ce que je pensais. Et la mauvaise ?

— Le trou fait cinq centimètres de large. »

Cavanaugh hocha la tête. Il laissa le sang couler dans le siphon, ferma le robinet et se prépara mentalement pour la phase suivante.

Avant de s'arrêter dans ce motel, ils avaient fait un crochet pour acheter de l'eau oxygénée dans un drugstore.

Jamie ouvrit le flacon et en versa sur la blessure.

Le liquide forma des bulles sur la chair déchirée. C'était comme si on le travaillait au rasoir et au tison en même temps. Il serra les dents en agrippant le bord de la baignoire.

« Rince », lui dit Jamie.

Tout vacillait autour de lui. Il tourna le robinet de la douche. Du sang, mêlé au liquide mousseux, partit en tourbillonnant dans le siphon. Quand il s'éloigna du jet, Jamie l'aspergea encore une fois d'eau oxygénée. Une mousse sanglante jaillit de nouveau de la longue et profonde plaie.

« Dieu tout-puissant... » murmura Cavanaugh. Il se pencha sous le jet. L'eau emporta la mixture sanguinolente dans les canalisations. Il ferma le robinet et s'affala sur le rebord de la baignoire, pendant que Jamie épongeait la blessure avec une serviette.

Les muscles de sa mâchoire se contractèrent.

« La peau est rouge, dit Jamie.

— Le chatterton a dû l'irriter.

— Non. C'est un rouge différent. On dirait que c'est infecté. » Jamie épongea encore le sang qui suintait et avant que l'hémorragie ne reprenne, se dépêcha d'ouvrir un tube de crème antibiotique, pressa, en appliqua une bonne couche, recouvrit avec un tampon de gaze et déroula plusieurs bandes de sparadrap pour tenir le pansement.

Il inspira profondément.

« Tu peux te lever ? », demanda Jamie.

Il essaya mais glissa. Jamie le rattrapa avant qu'il ne tombe. Son chemisier lui collait à la poitrine à cause de l'eau qui ruisselait du torse de Cavanaugh.

Elle le fit asseoir sur le siège des toilettes et, avec la dernière serviette, lui sécha les bras, la poitrine, la tête et le dos, en évitant de toucher la blessure. L'épais bandage qui la couvrait était à présent rose de sang.

« Je vais t'aider à marcher », dit Jamie.

Proche de l'évanouissement, Cavanaugh la sentit éponger ses jambes, son sexe, ses hanches. Mais il ne percevait pas grand-chose hormis cette douleur lancinante dans l'épaule ; les autres sensations venaient de très loin, comme si son corps ne lui appartenait plus.

« Tiens bon. » Jamie lui prit le bras, le posa autour de son cou puis le guida vers la chambre obscure et l'installa sur un des deux lits. « Tu es brûlant. Tu crois que tu as de la fièvre ? »

Avant de pouvoir répondre, il se mit à trembler.

Comme ses frissons devenaient plus violents, Jamie se glissa sous les couvertures et le serra contre elle. « Tu as besoin d'un...

— Non », réussit à dire Cavanaugh entre deux spasmes.

Ses paupières étaient lourdes. Les ombres de la pièce s'épaissirent.

Elle le serra plus fort.

7

CAVANAUGH fut réveillé par un tiraillement dans l'épaule. Clignant les yeux sous la faible lumière qui filtrait à travers les rideaux, il réussit à ne pas grimacer lorsque Jamie enleva le bandage. Elle plissa ses yeux verts en examinant la plaie.

« Comment ça...
— Aussi rouge qu'hier soir », dit-elle.

Il sentit quelque chose se serrer au-dedans de lui.

« Mais au moins, la fièvre a l'air d'être tombée.
— C'est encourageant, tu ne trouves pas ?
— Une croûte s'est formée.
— Tu vois ce que ça veut dire ? Ça commence à guérir. »

Elle appliqua une autre couche de crème antibiotique, une compresse de gaze et du sparadrap pour faire tenir le tout.

« Quelle heure est-il ? » Par réflexe, Cavanaugh regarda la pendule posée près du lit et fronça les sourcils. Les chiffres rouges annonçaient 4 h 22. Déconcerté, il désigna les rideaux. « Comment peut-il faire jour si tôt dans la matinée ?
— C'est l'après-midi.
— Quoi ?
— Tu as dormi toute la nuit et une bonne partie de la journée. Tu ne te rappelles pas ? Je t'ai fait manger du sandwich au pastrami et un peu de salade de pommes de terre...
— Non.
— Ce matin.
— Non.
— A deux reprises, je t'ai conduit jusqu'à la salle de bains. »

Cavanaugh posa sur elle un regard inexpressif.

« Quand la femme de chambre est venue faire le ménage, je suis sortie pour discuter avec elle, ajouta Jamie. Je lui ai expliqué que tu étais malade parce que tu avais mangé des sandwiches avariés qui étaient restés à la chaleur dans la voiture. J'ai dit que je ne voulais pas te laisser seul. Puis je lui ai donné de l'argent pour que le réceptionniste nous permette de rester ici une nuit de plus. Après, j'ai appelé le type pour vérifier qu'elle lui avait bien remis la somme. "Pas de problème", m'a-t-il dit.

— Décidément, tu possèdes tous les réflexes du parfait agent secret.

— Il faut que tu manges encore.

— Pas faim.

— Ça ne fait rien. Tu ne guériras pas si tu ne manges pas.

— Rien que le fait de penser au pastrami et à la salade de pommes de terre me donne mal au cœur.

— A mon avis, ils ne sont plus comestibles à présent. Dis-moi ce qui te ferait plaisir. Une pizza ? On peut s'en faire livrer une ».

Il s'apprêtait à lui faire une objection.

Mais elle anticipa, à sa grande fierté. « Je retire ce que j'ai dit. Pas de livraisons. Sécurité absolue, d'accord ?

— D'accord.

— Alors il va falloir que je sorte pour acheter quelque chose. Il n'y a pas d'autre solution. De quoi as-tu envie ? Poulet rôti ? Milk shake ? *Quoi ?* »

Cavanaugh se dit qu'il valait mieux lui faire croire qu'il avait faim, sinon elle insisterait pour appeler un médecin. « Du poulet. Conduis-moi à la salle de bains. »

Elle lui tendit de la mousse à raser et un rasoir. Une fois débarrassé de sa barbe de trois jours, il se sentit plus propre. Pourtant, quand il retourna se coucher, il était toujours aussi épuisé.

« Tu es sûr que je peux te laisser seul ? demanda Jamie.

— Si l'équipe d'assaut savait que nous sommes ici, ils auraient déjà débarqué dans cette chambre. » Cavanaugh rabattit le drap et la couverture sur lui et se cala contre les oreillers. « Accroche la pancarte NE PAS DÉRANGER à la poignée de la porte et passe-moi le pistolet.

— Si tu croyais vraiment que tout danger était écarté, tu n'aurais pas besoin d'une arme.

— La force de l'habitude.

— Admettons », fit-elle, sceptique.

De l'extérieur, elle actionna la poignée pour s'assurer que la porte était bien verrouillée. Cavanaugh jeta un œil sur la pendule de la table de nuit; elle affichait 4 h 58. Il avait besoin de s'assurer de quelque chose. S'emparant, d'un geste douloureux, de la télécommande posée sur la table de chevet, il la pointa vers le pied du lit, alluma la télévision et rechercha une chaîne locale.

Sur la chaîne 6, les informations du Live at 5 venaient à peine de commencer. Comme Cavanaugh s'y attendait, l'incendie faisait les gros titres. Il se concentra sur le commentaire du reporter tout en regardant les images montrant des pompiers exténués maniant tronçonneuses, pelles et tuyaux d'incendie pour empêcher le brasier d'atteindre la première ville qu'il avait dépassée la veille.

« Au milieu de l'après-midi, le feu était circonscrit à quatre-vingt-dix pour cent », déclara l'un des présentateurs du journal local avant de passer à un autre sujet, un scandale politique à Albany, impliquant un sénateur arrêté pour conduite en état d'ivresse après avoir renversé un jeune cycliste.

Dérouté, Cavanaugh fixa un instant le poste de télévision puis fit défiler les chaînes jusqu'à la 10 et tomba sur la fin du reportage qu'il cherchait. Ensuite, il repassa sur le canal 6, mais il était si troublé qu'il faisait à peine attention aux images se succédant sur l'écran. A 5 h 30, il y eut un autre flash d'informations presque exclusivement consacré à l'affaire du sénateur. L'incendie – "totalement circonscrit" – fut bâclé en trente secondes. Il zappa sur le canal 10. L'incendie était désormais de l'histoire ancienne. Le présentateur n'y consacra que quelques secondes, juste avant le bulletin météo.

Cavanaugh plissa le front.

A 6 heures, une autre édition des nouvelles locales débutait lorsque Cavanaugh entendit frapper à la porte. Une fois puis trois fois. Une clé tourna dans la serrure. Au cas où Jamie ramènerait un compagnon indésirable, Cavanaugh glissa son arme sous les couvertures et la pointa vers la porte.

Jamie entra, chargée de sacs en papier marqués Kentucky Fried Chicken.

Cavanaugh lâcha son pistolet.

« Des problèmes ? demanda-t-elle.

— Juste un truc à la télé. »

Jamie verrouilla la porte et sortit les boîtes en carton des sacs. « Qu'est-ce que tu as vu ?

— Demande-moi plutôt ce que je n'ai pas vu. »

Elle secoua la tête sans comprendre.

« Jette un œil », dit Cavanaugh.

Elle s'assit près de lui pendant que les nouvelles locales défilaient.

Le scandale politique faisait de nouveau les gros titres, suivi d'un récapitulatif des attaques à main armée perpétrées dans les stations-services. Comme sur la chaîne 10, le reportage sur l'incendie éteint ne dura que quelques secondes avant le bulletin météo : deux ou trois plans montrant les pompiers au travail.

« Tu vois ce que je veux dire ? demanda Cavanaugh.

— Je n'ai presque rien vu. Si j'avais cligné les yeux, j'aurais manqué le film. » Jamie se détourna du poste de télévision et regarda Cavanaugh d'un air préoccupé. « Quatre victimes. Un bunker caché dans la montagne. Des hélicoptères équipés de lance-roquettes. Et tout ce qu'on nous sert aux informations c'est quelques pompiers armés de haches, le visage couvert de suie.

— Les comptes rendus précédents étaient plus longs mais se résumaient à peu près à la même chose, précisa Cavanaugh.

— Les équipes de secours n'ont peut-être pas réussi à atteindre la zone où le sinistre s'est déclaré et, du coup, ils n'ont pas retrouvé les corps.

— Peut-être, dit-il. Mais normalement, la zone en question aurait dû s'éteindre en premier, vu qu'il n'y avait plus rien à brûler. Leurs avions de reconnaissance auraient dû apercevoir l'hélicoptère détruit et les deux jeeps. Chad et Tracy ont disparu en fumée. » La colère rendait sa voix rauque. « Mais le corps de Roberto était intact. Même calciné, ils ne pouvaient pas le rater. En plus, on a certainement entendu les trois hélicos et les explosions dans la ville voisine.

— J'ai acheté le *Times Union* d'Albany. » Jamie s'approcha de la commode. « C'est l'édition du matin, on n'y trouvera donc pas les développements de dernière minute. Mais peut-être qu'on apprendra quelque chose. »

Elle prit le journal posé à côté des sacs et s'approcha du lit.

L'article sur l'incendie figurait au bas de la première page. Il y avait la photo d'un pompier hagard, à moitié caché par la fumée. L'article continuait page 8, toujours en bas.

« Là. » Jamie pointa une photo. « Un habitant de la ville voisine a entendu des explosions.

— Des réservoirs de propane ? » Cavanaugh n'en croyait pas ses yeux.

Elle lut le passage. « Les autorités estiment que l'incendie a fait exploser des réservoirs de propane entreposés dans les chalets au sommet des pentes.

— Il n'y a aucun chalet près du bunker.

— Donc il ne peut s'agir que d'une extrapolation, repartit Jamie.

— Ou d'un mensonge. As-tu remarqué cette allusion à une équipe spéciale envoyée pour enquêter sur les causes de l'incendie ?

— Tu crois qu'ils tentent d'étouffer l'affaire ?

— Ce ne serait pas impossible, répondit Cavanaugh. Quelqu'un d'influent a très bien pu faire pression sur les autorités locales et s'arranger pour que les pompiers restent à distance pendant qu'une équipe spéciale débarquait sur les lieux pour tout nettoyer. L'endroit est assez reculé. Ils ont donc pu intervenir sans craindre la présence de témoins gênants.

— Quelqu'un d'influent ? Tu penses au gouvernement ?

— Je ne vois pas qui d'autre aurait le pouvoir d'empêcher qu'on approche du site, répliqua Cavanaugh.

— Mais que diable Prescott aurait à fiche avec le gouvernement ? »

Cavanaugh haussa les épaules mais le regretta aussitôt, quand un élancement lui déchira la base du cou. « La DEA a chargé son labo d'effectuer des recherches sur les moyens de supprimer le phénomène de dépendance.

— Mais ça n'explique ni la présence d'une équipe des Opérations spéciales, répondit Jamie, ni l'extermination des membres de ton équipe. Tu es sûr que les types de l'entrepôt voulaient attraper Prescott vivant ?

— Ça m'en avait tout l'air. Ils auraient pu nous abattre tous les deux à plusieurs reprises. Or, au lieu de cela, ils se sont contentés de nous poursuivre.

— En revanche, quand vous étiez dans le bunker, ils ont changé d'avis. »

Cavanaugh hocha de nouveau la tête. « Oui, mais j'ignore pourquoi. A moins que l'équipe de protecteurs n'ait été leur seule et unique cible depuis le départ. Dans ce cas, Prescott nous aurait menés en bateau et, une fois dans le bunker, se serait arrangé pour que le piège se referme sur nous...

— Mais pourquoi tuer ton équipe ? Aurais-tu appris quelque chose de compromettant lors d'une mission précédente ? Un secret qui vous aurait transformés en cibles, toi ct le reste du groupe ?

— Pour autant que je sache, je n'ai jamais rien vu ni entendu d'assez grave pour qu'un ancien client en prenne ombrage, déclara Cavanaugh. « De toute façon, durant les six derniers mois, Chad, Tracy et Roberto n'ont pas travaillé sur la même mission que Duncan et moi. Et même s'ils l'avaient fait, les membres de cette mission n'étaient connus de personne. Duncan lui-même ne l'a su qu'à la dernière minute.

— C'était juste une idée, mais... » Jamie hésita.

Il attendit qu'elle poursuive.

« Pendant que tu dormais, j'ai eu le temps de réfléchir à tout cela. Supposons que les deux équipes d'assaut n'aient rien à voir l'une avec l'autre ?

— Continue.

— Supposons que le premier groupe ait simplement voulu capturer Prescott, tout comme l'indiquait leur tactique, dit Jamie. « Et que le deuxième groupe...

— Cherchait à le tuer, comme tout semblait le prouver ? compléta Cavanaugh.

— C'est ça, tuer Prescott. Toi et ton équipe n'étant que des cibles secondaires. Vous étiez gênants, c'est tout.

— Mais alors comment expliques-tu la violence de Prescott ?

Pourquoi voulait-il nous éliminer tous s'il n'avait rien à voir avec les types des hélicos ?

— Des types qui ressemblaient fort à des soldats des Opérations spéciales, repartit Jamie. Tu m'as dit que tu les avais vus rejoindre les appareils en se faisant tracter par des câbles.

— Oui.

— Tu les as tous vus s'en aller ?

— Oui. Je devais m'assurer qu'il n'en restait pas un seul.

— Prescott était-il avec eux ?

— Non.

— S'il faisait partie de l'équipe, c'est un peu bizarre, non ?

— Il a peut-être été tué dans l'incendie.

— Et ils auraient laissé son cadavre sur place ?

— Ils ne pouvaient peut-être pas y accéder. Cela expliquerait l'envoi de cette unité spéciale dont parle le journal. »

Jamie jeta un coup d'œil sur le tapis élimé. « Et si on s'en tenait aux faits tels qu'ils nous apparaissent. Le premier groupe voulait Prescott vivant. Le deuxième le voulait mort. Il était terrorisé par les deux. Et ton équipe détenait des informations qui devaient absolument rester secrètes. »

A ces mots, Cavanaugh frissonna – pas à cause de la fièvre mais d'une intuition soudaine. Jamie disait vrai. « Bon Dieu.

— Ces informations faisaient de vous une menace potentielle, reprit Jamie.

— La disparition programmée de Prescott. » Cavanaugh se dressa brusquement sur son séant en grimaçant à cause de la douleur qui vrilla son épaule. « Le salopard. »

Tout s'éclairait à présent. Prescott avait compris qui se trouvait à bord des hélicos, il savait que ce groupe, contrairement au premier, voulait le tuer et qu'il détruirait tous les véhicules qui tenteraient de quitter le bunker. Il savait aussi que les tueurs avaient les moyens matériels de forcer l'entrée du bunker et neutraliser ses protecteurs. Voyant la mort se profiler, il s'était mis à paniquer pour réaliser ensuite que le seul moyen de sauver sa peau consistait à créer une diversion. C'est alors qu'il avait allumé l'incendie. Seulement voilà, il restait un problème à résoudre. Si jamais un membre de l'équipe de protection survivait à l'attaque et se faisait capturer par les tueurs...

« Je pense que Prescott avait décidé de nous éliminer depuis le début, dit Cavanaugh. Il ne pouvait décemment se permettre de laisser derrière lui une seule personne au courant de sa nouvelle identité. C'était la seule manière de préserver son secret. Il n'aurait jamais pu dormir sur ses deux oreilles en sachant qu'à tout moment, les tueurs risquaient de retrouver sa trace. Il leur aurait suffi de torturer l'un d'entre nous pour qu'il leur révèle tout.

— Mais comment espérait-il échapper à l'incendie ?

— C'est un grand calculateur. Il interroge. Il observe. Il apprend. Moi-même j'ai compris que pour passer inaperçu je devais rester près du feu, sinon leurs capteurs thermiques auraient repéré la chaleur de mon corps. Si j'ai pu imaginer cela, tu penses bien qu'un type aussi futé que lui a pu y penser aussi.

— Il y a une sacrée différence. J'étais là pour te secourir. Mais un homme comme lui ne fait confiance à personne. Tu dis qu'il est obèse. Comment a-t-il pu couvrir une telle distance à pied ? Comment espérait-il quitter le secteur ?

— Il a peut-être eu recours à quelqu'un, suggéra Cavanaugh. Quitte à se débarrasser de ce quelqu'un une fois tiré d'affaire. »

Les yeux de Jamie s'assombrirent.

« A moins qu'il n'ait marché jusqu'à la ville la plus proche et contraint un automobiliste à l'emmener dans sa voiture. Et alors... » Soudain, Cavanaugh eut une vision d'horreur. « Prescott devait se débarrasser de tous ceux qui connaissaient sa nouvelle identité. »

Il eut un coup au cœur. Ses vertiges revinrent l'assaillir mais il réussit néanmoins à se lever. « Où sont mes vêtements ? »

Jamie s'inquiéta. « Tu vas te casser la figure. Qu'est-ce que tu essaies de...

— Je viens de comprendre où Prescott est allé. » Il saisit son téléphone portable et pianota.

A l'autre bout de la ligne, une sonnerie retentit.

« Vite, aide-moi à m'habiller. Je vais avoir besoin de mon gilet en Kevlar. »

Le téléphone bourdonna de nouveau.

« Réponds, réponds », supplia-t-il.

Le téléphone sonna une troisième fois.

« Il va falloir qu'on y aille.

— Où ? », demanda Jamie.

La sonnerie retentit une quatrième fois.

Sur le répondeur, une voix de femme articula : « Laissez votre nom, votre numéro et votre message. Je vous rappellerai dès que possible. »

Cavanaugh raccrocha.

« Vite. Je crois que Prescott va tuer une femme, ici à Albany. »

8

JAMIE roulait à toute vitesse à travers les rues d'Albany rougies par les rayons du soleil couchant. Assis près d'elle, Cavanaugh dut rassembler toute son énergie pour lui expliquer : « Nous avons fourni à Prescott le nom et le numéro de téléphone d'une banque ainsi qu'un numéro de compte. Après avoir procédé au blanchiment de son argent, il était censé transférer cent mille dollars sur le compte d'une faussaire d'Albany en échange de papiers d'identité. »

Frôlant la limite de vitesse sans jamais la dépasser, Jamie tourna brusquement pour s'engager dans le parc que venait de lui indiquer Cavanaugh. Le balancement de la voiture lui donna des haut-le-cœur mais il ne broncha pas, de peur que Jamie ne ralentisse. Une seule chose comptait : arriver à destination.

« La faussaire tenait à sa disposition un numéro de sécurité sociale, un passeport, un permis de conduire, un certificat de naissance, des cartes de crédit, tout pour commencer une nouvelle vie sous une nouvelle identité. » Cavanaugh respira profondément. « Il ne lui restait plus qu'à décider de sa nouvelle apparence : se teindre les cheveux, les raser, porter une fausse moustache en attendant que la sienne pousse, ou autre. Après cette première transformation, la faussaire devait le prendre en photo pour achever la fabrication du passeport et du permis de conduire. Ensuite, il n'aurait plus eu qu'à voler de ses propres ailes. Nous avions prévu de le conduire à Albany hier matin.

— Qui est cette...

— Karen Atherton. Je n'arrive pas à me rappeler si l'un d'entre nous a mentionné son nom devant Prescott. Je pense que Duncan l'a fait. Juste son prénom. Mais avec son prénom, le nom et le numéro de téléphone de sa banque, plus son numéro de compte, Prescott a très bien pu la retrouver. »

Au sortir du parc, Jamie freina très légèrement en passant devant une voiture de police rangée sur le bas-côté. « Comment s'y serait-il pris pour l'identifier à partir de son numéro de compte ?

— La planque que Prescott s'était aménagée dans l'entrepôt était truffée d'appareils électroniques. Je suppose qu'il s'y connaît autant en informatique que moi en armement. Avec le nom de la banque, le numéro de compte... » La voix de Cavanaugh se brisa.

« Tu vas bien ?

— Oui, oui. Je reprends juste mon souffle. » Cavanaugh dut faire un effort sur lui-même pour continuer à parler. « Il suffit de quelques secondes pour qu'un hacker, muni d'un simple numéro de compte, pénètre sur le site d'une banque et obtienne le nom et l'adresse qui l'intéressent. Mais ce n'est pas la seule manière. »

Suivant toujours les indications de Cavanaugh, Jamie entra dans un élégant quartier résidentiel, parsemé de bâtisses restaurées datant du XIXe siècle et de vastes jardins abritant des arbres centenaires. « Comment alors ?

— Ce type soutire les informations comme il respire. Fais comme si tu travaillais dans une banque, au service des renseignements téléphoniques. Imagine que tu as Prescott au bout du fil. » Il prit un ton impatient. « Je vous appelle au sujet d'un compte, son numéro c'est 55763. Mon épouse et moi sommes mariés depuis trois mois. Elle a appelé votre service pour faire changer son nom et son adresse, mais jusqu'à ce jour nous n'avons reçu aucun relevé. J'ai moi-même téléphoné plusieurs fois pour me plaindre. Bon sang, il n'y a donc personne chez vous qui puisse m'aider ? Normalement, le compte en question devrait être au nom de Karen Washburn. »

Jamie hésita une seconde avant de réaliser que, face à la colère de ce client mécontent, l'employé de banque intimidé répondrait probablement sans réfléchir : « Non, monsieur, il s'agit de Karen Atherton.

— Ça, c'est le nom qu'elle portait *avant* notre mariage. Notre adresse est 444 Crestview Lane.

— Non, monsieur. Moi j'ai 256 Morgan Avenue.

— C'est là qu'elle vivait *autrefois*. Vous comprenez pourquoi nous ne recevons jamais ses relevés de compte ? *Pourriez-vous vous assurer que les changements seront bien effectués ?* » Cavanaugh sortit de son rôle et reprit un ton normal. « Tu vois comme c'est facile ?

— Prescott est assez fin pour manipuler les gens de cette manière ?

— Mais bien sûr que oui ! Moi-même je n'y ai vu que du feu. Ce qui me rend vraiment dingue c'est qu'en plus, je commençais à le trouver sympathique. Quand je l'ai rencontré dans l'entrepôt, j'ai bien vu qu'il était malade de trouille, mais il ne s'est jamais laissé aller. Il m'a obéi à la lettre. Je suis sûr que dans le bunker, il n'aurait jamais allumé l'incendie s'il ne s'était pas senti coincé. Il est difficile d'imaginer la somme de courage qu'il lui a fallu pour nous tuer.

— Du courage ? » Jamie eut l'air déconcerté. « A t'entendre, on dirait presque que tu l'admires.

— L'admirer ? De ma vie, je n'ai jamais haï personne comme je le hais lui. »

A ces mots, un lourd silence s'abattit sur eux.

« La maison est juste au coin », reprit-il.

Jamie s'engagea sur une voie transversale ornée, comme les autres, de grands jardins, d'arbres majestueux et de splendides demeures au charme désuet. Une tondeuse à gazon bourdonnait au loin.

« C'est là, dit Cavanaugh. Cette maison victorienne. »

Haute d'un étage et demi, la bâtisse était hérissée de petits toits pointus. Un large porche blanc aux finitions peintes en gris vous accueillait à l'entrée.

« Gare-toi dans la rue. » Cavanaugh se baissa pour que personne ne le voie. « Assez loin pour que Prescott ne remarque pas la voiture, si jamais il était à l'intérieur.

— Pourquoi cette rampe sur les marches du porche ? demanda Jamie en passant devant la maison.

— Karen circule en fauteuil roulant. Elle a eu un accident de voiture.

— Et malgré son handicap, elle vit dans une maison victorienne aménagée sur deux étages ?

— En fait, cette bâtisse est parfaitement adaptée à ses besoins. Elle possède un ascenseur restauré datant des années vingt. Karen passe donc d'un étage à l'autre sans difficulté. Elle est capable d'aller aux toilettes, d'utiliser la baignoire sans l'aide de personne. Voilà pourquoi j'ai été étonné de tomber sur son répondeur quand je l'ai appelée tout à l'heure. C'est inquiétant – d'habitude, elle répond toujours.

— Elle est peut-être sortie.

— C'est possible.

— Mais dans le cas contraire ?

— Appelle la police. Dis-leur que tu as l'impression que ta voisine est en danger.

— La police dispose d'un système sophistiqué pour identifier les appels. Ils repéreraient sans peine la trace de ton téléphone cellulaire, malgré le numéro bloqué. Et si jamais il se passait effectivement quelque chose de louche dans la maison, c'est à toi qu'ils s'en prendraient.

— Alors, appelle d'une cabine.

— Tu crois vraiment que la police me prendra au sérieux si j'appelle d'une cabine ? demanda Cavanaugh. Soit ils croiront à une blague, soit non, alors ils se précipiteront sur les lieux. A moins qu'ils n'attendent qu'une voiture de patrouille ne se pointe dans le secteur. S'ils sonnent à la porte et n'obtiennent pas de réponse, peut-être entreront-ils de force pour vérifier si tout va bien ? Et *même* si tout va bien, ils risquent fort de se mettre à fouiller partout. Imagine qu'ils tombent sur le matériel d'imprimerie high-tech et les faux documents officiels. Non. Je suis sûr que Karen est en danger. Nous n'avons pas le temps de faire intervenir la police. C'est à moi d'agir.

— Tu as l'air de lui prêter beaucoup d'importance. Après tout, ce n'est qu'une simple collaboratrice !

— C'est la sœur d'un vieil ami de Delta Force. »

Jamie fit une mine dubitative, comme si elle estimait cette raison insuffisante.

« Il s'appelait Ben, expliqua Cavanaugh. Il est mort d'une hémorragie pendant que je le ramenais d'une mission. »

Jamie l'observa attentivement.

« Karen était sa seule famille. J'ai promis de prendre soin d'elle.

— Alors, si tu veux tenir ta promesse, il vaut mieux y aller tout de suite. » Arrivée au bout de la rue, Jamie exécuta un demi-tour et revint se garer en face de la maison.

Ils descendirent de voiture.

« Tu ne peux pas m'accompagner. » Son gilet en Kevlar pesait des tonnes sous sa chemise et sa parka.

« Mais...

— Si Prescott est à l'intérieur, les choses risquent de mal tourner.

— Je peux t'aider.

— Si nous avions un autre pistolet, la chose serait envisageable. Mais comme tu n'as rien pour te protéger, je ne te laisserai pas risquer ta vie. Quant à moi, j'aurai sans doute autre chose à faire que veiller sur toi. Non, le mieux c'est que tu restes dans la voiture, près du téléphone. Si j'appelle à l'aide...

— Je rapplique à toute vitesse et si besoin est, je défonce le porche.

— Bien. » Cavanaugh sourit et la serra contre lui, en faisant attention à son épaule.

« Tu parlais de courage, il y a une minute. Je ne comprends pas comment... Tu n'as pas peur d'entrer là-dedans ?

— J'ai peur pour Karen. Pas pour moi. »

9

LES ombres s'allongeaient sous le soleil couchant. A force de la scruter, Cavanaugh avait l'impression que la maison de Karen était plus grande que les autres – plus il s'en approchait, plus cette impression se confirmait. A l'arrière, le terrain n'était pas clôturé. On tombait directement sur d'autres maisons – impossible donc de passer par là sans attirer l'attention des voisins qui risquaient de sauter sur le téléphone pour appeler la police. Il ne restait qu'une seule solution : entrer par la porte de devant, comme un simple visiteur.

Il faisait déjà sombre mais aucune lumière ne brillait à l'intérieur. Que fallait-il en conclure ? Était-ce mauvais signe ? Karen était-elle sortie ? Un ami était-il venu la chercher en voiture pour l'emmener au cinéma ? Cela expliquerait pourquoi Karen n'avait pas répondu.

Mais si elle était sortie, Karen aurait certainement laissé quelques lampes allumées ou les aurait réglées sur minuterie afin que la maison ne soit pas sombre à son retour, songea-t-il.

Sans quitter les fenêtres des yeux, il s'engagea sur l'allée qui traversait la pelouse soigneusement tondue, et marcha jusqu'au perron. Au moindre mouvement suspect, il était prêt à dégainer son arme et se mettre à couvert.

En montant les marches, il éprouva une étrange sensation, comme s'il était nu. Mais il résolut de ne pas en tenir compte. Plus jamais il ne pourrait se regarder dans une glace s'il n'honorait pas la promesse faite à son ami mort. Il glissa sa main droite sous sa parka, la posa sur son pistolet et jeta un coup d'œil à travers la vitre garnissant le tiers supérieur de la porte d'entrée.

Il ne vit qu'un corridor obscur. Par réflexe, il tourna la poignée et poussa. Bizarrement, la porte s'ouvrit sans peine. Comment une femme en fauteuil roulant pouvait-elle vivre dans une maison où n'importe qui était susceptible de s'introduire ?

Il sortit son pistolet et entra à pas de loup. Son épaule se rappela douloureusement à lui lorsqu'il leva les deux mains dans le prolongement de son regard pour braquer son arme alternativement sur le corridor obscur, les escaliers qui le flanquaient, la pièce s'ouvrant sur la droite et l'autre sur la gauche.

Prenant bien garde de ne pas faire trop de bruit, il passa une main derrière lui, referma la porte et se mit à écouter en retenant son souffle. Tout n'était que silence. La maison semblait vide mais ce n'était peut-être qu'une impression.

Par où commencer ? Cavanaugh ne réfléchit qu'une seconde pour déterminer par quelle pièce il allait devoir débuter son inspection. Il longea tout doucement le corridor, les bras toujours tendus devant lui, en marchant à petits pas de manière à ne pas perdre l'équilibre tout en orientant son regard de telle façon que le cran de mire au-dessus du percuteur s'aligne sur le guidon du canon. Sur ce guidon, un point de tritium lumineux diffusait une lumière verte dans l'obscurité. Cette lumière n'était pas visible quand on se trouvait face à l'arme. En revanche, Cavanaugh, lui, la voyait parfaitement et, sans gêner sa vision nocturne, elle l'aidait à cibler les formes se profilant dans la pénombre grandissante.

Il passa devant une porte fermée, sur sa droite – la porte de l'ascenseur dont il avait parlé à Jamie –, atteignit le bout du corridor et la cuisine qu'il balaya du regard : une cheminée en briques et un four moderne imitant les vieux poêles en fonte. Il tourna à gauche, s'approcha d'une porte et, prenant soin de rester hors de la ligne de feu, appuya sur la poignée (en pestant contre le léger grincement produit par le métal) et tira vers lui.

La maison retrouva son calme.

Toujours à l'abri du chambranle, Cavanaugh inspira – une, deux, trois – retint son souffle – une, deux, trois – puis expira – une, deux, trois – pour contrôler les battements de son cœur et le rythme de sa respiration. Soudain, il pivota et s'encadra dans l'embrasure en pointant son arme vers les escaliers menant à la cave. En bas, il faisait encore plus sombre que dans la cuisine.

Sans un bruit, Cavanaugh sortit la torche que Karen rangeait, il le savait, dans un tiroir à droite du corridor. Il s'accroupit et, avec sa main gauche, leva la torche éteinte au-dessus de sa tête en la braquant vers la base des escaliers. Ceci afin de tromper un ennemi éventuellement posté en bas. Quand il allumerait la torche, l'autre tirerait sur le halo lumineux en croyant atteindre l'abdomen ou la poitrine de Cavanaugh. Et avant que son agresseur comprenne sa méprise, Cavanaugh répliquerait mais en se fiant, lui, à l'éclair jailli du canon.

Or personne ne tira.

De nouveau, il tendit l'oreille. De nouveau, la maison retomba dans le silence.

Quand il se mit à descendre, une marche grinça. Son corps fut traversé par une vive étincelle. Inspire – une, deux, trois. Retiens – une, deux, trois. Expire – une, deux, trois.

De manière tout à fait inopinée, ses genoux se mirent à flageoler. Puis son ventre se contracta. Pas d'inquiétude, se dit-il. Ce ne sont que des réflexes physiologiques. Mon corps se prépare à l'action. Mon cœur accélère ses battements pour mieux irriguer mes muscles.

Mais en même temps, une vague odeur âcre lui monta aux narines. Et aussitôt son cœur s'emballa. Cette odeur lui était familière et pourtant impossible de se rappeler où il l'avait sentie. De plus, le moment n'était pas très bien choisi pour se livrer à ce genre de réflexion. Il devait se concentrer sur les dangers qui le guettaient probablement au pied des escaliers, là où le faisceau de sa torche se perdait dans le noir.

Arrivé à mi-chemin, se déplaçant encore plus prudemment de crainte de perdre l'équilibre, il sentit ses jambes faiblir. L'odeur âcre était légèrement plus présente. Ses mains tremblantes l'empêchaient de viser correctement.

L'adrénaline est mon amie, se dit-il. Mes jambes se crispent parce qu'elles sont prêtes à bondir. Mon cœur s'emballe pour distribuer un maximum de sang à mes muscles. Si mon ventre brûle c'est à cause de tous ces processus chimiques qui sont en train de transformer mon métabolisme. Le glucose et les acides gras de mon foie vont me procurer l'énergie dont j'ai besoin. Si mes poumons se dilatent c'est pour accumuler l'oxygène.

Il connaissait ce genre de sensation, cette envie de s'enfuir à toutes jambes. Mais pour fuir, il fallait être pris de panique, or pas une seule fois dans sa vie il n'avait ressenti ce besoin irrépressible, et surtout pas au cœur du combat.

C'était la première fois.

Qu'est-ce qui m'arrive ? pensa Cavanaugh en atteignant le bas des marches. Ses narines se dilatèrent. L'odeur âcre était encore plus prononcée. Tout au fond de son esprit, quelque chose s'agitait frénétiquement, lui hurlant de remonter quatre à quatre cet escalier et de quitter cette maison avant...

Avant quoi ?

Inspire – une, deux, trois. Retiens – une, deux, trois. Expire – une, deux, trois.

Cavanaugh ne parvenait pas à garder le rythme. Malgré ses efforts, sa respiration devenait hachée, presque incontrôlable. La tête lui tournait. D'une main tremblante, il tendait la torche devant lui ; de l'autre, il tenait son pistolet. Il commençait à s'enfoncer dans le corridor qui suivait le même tracé que celui du rez-de-chaussée, quand il se souvint qu'il y avait un interrupteur quelque part à gauche. Mais il renonça à allumer en se disant que, si quelqu'un se terrait dans le noir, il pourrait ainsi l'aveugler grâce à sa torche. Lorsqu'il écarta celle-ci, son mouvement provoqua un élancement dans son épaule. Mais au moins, si on lui tirait dessus, la balle n'atteindrait pas ses organes vitaux. Contrairement à celle du rez-de-chaussée, la porte de l'ascenseur se trouvait sur sa gauche, puisque à présent il longeait le corridor en sens inverse. Le halo vacillant glissa sur elle. Au-delà, il vit une autre porte fermée – et deux autres sur sa droite.

A chaque pas, l'odeur âcre devenait plus entêtante. Les spasmes qui lui soulevaient l'estomac étaient si puissants qu'il redoutait de vomir. Ses jambes se dérobaient sous lui. Il se voyait déjà recroquevillé par terre, dos au mur, genoux repliés sur la poitrine, tremblant de tous ses membres.

Ses vêtements trempés de sueur lui collaient à la peau. Atterré de constater à quel point il se laissait dominer par ses émotions, il s'invectiva mentalement en tentant de se rappeler toutes les insultes que ses instructeurs lui hurlaient dans les oreilles autrefois, tous les ordres, toutes les leçons apprises dans la douleur.

Bordel, l'adrénaline est mon amie !

Se raccrochant à l'image de Karen et à la promesse faite à son frère, Cavanaugh esquissa un autre pas en avant. Tout à coup, il comprit pourquoi cette odeur âcre lui était vaguement familière. L'entrepôt. Il l'avait sentie dans le bâtiment abandonné où Prescott était caché, mais ce jour-là elle n'était pas si étouffante. Quand il l'avait reniflée en montant les escaliers de la planque, un pressentiment l'avait saisi. S'il s'était écouté, il aurait rebroussé chemin. Mais ce qu'il avait éprouvé dans l'entrepôt n'était rien comparé à l'angoisse qui le tenait à présent. Pourtant un autre que lui, moins bien entraîné, moins volontaire, aurait été incapable de les monter jusqu'en haut, ces escaliers.

Prescott !

Le salopard était ici !

Une autre odeur chatouilla les narines de Cavanaugh. Il dirigea le faisceau de sa torche vers sa source, droit devant lui. La dernière porte à gauche conduisait à un débarras. La dernière porte à droite donnait sur une salle de bains. Celle qui était juste à sa droite ouvrait sur l'atelier de Karen. C'était là qu'elle entreposait ses appareils photo numériques, ses ordinateurs et ses imprimantes spéciales.

Lorsque Cavanaugh éclaira le bas de cette porte-là, il remarqua la fumée et le faible rougeoiement qui filtraient par en dessous. Saisi d'angoisse, il toucha la poignée. Elle était un peu chaude. Quelque chose dans son esprit se mit à lui hurler : *Va-t'en, vite !* tandis qu'une autre partie de son cerveau criait : *Karen !* Il enfonça la porte.

L'éclat de l'incendie faillit l'aveugler. Mais Cavanaugh n'en avait cure. Il ne voyait qu'une chose. Karen, entourée par les flammes qui léchaient le matériel photo, les ordinateurs, les imprimantes. Affalée dans son fauteuil roulant, la belle rousse d'autrefois gisait inerte, les mains sur la poitrine, les traits tordus par la terreur. Ses joues étaient si pâles que ses taches de rousseur semblaient écarlates. Elle n'avait que quarante ans, mais elle faisait le double avec cette expression d'épouvante peinte sur son visage.

Cavanaugh enfonça la torche dans une poche de son manteau et se précipita vers elle. Avant qu'il ait pu s'approcher assez pour la tirer de là, les flammes atteignirent Karen. De toute façon, il était trop tard. Lorsque le brasier se mit à la consumer, elle n'eut aucune réaction.

Elle était morte.

Mais comment ? se demanda Cavanaugh en quittant les lieux. Il n'avait remarqué ni plaie, ni coups sur son visage. Aucune trace de sang venant d'une blessure par balle, pas d'hématome sur sa gorge ; on ne l'avait donc pas étranglée. En voyant ses bras crispés sur sa poitrine, il avait pensé à une attaque cardiaque.

L'incendie gagnait rapidement. Tout en reculant pour se mettre à l'abri dans le corridor, Cavanaugh s'aperçut que le plus gros des flammes sortait du pied du mur, dans le coin prises de vues. Un court-circuit avait dû se produire derrière la cloison ; le feu avait couvé pendant un certain temps avant que les flammes deviennent assez voraces pour jaillir et se répandre dans toute la pièce. Prescott avait sans doute trafiqué la prise de courant pour qu'on croie à un accident. Si Cavanaugh n'avait pas senti la fumée en entrant dans la maison c'était que l'incendie ne s'était pas déclaré tout de suite. Décidément, Prescott adorait jouer avec le feu.

Les poumons irrités par la fumée, Cavanaugh s'élança dans le corridor et remonta les escaliers quatre à quatre. Bizarrement, malgré sa précipitation, quelque chose lui intimait de s'arrêter. Son appréhension grandissait de seconde en seconde. Son cœur battait plus fort que jamais. Sa poitrine se dilatait comme si elle allait exploser.

Se battre ou battre en retraite. Il ne souhaitait qu'une chose : s'échapper de cet enfer. Mais pendant qu'il hésitait, planté au milieu des marches, presque paralysé par l'indécision, il comprit, en levant les yeux, que son instinct venait de le mettre en garde. En entrant, il avait laissé la porte de la cave ouverte.

Et maintenant, elle était fermée.

Prescott était resté sur les lieux de son crime pour s'assurer que le feu prenait bien. C'était une évidence, tout comme il était évident qu'il trouverait la porte verrouillée quand il tenterait d'en tourner la poignée. Pris d'une quinte de toux, il sentit la chaleur se rapprocher de lui.

Vas-y, défonce la porte ! pensa-t-il.

Et si jamais Prescott avait prévu de ne partir qu'au dernier moment ? Et si jamais il avait encore le AR-15 de Roberto avec lui ? Bien sûr, il voulait qu'on croie à un accident mais en cas de nécessité, il n'hésiterait pas à tirer.

Cavanaugh redescendit péniblement les marches, vit les flammes jaillir de l'atelier de Karen et tira d'un coup sec sur la porte de l'ascenseur. Quel soulagement quand elle s'ouvrit sur la cabine lambrissée de chêne ! Evidemment, Prescott avait emprunté l'escalier. Il avait ses deux jambes, lui, et pas de temps à perdre.

Cavanaugh sortit la torche de son manteau et entreprit d'examiner frénétiquement le plafond de l'ascenseur. Il frémit d'espoir en reconnaissant la trappe de maintenance de soixante centimètres carrés qu'il se rappelait avoir vue. Contrairement à celles des immeubles de bureaux modernes, cette cabine-là était si basse de plafond que Cavanaugh n'avait qu'à lever les bras pour le toucher.

Espérant que le vacarme de l'incendie couvrirait le bruit de la trappe au moment où il la soulèverait, il poussa et rabattit la plaque. Pendant ce temps, les flammes couraient vers l'ascenseur. Il referma la porte palière et la grille en métal. Malgré toutes ses précautions, la grille produisit un cliquetis, noyé dans le rugissement du brasier, espéra-t-il de nouveau.

Enfermé dans cet espace étroit et confiné, Cavanaugh n'entendait plus que son propre halètement rauque. Son visage dégoulinait de sueur. Les ascenseurs. Il avait *horreur* des ascenseurs. Ces trucs-là se détraquaient comme un rien, ils s'arrêtaient de manière impromptue et au moment où ils s'ouvraient, n'importe qui pouvait vous tomber dessus.

La fumée filtrant sous la porte commençait à envahir la cabine. Dans une impulsion proche de la panique, une émotion qu'il n'avait pas encore pleinement ressentie jusqu'alors, il appuya sur le bouton marqué 2. Et si le feu avait fait sauter le disjoncteur, et si le moteur de l'ascenseur ne fonctionnait plus...

Il avait envie de hurler mais, au moment où la cabine s'ébranla, son cri resta coincé au fond de sa gorge. Contrairement aux ascenseurs desservant les immeubles de bureaux, celui-ci était conçu pour se déplacer lentement. D'une main tremblante, il rengaina son pistolet, et de sa torche éclaira la trappe béante. Puis il en saisit les rebords et se hissa à la force des bras.

Une douleur atroce lui mordit l'épaule. L'ascenseur se mit à cahoter. Il grimpait avec une lenteur exaspérante. Soudain, Cavanaugh entendit quelque chose se déchirer. Au même instant, son pansement se détacha. Sa plaie s'était rouverte, un liquide chaud roulait sur sa peau.

Il ne prit garde ni au sang ni à la douleur. Tout ce qui importait c'était de sortir de cet ascenseur. La fumée montait en volutes, bientôt elle aurait envahi toute la cabine. La température s'élevait. Le sang qui suintait sur sa poitrine détrempait sa chemise et son gilet. Tout à coup, il sentit la panique décupler ses forces. Jamais, même lors de ses missions les plus périlleuses, il n'avait connu un tel élan viscéral. Sa souffrance s'en était allée. Les muscles de son épaule avaient retrouvé toute leur puissance, stimulés par un incroyable jaillissement d'énergie. Il bondit presque à travers l'ouverture de la trappe ; déjà le sol qu'il venait de quitter commençait à fondre.

Le souffle court, Cavanaugh porta son regard vers le bas. Il vit la couche de fumée et, en dessous, les braises qui rougeoyaient sur le plancher de la cabine. Soudain, il entendit une série de petits bruits secs et assourdis. Le chêne vernis explosa en projetant des dizaines d'échardes. Les balles qui venaient de percer la porte du premier palier s'étaient fichées dans la paroi du fond. L'ascenseur continuait à monter lentement ; il dépassait la porte du rez-de-chaussée quand une rafale plus violente fit jaillir de gros éclats de bois.

La fusillade était trop assourdie pour qu'on l'entende de l'extérieur, ce qui signifiait que Prescott utilisait un silencieux. Or la loi interdisait la vente des silencieux. Comment avait-il fait pour s'en procurer un ?

Et moi, à sa place, qu'est-ce que j'aurais fait ? s'interrogea Cavanaugh.

La réponse lui vint immédiatement à l'esprit. En cas de besoin, j'aurais rempli d'eau une bouteille en plastique et je l'aurais enfoncée sur le canon. Mais moi, on m'a appris à faire ce genre de choses. D'où *Prescott* tiendrait-il ce truc de métier ?

La réponse lui sembla de nouveau évidente. Prescott avait mis à profit la journée d'hier et celle d'aujourd'hui pour réfléchir à la question, songea Cavanaugh. C'était un scientifique, après tout ! Et en plus, il était peut-être doué pour ce genre de bricolage.

L'ascenseur poursuivait sa pénible progression quand la fusillade cessa. Cavanaugh essaya d'imaginer ce que Prescott était en train de faire. Il le voyait tendre l'oreille pour guetter les vibrations de la cabine, se précipiter dans le corridor puis monter à l'étage par l'escalier. Il n'y avait qu'à suivre le lourd martèlement de ses pas. Même un obèse comme lui atteindrait facilement le premier avant ce maudit ascenseur.

Au-dessus de sa tête, Cavanaugh entendait craquer les rouages et ronronner le moteur actionnant le câble. Sous ses pieds, il vit le sol de la cabine s'embraser. Au même moment, une nouvelle rafale martela la porte du premier étage. De nouveau, des balles se fichèrent dans le bois de la cabine. A supposer que Prescott ait utilisé une bouteille en plastique comme silencieux, les balles l'auraient déjà déchirée. Il se servait sans doute d'autre chose ; peut-être avait-il enveloppé le canon dans sa veste. Mais, dans ce cas, la veste elle-même n'aurait pas résisté aux tirs. Comment expliquer ce silence ?

Les rouages cessèrent de craquer, le moteur de bourdonner. L'ascenseur brinquebalant s'arrêta net. On n'entendait plus que le crépitement des flammes sur le sol de la cabine. La chaleur qui s'en dégageait était tellement forte que Cavanaugh dut reculer son visage penché au-dessus de la trappe.

Puis un autre bruit attira son attention, à moins qu'il ne s'agisse d'une illusion auditive créée par le grésillement du brasier. Le léger grincement d'une charnière.

Cavanaugh éteignit la torche. La porte de l'ascenseur s'ouvrit lentement. Prescott devait se tenir caché sur le côté, Cavanaugh en était sûr ; il était trop malin pour s'encadrer sur le seuil et s'offrir comme cible. Placé comme il l'était, il devait apercevoir les flammes par l'entrebâillement. Allait-il ouvrir plus grand pour vérifier ou s'en tiendrait-il là, jugeant que le feu de son arme combiné à celui de l'incendie avait suffi à déblayer le terrain ?

Cavanaugh sentait son cœur cogner contre ses côtes. La chaleur montant de la cabine devenait insupportable. Il leva les yeux vers la troisième porte, celle qui ouvrait sur le grenier. L'ascenseur n'allait jamais jusque-là. Cette porte, moitié moins haute que les autres, ne servait que rarement. Elle permettait aux réparateurs d'accéder au sommet de la cage pour graisser câbles et poulies.

Soudain la porte du premier étage s'ouvrit violemment. Même de biais, Prescott n'allait pas tarder à constater que le corps de Cavanaugh n'était pas recroquevillé sur le sol. Comme il était impossible de déplacer l'ascenseur à partir de la cave sans se trouver à l'intérieur de la cabine, porte et grille fermées, Prescott comprendrait bientôt le stratagème de Cavanaugh. Il ne lui resterait plus qu'à lever le canon de son fusil vers la trappe ouverte et à...

Pour libérer ses deux mains, Cavanaugh enfonça la torche dans la poche de sa parka puis se suspendit au câble et commença à grimper sans s'inquiéter de la douleur qui pulsait dans son épaule. Arrivé devant la porte du grenier, il tendit vers elle son bras gauche dégoulinant de sang en se retenant au câble avec sa seule main droite. D'un geste désespéré, il poussa le battant, s'agrippa au rebord, se hissa, et en étouffant un hurlement de douleur retomba dans le grenier obscur.

La torche glissa de sa poche et dégringola bruyamment dans la cage de l'ascenseur. Un moment après, une violente rafale volatilisait le plafond de la cabine. Mais Cavanaugh était hors de portée ; en roulant sur le plancher du grenier, il heurta un objet qu'il identifia comme une malle. Il se dépêcha de pousser le meuble jusqu'à la porte ouverte et le jeta sur la cabine en contrebas, se disant qu'en tombant, il ferait assez de bruit pour que Prescott croie que sa proie venait de s'écrouler, mortellement touchée.

Sa dernière rafale, il l'avait tirée sans utiliser de silencieux. Les voisins, alertés par le vacarme, vont sûrement appeler la police, pensa Cavanaugh.

Prescott venait de commettre sa première erreur. Maintenant, il allait devoir quitter la maison sans attendre. En outre, l'incendie gagnait toujours et s'il ne réagissait pas très vite, il se trouverait pris au piège. Les voisins avaient probablement vu de la fumée sortir de la maison et appelé les pompiers. Malgré le grondement du brasier, Cavanaugh crut percevoir des sirènes dans le lointain : encore une bonne raison pour vider les lieux.

Couché sur le plancher poussiéreux, Cavanaugh frotta son dos endolori d'avoir heurté le sol. Il aspira une goulée d'air frais tout en sachant qu'ici aussi l'oxygène n'allait pas tarder à manquer. Pour retarder l'inéluctable, il ferma la porte de l'ascenseur, ce qui supprima le filet de lumière provenant de la cage. Il était tellement habitué à l'éclat des flammes que la pénombre du grenier lui fit l'effet de profondes ténèbres. A chaque extrémité, une lueur grise filtrant à travers de minuscules fenêtres luttait contre l'obscurité. Ces lucarnes étaient trop étroites pour qu'il s'y faufile. Pour seule sortie, il ne disposait que de la porte du grenier.

Mais comment savoir si Prescott n'était pas posté en bas à l'attendre, fusil au poing? Derrière les fenêtres, les sirènes semblaient se rapprocher. Il faut que je me mette en tête que Prescott me croit mort et qu'il est parti, songea Cavanaugh. Si je reste davantage, je finirai brûlé vif.

Ses yeux s'étaient accoutumés à l'obscurité. A présent, il voyait des formes se profiler. On aurait dit de grosses boîtes, à côté d'une silhouette vaguement humaine, sans doute un mannequin de couturière. On sortait du grenier par une trappe ouvrant sur le palier du premier étage. Il s'orienta afin de repérer où se trouvait cette trappe. Tandis que la fumée filtrait des fissures dans le mur de l'ascenseur, il se mit à ramper en cherchant son chemin à tâtons et tomba soudain sur une échelle pliante en bois, posée sur la trappe. A présent, il n'avait plus qu'à pousser vers le bas et...

Et Prescott? S'il était là à m'attendre, tout compte fait?

Cavanaugh transpirait. La chaleur de l'incendie lui cuisait le dos. Quand il se tourna, il aperçut les flammes à travers le mur fissuré. Les sirènes approchaient.

Prescott est parti! Il ne peut en être autrement.

Cavanaugh appuya sur la trappe.

Rien ne se passa.

Il appuya plus fort. Sans plus de résultats.

Je dois pousser du côté des charnières, pensa-t-il.

Il passa de l'autre côté et appuya de toutes ses forces.

La porte ne bougea pas davantage.

Presque étouffé par la poussière qu'il avait soulevée, il examina le battant sous tous ses angles. Les langues de feu sortant de l'ascenseur lui fournissaient à présent assez de lumière pour apercevoir le bon côté. En fait, c'était celui qu'il avait poussé en premier. Ces fameuses charnières, il les voyait nettement, fixées sur des montants parallèles. Pris de panique, il poussa de toutes ses forces mais la porte refusa de bouger. On avait dû installer un verrou de l'autre côté pour éviter qu'elle ne s'ouvre accidentellement.

La fumée dérivait vers lui.

Il se mit à cogner du pied sur la trappe. S'il parvenait à la défoncer, il ne lui resterait qu'à passer la main dans le trou et tourner le verrou.

Mais le bois épais tenait bon.

Il pivota sur lui-même et balaya du regard boîtes, mannequin, malles, en quête d'une idée. Une quinte de toux le plia en deux. Et si je dévissais les charnières, songea-t-il. *Comment ?* Où vais-je trouver un tournevis ou *quelque chose* pour...

Ses yeux pleuraient. La fumée émanant de la cage d'ascenseur obscurcissait l'éclat des flammes embrasant la cabine. Je risque de tomber si je me mets à chercher à tâtons dans le noir, pensa-t-il.

Déjà, le manque d'oxygène lui donnait le tournis. La panique avait décuplé son énergie mais son corps avait quand même atteint ses limites. S'il inhalait encore de la fumée...

Alors arrête de respirer, se dit-il.

Et c'est ce qu'il fit, sans tenir compte de la protestation de ses poumons. Puis il pointa son arme vers la trappe en approchant le canon à dix centimètres du bois, orienté de telle façon que la balle s'enfonce sous la charnière et fasse sauter les vis.

Pour éviter d'être aveuglé par les éclats de bois, il détourna la tête avant d'appuyer sur la détente. La détonation lui perça presque les tympans. Toujours en apnée, il braqua de nouveau son arme mais cette fois sur un autre côté de la charnière et tourna la tête au moment fatidique. Le recul souleva ses deux mains tremblantes. Ses oreilles se mirent à siffler.

Il y avait huit cartouches dans son chargeur, une dans la chambre. Redoutant de s'évanouir, il vida son chargeur, en prit un autre dans l'étui passé à sa ceinture et tira encore huit coups, cette fois près de l'autre charnière, puis rechargea une dernière fois et recommença.

Gardant sa dernière cartouche pour Prescott, au cas où celui-ci traînerait encore dans les parages, Cavanaugh rengaina son pistolet et cogna contre la porte. Il entendit le bois grincer... cogna encore, entendit le bois craquer, les charnières s'enfoncer... cogna une troisième fois et sentit soudain la trappe se dérober sous ses pieds.

Il tomba mais au dernier moment, s'accrocha au bord du trou et resta là, à se balancer au-dessus du vide. En bas, les flammes dévoraient la porte de l'ascenseur. Il lâcha prise. Quand il atterrit sur le palier enfumé, il roula sur lui-même. L'onde de choc lui traversa le corps, lui fit cracher l'air qui restait dans ses poumons et du même coup l'obligea à aspirer de la fumée.

Voulant se replier vers une chambre, il chercha son chemin à tâtons mais ne rencontra que le vide. Il avait pris la mauvaise direction. S'il continuait d'avancer, il risquait de dévaler les escaliers et de finir sa chute dans le brasier bloquant la porte d'entrée. Le regard troublé par la fumée dense, il changea de direction et partit à quatre pattes vers la chambre.

Mais ses bras refusaient de bouger. Ses genoux vacillaient. Le manque d'oxygène était en train de le paralyser. Il avait l'impression qu'une couverture épaisse venait d'être déployée au-dessus de lui.

Soudain, des mains le saisirent. Dans la pénombre, quelqu'un le tirait pour l'éloigner du brasier consumant la porte de l'ascenseur. Il y eut un claquement : une porte s'était refermée derrière lui, bloquant la fumée. De nouveau, les mains l'empoignèrent et le tirèrent. Il passa devant une masse floue ressemblant à un lit, franchit une porte ouverte et se retrouva sur le balcon qu'il avait tant espéré atteindre, tout à l'heure.

Le reflet des flammes sur les vitres du rez-de-chaussée éclairait le visage crispé de la personne à laquelle appartenaient les mains qui venaient de le sauver. Jamie. Dans ses yeux verts, l'incendie brillait d'une lueur féroce. Elle installa Cavanaugh sur une plate-forme motorisée, placée à la gauche du balcon, dont Karen se servait pour descendre son fauteuil roulant dans la cour.

Il entendit la respiration oppressée de Jamie puis le ronronnement d'un moteur. La plate-forme descendait. Au loin, les sirènes gémissaient.

La plate-forme s'arrêta d'un coup sec. Le feu avait dû détruire les fils électriques, se dit Cavanaugh. Il se pencha pour regarder la pelouse, deux mètres plus bas, striée par les reflets de l'incendie.

Jamie ouvrit la petite barrière de la plate-forme, sauta et se releva en tendant les bras pour se préparer à recevoir Cavanaugh. Elle l'attrapa au vol et tous deux tombèrent dans l'herbe.

Lorsque le feu atteignit les fenêtres de la façade arrière, les sirènes n'étaient plus qu'à deux pas.

Jamie l'aida à se relever et l'entraîna vers le côté droit de la maison tout en prenant garde de ne pas trop s'approcher du brasier.

« Non, murmura Cavanaugh. Derrière.

— Quoi ?

— La cour de derrière. La barrière. »

L'air relativement frais dissipa quelque peu les brumes de son esprit. Il se dirigea en titubant vers la cour en question ; Jamie régla son pas sur le sien tout en le soutenant.

A l'avant de la maison, on entendait des pompiers crier, des moteurs vrombir et les divers tintements produits par les échelles et autres équipements.

La cour était spacieuse. Ils passèrent sous les ombres épaisses de deux gros arbres. Dans quelques minutes, cette zone serait illuminée par l'incendie mais pour l'instant, il y faisait noir. Ils continuèrent jusqu'au grand portail blanc aménagé dans la haie.

« C'est Karen qui l'a fait installer – Cavanaugh inspira – pour que le gosse des voisins – il inspira de nouveau – puisse venir tondre la pelouse.

— Et s'il est fermé ?

— On tentera l'escalade. »

Brusquement, le portail s'ouvrit. Un homme, une femme et un adolescent coururent vers eux.

« *Qu'est-ce qui s'est passé ? Vous allez bien ?*

— On venait voir Karen, réussit à articuler Cavanaugh. On dirait que... ça a commencé derrière un mur. L'incendie s'est vite propagé. On a eu à peine le temps de sortir.

— *Et Karen ?*

— Dans la cave. » Tout en parlant, Cavanaugh traversa le terrain des voisins, son pistolet caché sous sa parka. « On n'a pas pu...

— Nous avons entendu tirer.

— Des bombes de peinture ont explosé. Dites aux pompiers d'aller chercher Karen. »

L'homme et l'adolescent se précipitèrent dans la cour de Karen. Leurs silhouettes se dessinaient devant la maison en flammes.

La femme resta en arrière.

« Sauvez votre maison, dit Jamie.

— Quoi ?

— Arrosez vite le toit sinon les étincelles risquent de mettre le feu. »

La femme pâlit et courut vers un tuyau relié à un robinet extérieur.

Tandis qu'elle s'employait à asperger sa toiture, plusieurs voisins s'agglutinèrent dans la cour de Karen en se bousculant pour ne rien perdre du spectacle. Personne ne prêtait attention à Cavanaugh et Jamie.

10

CAVANAUGH parcourut une centaine de mètres le long de la rue sombre, en faisant de son mieux pour marcher droit et ne pas avoir l'air blessé.

Derrière lui, des phares apparurent au carrefour. Craignant qu'il ne s'agisse d'une voiture de police, Cavanaugh s'enfonça dans les buissons.

Mais au lieu du clignotement caractéristique des gyrophares, Cavanaugh aperçut la silhouette anonyme d'une Taurus roulant au pas. Il regagna le trottoir.

Quand Jamie s'arrêta, il monta et s'affala sur le siège du passager.

Elle repartit toujours aussi lentement.

« Pas de problème pour récupérer la voiture ? demanda Cavanaugh.

— Au contraire. Les policiers ont été bien contents de me voir partir. Un camion de pompiers cherchait une place pour se garer. Comment va ta blessure ?

— Elle s'est rouverte. »

Ils gardèrent le silence pendant un long moment.

« Tu aurais pu te faire tuer en venant à mon secours, dit Cavanaugh.

— Je n'y ai pas songé.

— Tu n'as pas eu peur ?

— Seulement pour toi. »

Cavanaugh posa les yeux sur ses mains tremblantes. « Ce soir, j'ai eu peur. »

Tout en conduisant, Jamie lui jeta un rapide coup d'œil. « C'est juste que la situation était plutôt compliquée à gérer.

— Pas seulement. Quelque chose m'est arrivé dans cette cave. » Cavanaugh frissonnait. « Pour la première fois, j'ai compris ce que c'est que la peur. » Il sentait le sang couler sur son épaule. « J'espérais que nous n'aurions pas à en passer par là. Nous avons croisé un Wal-Mart en venant du motel.

— Un Wal-Mart ? fit Jamie sans comprendre.

— Nous allons avoir besoin de quelques bricoles. Des sacs-poubelles. Un chauffe-plat. Une petite casserole. Un... »

QUATRIÈME PARTIE

Affronter la menace

1

La résistance du chauffe-plat rougeoyait. A travers la vapeur s'échappant par la porte ouverte de la salle de bains, Cavanaugh l'apercevait posé sur l'étagère devant le miroir à maquillage, surmonté par la silhouette imprécise d'une casserole d'eau bouillante contenant une aiguille recourbée et du fil de pêche.

Cavanaugh, affalé dans la baignoire, laissait le jet d'eau chaude couler sur son corps et le débarrasser de la suie, de la crasse qui le recouvraient.

« Tu as encore récolté quelques belles ecchymoses, remarqua Jamie. Demain matin, tu auras du mal à marcher.

— Je n'aurai pas besoin de marcher. Nous allons rouler toute la journée.

— Et une partie de la nuit, n'est-ce pas ? »

Cavanaugh tourna la tête et l'examina. « Tu apprends aussi vite que Prescott.

— Sauf que moi, je ne joue pas avec les allumettes. Il faut qu'on déguerpisse d'ici vite fait, c'est ça ?

— C'est ça. Tu sais bien qu'il y a toujours une mouche du coche dans les parages pour remarquer les voitures étrangères. Cette bonne âme se fera un plaisir d'en informer la police. Et comme par hasard, il se trouvera bien un flic pour se rappeler la ravissante jeune femme qui a déplacé sa voiture après le déclenchement de l'incendie. Entre-temps, les voisins de Karen auront raconté à la police l'histoire de l'homme blessé et de la séduisante jeune femme qu'ils ont vus sortir en courant de la maison et disparaître. Il leur faudra un peu de temps pour s'organiser mais je te prends le pari qu'avant minuit, ils se lanceront à la recherche d'un couple circulant à bord d'une Taurus bleu nuit. Il est temps de tailler la route. »

Jamie jeta un œil sur la casserole posée sur le chauffe-plat. « Tu crois que l'eau a assez bouilli ? demanda-t-elle.

— Ça fait dix minutes. Si les microbes ne sont pas morts maintenant...

— Ferme le robinet de la douche. » Jamie sécha la blessure avec de la gaze chirurgicale puis l'enduisit de la Bétadine qu'elle avait achetée chez Wal-Mart. La plaie lui parut assez propre pour épargner à Cavanaugh le supplice de l'eau oxygénée. Elle appliqua rapidement une couche de crème antibiotique puis saisit la casserole et, avec des pincettes préalablement nettoyées à l'alcool, sortit l'aiguille et le fil de pêche trempant dans l'eau bouillante. Elle les posa sur des tampons antiseptiques étalés sur le rebord de la baignoire, à côté d'une paire de ciseaux désinfectés.

« Tu aurais dû être infirmière, lança Cavanaugh.

— Ouais, c'est un truc dont je rêve depuis toujours : recoudre les blessures par balle, quel pied ! Tu es absolument sûr de toi ?

— Il faut que la plaie reste fermée et le bandage n'y suffit pas.

— Et si on essayait le fil de fer barbelé et l'agrafeuse mécanique ?

— Très drôle.

— Vas-y, continue à rire, ne te gêne pas. » Jamie s'agenouilla à côté de lui devant la baignoire. « Même si j'y vais très doucement, ça va faire mal. »

Le visage de Cavanaugh était aussi tendu que ses nerfs. « J'ai déjà vécu ça.

— Je m'en doute.

— Mais le type qui m'a recousu n'était pas aussi joli que toi.

— Génial le compliment. Dis-moi encore des petits mots doux pendant que je procède.

— Tu es une dure-à-cuire.

— Toi aussi, tu es un dur-à-cuire. » Jamie enfonça l'aiguille.

2

LES secousses de la voiture le réveillèrent. D'abord il vit l'éclat des phares qui les croisaient sur la route puis s'aperçut qu'il était étendu sur la banquette arrière, sur la couverture que Jamie avait achetée chez Wal-Mart. Quand il ouvrit complètement les yeux, il remarqua les housses imitation peau de chèvre enveloppant les sièges. Elles venaient du même magasin et servaient à cacher les taches de sang qui maculaient le tissu d'origine. Bien que neuve, leur voiture n'allait pas tarder à se transformer en un vrai tas de boue. Il trouvait cela plutôt amusant, tout compte fait.

« Où sommes-nous ? murmura-t-il.

— Je me disais bien que je t'avais entendu remuer. Nous sommes au sud de Poughkeepsie. Tu as bien dormi ?

— Oui. » Il se releva lentement. Sur l'autre voie, les véhicules roulaient pleins phares. La lumière lui blessait les yeux.

« Comment va l'épaule ?

— Raide. Je me suis évanoui ?

— Tu t'es évanoui.

— Et toi qui me prenais pour un dur-à-cuire.

— Tu as soif ? Les bouteilles d'eau sont posées par terre, à l'arrière. »

Baissant les yeux, Cavanaugh les aperçut dans l'ombre. Il en ouvrit une.

« Faim ? demanda Jamie.

— Pour une femme mince, je trouve que tu penses beaucoup à manger.

— Si c'est comme ça, tu n'auras pas de beignets.

— Des beignets ?

— Enrobés de chocolat. Tu ne crois quand même pas que je vais conduire toute la nuit sans rien dans l'estomac ?
— Quelle heure est-il ?
— Une heure environ.
— Tu as eu des problèmes pour nettoyer la chambre d'hôtel ?
— Non non. J'ai fait comme tu m'as dit. J'ai mis toutes les serviettes et les vêtements tachés de sang dans les sacs-poubelles que j'ai trouvés chez Wal-Mart et je les ai balancés dans une benne à ordures, sur un chantier de construction. Comme elles ne portaient pas le nom du motel, elles ne leur seront d'aucune utilité pour nous retrouver.
— Les empreintes digitales ?
— J'ai tout essuyé dans la chambre et j'ai laissé un pourboire à l'accueil, en déposant la clé. Comme tu me l'as conseillé. »
Cavanaugh observa la circulation fluide. « Fatiguée ?
— Ça va pas tarder.
— Trouve un coin où te garer. On va changer de place. Je vais conduire un peu.
— Tu en es capable ?
— Je peux tourner le volant avec la main droite. Dès que nous serons dans le New Jersey, nous nous arrêterons dans un motel.
— Et ensuite ?
— On prendra le temps de s'organiser et après, je me lancerai à la recherche de Prescott. »

3

« GRANDS dieux, qu'est-ce qui est arrivé à cette voiture ? » s'exclama le patron de l'atelier de peinture auto.
L'homme aurait pu se dispenser de poser la question tant la réponse était évidente. La carrosserie de la Taurus avait été presque entièrement aspergée de peinture rouge fluo.

« Sales gosses, grogna Cavanaugh qui, bien sûr, était l'auteur de ce triste gâchis. Je l'ai laissée dans la rue pendant une demi-heure et voilà ce que j'ai trouvé en revenant.

— Il va falloir tout repeindre.

— Je m'en doute bien. En plus, le concessionnaire m'a dit que la garantie ne couvrait pas les actes de vandalisme. Ils me demandent une fortune pour la repeindre. »

Le gérant eut l'air intéressé. « Combien ? »

Cavanaugh annonça un chiffre à ce point exorbitant que le type aurait passé pour un bandit même en consentant une ristourne de dix pour cent.

« Cent cinquante de moins, ça vous irait ? demanda le patron.

— C'est toujours ça de moins à cracher. Mais j'ai besoin que le boulot soit vite fait.

— Bien sûr. Bien sûr. Quelle couleur voulez-vous ? Le bleu nuit d'origine ?

— Ma femme a toujours détesté cette teinte. Pour tout dire, elle préfère le gris. »

4

« SAM Murdock, annonça Cavanaugh à l'employé de banque de Philadelphie.

— Signez ici, monsieur Murdock. »

Cavanaugh s'exécuta.

L'employé compara la signature avec celle que la banque conservait dans ses livres puis entra une date près du paraphe de Cavanaugh. « Je constate que ça fait pas mal de temps que vous n'êtes pas venu à Philadelphie.

— Ça fait un an. D'ailleurs, je m'en serais bien passé. Comme je dis toujours, quand on a besoin de visiter son coffre, c'est qu'on a des ennuis. »

L'employé adressa à Cavanaugh un regard chargé de sympathie, comme s'il attribuait les égratignures marquant le visage de son client aux ennuis qu'il venait d'évoquer. « Puis-je avoir votre clé ? »

Cavanaugh, qui portait un costume-cravate et s'était fait couper les cheveux pour se débarrasser des mèches roussies par le feu, la lui tendit.

« Aurez-vous besoin d'un box ?

— Oui. »

L'employé conduisit Cavanaugh et Jamie au bas des marches en marbre et les fit attendre devant une grille de métal pendant qu'il déverrouillait la serrure. Le sous-sol vivement éclairé était tapissé de petits compartiments en acier. L'employé jeta un œil au numéro inscrit sur la clé que Cavanaugh venait de lui confier, se dirigea vers un mur à droite, enfonça la clé dans un compartiment de vingt centimètres sur quarante, situé dans le bas, inséra une autre clé, celle-ci provenant d'un trousseau enfilé sur un anneau, et tourna les deux en même temps.

Après avoir ouvert, il extirpa une boîte qu'il tendit à Cavanaugh. « Les boxes se trouvent juste à l'extérieur.

— Merci. »

Cavanaugh entra au hasard dans le deuxième sur la droite. Jamie le suivit et ferma la porte. Plus par habitude que par inquiétude, il examina sans en avoir l'air les murs et le plafond pour vérifier si des caméras n'y seraient pas cachées. Puis, après qu'il eut déposé la boîte sur un comptoir, ils se penchèrent tous les deux de telle manière que leurs dos dissimulent le contenu du coffre.

Ils y trouvèrent deux épaisses enveloppes kraft et un sac en tissu bleu bourré à craquer, muni d'une longue fermeture Eclair. Cavanaugh plaça le tout dans une mallette qu'il avait achetée sur le chemin de la banque.

Jamie ouvrit la porte. Cavanaugh réussit à soulever la mallette de sa main gauche et restitua la boîte à l'employé qui la glissa à sa place, referma la petite trappe et tourna les clés dans l'autre sens avant de rendre la sienne à son client.

« Merci », dit Cavanaugh.

5

Un autre motel anonyme. Cavanaugh attendit que Jamie ferme les stores pour déposer le contenu de la mallette sur le lit. La première grosse enveloppe kraft contenait cinq mille dollars en coupures de vingt.

« Je vois que tu as veillé au grain », fit remarquer Jamie.

De la deuxième enveloppe, il sortit un certificat de naissance, une carte de crédit, un passeport et un permis de conduire délivré en Pennsylvanie au nom de Samuel Murdock. Le permis et le passeport portaient la photo de Cavanaugh. « Un cadeau que m'a fait Karen voilà cinq ans. » A cette évocation, il se tut un instant. « Comme elle disait, un jour ou l'autre, on peut avoir besoin de changer d'identité. Etant donné que je suis souvent sur la côte Est, il m'est facile de venir à Philadelphie une fois par an. Je fais un tour au coffre, je prends la carte de crédit et j'achète quelques trucs avec, juste pour qu'ils ne clôturent pas le compte. Je fais aussi renouveler le permis de conduire.

— Pourquoi avoir choisi Philadelphie ?

— Par commodité. Philadelphie est à mi-chemin entre New York et Washington, les deux villes où j'exerce le plus souvent.

— Où reçois-tu les factures de la carte de crédit ?

— Elles sont envoyées poste restante, ici à Philadelphie.

— Et de là, elles partent pour une boîte postale privée que tu as louée à Jackson Hole sous le nom de Sam Murdock mais dont tu ne m'as jamais parlé », compléta Jamie.

Pour ménager sa blessure recousue, Cavanaugh résista au réflexe de hausser les épaules. « Une cachotterie bien vénielle.

— C'est juste que j'adore apprendre des choses sur toi. Est-ce que Global Protective Services connaît cette autre identité ?

— Personne ne la connaît.
— Qu'y a-t-il dans le sac ?
— Un cadeau pour toi.
— Chouette ! »

Cavanaugh fit glisser la fermeture Eclair.

Jamie plongea la main à l'intérieur. « Tu te rappelles cette blague que tu m'as racontée un jour ? Quel est le plus beau compliment qu'une femme puisse faire à un homme ? "Oh chéri, j'adore quand tu fais de la mécanique et quand tu ramènes à la maison du matériel électronique, des perceuses électriques et des armes à feu." »

L'objet que Jamie tenait en main était le frère jumeau du Sig Sauer 9 mm de Cavanaugh, modifié lui aussi. Les mires d'origine avaient été remplacées par une mire à fente large, fixée à l'arrière, et une autre à l'avant, équipée d'un point vert lumineux permettant une meilleure visée. Tous les éléments internes avaient été limés puis enduits d'un réducteur de friction permanent afin d'éviter l'enrayement. De même, sa structure externe avait été lissée pour supprimer tout risque d'accrocher quelque chose. On l'avait badigeonné d'une résine noire mate absorbant la lumière.

Cavanaugh observa Jamie pour s'assurer qu'elle respectait les précautions qu'il lui avait enseignées. Comme le Sig n'avait pas de sûreté automatique, il fallait faire très attention. Le tenant dans sa main droite, l'index éloigné du pontet et le canon dirigé vers le lit, elle recula la glissière de la main gauche, pour vérifier l'éventuelle présence d'une cartouche dans la chambre. Il y en avait une. Elle enfonça un bouton sur le côté, libéra le chargeur en l'attrapant au vol.

« Excellent réflexe », dit Cavanaugh.

Après avoir posé le pistolet, Jamie inspecta le chargeur. Les trous sur le côté lui indiquèrent combien de cartouches il contenait. « On dirait qu'il est plein, mais il vaut toujours mieux vérifier, exact ?

— Exact, confirma Cavanaugh. Imagine que tu utilises un pistolet qui ne t'est pas familier en croyant disposer d'un chargeur plein et qu'au moment crucial, tu t'aperçois qu'il manque une balle. »

Avec le pouce, Jamie sortit une à une toutes les cartouches du chargeur en les comptant.

« Huit », annonça-t-elle. Le chargeur du modèle 225 contenait moins de balles que certains autres 9 mm, plus volumineux et trop encombrants pour servir d'armes de poing aisément dissimulables. En outre, les pistolets munis de gros chargeurs sont mal adaptés à la prise, ce qui gêne les tireurs dont les mains sont de taille moyenne.

« Fais attention à ne pas te casser un ongle. »

En lui décochant un regard caustique, Jamie replaça les cartouches dans le chargeur et vérifia que le ressort fonctionnait. Puis elle prit l'arme en main et tira la glissière à fond pour éjecter la cartouche restée dans la chambre. Elle testa la glissière à plusieurs reprises pour s'assurer qu'elle fonctionnait bien. « Faudrait un peu de Breakfree », dit-elle. C'était une marque de lubrifiants pour pistolet.

« Certainement, approuva Cavanaugh. Ce pistolet dort dans ce coffre depuis cinq ans.

— Une famille qui nettoie ses armes à feu ensemble reste ensemble. »

Jamie fit passer une cartouche dans la chambre. Il restait donc sept cartouches dans le chargeur. Pour en compléter le nombre, elle ramassa celle qu'elle venait d'extraire de la chambre et l'inséra dans le chargeur qu'elle renfonça dans la crosse. Désormais, le pistolet était au maximum de sa capacité.

Cavanaugh crut un instant que Jamie allait s'en tenir là, ce qui aurait été inquiétant puisqu'il lui restait encore une vérification à faire. Soulagé, il la vit prendre le chargeur de rechange au fond du sac, en ôter les cartouches une à une en comptant jusqu'à huit et les replacer dans le chargeur avec le pouce. « Tu remarqueras que non seulement mes ongles sont intacts mais que tous mes doigts sont encore accrochés à mes mains. Dois-je aussi mentionner que ces deux chargeurs n'ayant pas servi depuis plusieurs années, leurs ressorts ont dû perdre de leur élasticité et qu'il serait souhaitable de les remplacer ?

— 20 sur 20 », s'écria Cavanaugh.

6

« ON va faire les magasins.
— Génial, dit Jamie.
— C'est toi qui conduis. » L'épaule de Cavanaugh était encore raide.

« Où va-t-on ? »

Il lui montra des adresses et un plan dans l'annuaire. « Une quincaillerie, un magasin de pièces détachées pour automobiles et un armurier.

— Fabuleux. »

A la quincaillerie, ils achetèrent du chatterton, un marteau, un tournevis, du fil électrique, un interrupteur à bascule, des gants, des bleus de travail, un tuyau en plomb et un assortiment de vis et d'agrafes.

« Pourquoi tout ce fourbi ?
— Une souricière améliorée », dit Cavanaugh.

Au magasin de pièces détachées, ils se procurèrent un filtre à air, deux phares antibrouillard et quatre peaux de chamois.

Jamie considéra les peaux de chamois d'un air interrogateur. « On va laver la voiture ? Non, c'est sûrement pas ça. Plus elle sera sale moins on la remarquera. »

Chez l'armurier, Cavanaugh conduisit Jamie jusqu'au rayon des cartouchières. « J'en veux une qui ait l'air d'une ceinture ordinaire tout en étant assez solide pour supporter le poids d'un pistolet. Le modèle le plus résistant est constitué de deux bandes de cuir cousues ensemble, tête-bêche. Prends-en une assez ajustée pour que l'ardillon passe dans le deuxième trou. Laquelle préfères-tu ? »

Jamie choisit une ceinture noire en cuir souple, munie d'une boucle carrée en métal argenté. « Elle est assortie à la monture de mes boucles d'oreilles en perles.

— L'accessoire, maintenant. » Cavanaugh se tourna vers l'employé barbu. « Vous avez des holsters en kydex ? » C'était une matière plastique très solide. Ne craignant ni la pluie ni la transpiration, cet étui était assez discret pour passer inaperçu sous des vêtements.

« Pour quel genre de pistolet ? »

Cavanaugh le lui dit.

« Pas mal. » Le vendeur chercha sous un comptoir en verre. « Voilà un nouveau modèle de chez Fist, Inc. » Légèrement plus court que la main de Jamie, l'étui noir et mat était ouvert en haut, ce qui permettait de dégainer rapidement, et possédait une vis de tension pour maintenir l'arme bien en place. « On l'appelle le "Dave Spaulding." »

Cavanaugh reconnut le nom de l'un des plus grands professeurs de tir du pays.

« Autre chose ?

— Deux chargeurs pour le Sig, répondit Jamie, et un kit de nettoyage.

— Et cent vingt cartouches MagSafe 9 mm », ajouta Cavanaugh. Ce type de munitions possédait une pointe en résine remplie de plombs de fusil. Quand la balle touchait la cible, la résine se fracturait et libérait les plombs, augmentant considérablement la puissance de destruction. La pointe et les plombs en outre étaient conçus pour ne pas traverser la cible, ce qui évitait de blesser les passants. Comme tout armurier qui se respecte, le vendeur se garda de leur demander à quoi allaient leur servir toutes ces munitions qu'on n'utilisait jamais à l'entraînement.

Avant de partir, Cavanaugh avisa le rayon pêche, au fond de la boutique, et dit : « J'aurais aussi besoin d'une douzaine de plombs. »

7

DE retour au motel, ils déballèrent leurs emplettes.
Jamie fit l'inventaire des objets disposés sur le lit. « En dehors du pistolet et de son équipement, je ne vois pas à quoi peuvent bien servir tous ces trucs, s'étonna-t-elle.

— Où as-tu mis les ciseaux, l'aiguille et le fil de nylon ? demanda Cavanaugh.

— Dans la trousse de secours. Ne me dis pas que ta couture se défait. »

Sans répondre, Cavanaugh prit le blazer de Jamie accroché au fond de la pièce. D'un air perplexe, elle le vit retourner la veste pour examiner la doublure du côté droit.

« Attends un peu », objecta-t-elle en le voyant s'emparer des ciseaux et commencer à découper le fil rattachant la doublure à l'ourlet.

Il choisit trois plombs de pêche, les glissa sous la doublure et fit quelques points pour refermer. Puis il cousit une peau de chamois à l'intérieur, au niveau de la taille. « Tu vois des bosses ?

— Tu aurais pu être tailleur.

— Si tu connaissais tous mes talents, tu n'en reviendrais pas. »

Après qu'elle eut passé la ceinture et le holster, Cavanaugh enleva le chargeur du pistolet, éjecta la cartouche de la chambre de feu afin d'éviter tout accident et enfonça l'arme dans l'étui.

Jamie enfila son blazer.

Il tourna autour d'elle pour juger de l'effet. « Bien. Personne n'imaginerait que tu portes un pistolet là-dessous.

— Pourquoi as-tu retouché ce blazer ?

— Tu te rappelles comment on dégaine un pistolet ?
— Avec l'entraînement intensif que tu m'as fait subir...
— Alors, tu connais déjà la réponse à ta question. »

Elle poussa un soupir résigné. « Heureusement que les bonnes sœurs de Wellesley ne sont pas là pour me voir. » A ces mots, elle rabattit le côté droit du blazer et dégaina. En un même geste, sa main gauche rejoignit la droite et ses pouces se juxtaposèrent sur le flanc du canon. Les genoux un peu fléchis pour assurer son équilibre, elle se pencha légèrement en avant, plaça son œil dans le prolongement des deux mires et fit semblant de viser une cible de l'autre côté de la chambre.

« J'adore ton style, dit Cavanaugh.
— Les plombs lestent le blazer juste assez pour qu'il reste en place quand je le soulève. La peau de chamois lui permet de glisser sur le holster.
— Encore un 20 sur 20. » Cavanaugh attrapa le coupe-vent de Jamie et entreprit de le modifier de la même manière.

« Je peux le faire.
— Non, c'est un des rares travaux que je puisse accomplir avec mon épaule blessée. Toi, tu as autre chose de prévu. »

Jamie le considéra d'un air soupçonneux. « Je peux savoir quoi ? »

8

AYANT enfilé les gants et le bleu de travail achetés à la quincaillerie, Jamie était en train de fixer les feux de brouillard à l'arrière de la Taurus.

« Crois-moi, si je pouvais le faire sans trop tirer sur mes fils, je n'hésiterais pas un instant à te remplacer, dit Cavanaugh.
— C'est drôle mais quelque chose dans ta voix me fait suppo-

ser le contraire. Dis-moi, d'habitude les feux de brouillard sont placés *à l'avant*. Pourquoi les mettre ici ?

— Ce ne sont pas des antibrouillard ordinaires mais des lampes halogènes à quartz de cent watts avec une puissance de quatre cent quatre-vingt mille bougies. Nous relierons les fils à un interrupteur à bascule que nous fixerons au tableau de bord. Si une voiture s'amuse à nous poursuivre, avec des lampes comme celles-là braquées au niveau des yeux, son conducteur sera aveuglé. »

Il ouvrit le capot et enleva le filtre à air fourni avec la Taurus. « Le filtre standard est bon, mais celui-ci améliore l'accélération. »

Avec le tuyau de plomb et les agrafes, il modifia le système d'admission. « Plus il y aura d'air dans le moteur, plus sa puissance augmentera, en termes de chevaux vapeur. J'ai téléphoné à un magasin spécialisé dans les pièces détachées à Daytona Beach pour leur demander une puce d'ordinateur ultrarapide en remplacement de celle d'origine.

— Autre chose ?

— Trouver des amortisseurs solides. Régler l'allumage afin de pouvoir démarrer facilement sans la clé. Mais d'abord, il faut qu'on aille se vautrer dans le coffre, dit Cavanaugh.

— Quoi ?

— C'est une proposition tout ce qu'il y a d'honnête. Il faut juste qu'on vérifie la longueur.

— Drôle d'endroit pour ça !

— J'ai besoin de toi à cause de mon épaule.

— A vrai dire, ce n'est pas à ton épaule que je pensais. Tu veux prendre des mesures pour quoi faire exactement ?

— Je compte installer une plaque de métal d'un centimètre d'épaisseur pour empêcher les balles de traverser le coffre et de pénétrer dans l'habitacle. »

9

« **B**OUGE pas.
— Tu as les mains froides, dit Cavanaugh.
— Arrête de te plaindre et détends-toi. Ce sera fini avant que tu aies le temps de dire ouf.
— Tu ne m'avais jamais parlé ainsi. Ça me rappelle une de mes petites camarades de collège pendant un cours d'éducation sexuelle.
— Un cours d'éducation sexuelle ?
— J'entends encore le professeur nous dire : "Ne gâchez pas votre vie pour quinze minutes de plaisir", et ma petite camarade de lui demander : "Quinze minutes ? Comment faites-vous pour que ça dure si longtemps ?"
— Arrête de bouger, lui intima Jamie. Voilà. Alors, c'était comment ?
— J'ai rien senti.
— Tu vois ? Je deviens bonne. » A l'aide d'une paire de ciseaux stérilisés et d'une pince à épiler, Jamie enleva un autre point de suture. « Ça a l'air propre. Pas de signe d'infection. » Elle retira encore un point. « Tu vas avoir une nouvelle cicatrice à ajouter à ta collection.
— Signes extérieurs de beauté. »
Une fois les derniers points ôtés, Jamie contempla son œuvre. « Bon sang, je suis vraiment bonne. La plaie cicatrise déjà. Je vais te mettre un bandage pour que tu te souviennes d'y aller doucement.
— Oh, ne t'inquiète pas, j'irai doucement. » Dix jours s'étaient écoulés depuis l'incendie dans le bunker. Dix jours durant lesquels ils avaient eu des tas de choses à faire mais qui avaient

surtout permis à Cavanaugh de se reposer et de guérir. Pourtant, l'inaction lui pesait. Il s'était efforcé de plaisanter avec Jamie, surtout pour ne pas lui communiquer ses idées noires. Mais dans ses rêves et même éveillé, il revoyait les scènes d'horreur qu'il avait vécues, comme si elles se déroulaient devant ses yeux. Le crâne défoncé de Roberto, les corps déchiquetés de Chad et de Tracy, le visage de Duncan emporté par les balles. Il se revoyait paralysé de stupeur devant la malheureuse Karen affalée dans son fauteuil roulant, les mains crispées sur la poitrine, le visage tordu par l'épouvante qui l'avait tuée et dont il était encore incapable d'expliquer la cause. La seule chose dont il était certain : Prescott était l'unique responsable de cette série de malheurs.

« A présent, nous sommes parfaitement au point. Il est temps de refaire surface. »

10

Dans un parc de la banlieue de Washington, un Noir bâti en athlète surgit d'un virage à petites foulées et accéléra l'allure en s'engageant dans la ligne droite. Il était 6 h 30 et, comme lui, des dizaines de joggers se préparaient à affronter le stress de la journée. Le fond de l'air était encore frais ; l'homme portait des jambières bleu marine et un sweat-shirt. Le Blanc qui le suivait à la même vitesse était vêtu comme lui, mais en gris.

Ils dépassèrent des buissons, des arbres et un étang où barbotaient des canards. Au bout d'un moment, le Noir remarqua que le Blanc s'était volontairement placé dans sa foulée ; il tourna la tête vers lui et faillit perdre le rythme.

« Serais-je en train de vivre une expérience mystique ? »,

demanda le Noir, un nommé John Rutherford, élevé dans la religion baptiste prévalant dans le sud des Etats-Unis. « Aurais-je des visions ? Un fantôme surgi de la tombe ?

— Voir c'est croire, dit Cavanaugh.

— Ouais, mais Thomas ne s'est pas contenté de voir. Il a eu besoin de toucher la plaie au flanc du Christ.

— Je suis désolé de te décevoir mais on ne se connaît pas assez pour ce genre de privauté. De toute façon, je n'ai pas de plaie au flanc. »

La blessure de Cavanaugh était presque cicatrisée mais, à force de courir sur le béton, il commençait à la sentir. Il faisait donc attention à ne pas trop balancer les bras, de peur de la déchirer.

« J'ai entendu dire que tu étais porté disparu, expliqua Rutherford. On raconte même que tu es mort.

— Satanée rumeur. D'où sort-elle, celle-là ? demanda Cavanaugh en tentant de suivre la cadence de Rutherford, le front couvert de sueur.

— C'est le directeur adjoint de Protective Services qui me l'a dit. Je l'avais contacté pour vous proposer une mission. »

Cavanaugh hocha la tête. Le gouvernement disposait de protecteurs hors pair, dont ceux des services secrets, les US Marshals et le Diplomatic Security Service, mais parfois le manque de personnel l'obligeait à recourir à des organismes privés.

« On raconte que toi, Duncan et trois autres agents ont disparu de la circulation. Avec un client, poursuivit Rutherford. L'une de vos planques aurait été détruite.

— Le directeur adjoint t'a-t-il dit quel client et quelle planque ?

— Pas eu moyen de le lui faire cracher. » Quand, de nouveau, ils amorcèrent un virage, on sentit que Rutherford commençait à s'essouffler. « S'il m'avait mis au courant de tout, je vous aurais retiré ma confiance. A mon avis, s'il m'a raconté autant de trucs c'était pour me faire parler. Il voulait savoir si j'étais au courant.

— Et tu étais au courant ? » Une tache sombre s'élargissait sur le sweat-shirt de Cavanaugh.

« Absolument pas. »

Ils repassèrent près de l'étang et croisèrent d'autres canards.

« Alors, qu'est-ce qui s'est passé ?

— Tu sais garder un secret ?

— Si je ne savais pas garder un secret, le Bureau m'aurait fichu à la porte depuis belle lurette. »

C'était une question de pure forme ; Cavanaugh en connaissait d'avance la réponse. Il ne se serait pas risqué à organiser une telle rencontre si leur expérience commune ne l'avait convaincu de la fiabilité de Rutherford.

« A condition qu'il n'y ait rien d'illégal et que tes révélations ne brisent pas ma carrière, je garderai tous les secrets que tu voudras bien me confier.

— La rumeur dit vrai. Je suis mort, annonça Cavanaugh. Tu ne m'as jamais vu. Tu ne m'as jamais parlé. »

Rutherford ne répondit pas aussitôt. Quand ils se retrouvèrent sur la ligne droite, son menton dégouttait de sueur. « Et Duncan et les autres ?

— Si tu les vois un jour devant toi, là ce sera vraiment une vision mystique.

— Ils sont morts ?

— Plutôt deux fois qu'une.

— Qui étaient les autres protecteurs ?

— Chad, Tracy et Roberto.

— Dieu leur vienne en aide, murmura Rutherford. J'ai travaillé avec chacun d'eux. Je savais que j'aurais pu leur confier ma vie. Qu'est-il arrivé à ton client ?

— C'est le problème. » Cavanaugh sentit sa colère monter. « C'est à cause de lui que Duncan, Chad, Tracy et Roberto sont morts.

— Il s'est montré imprudent ? Il vous a forcés à vous exposer sans nécessité ?

— Il s'est retourné contre nous. »

Rutherford ralentit, quitta le sentier, s'arrêta au milieu des buissons et attendit que Cavanaugh fasse de même. Ils restèrent face à face. « L'homme que vous protégiez...

— A délibérément attiré vers nous une bande d'assassins. Puis il a fracassé le crâne de Roberto et abattu Duncan. Après l'explosion qui a déchiqueté Chad et Tracy, il m'a laissé dans un bâtiment en flammes, dans l'espoir que j'y passe moi aussi. »

La poitrine de Rutherford se soulevait pendant qu'il reprenait son souffle en essayant d'imaginer l'impensable. « *Il travaillait pour ces types ?*
— Non. Il les fuyait.
— Alors pourquoi...
— Parce que nous lui avions expliqué comment obtenir une nouvelle identité et disparaître. Il s'est dit qu'en se débarrassant de nous, il supprimerait les seuls témoins de sa fuite. Ainsi les assassins auraient d'autant plus de mal à lui mettre la main dessus.
— Les types comme lui ont droit à des sévices très spéciaux quand ils se retrouvent en enfer. Comment s'appelle ce sinistre individu ?
— Daniel Prescott.
— Jamais entendu parler de lui.
— C'est le patron de DP Bio Lab.
— Jamais entendu parler de ça non plus.
— La DEA avait un contrat avec lui. Il effectuait des recherches sur les bases physiques de la dépendance aux drogues. Au lieu de cela, il a mis au point une substance facile à fabriquer qui *cause* la dépendance. »

Rutherford eut l'air médusé. « J'ai travaillé d'assez près avec la DEA. Je connais l'affaire.
— Jésus Escobar a eu vent de la découverte de Prescott et il a tenté de l'enlever. Comme l'équipe de protection de la DEA n'a pas réussi à le protéger d'Escobar, Prescott s'est adressé à nous. »

Rutherford eut l'air encore plus médusé. « Impossible. Escobar a été tué voilà deux mois. Son cartel est en pleine désorganisation. A l'heure actuelle, ils ne sont pas en mesure de rechercher qui que ce soit. »

Cavanaugh eut l'impression que le sol se dérobait sous ses pieds.

« Il s'agissait peut-être d'un autre cartel », avança Cavanaugh sans trop y croire. Le sol basculait toujours plus dangereusement, les doutes terribles qui l'assaillaient lui donnaient la nausée.

« Ça aussi, je le saurais si c'était le cas, répliqua Rutherford.

— Prescott avait un deuxième groupe de tueurs collé à ses basques. Ceux-là se comportaient comme des commandos.

— L'armée ? Qu'est-ce que l'armée viendrait faire dans cette histoire ?

— J'espérais que tu m'aiderais à le découvrir. »

11

PENDANT que Jamie l'attendait dans la voiture, le moteur au point mort, Cavanaugh composa un numéro dans une cabine téléphonique plantée en bordure du parking d'un centre commercial. Sa silhouette étirée par le soleil couchant s'étalait sur le macadam.

A l'autre bout du fil, trois sonneries retentirent.

« Allô ? fit la voix profonde de Rutherford.

— Ici le restaurant Peking Duck. Quelqu'un vient d'appeler de chez vous pour commander un repas à emporter. Ça fera cent vingt-six dollars. Vous confirmez ? demanda Cavanaugh.

— Le glutamate que vous mettez dans vos plats me donne la migraine. » A l'entendre, on aurait dit qu'il avait effectivement mal à la tête.

« C'est *moi* qui me sens ballonné », répondit Cavanaugh. Cette conversation était le code convenu.

« Je n'ai absolument rien trouvé qui permette d'indiquer que Prescott ou son labo auraient effectué des recherches pour le compte de la Drug Enforcement Administration. Ce genre d'activité ne rentre même pas dans le périmètre de cet organisme. D'habitude ce sont les Instituts nationaux pour la santé qui s'en occupent. »

Les bruits de circulation sur le parking obligèrent Cavanaugh à presser le combiné contre son oreille. « Tu crois que je devrais chercher du côté des INS maintenant ?

— Non. Remonte directement à la source.

— Si tu veux parler du labo de Prescott, j'ai passé la journée à la bibliothèque de l'Université George-Washington sans rien trouver à son propos, ni sur papier ni sur internet.

— Moi si. Le document ne parlait pas de la teneur de leurs recherches mais il disait que le labo se situe à... »

Le tuyau d'échappement d'un camion passant non loin de là l'empêcha d'entendre la suite. « Quoi ? Je n'ai pas compris où.

— Je disais que le labo se situe en Virginie, dans un bled appelé Bailey's Ridge.

— Où c'est *ça* ? »

Rutherford lui indiqua comment s'y rendre puis ajouta : « Désolé de ne pas pouvoir t'aider davantage.

— Tu m'as beaucoup aidé. Merci. Je vais te faire expédier ce repas chinois.

— T'inquiète pas pour ça. J'étais sérieux en parlant du glutamate et des migraines.

— Je t'appelle demain. J'aurai certainement d'autres questions à te poser.

— Entendu.

— Même numéro. Même heure. » Cavanaugh raccrocha, essuya ses empreintes sur le combiné et monta dans la Taurus.

« Tu as appris quelque chose ? demanda Jamie.

— Ouais, il y avait quelqu'un avec lui et ce quelqu'un braquait un pistolet sur sa tempe. Tirons-nous d'ici avant de nous retrouver coincés devant cette cabine par un escadron de voitures. »

12

« Nous étions convenus d'un code, un signal indiquant que tout allait bien », expliqua Cavanaugh en se retournant pour observer les véhicules qui les suivaient. L'appréhension faisait gonfler ses veines.

Tout en conduisant, Jamie écoutait attentivement.

« Une blague à propos d'un restaurant chinois et du glutamate. Quand la conversation a commencé, chacun a dit ce qu'il devait dire. A la fin, en revanche, quand je lui ai proposé de lui faire livrer un repas chinois, il était supposé répondre : "T'inquiète pas pour ça. J'ai déjà prévu quelque chose pour dîner." Au lieu de cela, il s'est remis à râler à propos du glutamate.

— T'a-t-il fourni des informations ? » Jamie vérifia dans le rétroviseur.

« Oui. Il m'a donné l'emplacement du labo de Prescott. Mais c'est sans doute un piège.

— Quelqu'un le forçait à parler.

— C'est fort probable. » Cavanaugh avait les mains moites. « Mais John savait que je ne tomberais pas dans le panneau – puisqu'il m'avait prévenu en modifiant notre code.

— Est-ce que ceux qui le retiennent prisonnier...

— Vont le tuer ? » Son souffle devint plus court. « Une fois le piège tendu, il ne leur sert plus à rien. Mais j'ai réussi à lui faire gagner du temps.

— Comment ?

— Je lui ai dit que je le rappellerais demain. A la même heure. Au même numéro. Pour lui poser d'autres questions. Ceux qui le séquestrent ne le supprimeront pas avant de savoir si le piège fonctionne. Ils ont besoin de lui pour rester en contact avec moi. »

Jamie le regarda longuement, comme pour jauger ses paroles. « Tu as beaucoup à m'apprendre.

— Ecoute, il faut qu'on parle. » Cavanaugh posa les yeux sur ses mains en s'efforçant de les garder fermes.

« Nous n'arrêtons pas de parler.

— Pas de tout.

— Je te vois venir. Tu vas me dire que ça devient trop dangereux et que tu veux que je retourne dans le Wyoming, où je serai en sécurité. T'inquiète pas pour ça. C'est toi qui m'as appelée. Je suis venue et je ne repartirai pas. J'ai prouvé que je servais à quelque chose. Je t'ai montré que j'étais digne de confiance, que j'avais les bons réflexes et que je ne me dégonflais pas. Si tu veux que notre relation dure, c'est le prix à payer. Plus de secrets. Plus de séparations. Il y a deux ans, on m'aurait tuée si tu n'avais pas été là. Je te dois la vie et je t'assure que j'ai bien l'intention de payer ma dette.

— D'accord, dit Cavanaugh.

— Quoi ?

— Tu ne me dois rien mais je ne discuterai pas tes arguments. Je ne te demande pas de t'en aller.

— Alors...

— Je dois te mettre en garde.

— Me mettre en garde ?

— Je t'ai dit que quelque chose m'était arrivé. Dans la cave de Karen. Pendant l'incendie. »

Jamie attendit qu'il poursuive.

« J'ai perdu les pédales.

— N'importe qui à ta place les aurait perdues. Tu avais tellement d'événements à affronter.

— Non, rétorqua Cavanaugh. Le stress a toujours été ma seconde nature. Autrefois il me stimulait. Mais aujourd'hui... » Sa bouche était sèche. « Je crois que les choses ont changé. »

Jamie le regarda plus attentivement.

« Pendant les cinq années que j'ai passées à Delta Force et les cinq autres chez Protective Services, l'action m'a toujours réussi, dit Cavanaugh. Contrairement au commun des mortels, les effets de la peur sur mon organisme me causaient du plaisir. Je vivais dans l'attente de la prochaine décharge d'adrénaline. J'adorais agir dans le stress. »

Cavanaugh devait faire de gros efforts de concentration pour parvenir à respirer normalement.

« Une fois, j'ai protégé un gros richard qui carburait à la caféine et à la nicotine. Deux paquets de cigarettes sans filtre par jour et quatorze tasses de café serré, son essence à fusée, comme il disait. Il prétendait que l'excitation que ces drogues procuraient lui permettait de penser mieux, plus vite et plus clair. C'était sa manière à lui de se défoncer. Un matin, à Bruxelles, alors que je montais la garde à l'extérieur de sa suite, j'ai entendu un bruit, comme si quelque chose était tombé par terre. J'ai laissé mon collègue appeler du renfort tout en continuant à surveiller le couloir et je me suis précipité dans la suite. Mon client était étendu sur le sol. Le bruit avait été causé par la chute du plateau du petit déjeuner.

— Il était mort ? »

Cavanaugh avait l'étrange impression de parler un peu plus vite à chacune de ses phrases.

« C'est ce que j'ai cru jusqu'à ce que je le voie cligner les yeux. Ses pupilles étaient dilatées. J'ai sauté sur le téléphone pour appeler le médecin qui travaillait pour nous puis je suis revenu vers lui. On ne l'avait sans doute pas empoisonné – il craignait un enlèvement, pas un assassinat – mais je lui ai quand même posé la question. "Pensez-vous qu'on vous ait empoisonné ?" Il a fait *non* de la tête. "Est-ce une attaque cardiaque ?" ai-je demandé. De nouveau, il a secoué la tête. "Un choc, dit-il. Vertiges. La pièce qui tourne. Le sol qui se dérobe." Je lui ai pris le pouls. Cent cinquante. Alors, j'ai compris ce qui n'allait pas. Ensuite, le médecin me l'a confirmé.

— Et qu'est-ce qui n'allait pas ? »

Les tempes de Cavanaugh cognaient. « Overdose de nicotine et de caféine. Il en avait tellement ingurgité pendant des dizaines d'années que son corps avait fini par atteindre ses limites. Le médecin lui a donné un tranquillisant et prescrit une cure de désintoxication.

— La cure a marché ?

— Elle lui a probablement sauvé la vie. Mais le mal était fait. Son corps s'était fixé sa limite. Ensuite, le simple fait de se trouver dans la même pièce qu'un fumeur, d'inhaler ne serait-ce que quelques bouffées d'une cigarette fumée par un autre, démultipliait les effets. Il aurait pu tourner de l'œil comme un rien. Si jamais il trempait les lèvres dans une tasse de café – le décaféiné, je te le rappelle, ne l'est jamais entièrement – son cœur se mettait à battre au rythme d'un marteau-piqueur. »

Jamie fronça les sourcils. « Où veux-tu en venir ?

— L'adrénaline. » Les jambes de Cavanaugh tremblaient de plus en plus. « Je la sens qui me traverse. Avant d'entrer chez Karen, cette sensation me plaisait. Mais à présent... » Sa bouche était tellement sèche qu'il avait du mal à parler. « C'est ça que je voulais te dire, pour te mettre en garde... Ce qui m'est arrivé dans la cave de Karen... » Cet aveu lui était si pénible ; jamais il n'aurait cru devoir prononcer un jour de telles paroles. « Je ne serai peut-être plus jamais le même qu'avant. »

Jamie ne réagit pas tout de suite. « Tu veux rentrer dans le Wyoming ?

— Non. Je... *Oui*, lâcha Cavanaugh. Je veux rentrer dans le Wyoming. »

Jamie eut l'air étonné.

« Je nage en pleine confusion – le mot le surprit – j'ai si peur des changements que je sens en moi, je voudrais rentrer à Jackson Hole et ne jamais en repartir. Mais si je me terre là-bas, je ne serai plus bon à rien, ni pour toi, ni pour moi, ni pour personne. Comment pourrai-je me regarder en face si je laisse John mourir. C'est à cause de moi qu'il est tombé dans ce guêpier. S'il se fait tuer...

— Nous empêcherons cela.

— Tu as sacrément raison. Mais comment réagiras-tu quand tu t'apercevras que je claque des dents ?

— La peur est un sentiment humain.

— J'essaierai d'être digne de ta confiance comme toi tu t'es montrée digne de la mienne. » Cavanaugh respira profondément et tenta de reporter toute son attention sur les prochaines décisions à prendre. « Quelqu'un nous suit ? »

Jamie vérifia dans le rétroviseur. « La circulation m'a l'air normale.

— Dirige-toi vers le parc où j'ai rencontré John ce matin.
— Qu'est-ce que...
— Tout à l'heure, je l'ai appelé à son appartement. Sa femme est morte l'année dernière et il vit seul. C'est l'endroit logique pour le retenir prisonnier. »

13

ILS laissèrent la Taurus sur un parking et longèrent le sentier de jogging noyé dans l'ombre. Arrivés de l'autre côté du parc, ils restèrent à l'abri des arbres pour observer l'immeuble illuminé qui se dressait de l'autre côté de la rue passante.

« Sixième étage, dit Cavanaugh. Le quatrième appartement à partir de la droite. »

Jamie repéra l'endroit. « Une fenêtre éclairée.
— C'est le salon. John adore cette vue sur le parc.
— Pas ce soir. Les rideaux sont tirés.
— La fenêtre juste à droite c'est sa chambre.
— Les rideaux sont tirés là aussi, mais c'est éteint. D'autres pièces ?
— Non, répondit Cavanaugh en se disant qu'il préférerait se trouver à des kilomètres de là. Après la mort de sa femme, il a vendu leur maison et emménagé ici. Il voulait mener une vie plus simple. Devenir un ermite plongé dans la lecture de la Bible entre deux arrestations de malfaiteurs.
— Comment les pièces sont-elles disposées ?
— Une fois passé la porte d'entrée, un corridor mène au salon. » L'effort de mémoire l'aidait un peu à oublier son angoisse. « Avant d'y arriver, on trouve sur la gauche une porte voûtée qui donne sur une petite cuisine. De l'autre côté de la cuisine, on

passe dans le salon par une autre voûte. A la gauche du salon, c'est la porte de la chambre.
— La salle de bains ?
— Attenante à la chambre. Sur la gauche. »
Cavanaugh se raidit quand il vit une ombre se profiler derrière les rideaux du salon.
« Ils sont combien à le surveiller, d'après toi ? demanda Jamie.
— Au moins deux. Comme ça, ils peuvent monter la garde à tour de rôle. » Exposer les détails du dispositif continuait à le distraire de son angoisse. « Rutherford est attaché à une chaise dans le salon, ce qui leur libère la chambre.
— Mais comment va-t-on s'y prendre pour le sortir de là ? »
Pendant que Jamie parlait, un homme et une femme s'approchèrent de l'immeuble et entrèrent dans le hall illuminé. A l'intérieur, les vitres allant du sol au plafond offraient une vue directe sur le vigile derrière son comptoir. L'homme échangea quelques mots avec le couple, décrocha un téléphone, parla dans le combiné, hocha la tête et appuya sur un bouton, ce qui déverrouilla un portillon sur la droite. Le couple marcha jusqu'à la batterie d'ascenseurs.
« A ton avis, demanda Jamie, comment allons-nous faire pour entrer dans le bâtiment ?
— Selon la loi, il doit exister d'autres sorties en cas d'urgence. Nous pourrions toujours faire le tour du bâtiment et passer par l'issue de secours en crochetant la serrure.
— Art que tu ne m'as pas encore enseigné.
— Par pure négligence, je l'admets, mais on verra ça plus tard. Le temps manque pour l'instant. De toute façon, le quartier est tellement fréquenté qu'on risque fort de se faire remarquer. Si on nous jette en prison, on aura du mal à aider John. Dis-moi, si nous allions acheter des cigarettes, au coin de la rue ?
— Des *cigarettes* ? Qu'est-ce que tu racontes ? Tu ne fumes pas.
— Je fumais quand je suis entré chez Protective Services. C'est grâce à Duncan que j'ai arrêté. Je l'entends encore me faire la leçon. "Comment veux-tu protéger un client si tu passes ton temps à chercher ton briquet ?"
— Et maintenant, voilà que tu replonges ? »

14

L'ENTRÉE de l'immeuble était à dix mètres de la rue. On y accédait par une petite allée flanquée d'arbustes et d'une demi-douzaine de bancs en pierre qui lui donnaient un aspect accueillant.

Cavanaugh choisit le banc le plus proche de la rue, fit signe à Jamie de le rejoindre et ouvrit le paquet de cigarettes.

« Tu fumes ? demanda-t-il.

— Qu'est-ce qui te prend ?

— Essaie. Lance-toi. Ça t'aidera à passer le temps. » Il lui tendit une cigarette et l'alluma en empêchant sa main de trembler.

« Comment on tient ce truc-là ? s'enquit-elle.

— Peu importe. » Cavanaugh s'en alluma une.

Jamie toussa.

« Hé, je n'ai jamais dit d'avaler la fumée. Contente-toi de tirer dessus et de recracher... Pas si vite.

— Le goût est horrible.

— Je ne te le fais pas dire. Je me demande bien comment j'ai pu aimer ça. »

Deux femmes passèrent devant eux en détournant les yeux d'un air désapprobateur.

« De nos jours, avec toutes ces zones non-fumeur, voir deux personnes tirer sur leurs cigarettes à l'extérieur d'un immeuble est devenu un spectacle tout ce qu'il y a de courant, dit Cavanaugh. Les passants doivent nous prendre pour des invités accros à la nicotine qu'un locataire vient de jeter dehors pour qu'on n'empeste pas son salon. »

Un couple qui passait par là secoua la tête en signe de commisération. Un autre eut l'air de partager leur malheur, comme s'ils avaient déjà vécu ce genre de situation.

« D'accord, tu as donc trouvé une manière de justifier notre présence à l'extérieur de ce bâtiment, convint Jamie. Et maintenant ?

— Fais comme Prescott. Ecoute et instruis-toi. »

Les gens allaient et venaient en discutant de tout et de rien. Des problèmes avec leur patron, des restaurants qu'ils venaient de découvrir, des vols à bas prix pour les Bahamas et des femmes qui feraient mieux d'arrêter de flirter avec les maris des autres.

Cinq minutes s'écoulèrent.

« Bon Dieu, je n'en reviens pas. Nos cigarettes sont déjà consumées. On ferait bien de s'en allumer d'autres, s'exclama Cavanaugh.

— Si je me retrouve avec le bout des doigts jaune... », répliqua Jamie.

Cavanaugh lui tendit une autre cigarette et gratta une allumette en ignorant délibérément les deux taxis qui s'arrêtaient le long du trottoir. De chaque véhicule sortirent des hommes et des femmes tirés à quatre épingles. Après avoir allumé sa propre cigarette, il leva les yeux vers le ciel nocturne en feignant de ne pas remarquer les huit personnes qui passaient devant eux d'un pas rapide.

« Quelle heure est-il ? demanda une femme d'une voix inquiète. Presque dix heures ? Dieu merci, on y est arrivés. Sandy m'a dit que Ted et elle rentreraient du cinéma vers dix heures quinze.

— Comment va-t-elle s'y prendre ? demanda un homme.

— Elle compte faire semblant d'être malade, comme ça ils n'iront pas dîner après. Pas bête, hein ? C'est sa sœur qui doit nous ouvrir. Imagine la tête de Ted quand nous crierons tous "Surprise". »

Ils s'amassèrent dans le hall et plusieurs d'entre eux s'adressèrent en même temps au vigile qui décrocha le téléphone, hocha la tête et débloqua le portillon pour les laisser passer.

« Pauvre Ted », murmura Jamie en soufflant la fumée.

A travers les vitres du hall, Cavanaugh discernait l'affichage des étages, au-dessus de l'ascenseur, mais comme il était trop loin pour lire les chiffres, il se mit à compter les clignotements. Dix-sept. Au dix-huitième, le chiffre resta affiché. Si on ajoute un pour le rez-de-chaussée, se dit-il, on peut en déduire qu'ils sont au dix-neuvième étage.

D'une pichenette, il fit tomber sa cendre puis remarqua la voiture marquée Domino's Pizza qui venait de se garer sur la zone de livraison de l'immeuble. Un binoclard dégingandé en sortit, les bras chargés de boîtes de pizzas glissées dans un emballage isotherme.

« Voyons un peu où vont ces pizzas », murmura Cavanaugh à Jamie. Comme le chauffeur s'approchait d'eux, Cavanaugh se leva et, affichant un sourire engageant, dit : « Salut. Nous sommes descendus en griller une. Comme ça, ça vous évitera de monter. Appartement six-vingt-huit. » C'était le numéro de l'appartement de John.

« Désolé. Elles ne sont pas pour vous.

— Tout ça ? » Cavanaugh regarda la pile. « C'est sûrement pour la réception du septième étage. C'est surtout à cause d'eux qu'on est descendus. Ils font un tel raffut !

— Non non. Cette commande est pour... – le binoclard plissa les yeux pour déchiffrer l'inscription portée sur un bout de papier coincé sur l'emballage isotherme – le dix-neuf-onze.

— Ils en ont de la chance, fit Jamie. Je suppose qu'il va falloir attendre encore et fumer une autre cigarette.

— Ça ne devrait pas être long, dit le livreur.

— Désolé de vous avoir dérangé, s'excusa Cavanaugh.

— Pas de problème. » Les boîtes de pizzas toujours posées en équilibre sur ses avant-bras, l'homme s'avança vers l'entrée vitrée. A ce moment même, quelqu'un sortit et lui tint la porte.

Jamie écrasa son mégot. « Pourquoi as-tu fait cela ? Tu croyais vraiment que ce livreur allait monter chez John ?

— Un coup pour rien. Mais à un moment ou à un autre, je sais qu'ils finiront par se faire livrer des pizzas, de la cuisine chinoise ou autre.

— Comment peux-tu en être sûr ?

— Ce ne serait pas la première fois que des ravisseurs commettraient ce genre d'erreur. Monter la garde vingt-quatre heures sur vingt-quatre est à mourir d'ennui. Si jamais ces types manquent de discipline, ils ne trouveront qu'une seule chose pour s'occuper : manger. Bien sûr, ils pourraient fouiner dans les placards de la cuisine et se préparer quelque chose, mais j'en connais peu qui en soient capables. » Seul Chad savait vous mitonner de délicieux petits plats, pensa Cavanaugh soudain accablé de chagrin. « Alors ils se mettent à fantasmer sur de la pizza, des pâtés impériaux, des chow-mein au poulet. Si ces gars font partie de l'équipe qui a tenté d'enlever Prescott dans l'entrepôt, je peux te garantir qu'ils sont bien du genre à se faire livrer de la bouffe.

— On risque de poireauter pendant des heures.

— Si mon hypothèse se confirme, ce ne sera plus très long. J'ai appelé John il y a moins d'une heure. Avant cela, ils étaient trop préoccupés pour penser à manger. Mais à présent, ils s'installent dans une certaine routine.

— Le vigile de l'immeuble ne risque-t-il pas de se poser des questions s'il nous voit traîner par ici ?

— Il ne nous voit pas.

— Pourquoi ?

— Lors de ma dernière visite, j'ai remarqué que l'entrée était plus éclairée que l'allée. Les lumières du hall se reflètent sur les vitres, ce qui empêche de voir ce qui se passe à l'extérieur.

— Et la caméra fixée au-dessus de la porte ?

— Tu l'as remarquée ? Elle est braquée sur le perron, pas sur la rue. Quand nous aurons réussi à le sortir d'ici, je conseillerai à John de déménager pour un immeuble mieux protégé.

— C'est une ruse psychologique que tu utilises avec tes clients ?

— "Une ruse psychologique" ?

— "Quand nous aurons réussi à le sortir d'ici". Tu m'obliges à me projeter dans le futur pour me faire croire que tout va bien se passer. C'est très rassurant comme méthode. »

Une autre voiture, celle-là marquée PIZZA HUT, s'arrêta sur l'aire de livraison.

« C'est mon tour. » Jamie semblait soulagée d'avoir enfin quelque chose à faire pour se détendre les nerfs.

Tandis que le chauffeur sortait les boîtes de pizzas, elle

s'approcha de lui en se frottant les mains comme si elle avait hâte de se mettre à table. « Salut. Nous sommes descendus griller une cigarette en vous attendant. Ça vous évitera de monter. Appartement six-vingt-huit. On est affamés. »

L'adolescent boutonneux avait l'air affamé lui aussi, mais d'autre chose que de nourriture. Il faillit laisser choir ses boîtes en découvrant la charmante personne qui se tenait devant lui. « Hum, fit-il. Hum. Voyons voir. » Il examina le bordereau de commande collé sur un carton. « Ouais, c'est ça, six-vingt-huit.

— Magnifique.

— Deux médiums ? Une *peperoni* olives noires ? Et une deluxe ?

— Exactement. Elles sentent délicieusement bon. Combien je vous dois ? »

Jamie ajouta un pourboire et attrapa les deux boîtes. « A la prochaine.

— Oui, m'dame. » Le gamin rougit. « Merci. » Il remonta maladroitement dans sa voiture et disparut.

« Deux pizzas médiums. De quoi rassasier deux malabars, dit Jamie.

— C'est aussi mon avis, confirma Cavanaugh. A moins qu'il n'y ait qu'un seul garde et qu'il ait pensé à l'estomac de son prisonnier, ce dont je doute.

— S'ils ont commandé de la nourriture c'est qu'ils se croient peinards, non ?

— Parfaitement. Pour eux, personne ne se doute de leur présence chez John.

— Alors, quel est le programme ? demanda Jamie.

— On retourne au parc et on offre ces pizzas au premier clochard qui dort dans les buissons. Nous avons juste besoin des boîtes. »

Jamie eut l'air perplexe.

« Je vais déchirer le couvercle de l'une et le fond de l'autre, les recoller ensemble et enfoncer mon gilet en Kevlar à l'intérieur », dit Cavanaugh.

15

Le vigile leva les yeux quand Jamie ouvrit la porte pour laisser passer Cavanaugh et ses boîtes de pizzas. Il leur fallut un instant pour s'habituer à la forte lumière du hall.

« Salut. Nous sommes invités à la fête de Ted, au dix-neuvième étage », dit Cavanaugh.

Le visage du vigile resta de marbre. « On a déjà livré des tas de pizzas voilà vingt minutes à peine.

— Je *savais* qu'on aurait dû amener des côtelettes, des frites et du chou en salade, s'exclama Jamie.

— Vraiment, tu ne penses qu'à la bouffe », répliqua Cavanaugh en essayant de paraître drôle malgré l'angoisse qui lui serrait la poitrine.

« Dites-leur de ne pas trop faire de bruit, conseilla le vigile. On n'a pas envie que les voisins se plaignent.

— On fera attention », promit Cavanaugh.

Le vigile appuya sur un bouton, on entendit un léger bourdonnement et le portillon s'ouvrit.

« Merci. » Ils allèrent se planter devant les ascenseurs. Jamie appuya sur le bouton d'appel. Après quelques interminables secondes d'attente, on entendit un *ding* et des portes coulissèrent.

Cavanaugh entra dans la cabine avec méfiance, mais quand Jamie voulut tendre la main pour presser le bouton du sixième étage, il murmura : « Arrête.

— Qu'est-ce qui se passe ?

— Le gardien va vérifier si nous allons bien au dix-neuvième en surveillant les chiffres qui s'affichent au-dessus de l'ascenseur.

— Oups. » Jamie enfonça le bouton marqué dix-neuf.
Les portes se fermèrent.

Quand la cabine se mit à monter, Cavanaugh sentit ses jambes s'alourdir. Il regarda les chiffres orange défiler. Un, deux, trois. Il leur faudrait du temps pour atteindre le dix-neuvième étage, assez en tout cas pour répéter à Jamie les instructions qu'il lui avait énoncées avant d'entrer dans l'immeuble.

« Tu es sûr qu'ils ouvriront ? demanda Jamie.

— Si tu étais un gamin couvert d'acné, ils laisseraient la chaîne, glisseraient l'argent dans l'entrebâillement et te diraient de leur passer les pizzas en travers. Mais quand ils t'auront vue par l'œilleton, crois-moi, ils ouvriront. Déboutonne ton chemisier.

— Pardon ?

— Les trois boutons du haut.

— Je ne suis pas celle que vous croyez ! », s'écria Jamie tout en s'exécutant.

Bien, pensa Cavanaugh. Continue à plaisanter. Comme cela, je sais que tu gardes ton sang-froid.

Oui, mais *moi* ? s'interrogea Cavanaugh. Est-ce que *je* garde mon sang-froid ?

Ding. La porte coulissa. Le souffle de plus en plus court, Cavanaugh posa le pied sur la moquette beige, visiblement neuve. D'après l'odeur, le couloir blanc, éclairé par une série de plafonniers, semblait avoir été repeint récemment.

Jetant un rapide coup d'œil à droite et à gauche, ils repérèrent une porte marquée ESCALIERS, s'y engouffrèrent et se retrouvèrent dans une cage d'escalier en béton encore plus illuminée que le couloir. Quand Jamie ferma la porte, Cavanaugh se mit en quête de caméras de surveillance mais n'en vit aucune. Ils tendirent l'oreille et n'entendant pas le moindre bruit, entreprirent de dévaler prudemment les marches. Leurs pas résonnaient sur le béton.

Sur le palier du sixième étage, ils firent une pause.

« Tu y arriveras ? demanda Cavanaugh à voix basse. Je me tiendrai juste à côté de toi. Contente-toi de faire comme je te l'ai expliqué. »

Jamie hésita.

« Il est encore temps de reculer, dit-il.

— Je m'en doute, dit-elle. Mais si je recule maintenant, jamais je ne pourrai refaire tout cela.

— Peut-être devrais-tu laisser tomber.

— Tu peux sauver John sans moi ? »

Cavanaugh ne répondit pas.

« Alors donne-moi ces boîtes. » Les pupilles de Jamie étaient dilatées.

Le gilet en Kevlar alourdissait considérablement les cartons. Cavanaugh nota sa réaction au moment où elle les attrapa. Elle les disposa de telle manière qu'ils appuient légèrement sous ses seins en élargissant l'échancrure de son décolleté.

« Ils vont croire qu'ils sont morts et qu'ils sont montés au ciel, dit Cavanaugh. Avant de frapper, ferme les yeux pendant quelques secondes. Ça rétrécira tes pupilles, du coup tu n'auras pas l'air angoissé. Rappelle-toi, si tu entends la télé, c'est qu'ils ne se méfient pas. Les bons chiens de garde évitent tous les bruits pour bien entendre ce qui se passe à l'extérieur. »

Jamie gonfla ses poumons et fit un petit signe de tête en direction de la porte. « Sésame ouvre-toi. »

16

LE sixième étage semblait lui aussi moquetté et repeint de frais. Tendu comme un arc, Cavanaugh suivit Jamie le long du couloir. Il n'y avait personne. Après tout, il était plus de 22 heures.

On peut encore reculer, ne cessait-il de se répéter.

Je m'en doute. Mais si je recule, je n'aurai sûrement pas d'autre occasion de sauver John.

L'appartement 628 était sur la droite. Appuyé contre le mur

près de la porte, Cavanaugh entendit le bruit assourdi d'une explosion, suivi par des coups de feu, des sirènes et de la musique rythmée : il y avait un feuilleton policier à la télé. Il lança à Jamie un regard d'encouragement et sortit son pistolet.

Jamie se planta devant l'œilleton et ferma les yeux. Quand elle les rouvrit quelques secondes plus tard, ses pupilles avaient retrouvé leur taille normale. Elle n'avait plus l'air stressé.

Mais Cavanaugh si. Tout à coup, il réalisa horrifié ce qu'ils étaient en train de faire. Jamais il n'aurait dû entraîner Jamie dans cette histoire. Il fallait partir. Il lui fit signe de le suivre.

Sans en tenir compte, Jamie frappa à la porte.

Cavanaugh se remit à lui faire signe, plus expressément.

Jamie, toujours aussi impassible, frappa de nouveau. Cette fois, quelqu'un baissa le son de la télé.

Voilà c'est parti, pensa Cavanaugh en admirant l'air blasé qu'arborait Jamie devant l'œilleton. Les boîtes de pizzas faisaient ressortir sa poitrine.

Avec un fort raclement, une serrure s'ouvrit. Cavanaugh se colla littéralement contre le mur, en prenant bien soin de rester hors de vue.

Comme prévu, le type à l'intérieur ne fit qu'entrouvrir la porte sans enlever la chaîne.

« Vous avez bien commandé deux pizzas médiums ? » Jamie regarda le bout de papier collé sur le couvercle de la boîte du dessus. « Une *peperoni* et olives noires ? Et une deluxe ?

— D'habitude, c'est un gosse qui fait les livraisons. » L'homme avait un accent européen.

« J'vous crois, fit Jamie. Mon mari et moi, on est les patrons de la boutique. Ce soir, tous nos livreurs nous ont fait faux bond. Heureusement que je suis là. »

L'homme gloussa. « Combien ? »

Elle leva les boîtes vers sa poitrine tout en se penchant pour lire le prix inscrit sur la facture.

« Attendez une seconde. » L'homme ferma la porte.

Profitant de ce court répit, Cavanaugh fonça vers la porte et se baissa pour rester hors du champ de l'œilleton tout en protégeant Jamie de son corps. Il entendit le frottement métallique de la chaîne qu'on décrochait.

Lorsque l'homme ouvrit en grand, Cavanaugh se jeta sur lui. Obéissant aux instructions, Jamie souleva le couvercle des boîtes de pizzas afin que le gilet en Kevlar coincé à l'intérieur la préserve des tirs éventuels. Cavanaugh reconnut le type au crâne rasé dont il avait volé la voiture noire au centre commercial, presque deux semaines plus tôt. Sous le coup de la surprise, l'homme affolé voulut saisir son pistolet. Sans lui en laisser le temps, Cavanaugh abattit le canon de son Sig sur son crâne dégarni. L'homme tomba en arrière. Cavanaugh l'enjamba d'un bond et pénétra dans le salon, son arme braquée vers le coin télévision à gauche.

Un moustachu d'une quarantaine d'années était assis dans un fauteuil. Pétrifié de stupeur, il ne savait s'il devait regarder le pistolet de Cavanaugh ou celui que Jamie pointait sur lui depuis la voûte de la cuisine. Le sien était posé devant lui, sur la table basse.

Au fond à gauche, ils virent Rutherford ligoté et bâillonné sur une chaise. Le sang qui maculait son visage formait un étrange contraste avec sa peau noire. La stupéfaction se lisait dans ses yeux écarquillés mais, pour l'instant, Cavanaugh avait d'autres chats à fouetter. Il saisit le pistolet sur la table et, dans le même geste, assena un coup violent sur le crâne du moustachu. Puis, se collant au mur qui menait à la chambre sombre, passa très vite son arme par la porte, du côté qu'il pouvait voir, fonça pour se placer de l'autre côté et répéta son geste. Comme rien ne bougeait à l'intérieur, il entra en courant, poussa une commode devant la porte du placard et regarda sous le lit avant de s'assurer qu'il n'y avait personne dans la salle de bains.

Quand il revint dans le salon, le moustachu gémissait sur le sol.

Cavanaugh se rua vers la porte d'entrée, tourna le verrou, pointa son arme sur le type au crâne rasé, toujours étendu à terre, et entreprit de le fouiller. Il trouva un pistolet au niveau des reins, enfoncé dans sa ceinture. Avec cette dernière, il lui attacha les mains dans le dos.

Il fit de même avec le moustachu puis alla vérifier si le placard était vide. Ce n'est qu'après avoir respecté toutes ces précautions qu'il courut vers Rutherford pour lui enlever son bâillon. « On les a tous eus ?

— Oui. »

Cavanaugh dénoua la corde qui entravait les poignets et les chevilles de Rutherford. « Tu es gravement blessé ? », demanda-t-il en examinant les hématomes et les entailles sur le visage de Rutherford.

« J'ai perdu une dent. » Rutherford toucha sa mâchoire tuméfiée. « Ils m'ont peut-être bien brisé quelques côtes. » Il grimaça quand il essaya de gonfler ses poumons.

Avisant une boîte de mouchoirs en papier sur une table basse, Cavanaugh en sortit plusieurs qu'il tendit à Rutherford. « Tousse un bon coup et crache là-dedans. »

Rutherford s'exécuta. « Dieu tout-puissant, ça fait un mal de chien. »

Cavanaugh inspecta le crachat dans le mouchoir. « Pas de sang. Allonge-toi sur le canapé. » Cavanaugh l'aida à se coucher puis appuya doucement sur son ventre et sa poitrine. « Pas de gonflement. Tu n'éprouves aucune douleur suspecte ?

— Ça fait un bout de temps que je suis comme ça. S'ils m'avaient abîmé quelque chose à l'intérieur, je serais déjà mort. » Rutherford se massa les poignets pour activer la circulation.

« Où est ta trousse de secours ?

— Dans la salle de bains, sous le lavabo. »

Lorsque Cavanaugh revint avec la trousse et un gant de toilette imbibé d'eau savonneuse, Rutherford se redressait péniblement sur son séant. « Tu ne m'as pas présenté à ton amie ?

— Je te présente Jennifer. Jennifer, voilà John. »

Lorsque Cavanaugh lui attribua ce prénom, Jamie se garda de réagir.

« Très heureux de vous rencontrer. Et surtout d'être encore de ce monde pour avoir ce plaisir », dit Rutherford.

Cavanaugh fouilla dans la trousse jusqu'à ce qu'il tombe sur trois seringues au milieu des bandages et des pommades. Quand il les sortit, il comprit pourquoi elles étaient là. « Elles appartenaient à ta femme ? »

Diabétique, l'épouse de Rutherford devait se faire des injections quotidiennes d'insuline. Ironie du sort, elle était morte dans un accident de voiture.

« La plupart des vêtements de Deb, je les ai donnés à l'église. Et j'ai jeté des tas de trucs, des vieilles chaussures, des objets dont elle ne se servait plus mais n'avait pas le courage de se débarrasser. J'ai juste gardé ses robes préférées. Quant au reste, je m'en suis défait sans trop de remords. Ces seringues font exception. Elles me la rappellent plus que n'importe quel autre objet. Je n'ai pas pu me résoudre à les jeter. »

Cavanaugh les replaça dans la trousse de secours et entreprit de nettoyer le visage de Rutherford.

« Tu as compris ma mise en garde – quand je t'ai reparlé du glutamate ? demanda Rutherford.

— C'était finement amené.

— J'aurais préféré qu'ils me tuent plutôt que te jeter entre leurs griffes.

— Je sais, le rassura Cavanaugh.

— Les gens que j'ai interrogés sur Prescott et son labo m'ont dit qu'ils n'en avaient jamais entendu parler. » Il avait passé tellement d'heures bâillonné que sa voix était devenue râpeuse.

« Je vais vous chercher de l'eau », dit Jamie.

Rutherford avala plusieurs bonnes rasades. Quelques gouttes coulèrent d'entre ses lèvres et diluèrent le sang séché qui dégoulina le long de son menton. « Ensuite, j'ai entrepris une recherche sur notre base de données informatiques. » Une autre gorgée. « Sans rien trouver.

— Alors comment...

— Ces types ont certainement une taupe au Bureau. Ou alors ils ont forcé notre système informatique pour accéder au nom des personnes ayant enquêté sur Prescott. Quand je suis sorti du travail pour rentrer chez moi, ils m'attendaient dans le parking, près de ma voiture. » Avec une grimace, Rutherford se tâta la mâchoire à l'endroit où sa dent avait été arrachée. « Un type a crié mon nom, je me suis retourné et tout à coup une camionnette s'est arrêtée devant moi, pour que personne ne voie ce qu'ils allaient faire. Trois hommes sont arrivés par-derrière, m'ont attrapé et m'ont fait monter de force.

— L'homme qui t'a appelé. Les trois qui t'ont attrapé. Le conducteur de la camionnette. Ça fait cinq en tout, non ? s'enquit Cavanaugh.

— Non. » Rutherford avala encore un peu d'eau. « Il y en avait un sixième. C'était lui qui menait la danse. Un certain Kline.

— Je connais tes deux anges gardiens. Ils faisaient partie du premier groupe de tueurs, dans l'entrepôt. »

Le regard de Rutherford passa de Cavanaugh à Jamie. « Jennifer, on dirait que ça ne va pas », fit-il d'un air soucieux.

Cavanaugh se tourna vers elle. « Tu es pâle. Tu ferais peut-être mieux de t'asseoir.

— J'ai plutôt envie de m'écrouler par terre, si ça ne t'ennuie pas. » Elle traversa la chambre, s'engouffra dans la salle de bains et ferma la porte.

Un instant plus tard, Cavanaugh l'entendit vomir.

« C'est sa première mission ? demanda Rutherford.

— Oui.

— Elle s'en est bien tirée. »

Cavanaugh opina du chef.

Quand elle revint, il la serra dans ses bras.

« Je ne t'ai pas laissé tomber, dit Jamie.

— Non. Merci. » Et moi non plus je ne t'ai pas laissée tomber, ajouta-t-il dans son for intérieur.

Jamie s'avança vers le moustachu qui gémissait sur le sol, l'enjamba et s'installa dans un fauteuil en face de Rutherford. « Ne faites pas attention à moi. Continuez à discuter pendant que j'essaie de me convaincre que je suis encore vivante. »

Tant que Cavanaugh avait été dans le feu de l'action, ses mains étaient restées fermes. A présent, il devait faire de gros efforts pour les empêcher de trembler. « Oui, que s'est-il passé ensuite ?

— Après que ces types m'eurent travaillé au corps, histoire de me prouver qu'ils ne rigolaient pas, ils m'ont collé un pistolet sur la tempe et m'ont donné à choisir – soit je leur disais pourquoi je cherchais Prescott soit ils me tuaient. » Rutherford appuya le gant mouillé sur sa joue gonflée. « Je leur ai expliqué que ce n'était pas moi qui cherchais Prescott mais un ami à moi. Alors ils m'ont redonné à choisir – soit je leur livrais le nom de cet ami soit j'y passais. Je ne leur ai pas dit ton nom. Je leur ai juste avoué qu'il s'agissait d'un "homme assurant la sécurité de Prescott". »

Cavanaugh hocha la tête.

« Ça les a terriblement intéressés, ajouta Rutherford. Ils bouillaient d'impatience à l'idée de te mettre la main dessus.

— Bien sûr. Ils ont pensé que je pouvais les mener à Prescott.

— Je leur ai expliqué que tu étais à sa recherche, toi aussi, et que tu n'en savais pas plus que moi.

— Mais ils ne t'ont pas cru ? demanda Cavanaugh.

— Que dalle. Ils m'ont recollé leur flingue sur la tempe et m'ont ordonné de t'indiquer l'emplacement du labo de Prescott, à Bailey's Ridge en Virginie.

— Et maintenant, j'imagine qu'ils sont tous les quatre, dont le dénommé Kline, en train de m'attendre à Bailey's Ridge pour me coincer ?

— Ils se sont mis en route dès la fin de notre conversation téléphonique », dit Rutherford.

Jamie se pencha en avant. « Si personne ne se montre, ils vont se demander pourquoi et revenir ici en espérant que tu reprendras contact, comme tu l'as promis.

— Oui, confirma Cavanaugh. Pour me tendre un autre piège. »

Rutherford tendit la main vers le téléphone.

« Hé, qu'est-ce que tu fais ? » Cavanaugh arrêta son geste.

« J'appelle de l'aide.

— Non.

— Mais le Bureau peut...

— Nous ne savons pas qui d'autre est impliqué dans cette affaire. »

Rutherford hésita.

« Tu disais que Kline avait peut-être une taupe au Bureau, ajouta Cavanaugh. Suppose que Kline ait vent de l'accueil que nous lui préparons. Nous ne serions pas près de le voir se pointer ici. »

17

Quand l'interphone bourdonna, Cavanaugh attendit quelques secondes avant d'appuyer sur le bouton. « Oui ? »

La voix du vigile était métallique. « Monsieur Kline et un autre monsieur désirent vous voir.

— Laissez-les monter. » Cavanaugh relâcha le bouton et revint dans le salon.

« Ils sont deux, dit Rutherford. Les deux autres ont dû rester à Bailey's Ridge pour t'accueillir. »

Jamie jeta un œil sur sa montre. « Un peu plus de midi. Ils ont fait plus vite que prévu.

— Après avoir passé la nuit à surveiller les lieux, Kline doit se demander pourquoi j'ai renoncé à venir. Ça doit le tarabuster. A présent, il revient pour s'entretenir de nouveau avec John en tête-à-tête. Sommes-nous prêts à recevoir nos hôtes ? », demanda Cavanaugh en s'adressant au crâne rasé et au moustachu qui, ficelés sur des chaises, avaient mis une heure à reprendre conscience. Assaillis de questions, ils avaient seulement consenti à révéler qu'ils étaient des agents travaillant sous contrat et qu'ils ignoraient pourquoi Prescott revêtait une telle importance aux yeux de leurs commanditaires.

Le téléphone cellulaire du type au crâne rasé avait sonné à deux reprises. C'était Kline qui cherchait à le joindre. Il était furieux. Cavanaugh avait fait répéter les deux prisonniers pour s'assurer qu'ils sauraient quoi répondre en cas de besoin. Son pistolet posé sur la tempe de l'homme, Cavanaugh avait scruté ses yeux pendant qu'il parlait dans le combiné. S'il avait détecté dans son regard le moindre frémissement annonciateur d'une quelconque entourloupe, il se serait mis dans une colère noire.

Ils avaient enfoncé sur son crâne rasé une casquette de base-ball pour dissimuler la marque du coup.

« Je t'ai demandé – Cavanaugh donna une pichenette sur la casquette – si tu étais prêt à recevoir nos hôtes. »

Le crâne rasé grimaça et hocha la tête.

« Je vous retrouve dans quelques minutes », dit Jamie. Suivant le plan dont ils étaient convenus, elle quitta l'appartement. Rutherford mit le verrou.

Cavanaugh l'imagina en train de remonter le couloir d'un pas nerveux, ouvrir la porte donnant sur la cage d'escalier, près de l'ascenseur, et se cacher derrière. Quand Jamie entendrait le *ding* de l'ascenseur, elle compterait jusqu'à vingt, le temps nécessaire pour parcourir les quelques mètres séparant la cabine de l'appartement de Rutherford. Puis elle apparaîtrait sur le palier en fouillant dans son sac comme pour chercher ses clés, en feignant de ne pas remarquer les deux hommes postés devant la porte de Rutherford. Eux la remarqueraient mais, n'ayant aucune raison de soupçonner un piège – après tout, c'était eux qui tendaient un piège –, ils reporteraient très vite leur attention vers la porte sur le point de s'ouvrir. En partant, Jamie semblait sûre d'elle. Elle avait mis à profit leurs quelques minutes de répit pour revoir les techniques de visualisation que Cavanaugh lui avait enseignées, imaginant de possibles variantes au scénario qu'ils avaient élaboré, les repassant dans son esprit pour se préparer à toute éventualité. Elle avait enfilé le gilet en Kevlar sous son chemisier, ce qui contribuait à la rassurer. Cette couche supplémentaire la grossissait et tirait sur ses vêtements mais, en ce moment même, son apparence était le cadet de ses soucis.

« C'est bon, dit Cavanaugh au crâne rasé en le menaçant de son pistolet. Accueille tes visiteurs avec le sourire. »

Rutherford lui avait déjà libéré les poignets et les chevilles. Il s'attaqua aux cordes qui le maintenaient sur la chaise.

« Rappelle-toi, lui dit Cavanaugh. Tu te trouveras en plein dans notre ligne de feu. » Il lui fit signe de traverser le salon. Sans le lâcher d'une semelle, il le regarda longer le couloir et s'arrêter devant la porte d'entrée.

— Maintenant, il ne te reste plus qu'à faire en sorte que nous n'ayons pas de raison de t'abattre », dit Cavanaugh.

Rutherford prit position dans la cuisine, prêt à tirer.

Cavanaugh sentait la sueur glisser le long de son torse.

Quinze secondes. Trente. Cinquante. Cavanaugh se rappela combien l'ascenseur leur avait semblé lent, tout à l'heure. S'ils n'avaient pas encore frappé à la porte, cela ne signifiait pas forcément que quelque chose clochait, tenta-t-il de se convaincre. Sois patient. Tout va bien se...

Toc, toc. Un temps d'arrêt. Toc, toc. C'était le code dont l'équipe avait décidé devant John – en termes clairs : tout va bien, vous pouvez ouvrir.

L'estomac de Cavanaugh se contracta quand il fit signe au crâne rasé de les laisser entrer.

A ce moment-là, la scène soigneusement répétée se rejoua, mais en vrai. Cavanaugh se retrancha dans le salon pour qu'on ne le voie pas du seuil. Le crâne rasé ne pouvait ignorer que Rutherford le tenait en joue depuis la cuisine. Après avoir ouvert, il était censé dire : « Il n'a pas appelé », puis se retourner et marcher vers le salon, en se plaçant en plein dans la ligne de feu de Cavanaugh. Pendant ce temps, Rutherford se mettrait à couvert près du réfrigérateur. Il ne devrait se montrer qu'à l'instant où les hommes entreraient et s'engageraient dans le couloir, de telle manière que le premier l'aperçoive juste au moment où le deuxième verrait Cavanaugh posté dans le salon. Jamie était supposée surgir à cet instant précis, en pointant son pistolet dans leur dos, et ordonner : « *Dans le salon.* » Tout se déroula comme prévu.

Pris en fourchette, ils n'eurent pas le temps de dégainer leurs armes cachées sous leurs vestes. Il ne leur restait plus qu'à obtempérer.

« *A terre!* ordonna Rutherford. *Mains derrière la tête.*

—*Allez!* », aboya Cavanaugh.

Le crâne rasé fit ce qu'on attendait de lui. Il se coucha à plat ventre sur le tapis, les mains derrière la tête, bientôt imité par les deux autres.

Jamie entra et verrouilla la porte.

« Il y avait quelqu'un d'autre dans le couloir ? » demanda

Cavanaugh en visant les hommes à terre. « Est-ce qu'on a vu ton pistolet ?

— Deux personnes sont sorties de l'ascenseur pendant que j'entrais. Mais comme mon arme était cachée par mon sac, personne ne l'a remarquée. »

Cavanaugh éprouva un réel soulagement. John savait de source sûre que la plupart de ses voisins travaillaient à l'extérieur dans la journée. Comme on était en semaine, il n'y avait guère de risques qu'on en voie traîner dans les parages, à cette heure-ci. Mais c'était toujours une possibilité et Cavanaugh avait redouté de devoir en affronter les conséquences.

« Joli coup », dit le premier homme en levant les yeux. Il était de taille moyenne, sec et nerveux, avec un visage étroit et des cheveux coupés ras comme un militaire.

Cavanaugh reconnut sa voix, râpeuse comme du papier de verre. « C'est pas la première fois qu'on se parle. On a causé ensemble dans son téléphone. » Cavanaugh désigna le crâne rasé. « Après que je lui ai volé sa voiture devant le centre commercial.

— Tu as compris que le portable contenait un mouchard. » Comme le crâne rasé, l'homme avait un accent européen. « On l'a suivi pendant des heures, jusqu'à ce qu'on réalise que tu l'avais jeté à l'arrière d'une camionnette qui passait par là.

— La plaisanterie t'a plu ? » Une pensée lui vint. « Vous avez suivi la camionnette ? Pourquoi avez-vous pris cette peine puisque vous saviez que nous comptions quitter le secteur en hélicoptère ?

— En hélicoptère ? Je ne vois pas de quoi tu veux parler. »

L'homme semblait vraiment surpris, ce qui conforta Cavanaugh dans ses soupçons. L'équipe qui avait tenté d'enlever Prescott dans l'entrepôt et celle qui avait attaqué le bunker faisaient deux.

Pendant que Jamie et lui continuaient à les tenir en respect, Rutherford leur attacha les chevilles et les poignets.

Cavanaugh sortit un Beretta 9 mm caché sous le pull-over du deuxième homme, passa la main sous la veste de cuir noire du premier et trouva un Browning Hi-Power 9 mm, ainsi qu'un cran d'arrêt clipé dans sa poche de pantalon. De l'extérieur, on ne voyait que l'attache du clip. Grâce à ce système, on pouvait sortir le couteau en une fraction de seconde. Il suffisait de glisser le clip vers le haut et, dans le même geste, de poser le pouce sur la petite protubérance à l'arrière de la lame pour que l'arme soit prête à servir. Une fois dépliée, la lame mesurait presque dix-huit centimètres de long.

Autrefois, les couteaux étaient considérés comme des armes de second ordre (« Pauvre con, personne ne joue du couteau face à un mec armé d'un pistolet »), mais depuis la diffusion dans les années 90 du document vidéo intitulé *Survivre aux attaques à l'arme blanche*, les forces de sécurité savaient qu'un type armé d'une lame était capable de courir environ six mètres et d'infliger des blessures mortelles à son adversaire avant que celui-ci n'ait eu le temps de se remettre de sa surprise, de dégainer et de tirer. Aujourd'hui, certains agents considéraient le couteau comme une arme de complément, au même titre qu'un pistolet, et ne sortaient jamais sans en emporter au moins trois. Celui que tenait Cavanaugh, équipé d'une poignée plate, noire et non réfléchissante, avait été conçu par l'un des meilleurs professeurs de self-defense et fabricants de couteaux : Ernest Emerson. On l'appelait le CQC-7, abrégé de « close-quarter combat » ou « combat au corps à corps ». Sa poignée en époxy légèrement incurvée était censée ne jamais glisser, même mouillée par de l'eau, de la sueur ou du sang. L'acier dentelé de sa lame était assez dur et tranchant pour entamer une portière de voiture.

« Joli », dit Cavanaugh faisant écho à l'exclamation du premier homme. Il referma le couteau, l'agrafa sur sa poche de pantalon et s'assit par terre en tailleur, afin de pouvoir regarder l'individu dans les yeux. « C'est toi le dénommé Kline ?

— C'est un nom qui en vaut un autre.

— Parle-moi de Prescott. »

Kline ne répondit pas.

« Bon, je vais te dire ce que moi je sais sur lui, poursuivit Cavanaugh. Ne te gêne pas pour m'interrompre si tu en éprouves le besoin. »

Cavanaugh raconta à Kline ce qui s'était passé après la poursuite en voiture : l'arrivée au bunker, le briefing pour enseigner à Prescott les manières de disparaître, l'incendie, le raid des hélicoptères et le deuxième incendie dans la maison de Karen. « Alors, tu vois, j'ai envie de le coincer tout autant que toi. Peut-être même plus. On ferait du meilleur travail si on s'y mettait ensemble.

— Mais nous n'avons pas les mêmes objectifs.

— Je suis sûr que nous pouvons passer outre nos divergences. » Cavanaugh l'observa. « On dirait que tes bras commencent à te faire mal. Pourquoi tu ne t'installes pas plus confortablement ? »

Kline fronça les sourcils, perplexe, en voyant Cavanaugh revenir de la cuisine avec un fauteuil pivotant. Son front se fit encore plus soucieux lorsque Cavanaugh le remit sur ses jambes et ouvrit d'un coup de pouce le couteau Emerson.

« Je vais te libérer les poignets, dit Cavanaugh. Si tu tentes quoi que ce soit, mon ami ici présent – Cavanaugh désigna Rutherford – qui, soit dit en passant, n'est pas près de vous pardonner la trempe que vous lui avez filée hier, t'abattra sans hésiter. »

Rutherford, qui s'était éclipsé dans la cuisine, revint en brandissant son pistolet. Il avait enfoncé une bouteille de soda en plastique sur le canon, pour servir de silencieux. « Je veux qu'on me rende ma dent. »

Cavanaugh et lui avaient préalablement mis au point cette tactique qui, de toute évidence, produisait les effets escomptés. En voyant le silencieux de fortune, Kline plissa les yeux.

« Mais pourquoi chercher les ennuis ? demanda Cavanaugh. Discutons tranquillement. De manière à trouver un terrain d'entente. » Cavanaugh se plaça derrière Kline, coupa la corde qui retenait ses poignets et lui intima : « Assis. »

Kline obéit.

Cavanaugh lui rattacha les poignets, cette fois aux accoudoirs du fauteuil.

« Bien installé ? s'enquit Cavanaugh. Bon. Je pense sincèrement que nous aurions tout intérêt à mettre nos efforts en commun. A toi maintenant. Dis-moi ce que tu sais. »

Kline détourna les yeux.

« Commençons par le commencement, poursuivit Cavanaugh. Pourquoi tenez-vous tant à l'attraper ? Prescott m'a raconté qu'il effectuait des recherches sur la drogue pour le compte de la DEA. Il était censé trouver un moyen de bloquer le mécanisme physique entraînant la dépendance. Au lieu de cela, il aurait découvert une substance facile à fabriquer *entraînant* la dépendance. Il m'a dit que Jésus Escobar ayant eu vent de la chose, s'était juré de lui mettre la main dessus pour obtenir la formule. Il vous a accusés de travailler pour Escobar. J'ai compris trop tard qu'il mentait comme il respirait. La DEA n'a jamais entendu parler de Prescott. Quant à Escobar, il s'est fait descendre voilà deux mois. Alors pour qui travaillez-vous réellement ? »

Kline se tourna enfin vers Cavanaugh. Il était tellement tendu que son accent – slave ou peut-être russe – reprit le dessus. « Vous savez très bien que je n'ai pas le droit de vous le dire.

— Si je te faisais un café pendant que nous reconsidérons la question ?

— Un café ? » Kline pencha la tête, éberlué.

« Ouais, rien de tel qu'une gentille causerie autour d'un petit noir bien fumant. John, où est-ce que tu le ranges ?

— Au-dessus du frigo. » Jamie et lui avaient l'air aussi perplexes que Kline. « Le moulin est à côté. Le percolateur se trouve près du grille-pain, sur le plan de travail.

— Le percolateur ? Non, je pensais à du café instantané, précisa Cavanaugh.

— Euh, dans le placard à droite du four. »

Cavanaugh tourna le siège de Kline afin que ce dernier voie bien ce qu'il faisait, puis alla dans la cuisine, ouvrit le placard et tomba sur une petite boîte contenant toutes sortes de sachets d'instantanés. « Voyons. Goût noisette, vanille, chocolat. Quelque chose te tente ? », demanda-t-il à Kline.

Pas de réponse.

« John, faudrait que tu arrêtes le café sucré, lança Cavanaugh. Tu vas prendre du poids et après, tu ne pourras plus courir. Tu n'as rien d'un peu plus corsé dans tes placards ? Attends une minute. Qu'est-ce que c'est ? Du java ? Très bien, ça au moins c'est un breuvage viril. »

Cavanaugh ouvrit deux sachets de java, fit tomber la poudre dans un petit verre à liqueur, versa un fond d'eau dans une bouilloire qu'il posa sur la cuisinière et régla le feu au maximum.

« Ça ne sera pas long, dit-il à Kline. Rien de tel qu'un bon café bien chaud et bien fort pour délier les langues. Tu es sûr de ne pas vouloir me faire tout de suite quelques petites confidences – par exemple, pourquoi vous tenez tellement à attraper Prescott ou encore qui d'autre est sur le coup ? »

Kline demeurait obstinément silencieux.

« Bon, très bien, conclut Cavanaugh. Je respecte tes principes, crois-moi. Décidément, tu sais garder un secret. »

La bouilloire se mit à siffler.

Cavanaugh versa quatre centilitres d'eau dans un verre à liqueur, juste assez pour dissoudre les deux sachets de cristaux de café. Il remua en prenant bien soin de montrer combien la mixture était sombre et épaisse. « C'est pas un truc pour les minettes. Ça va te mettre du feu dans les yeux et du poil sur la poitrine. »

De plus en plus abasourdi, Kline demanda : « Tu crois que je vais boire ça ? Tu t'imagines quand même pas que ce truc va me faire parler ! Ça me donnera plutôt envie de vomir.

— Le boire ? Où vas-tu chercher tout ça ? Quant à vomir, fais-moi confiance, tu ne risques rien. »

Cavanaugh ouvrit la trousse de secours de Rutherford et en sortit une seringue.

Les yeux de Kline s'agrandirent.

Cavanaugh enfonça l'aiguille dans l'épaisse mixture, tira sur le piston pour remplir le réservoir, puis fit sortir l'air en appuyant un peu. Il se mit à fredonner *Fly Me to the Moon*.

— Attends un peu, dit Kline. Tu ne penses pas sérieusement à... »

Sans lui laisser finir sa phrase, Cavanaugh lui arracha son col de chemise pour découvrir son cou. A présent, il fredonnait *Black Coffee* tout en pointant la seringue sur la veine jugulaire de Kline.

— Pour l'amour du ciel, arrête ! » Kline se jeta de côté, manquant de faire basculer son siège.

« Surveille ton langage, lui intima Rutherford en bon baptiste du Sud.

— Très bien, très bien. Mais arrête, supplia Kline. Je ne crois pas que tu sois assez dingue pour...

— T'agrandir l'esprit, ainsi que les artères et les organes vitaux, l'interrompit Cavanaugh. Je vais faire battre ton cœur et exploser ton cerveau de l'intérieur. Je suppose qu'au moment où ton pouls atteindra disons les cent quatre-vingts, tu pourras même te mettre à léviter. Dommage que tu sois attaché à ce siège. Mais si tu es sage... »

Cavanaugh posa une main ferme sur l'épaule de Kline et corrigea la position de la seringue.

« Non ! » Kline recula si violemment que cette fois le fauteuil bascula et tomba sur le tapis avec un bruit sourd.

« Hé, fais un peu attention aux voisins, s'exclama Cavanaugh.

— Ce truc va me tuer ! gémit Kline.

— Te tuer ? Non, je dirais plutôt que ton métabolisme va subir une telle activation que tu risques de t'autoconsumer. »

Cavanaugh écrasa la tête de Kline contre le tapis, inclina l'extrémité de la seringue et l'appuya presque à plat contre sa jugulaire.

S'efforçant de ne pas bouger le cou, Kline murmura d'une voix blanche : « Si tu me tues, je ne pourrai rien te dire.

— Tu sais quoi ? Au fond, je m'en fiche. Je t'ai rencontré deux fois et ça fait deux fois de trop. J'en ai marre de voir mes amis mourir. J'en ai marre que Prescott ne pense qu'à m'assassiner. Je suis écœuré par ce que vous avez fait subir à John. Il faut que je me défoule sur quelqu'un et si tu n'as pas l'intention de me parler comme *moi* je t'ai parlé, au moins j'aurai la satisfaction de te supprimer. »

Cavanaugh perça la veine. Du sang perla.

Kline grimaça et serra les dents pour s'empêcher de frémir mais n'y parvint pas. Son mouvement involontaire enfonça l'aiguille un peu plus profondément. « Cette histoire de dépendance était un prétexte. Prescott travaillait pour l'armée américaine.

— Je veux des détails.

— Une branche de l'armée consacrée au développement des armes spéciales. » Kline lécha ses lèvres desséchées. « Je crois que je vais tousser.

— Vaudrait mieux pas. Si tu tousses, adieu.

— Une sous-section de sous-section. » La voix de Kline n'était plus qu'un faible chuchotement. Il se raidissait pour ne pas bouger le cou. « Le genre de recherches qu'on ne rapporte pas au Secrétaire à la Défense.

— Ou le genre de recherches dont le Pentagone lui-même n'entend jamais parler ? Comme les expériences sur le LSD menées à Washington, dans les années 50, ou sur les neurotoxiques en Utah, dans les années 70. »

Kline repassa sa langue sur ses lèvres. « Oui.

— Voilà où passent nos impôts. Alors, dis-moi un peu, sur quoi portaient ces expériences ?

— Sur la peur. »

Le mot sembla stagner un instant dans l'air, tellement inattendu que Cavanaugh ne réagit pas tout de suite. Il crut avoir mal compris. « La peur ? »

Les muscles de Cavanaugh se contractèrent, ses paumes devinrent moites. Il prévoyait trop bien ce que Kline s'apprêtait à avouer.

« La peur », chuchota l'homme d'une voix rauque pendant que l'aiguille de la seringue appuyait sur sa veine. « Prescott était censé rechercher une substance biochimique capable de créer la sensation de peur. L'armée américaine comptait l'utiliser sur ses ennemis. Mon cou. » Kline se raidit. « Attention, tu l'enfonces.

— Prescott. Parle-moi de Prescott. »

Des gouttes de sueur perlaient sur les sourcils de Kline. « Il a mis au point une hormone synthétique provoquant un afflux d'adrénaline si massif que le sujet est immédiatement pris de panique. »

Quand il lui avait parlé de ses recherches visant à maîtriser la sensation de dépendance et de sa découverte de l'effet *contraire*, Prescott n'avait menti qu'à moitié, Cavanaugh le comprenait à présent. Il fallait juste substituer le mot *peur* au mot *dépendance*. Soudain, il revit les escaliers de l'entrepôt abandonné et se souvint de l'odeur âcre qu'il avait reniflée un peu avant de rejoindre Prescott. L'impression de malaise n'avait cessé de croître au fur et à mesure de sa progression. Il s'était mis à grelotter littéralement.

« Les contrôleurs militaires de Prescott ont été sacrément impressionnés. » Comme il lui était impossible de tourner la tête, Kline fit coulisser son regard vers l'aiguille plantée dans son cou. Son visage était en nage. « L'idée c'était de transformer l'hormone synthétique en gaz. Après ça, on mettait le gaz dans des missiles ou des conteneurs et on les chargeait à bord d'un avion qui allait les balancer sur les troupes ennemies. Il y aurait eu de quoi annihiler une armée en un rien de temps.

— Les politiciens ont tendance à se sentir un peu gênés aux entournures quand il est question de recherches sur les armes chimiques, mais pas au point de ne pas profiter d'une bonne idée », dit Cavanaugh qui avait du mal à contenir sa colère.

Il revit les hommes de Kline s'engouffrant dans la cage d'escalier de l'entrepôt ; il se souvint de la panique qui s'était emparée d'eux, de leur paralysie soudaine. Rien ne les menaçait et pourtant ils n'avaient pu s'empêcher de tirer au hasard vers le haut des marches. Prescott avait dû cacher des conteneurs remplis de gaz dans la cage d'escalier. Le gaz avait sans doute fui, ce qui expliquait pourquoi Cavanaugh lui-même s'était mis à trembler de tous ses membres.

Un autre détail lui revint à l'esprit – Prescott manipulant des cadrans sur une console à l'instant où l'équipe de Kline avait commencé à monter. Il avait dû estimer que leur réaction au gaz n'était pas satisfaisante, car il s'était mis à marmonner dans sa barbe, visiblement préoccupé, comme si quelque chose ne tournait pas rond. Peut-être les conteneurs n'avaient-ils pas dégagé une dose d'hormone suffisante pour induire le résultat escompté au moment voulu.

« Prescott a testé son produit sur les animaux, poursuivit Kline. Les rats sont devenus fous furieux. Les chats et les chiens avaient si peur les uns des autres qu'ils se recroquevillaient dans les coins de leur cage. Un jour, il a essayé son gaz sur une douzaine de chèvres ; de terreur, elles se sont précipitées contre les murs de la pièce où elles étaient enfermées jusqu'à ce qu'elles s'ouvrent le crâne. »

Cavanaugh se revit dans la cave de Karen, il sentit de nouveau l'étrange odeur âcre. A présent, il savait qu'à cause d'elle, pour la première fois de sa vie, il avait connu cette peur viscérale qu'il ne cessait d'éprouver depuis. Il se souvint de la panique qui avait failli l'anéantir lors de l'incendie. Il vit Karen affalée dans son fauteuil roulant, les mains crispées sur la poitrine, le visage figé, tordu par l'épouvante. Maintenant, il connaissait la cause de sa mort. Voulant éviter de laisser sur son corps la trace d'une blessure ou d'une strangulation qui n'aurait pas échappé au médecin légiste et orienté les enquêteurs vers la thèse du meurtre, Prescott s'était servi de l'hormone pour la faire mourir de peur. Son cœur et ses artères avaient éclaté sous l'effet d'une terreur démentielle.

« La seringue. Ta main se remet à trembler, prévint Kline.

— Je veux *tout* savoir.

— Finalement, Prescott l'a essayée sur des humains ; la tentation était trop forte. Il suffisait qu'un promeneur solitaire se baladant sur le territoire d'une bande de voyous lance une petite grenade remplie de gaz pour que les gangsters détalent comme des lapins.

— Alors, il doit exister une substance neutralisante, dit Cavanaugh. Autrement, celui qui jette la grenade risquerait d'en subir les effets lui aussi.

— Oui. » Kline recula en sentant la seringue s'enfoncer un peu plus dans sa chair.

Quand il était chez Karen, Prescott a dû se servir du neutralisant pour éviter d'être contaminé par le gaz, songea Cavanaugh. Sinon, l'hormone aurait eu raison de lui.

« Pendant les émeutes de Saint-Louis, autour du congrès de l'OMC, on n'aurait jamais pu repousser les manifestants sans neutralisant », précisa Kline.

De cet événement, Cavanaugh se rappelait seulement qu'après trois jours de chaos, les forces de l'ordre avaient finalement maîtrisé des émeutiers et les avaient repoussés vers le Mississippi dans lequel beaucoup s'étaient jetés. « Les grenades de gaz lacrymogène ?

— Contenaient l'hormone de la peur. » Kline ferma les yeux pour essayer de se calmer. « Les filtres des masques à gaz fournis par l'armée étaient équipés de neutralisant. L'expérience a été un succès total.

— Sauf que seuls une poignée d'officiers supérieurs et Prescott étaient au courant de ce qui s'était réellement passé, nuança Cavanaugh.

— Plus quelques citoyens influents avec des idées bien arrêtées sur la manière dont ton pays doit assurer sa protection.

Ensuite, ils ont décidé de faire une autre tentative sur des êtres humains. Et cette fois, ils ont choisi des hommes spécialement entraînés. Des gars qui ne connaissaient pas la peur. Un commando de Rangers effectuant un exercice de routine dans les marais de Floride. »

Il n'y avait pas si longtemps, Cavanaugh était en effet tombé sur un article rapportant la mort par noyade de quinze Rangers en Floride.

Kline continuait de parler sans ouvrir les yeux. « L'hormone était-elle mal dosée ? Ce genre de réaction était-elle à prévoir de la part de soldats armés, soumis à un tel stress ? En tout cas, ils ont commencé à tirer sur tout ce qui bougeait. La plupart ne sont pas morts noyés – mais sous les balles de leurs camarades. »

Ecœuré, Cavanaugh ne put s'empêcher de s'adosser à son siège. Il retira la seringue.

Un grand silence s'abattit sur eux. On n'entendait que la respiration sifflante de Kline. Ce dernier – le visage exsangue, ligoté à la chaise renversée – ne s'aperçut pas tout de suite que la menace était écartée. Lentement, redoutant ce qu'il allait découvrir, il ouvrit les yeux. Quand il vit Cavanaugh assis devant lui et la seringue posée sur le tapis, il demeura un instant éberlué.

« Continue, ordonna Cavanaugh.

— Les choses se sont passées en deux temps. » Kline fit un effort pour lever la tête et regarder Cavanaugh en face. « D'abord, mon employeur a entendu parler de ces expériences.

— Comment ?

— L'un des collaborateurs de Prescott nous servait d'informateur.

— Et ensuite ?

— Le type en question s'est mis à dépenser à tort et à travers l'argent qu'on lui versait pour ses services. Les contrôleurs de Prescott ont eu des soupçons, ils l'ont interrogé et ont découvert que les recherches étaient compromises, qu'un gouvernement étranger ennemi voulait s'emparer de l'arme. Cet incident, couplé avec celui des Rangers de Floride, a poussé les responsables militaires à renoncer au projet. C'était devenu trop risqué. Imagine le scandale si jamais un membre de ton gouvernement avait eu vent de cette affaire. Ils ont préféré tout laisser tomber. »

Kline les laissa réfléchir aux implications.

« Tu sous-entends que les contrôleurs de Prescott se sont mis à douter de sa fiabilité ? demanda Cavanaugh.

— Notre informateur connaissait la nature de l'hormone de peur mais pas son processus de production. Seul Prescott détenait tous les détails. Lui et ses travaux ne faisaient qu'un. Pour annuler définitivement le programme...

— Il fallait éliminer Prescott, l'interrompit Cavanaugh.

— D'autant plus que ses contrôleurs savaient que nous comptions lui mettre la main dessus. Mais il a senti le vent venir et s'est évanoui dans la nature – avec à ses trousses notre équipe plus les militaires, l'une chargée de le capturer, les autres de le tuer. Nous avons retrouvé sa piste ; elle nous a menés à l'entrepôt. Après, tu es apparu et... tu connais le reste, conclut Kline.

— Mais comment les contrôleurs de Prescott ont-ils appris l'existence de notre planque ? », demanda Cavanaugh. La réponse lui sembla brusquement évidente. « Ils ont dû vous suivre jusqu'à l'entrepôt.

— Nous avions pris nos précautions.

— Peut-être que l'un de vos hommes a craché le morceau. Mais... Dans ce cas, pourquoi auraient-ils mis tellement de temps à passer à l'attaque ? s'étonna Kline. Ils n'ont commencé à se manifester qu'après *ton* arrivée. »

Cavanaugh sentit son visage se figer. « On m'a suivi ? Un membre de Protective Services leur a parlé de notre contrat avec Prescott ?

— Ta boîte protège les riches et les puissants. Les agences de renseignement doivent vous tenir à l'œil. C'est logique. »

De nouveau, tout se brouillait dans l'esprit de Cavanaugh. Il ne savait plus que penser ni croire. A qui pouvait-il se fier ? Puis il vit le beau regard inquiet de Jamie tourné vers lui, et il sut qu'il y avait au moins une personne en qui il pouvait avoir confiance.

« J'en ai ma claque ! » Cavanaugh souleva Kline et sortit son couteau Emerson.

« Qu'est-ce que tu fais ? » Kline tressaillit.

« John va téléphoner au ministère de la Justice et arranger un rendez-vous pour tes petits camarades. Ils auront droit à un entretien particulier qui leur permettra de s'épancher sur ces fameux gouvernements ennemis. »

Kline fixa le couteau. « Mais moi, qu'est-ce que je vais devenir ?

— On va faire un peu de tourisme.

— Quoi ?

— Un petit tour dans la campagne.

— Avec toi ? » Kline regarda Rutherford d'un air suppliant. « Ce type est fou, vous le voyez bien ? Il va m'emmener dans les bois. Et Dieu seul sait ce qu'il va me faire quand on y sera. On ne retrouvera jamais mon corps. »

Rutherford considéra Cavanaugh. « Je peux te parler une minute seul à seul ?

— Garde ton pistolet braqué sur lui », dit Cavanaugh à Jamie avant de suivre Rutherford dans la chambre.

19

RUTHERFORD ferma la porte. « Tu es sérieux ?

— Il faut qu'il me montre le labo. Je crois que j'y trouverai un indice susceptible de me conduire jusqu'à Prescott. Je ne vois pas d'autre piste.

— Je ne peux te laisser faire, répliqua Rutherford. Kline est prisonnier du FBI, à présent.

— Je ne t'ai pas entendu lui dire ses droits.

— Ce n'est qu'une question de secondes, repartit Rutherford.

— Et si tu me laissais deux heures ?

— Qu'est-ce que tu essaies de...

— Dès que Kline sera officiellement sous l'autorité du FBI et que le Bureau l'aura placé sous bonne garde dans ses locaux, il se croira tiré d'affaire. Comme il n'aura plus rien à craindre, il deviendra muet comme une carpe.

— L'enlèvement d'un agent fédéral peut lui coûter la prison à vie, insista Rutherford. Si nous lui mettons le marché en main, il nous dira tout ce que nous voulons savoir.

— Mais ce genre de marché est long à conclure, répondit Cavanaugh. Et pendant ce temps, la piste de Prescott refroidit. C'est maintenant que j'ai besoin de tout savoir.

— Impossible, répéta Rutherford. Si le Bureau découvre que j'ai laissé un prisonnier s'échapper, ça me coûtera ma place.

— Tu ne le laisseras pas s'échapper, répondit Cavanaugh.

— Alors, de quoi sommes-nous en train de discuter ?

— Je l'emmène avec moi.

— Quoi ?

— Accorde-moi deux heures avant d'appeler le Bureau. Dis-leur qu'il y avait un autre prisonnier mais que je l'ai emmené avant que tu aies pu reprendre le contrôle de la situation. Dis-leur que nous sommes au labo de Prescott. Envoie une équipe là-bas. Quand ils arriveront, Kline m'aura appris tout ce que je dois savoir.

— Tu es dingue.

— Disons seulement que j'ai besoin de redevenir maître de moi-même.

— Je ne comprends pas. »

Cavanaugh leva une main tremblante. « Prescott m'a administré l'hormone de peur dont Kline parlait. »

Rutherford se tut un instant avant de s'exclamer. « Oh, mon Dieu !

— Kline a dit qu'il existait un neutralisant. Prescott le détient. J'en ai besoin. » Cavanaugh ouvrit la porte et repassa dans le salon. Kline avait l'air terriblement inquiet. « Allons-y.

— Non », dit Rutherford.

Cavanaugh ouvrit le couteau Emerson d'un coup de pouce. libéra Kline, lui ordonna de tendre les bras, rattacha ses poignets et jeta la veste de cuir par-dessus pour les cacher. « Nous allons descendre par les escaliers. On sortira par l'issue de secours. Jennifer, va chercher la voiture et rejoins-nous derrière l'immeuble.

— Je ne peux pas te laisser faire ça, s'obstina Rutherford.

— Deux heures, John.
— Ne m'oblige pas à t'arrêter.
— Qu'est-ce que tu vas faire ? Me tirer dessus ? »
Rutherford le dévisagea.

CINQUIÈME PARTIE

Escalade de la menace

1

JAMIE conduisait. Kline était assis à côté d'elle. Installé sur la banquette arrière, Cavanaugh, son pistolet sur les genoux et dissimulé sous un journal, se tenait prêt à tirer à travers le dossier du siège si Kline lui en fournissait le prétexte.

Ils se trouvaient à quelque cent cinquante kilomètres à l'ouest de Washington, au milieu des vertes collines de Virginie. Au début, ils avaient traversé quelques bourgades, puis le temps passant, les champs et les bois avaient envahi le paysage. Le long de la route à deux voies bordée d'arbres, ils apercevaient parfois des corps de ferme, des clôtures en pierre et des étangs. Mais en règle générale, la région ressemblait à une vaste prairie parsemée de chevaux paissant en liberté dans les herbages.

A quatre heures de l'après-midi, la circulation était fluide. La Taurus prit une descente, monta une côte et s'enfonça de nouveau. Cavanaugh demanda à Kline : « C'est encore loin ?

— Encore cinq minutes.

— Tu es sûr que les deux hommes que tu as laissés sur place à m'attendre sont partis ?

— Tu m'as entendu les appeler pour leur dire de s'en aller. Tu as été très clair : si tu vois ne serait-ce que le bout de leur nez, tu me règles mon compte. Je peux t'assurer qu'ils sont partis. Je ne les ai pas alertés. »

Jamie passa devant une pancarte annonçant BAILEY'S RIDGE. « Où est la ville ? Je ne vois aucune maison.

— Ce n'est pas une ville, dit Kline.

— Alors qu'est-ce que c'est ?

— Un champ de bataille de la guerre de Sécession. »

Après la pancarte, ils aperçurent un panneau assorti d'une carte et d'un historique. Jamie s'y arrêta.

C'était une carte en relief faisant ressortir les collines boisées de la région. Des flèches indiquaient l'endroit où les soldats de l'Union et les Confédérés s'étaient affrontés. La bataille avait détruit la majeure partie d'une ferme appartenant à un immigrant irlandais, Samuel Bailey, tuant sa femme et sa fille, et s'était terminée après que Bailey, n'écoutant que son courage, eut ramassé un fusil et enfilé la veste d'un soldat ennemi tué au combat pour prendre la tête d'une compagnie nordiste qu'il conduisit sur une crête située au-dessus de sa ferme, prenant en tenaille leurs assaillants. Par la suite, Bailey fut nommé capitaine et participa à de nombreuses autres batailles avant de mourir de la diphtérie sans avoir revu ni sa terre ni les tombes de sa femme et de sa fille.

« Eh bien, cette sinistre histoire m'a gâché ma journée, déclara Cavanaugh.

— La mienne l'était déjà, répliqua Kline, les poignets toujours ligotés sous la veste de cuir. Encore deux dénivelés et vous verrez une allée sur la droite. »

Suivant ses indications, Jamie escalada une côte et redescendit.

« Tourne ici, lui ordonna Cavanaugh.

— Non, c'est après, corrigea Kline. Je vous ai dit deux dénivelés.

— J'ai bien entendu, rétorqua Cavanaugh. Mais je préfère qu'on tourne ici. »

Jamie bifurqua. Ils suivirent une allée flanquée d'arbres, d'épais buissons et creusée de deux ornières envahies d'herbes folles. Au bout, se profilait une barrière en bois dont la peinture blanche avait viré au jaunâtre. Cavanaugh remarqua aussitôt que les herbes du sentier étaient couchées, comme si un véhicule venait de les écraser.

« Je ne vois pas de cadenas », dit Jamie. Après avoir prudemment observé les environs, elle descendit de voiture, décrocha la chaîne rouillée qui retenait la barrière et ouvrit le portail. Elle fit avancer la voiture, s'arrêta et, lançant de nouveau un regard farouche autour d'elle, revint vers la barrière et la referma.

« Elle est si légère, fit Jamie en regagnant son siège, qu'en cas de nécessité, on pourra toujours la défoncer au retour.

— Gare-toi là-bas, dans le sous-bois. On ne nous verra pas de la route. Nous ferons le reste à pied », dit Cavanaugh.

Après avoir ordonné à Kline de se tenir tranquille, Cavanaugh le poussa à travers les fourrés, le long d'un sentier pentu et sinueux, creusé de nids-de-poule. Son pistolet à la main, il le suivit non sans laisser une certaine distance entre eux.

Les branches qui leur cachaient le soleil s'entrouvrirent soudain quand ils débouchèrent sur une clairière où l'herbe leur venait aux genoux. Quelques bancs de pique-nique grisâtres, érodés par les intempéries, surplombaient une vallée large de sept cents mètres, couverte de pâturages. Pas un seul arbre à l'horizon, remarqua Cavanaugh. C'est bizarre, les chevaux ont besoin d'ombre. A moins qu'on ait abattu les arbres pour dégager le terrain et faciliter le tir direct tout en supprimant par la même occasion les abris pouvant servir de cachette aux intrus.

Une pancarte en bois fichée au sommet d'un poteau annonçait en lettres jaunâtres, anciennement orange : BIENVENUE À BAILEY'S RIDGE.

« On dirait qu'un autochtone a tenté de créer un site touristique voilà quelques années », fit Cavanaugh.

Il remarqua les empreintes laissées dans l'herbe haute par un véhicule. Quelqu'un s'était garé là récemment. Puis, se tournant vers Kline, il lui fit signe de continuer à avancer. Ils suivirent l'herbe écrasée jusqu'aux bancs de pique-nique autour desquels Cavanaugh repéra des traces de piétinement. Quelques mégots gisaient là. Le papier à cigarette semblait encore propre.

« C'est ici que tes gars étaient postés à m'attendre, hein ? » demanda Cavanaugh. Il observa la route bitumée qui traversait le champ en contrebas. « Ils avaient une vue quasiment imprenable. Qu'est-ce qui vous a fait croire que je prendrais l'allée suivante, hier ?

— C'est le seul endroit où les arbres ont été taillés en retrait de la route. Il y a un mois de cela, on y trouvait encore une barrière grillagée. En arrachant les poteaux, les ouvriers ont remué la terre. Ils ont tenté d'aplanir le sol et de planter des buissons mais on voit bien que le paysage a changé. Les autres sentiers sont remplis de mauvaises herbes et de nids-de-poule, on les remarque à peine tant ils semblent n'aller nulle part. Celui-ci a été désherbé et, après les arbres, ils l'ont bitumé.

— Comment Prescott et ses contrôleurs ont-ils obtenu l'autorisation d'occuper un site historique ? demanda Cavanaugh.

— Prescott n'a pas eu besoin d'autorisation. Cette propriété est bien un site historique mais elle n'appartient pas au gouvernement. Elle est à lui.

— On peut s'y aventurer sans danger ?

— Il n'y a personne dans le coin. Le labo a été abandonné en même temps que le projet.

— Mais où est ce labo ? »

Kline désigna la vallée.

« Je ne vois rien d'autre qu'une ferme calcinée », dit Cavanaugh.

2

« LA première fois que la ferme de Bailey a été détruite, c'était en 1864 », expliqua Kline tandis qu'ils roulaient à travers champs, le long de la route menant au bâtiment en ruine. « Après votre Guerre civile, le nouveau propriétaire – un industriel qui avait fait fortune en vendant des munitions au gouvernement – a acheté la quasi-totalité des terres de la région et fait construire une maison sur l'emplacement de l'ancienne demeure des Bailey. La cave d'origine a été restaurée et on s'est servi des pierres de la ferme abandonnée pour bâtir les murs.

— Tu aurais dû être historien.

— Mon père l'était », fit Kline d'une voix pleine de regrets.

Ils se garèrent près de la maison brûlée et descendirent de la Taurus.

Malgré les poutres calcinées et les pierres noircies jonchant le sol, Cavanaugh imaginait sans trop de peine l'ancienne richesse de la demeure. Les piliers, les deux vastes vérandas, l'une au-dessus de l'autre, où des personnes en habits d'époque saluaient d'un geste de la main les visiteurs somptueusement vêtus, assis dans des attelages. « Quel dommage que les contrôleurs de Prescott aient dû la détruire.

— Ils ne l'ont pas détruite, corrigea Kline. C'est Prescott qui s'en est chargé. »

Cavanaugh et Jamie le regardèrent.

« Quand ils ont abandonné le projet, les contrôleurs de Prescott l'ont assigné à demeure dans cette bâtisse, dit Kline. Un homme qui consacre sa vie à des recherches sur la peur finit immanquablement par en subir les effets. Il suffit qu'il soit un brin parano pour le devenir complètement le jour où il découvre que son entourage le considère comme une gêne.

— Ce type est tenaillé par la peur », convint Cavanaugh. Et à présent, grâce à lui, cette peur-là me possède moi aussi, ajouta-t-il dans son for intérieur.

« Pour se protéger, Prescott a fait une chose que ses contrôleurs étaient incapables de prévoir, sachant qu'il tenait beaucoup à cette propriété, dit Kline. Une nuit, il a pété les plombs et, persuadé qu'il allait bientôt y passer, il a mis le feu à la maison. Ses contrôleurs l'avaient sous-estimé ; après tout, c'était un obèse, il était en mauvaise condition physique. Du coup, ils ne se sont pas méfiés. La plupart des gardes envoyés sur place avaient pour mission de protéger les lieux contre les intrus, dont moi. Ils ne s'occupaient guère de lui. Quand l'incendie a commencé à se propager, Prescott a profité de la confusion et de l'obscurité pour s'évanouir dans la nature. En fait, sa tactique était double. L'incendie d'une part, l'hormone de l'autre. Les gardes l'ont inhalée et, pris de panique, ont commencé à tirer à l'aveuglette en croyant apercevoir des ennemis dans les ombres projetées par les flammes. Plusieurs ont été tués par leurs propres camarades – encore un truc gênant à dissimuler. Les gardes qui patrouillaient le secteur ont accouru sur les lieux du sinistre. Pendant ce temps, Prescott, après avoir défoncé une barrière, s'enfuyait à bord d'un véhicule volé à ses gardiens, véhicule qu'il a troqué ensuite contre une voiture qui l'attendait dans un garage loué sous un faux nom.

— On finirait par croire que les paranos ont les réflexes qui sauvent, lança Jamie.

— Où est le labo de Prescott ? demanda Cavanaugh.

— Derrière », dit Kline.

Ils contournèrent l'amoncellement de poutres et de pierres calcinées et s'approchèrent d'un autre bâtiment délabré, une ancienne grange apparemment.

« L'incendie n'est pas allé jusque-là, précisa Kline. Cet édifice a été brûlé par les contrôleurs, quelques jours plus tard. Une mesure d'assainissement faisant partie de leur mission. Supprimer toutes les traces.

— Le labo est au sous-sol ?

— Sous la grange. » Kline désigna une zone dégagée. Les gravats calcinés avaient été déplacés pour ménager un passage sur le sol en ciment. Il désigna une dalle ressemblant à une trappe. « Voilà l'entrée.

— C'est toi qui as déblayé le terrain avec tes hommes ? Vous n'aviez pas peur de vous faire prendre ?

— Par qui ? Je t'ai dit que la propriété était abandonnée. Pourquoi auraient-ils laissé des hommes en faction ? Les contrôleurs de Prescott n'avaient plus rien à craindre. »

Soudain, Kline poussa un gémissement. Cavanaugh se tourna vers lui et le regarda, bouche bée ; Jamie hurla en voyant du sang jaillir du front de l'homme. Dans le lointain, on perçut l'écho d'un coup de feu. Kline tomba à plat ventre dans la poussière.

Tout s'était passé si brusquement que Cavanaugh resta un instant paralysé de stupeur. Depuis la scène éprouvante qui s'était jouée dans l'appartement de Rutherford, il avait réussi à recouvrer un certain calme. Normalement, c'était une mission de reconnaissance, pas une confrontation. Or voilà qu'à présent, le sentiment de peur suscité par l'hormone de Prescott et qu'il avait énergiquement tenté de juguler prenait de nouveau possession de lui. Mais c'était surtout pour Jamie qu'il avait peur. Comme des ressorts comprimés qu'on aurait brutalement lâchés, ses muscles s'étirèrent. Il plongea vers elle ; ils tombèrent ensemble.

Une balle fit voler la terre à quelques centimètres de leurs têtes. Cette fois, le tir était venu de plus près, la détonation et l'impact de la balle ayant été quasiment simultanés.

Un deuxième projectile s'enfonça dans la poussière, à leurs pieds. Cavanaugh sentit l'intense vibration traverser le sol.

Dans ce qui restait de la maison, des planches calcinées glissèrent les unes contre les autres. Des trous apparurent dans les murs. Des blocs noircis s'écroulèrent. On aurait dit que les ruines revenaient à la vie, prenaient forme, se mettaient à bouger. L'une après l'autre, des silhouettes vêtues de noir surgirent des cendres et de la poussière. Ils découvrirent leurs visages maculés de suie et les fusils d'assaut braqués sur eux.

Un homme en tenue de camouflage dirigea le canon de son arme vers le sol. La rafale fit voler la poussière aux pieds de Jamie. La terre fut secouée d'un grondement épouvantable.

Puis les tirs cessèrent et dans le soudain silence, seulement troublé par le sifflement qui vibrait dans ses oreilles, Cavanaugh parvint à maîtriser le tremblement de ses bras et à les lever en signe de reddition.

Le visage exsangue, le souffle court, Jamie l'imita.

Lentement, maladroitement, ils se redressèrent.

« S'ils avaient eu l'intention de nous tuer, murmura Cavanaugh – sa bouche était tellement sèche que les mots semblaient en sortir comme une pâte – en faisant de son mieux pour rassurer Jamie – ils nous auraient déjà abattus. » J'espère que j'ai été convaincant, que ma voix ne m'a pas trahi, songea-t-il. Quelque chose brûlait dans son ventre.

Les silhouettes sombres s'éloignèrent de la maison en ruine sans lâcher leurs armes – Cavanaugh reconnut des mitraillettes MP-5. Comme les soldats qui étaient descendus en rappel des hélicoptères, la nuit de l'attaque sur le bunker, ces hommes étaient visiblement des commandos. L'un d'eux fixa son regard sur un point derrière Cavanaugh. Malgré son appréhension, ce dernier ne put s'empêcher de se retourner pour voir ce qui se passait.

Une forme sortie de la forêt commençait à traverser la vallée.

Le véhicule approchait à vive allure; il coupa à travers champs. La terre jaillissait sous ses roues. Quand il atteignit la route bitumée, le nuage de poussière dériva dans la brise. Malgré le sifflement qui l'assourdissait, Cavanaugh entendit grossir le bruit du moteur. A présent, le véhicule était assez proche pour que Cavanaugh l'identifie. C'était un imposant 4×4, Ford Explorer. Eclairées par les rayons obliques du soleil, il vit deux personnes assises à l'avant. Le conducteur, un homme large d'épaules, et à côté de lui, une grande femme blonde d'une trentaine d'années avec un visage ovale et de hautes pommettes. Sans son expression revêche, on aurait pu la trouver séduisante.

L'Explorer freina en dérapant. La femme descendit. Elle mesurait environ un mètre soixante-quinze, comme Jamie. Un bronzage de sportive et pas de maquillage. Une coiffure d'athlète, également; ses cheveux étaient trop courts pour être peignés en arrière. Ses yeux bleus avaient la froideur de la glace. Ses grosses chaussures de marche, son pantalon, sa veste kaki et sa chemise beige lui donnaient une allure militaire.

Pendant que les silhouettes en tenue de camouflage approchaient avec leurs armes, la femme dit au chauffeur bâti en haltérophile : « Va les chercher. »

L'armoire à glace s'exécuta non sans empressement. Il poussa Cavanaugh avec une violence excessive et laissa traîner sa main sur Jamie.

Tu me le paieras, pensa Cavanaugh en tentant d'utiliser la colère pour compenser sa frayeur.

Le chauffeur les fouilla, trouva les pistolets dissimulés sous leurs vestes et hocha la tête en appréciant leur matière mate, œuvre d'un expert armurier. En le voyant les fourrer dans les grandes poches de son pantalon large, Cavanaugh se dit qu'il avait décidé de se les approprier. Il confisqua aussi les chargeurs de rechange et le téléphone cellulaire de Cavanaugh, dégrafa le couteau Emerson glissé dans la poche avant de son pantalon, le considéra en connaisseur et le clipa sur sa poche à lui. Enfin, il s'empara des clés de voiture de Jamie.

« Vos *noms*, aboya la femme.

— Sam Murdock. » C'était le nom inscrit sur les papiers fabriqués par Karen.

« Jennifer », dit Jamie en utilisant le prénom inventé par Cavanaugh dans l'appartement de Rutherford. Sa carte d'identité était dans son sac, sous le siège avant de la Taurus.

« Sam Murdock ? » Le chauffeur jeta le portefeuille de Cavanaugh à la femme qui l'examina. « En effet, c'est écrit là. Mais moi je sais que dans votre métier on vous appelle Cavanaugh.

— Je ne vois pas de quoi...

— Vous travaillez pour Global Protective Services. C'est vous qui étiez dans l'entrepôt avec Prescott, l'autre jour. »

Donc Kline avait dit vrai, pensa Cavanaugh. J'ai été trahi par un membre de Protective Global Services. On m'a suivi.

« Prescott ? » Cavanaugh fronça les sourcils. « Qu'est-ce que vous racontez ? »

Sur un signe de tête de la femme, le chauffeur envoya un coup de poing dans l'estomac de Cavanaugh.

Il tomba à genoux, le souffle coupé. Devant ses yeux, tout devint gris pendant un instant. Puis il se remit à respirer.

« Vous êtes venus visiter le labo, dit la femme. Parfait. Je vais vous le montrer. »

Elle décrocha un bipeur de sa ceinture et appuya sur un bouton.

Derrière Cavanaugh, un moteur bourdonna. Quand il se retourna, il vit la trappe s'ouvrir, actionnée par des piliers hydrauliques. Des marches apparurent. Au fond, on n'apercevait que les ténèbres.

« Les détonations vont attirer l'attention, haleta Cavanaugh.

— Il n'y a pas âme qui vive dans le coin. Prescott possède presque tous les terrains de la région. En plus, les gens croient que Prescott adore s'entraîner au tir. C'est ce qu'on leur a raconté. Maintenant, descendez les marches, à moins que vous ne préfériez qu'Edgar vienne vous aider, dit la femme.

— Je choisis la première option, merci. »

Réussissant à maîtriser ses jambes flageolantes, Cavanaugh fit un signe de tête à Jamie qui, toujours plus pâle, le fixait obstinément pour puiser un peu de courage dans son regard, et descendit avec elle.

« Nous avons tout nettoyé », dit la femme. Sa voix résonnait contre les parois. « Il ne reste rien. »

Les hommes armés décrochèrent des torches Surefire de leurs ceintures. Un peu plus longs et épais que l'index d'un boxeur poids lourd, les tubes noirs et compacts fournissaient une lumière étonnamment vive pour leur taille. Leurs faisceaux révélèrent un long corridor en ciment flanqué de nombreuses ouvertures. Ça sentait le renfermé.

« Nous avons détruit tout le matériel scientifique, les ordinateurs et les dossiers, annonça la femme. Nous avons fait enlever les meubles. Démonter les systèmes de ventilation et de chauffage. Nous avons même retiré les ampoules, les lavabos et les toilettes, la moquette, les faux plafonds, les portes et les cloisons. » S'emparant d'une torche tenue par l'un de ses hommes, elle la dirigea vers le plafond. Des fils pendaient. Les néons avaient disparu, il ne restait que des trous dans le plâtre. Elle éclaira un autre endroit. A la place des interrupteurs, des fils électriques sortaient de petits trous rectangulaires creusés dans le mur. « Difficile de faire plus net. Personne ne pourrait imaginer à quoi ont servi ces pièces. Mon vieux, si la grange était encore debout, on pourrait la remplir de foin et de bétail.

— Dans ce cas, pourquoi empêcher les gens de traîner dans le coin ? » Les locaux déserts réverbérèrent la voix de Cavanaugh. « Je ne vois rien de compromettant ici.

— C'est parfaitement exact. Il ne reste plus que des pièces vides. Je ne suis pas sûre que vous saisissiez la situation », dit la femme.

Les hommes armés se rapprochèrent en braquant leurs torches dans les yeux de Cavanaugh et Jamie pour les faire reculer.

« Nous ne sommes pas ici pour protéger quoi que ce soit. Mes hommes ne sont pas restés couchés sans bouger sous ce tas de débris simplement pour prouver leur savoir-faire et leur patience. Nous attendions. »

Cavanaugh ne réagit pas.

« Mais pas n'importe qui. »

Cavanaugh ne réagit toujours pas.

« *Vous.* »

3

À CE moment-là, Cavanaugh réagit, mais pas de la manière que la femme espérait. Retrouvant les réflexes appris à l'entraînement, il dit : « J'ai besoin de savoir comment vous vous appelez.
— Quoi ?
— Si vous voulez qu'on arrive à communiquer, il faut que vous vous présentiez. Ça facilitera les choses. Pour faire le lien. Etablir une relation de confiance.
— Stupéfiant, s'exclama la femme.
— Alors, je me lance. Je parie que vous vous appelez Grace. »
Dans l'obscurité hachurée par les torches, le silence se fit. Quand enfin la femme reprit la parole, elle paraissait contrariée. « Oui, d'après les recherches que nous avons faites sur vous, il semblerait que vous soyez expert dans l'art de retourner les situations par la parole. En fait, c'est ça qui m'intéresse chez vous. La parole. Je veux vous entendre parler.
— De quoi ?
— De Prescott.
— Comment avez-vous appris notre venue ?
— Edgar, apprends-lui à ne pas détourner la conversation. »
Aveuglé par les torches, Cavanaugh ne vit pas venir le coup. Redoutant un autre direct à l'estomac, il contracta ses abdominaux, or l'autre frappa au visage. Il se retrouva par terre. Etourdi, il vit passer devant ses yeux plus de faisceaux lumineux qu'il n'y en avait réellement. Il recracha le sang qu'il avait dans la bouche et de nouveau, la colère l'aida à neutraliser sa peur.
« Nous pensions que Prescott était mort mais après l'incendie

nous n'avons pas retrouvé son corps dans les montagnes », poursuivit Grace.

Tu m'as puni, mais c'est quand même moi qui gagne, pensa Cavanaugh, puisque tu viens de me fournir la réponse que j'attendais.

« Alors, nous avons décidé de suivre les déplacements de nos rivaux, poursuivit-elle. Ils n'avaient pas renoncé à le retrouver et s'intéressaient énormément à tous ceux qui lui couraient après. Hier, nous les avons vus enlever un agent du FBI. Puis quatre d'entre eux, dont le macchabée là-bas, ont installé une planque sur une colline près d'ici, comme s'ils attendaient un visiteur de marque. On espérait que ce serait Prescott mais sans trop y croire. Pourquoi serait-il revenu sur les lieux ? Deux d'entre eux sont partis et cet après-midi, quand les deux derniers ont voulu faire de même, on leur a mis la main dessus. Il a suffi de les interroger pour apprendre qui vous étiez et l'intérêt que vous portiez à cet endroit. Et voilà, on s'est installés ici à leur place en vous attendant.

— Pourquoi avez-vous descendu Kline ?

— C'est comme ça qu'il s'appelait ? » Grace haussa les épaules. « S'il avait été au courant de quoi que ce soit, il n'aurait pas été aussi pressé de vous mettre la main dessus. Ce type ne me servait à rien, sauf à vous prouver que nous ne sommes pas du genre à plaisanter.

— En revanche, vous avez besoin de *moi*, donc vous ne me tuerez pas, dit Cavanaugh.

— C'est possible. En revanche, nous avons des tas de moyens de vous faire parler. Je veux tout savoir. J'aimerais bien qu'Edgar discute en tête-à-tête avec votre amie ici présente. Peut-être cela vous poussera-t-il à la confidence. »

Cavanaugh ressentit physiquement la menace, comme une aiguille chauffée à blanc lui perçant la poitrine. Encore étourdi par le coup qu'il avait reçu au visage, il s'efforça de faire fonctionner ses méninges. Comment s'arranger pour que Grace oublie Jamie ? « Mon équipe et moi avons expliqué à Prescott la procédure à suivre pour disparaître. Ensuite, il a tué tout le monde sauf moi. » Cavanaugh cachait sciemment une partie de la vérité, évitant d'évoquer la roquette lancée par les hommes de

Grace, qui avait déchiqueté Chad et Tracy. Il se disait qu'en éludant ce sinistre épisode, Grace ne prendrait pas la mesure de la haine qu'il éprouvait envers elle et ses complices, une haine presque aussi implacable que celle qu'il vouait à Prescott. « J'ai risqué ma vie pour ce fils de pute. Il a tué les gens que j'avais engagés pour le protéger. Des *amis*. Et moi aussi j'ai failli y passer... Je veux sa peau tout autant que vous.

— Alors, dites-moi où il se trouve », insista Grace.

Toujours à terre, aveuglé par les torches, Cavanaugh leva le bras gauche pour tenter de se protéger les yeux. Du sang coulait de sa bouche. « Vous croyez peut-être que je serais venu ici si je le savais ?

— Vous venez de me dire que vous lui avez expliqué comment disparaître ! tonna la voix de Grace.

— On lui a tout expliqué sauf la dernière étape : sa nouvelle identité. » La bouche de Cavanaugh était tellement gonflée qu'il avait du mal à parler. « Nous lui avions pris un rendez-vous chez un faussaire censé lui fournir un nouveau nom et les papiers allant avec. Prescott m'a devancé, il a volé les documents et tué le faussaire. Du coup, il est impossible de savoir comment il s'appelle aujourd'hui ni où il vit.

— Où Prescott avait-il l'intention de s'installer ?

— Pas la moindre idée. Nous n'avions décidé de rien.

— Edgar », appela Grace.

Cette fois, ce fut un coup de pied dans les côtes. Cavanaugh poussa un gémissement. Dans l'espoir d'absorber l'impact, il roula sur lui-même, mais un coin de mur l'arrêta.

Quand la douleur se calma un peu, il entendit Jamie respirer nerveusement. « Nous lui avons conseillé de choisir une région où il n'avait jamais mis les pieds, où personne n'aurait eu l'idée d'aller le chercher, dont il n'aurait jamais parlé à quiconque.

— Tout ça n'arrange pas votre cas, dit Grace. Si vous n'avez aucune information à nous fournir, je ne vois aucune raison de vous laisser en vie.

— Je sais comment il raisonne.

— Tiens donc ! se moqua Grace. Il a travaillé pour nous pendant dix ans et personne n'a jamais réussi à comprendre comment il raisonne.

— Il est parano, dit Cavanaugh. Et arrogant.

— Rien de très nouveau. Je crois qu'Edgar va se faire un plaisir de s'entretenir en privé avec votre amie. Cela vous rendra sans doute plus bavard. »

Jamie cessa de respirer. Cavanaugh sentit son angoisse. « Grace, je vais vous confier une chose essentielle à son sujet.

— Arrêtez de m'appeler comme ça ! Pas la peine de vous faire passer pour fou, car si vous êtes fou....

— Prescott se croit plus malin que tout le monde, ajouta Cavanaugh.

— Et alors ?

— Je parie qu'il se pense capable de disparaître sans observer mes recommandations. Je parie qu'il se pense capable de briser les règles et de s'en sortir à sa manière. » L'idée qui avait surgi dans son esprit se transformait peu à peu en une tactique destinée à gagner du temps.

« Soyez précis. »

Cavanaugh plissa les yeux pour mieux voir ce qui se passait derrière les torches, sur la gauche. La voix de Grace venait de là. « Nous lui avons demandé s'il prévoyait de refaire sa vie dans un endroit précis. Il nous a répondu que non et nous l'avons approuvé – Cavanaugh essuya le sang sur sa bouche – parce que les gens qui rêvent de s'installer quelque part ont tendance à en parler autour d'eux, tout naturellement. » Il avala une douloureuse goulée d'air. « Et un beau jour, quelqu'un se souvient de la conversation et lâche le morceau. » Il changea de position ; le sol glacé commençait à engourdir ses membres. « J'ai repassé dans ma tête tout ce que Prescott avait raconté, au cas où il nous aurait fourni inconsciemment quelque détail significatif.

— Et il l'a fait ?

— Il aimait le vin.

— Tu parles d'un scoop.

— Et la bonne chère. Il savait analyser les ingrédients d'un plat aussi finement qu'un grand cuisinier. » Il revit Prescott se répandre en éloges devant le bœuf Stroganoff de Chad, et la fureur monta en lui. Chad serait peut-être encore en vie sans l'intervention des hommes de Grace et l'acte incendiaire commis par Prescott. Ravalant sa haine, il resta impassible et se concentra sur les ondes de douleur qui parcouraient encore son ventre et sa bouche. « Il a dit qu'il ne pratiquait qu'un seul sport : le golf.

— J'en conclus que notre homme s'est installé dans la Napa Valley ou dans la région viticole de l'Etat de New York, à moins qu'il n'ait opté pour la France : Bordeaux, par exemple. A l'heure qu'il est, il déguste des petits plats tout en parcourant les greens – vous n'avez rien de plus intéressant à m'apprendre ? demanda Grace. Si vous ne vous décidez pas à cracher la vérité, Edgar va inviter votre amie à danser. Et pendant qu'il y sera, il vous écrasera encore un peu plus les orteils.

— Laissez-moi finir. » La douleur pulsait dans les lèvres tuméfiées de Cavanaugh. « Quand je l'ai rencontré pour la première fois, dans l'entrepôt, j'ai vu des livres et des cassettes sur une étagère. Pas beaucoup. Mais ça faisait trois semaines qu'il végétait dans cette planque. Il semble évident que les objets rassemblés autour de lui devaient avoir une grande importance à ses yeux. De quoi le distraire pendant des jours et des jours. » Cavanaugh ménagea une pause comme pour mieux enfoncer l'hameçon. « Ou satisfaire ses fantasmes.

— Ses fantasmes ?

— Il devait bien rêver d'une autre vie. Dans un endroit merveilleux où il pourrait profiter de l'existence sous sa toute nouvelle identité.

— Quels étaient ces livres et ces cassettes ?

— Voilà le problème. J'ai essayé de m'en souvenir, mais je n'arrive pas à visualiser les titres. » De nouveau, Cavanaugh commettait un demi-mensonge car il se rappelait fort bien la fascination de Prescott pour le poète Robinson Jeffers. Mais il comptait fournir à Grace juste assez de détails pour susciter son intérêt et gagner du temps. Et pendant qu'il parlerait, il trouverait bien un moyen de les sortir de là. « Il avait un livre porno. Un autre sur la géologie. Un choix de cassettes vidéo plutôt éclectique. Un thriller de Clint Eastwood. Un vieux nanar avec Troy Donahue.

— Les titres, intima Grace.

— Je vous le répète – je ne m'en souviens pas.

— Ça vous reviendra », dit Grace.

Elle claqua des doigts. En traînant les pieds, le groupe fit demi-tour. Pendant qu'il s'appuyait contre le mur pour se relever, Cavanaugh sentit Jamie le prendre à bras-le-corps pour l'aider. Il sortit à pas lents de la pièce et regarda Grace et ses hommes grimper les marches en ciment. Leurs silhouettes se découpèrent à contre-jour. La lumière du soleil lui blessa les yeux.

Arrivée en haut des marches, Grace colla un téléphone portable à son oreille. « Qu'on aille me chercher le Dr Rattigan... Je me fiche de ce qu'il est en train de faire. Amenez-le-moi *tout de suite.* »

Le groupe se fondit dans la clarté du jour.

Avec un bourdonnement mécanique, la porte de béton se mit à descendre. Un mètre. Soixante centimètres. Cavanaugh savoura le dernier rai de lumière. Puis, dans un bruit caverneux, la trappe se ferma. Ils se retrouvèrent prisonniers du noir absolu.

4

La cave était tellement sombre et confinée que l'air autour d'eux semblait presque solide. Et cette horrible odeur de renfermé. Il entendait le souffle de Jamie, près de lui.

« Qui est le Dr Rattigan ? », demanda-t-elle d'une voix chevrotante, sans doute déformée par l'écho qu'amplifiait l'absence de lumière.

A cause de ses blessures et de la peur affaiblissant ses muscles, Cavanaugh avait le plus grand mal à garder son équilibre dans le noir. « Je suppose que ce type possède une trousse remplie de seringues et de drogues censées rafraîchir la mémoire.

— Il t'a fait très mal ?

— Pourquoi cette question ? Aurais-je perdu mon célèbre

sourire triomphant ? » La plaisanterie était plutôt douteuse mais Cavanaugh n'avait rien trouvé d'autre pour lui remonter le moral. « Et toi ? Est-ce que...

— Il faut que... Je suis désolée, mais il faut que je... »

Cavanaugh entendit Jamie chercher son chemin à tâtons le long d'un mur et pénétrer dans une pièce. Une boucle de ceinture se défit, une fermeture Eclair coulissa, un pantalon glissa et un jet d'urine siffla sur le sol.

« Désolée, dit-elle. Désolée.

— Si tu veux savoir... » S'il n'avait voulu à tout prix lui remonter le moral, jamais il n'aurait admis que son propre pantalon était mouillé. « Quand Edgar m'a balancé un coup de pied, je me suis oublié. »

Grace et son homme de main allaient payer pour ça, se jura Cavanaugh.

Lorsque Jamie rajusta ses vêtements, il entendit le tissu frotter sur son corps. « Je ne sais pas si je t'en ai déjà parlé. Quand j'étais gamine, des amis – si je peux les appeler comme ça – m'ont enfermée dans un placard. Depuis, j'ai très peur du noir.

— Moi-même je n'en raffole pas.

— Je me sens mal à l'aise dans les espaces confinés.

— Je peux peut-être m'arranger pour que l'espace ait l'air plus grand. » Cavanaugh leva la main ; le cadran lumineux de sa montre éclaira son geste. Soudain il se rappela la présence d'un objet dans sa poche de poitrine.

Il frotta.

Une allumette s'enflamma.

Le visage surpris de Jamie apparut dans la lueur vacillante. « D'où sors-tu cette...

— Tu te souviens de l'autre soir, quand on faisait semblant de fumer devant l'immeuble de John ?

— Le tabagisme comporte au moins un point positif, remarqua Jamie.

— Edgar est peut-être très fier de lui mais il est nul pour ce qui est de fouiller les gens. La preuve, il nous a même laissé nos ceintures.

— A quoi servent...

— L'ardillon peut devenir une arme. »

Cavanaugh sentit la flamme s'approcher dangereusement de ses doigts tremblants. Il dut lâcher l'allumette.

« Viens plus près, dit-il. Attrape ma veste. »

Un bruit de tissu déchiré siffla dans le noir.

« Qu'est-ce que tu fais ? demanda Jamie.

— J'arrache mes manches de chemise.

— Pourquoi...

— Pour confectionner des torches. » Cavanaugh tira d'un coup sec sur le tissu, qui se révéla plus solide qu'il ne le croyait, et finit de détacher les deux manches. Le souffle glacé qui semblait émaner des parois de béton frôla ses bras nus. Il se dépêcha de renfiler sa veste.

« A moi », dit Jamie en lui tendant son blazer. Le tissu de son chemisier était plus fin. Les manches se déchirèrent sans peine. Elle les enfonça dans une poche.

« Ça nous permettra d'y voir un peu pendant quelques minutes, dit Jamie, mais pas forcément de sortir d'ici.

— Mets-toi à la place de Prescott. » Cavanaugh enleva sa ceinture et perça une manche avec l'ardillon. « Méfiant comme il est, je suppose qu'il n'aurait pas plus apprécié que nous d'être enfermé ici. Cette porte en ciment descend et...

— Si jamais le système hydraulique était tombé en panne, dit Jamie, tout le monde se serait retrouvé pris au piège et c'était l'asphyxie garantie. Je suis sûre que Prescott redoutait de finir ainsi.

— Moi aussi. » Cavanaugh frotta une autre allumette et approcha la flamme de l'extrémité de sa manche. Comme beaucoup de tissus, celui de la chemise était traité antifeu, ce qui ne l'empêchait pas de s'enflammer mais en revanche ralentissait la combustion. Tel était l'effet recherché par Cavanaugh.

Il posa la manche sur le sol et pour ne pas se brûler la main, la manœuvra du bout de sa ceinture. Pendant que la boucle cliquetait contre le ciment, le visage de Jamie sembla se détendre sous la faible lueur du flambeau improvisé.

« On dirait que nous sommes dans un tunnel menant à la maison de Prescott, dit-elle.

— Tout juste. »

Toujours suivis du cliquetis de la boucle, ils s'avancèrent jusqu'aux marches près de la porte de sortie. A la droite de l'escalier, la flamme révéla un corridor étroit qu'ils suivirent. Au bout, ils virent une porte.

Une porte verrouillée.

Cavanaugh remonta le col de sa veste, sortit son matériel de crochetage, déposa la ceinture sur le sol et, s'efforçant de maîtriser le tremblement de ses mains, se mit au travail.

« Tu y vois assez ? demanda Jamie.

— C'est surtout une affaire de toucher. » A ces mots, Cavanaugh commença le cours de crochetage qu'il avait promis à Jamie. En agissant ainsi, il espérait surtout lui changer les idées et *se* changer les idées par la même occasion. Il enfonça un crochet et amorça un mouvement tournant avant d'insérer le deuxième dans la serrure pourvue de six goupilles qu'il repoussa l'une après l'autre.

En quinze secondes, malgré ses doigts tremblotants, Cavanaugh eut raison de la serrure.

Mais quand il tira sur la porte, ils virent se profiler un amoncellement de pierres et de poutres calcinées bloquant le passage. Jamie poussa un cri plaintif. La torche commençait à s'éteindre.

« Ça nous prendra des heures pour déplacer tous ces débris, à supposer qu'on y arrive », dit Cavanaugh.

La flamme faiblissait toujours.

« En plus, ça va faire du bruit et les autres, là-haut, vont rappliquer pour voir ce qui se passe. Même si on arrive à sortir d'ici en rampant à travers les débris, on se retrouvera avec une douzaine de fusils mitrailleurs sous le nez. »

La flamme s'éteignit.

« Qu'allons-nous faire ? », demanda Jamie.

Sans répondre, Cavanaugh accrocha une deuxième manche à la boucle, l'enflamma puis en toute hâte, fit demi-tour et s'enfonça dans le tunnel. « Qu'est-ce que Grace disait au sujet de cette cave ? Qu'ont-ils démonté, déjà ?

— Les systèmes de ventilation et de chauffage. On pourrait se servir des conduits, répondit Jamie dans un souffle. Il y a peut-être un puits d'aération qui mène à la surface. »

Ils atteignirent le corridor principal. Arrivé au pied des escaliers montant vers la trappe en ciment, Cavanaugh leva les yeux au plafond et repéra un trou de soixante centimètres carrés, à la place de la grille d'aération.

Il s'accroupit, entrelaça ses doigts pour en faire un étrier, Jamie y prit appui, il se redressa et la souleva.

Grâce à sa haute taille, elle réussit à passer la tête par le trou.

« Tu vois quelque chose ? demanda Cavanaugh.

— Il est trop étroit pour moi, et pour toi aussi à plus forte raison. Bordel, dans les films, les conduits d'aération sont aussi larges que des autoroutes. »

Tandis que Cavanaugh ramenait Jamie vers le sol, la torche improvisée commença à donner des signes de faiblesse et à dégager de la fumée. « Qu'est-ce qu'elle a dit, encore ? Ils ont enlevé d'autres trucs...

— La robinetterie. L'éclairage. Les... »

Cavanaugh lorgna les fils électriques dépassant des murs. « Nous savons que l'électricité n'a pas été coupée. Autrement, la dalle de béton ne pourrait pas se soulever.

— Où pourrait bien se trouver l'interrupteur intérieur commandant l'ouverture de la porte ? » Jamie s'avança jusqu'aux fils protégés par des capuchons de plastique qui pendaient à droite des marches.

Cavanaugh retira les capuchons et considéra les fils dénudés. « Ils sont tout près des marches. Je n'en vois pas d'autres. Si je les mets en contact, peut-être obtiendrons-nous l'effet recherché. »

Dans la lumière mourante, Jamie eut l'air de reprendre espoir. Mais ses yeux retrouvèrent vite leur lassitude. « Il y a des gardes à l'extérieur. Si la porte bouge, ils le remarqueront tout de suite.

— Peut-être pas. Si je relie les fils rien qu'une seconde, le bruit et le déplacement de la porte ne dureront qu'un instant. Il est probable qu'ils ne s'en apercevront même pas. Mais, au moins, nous en aurons le cœur net.

— A quoi cela nous avancera-t-il ? Nous serons toujours coincés dans ce trou.

— Il suffira d'attendre, dit Cavanaugh. Attendre le bon moment. Ensuite on ouvrira.

— Et d'après toi, ça se passera avant ou après que le Dr Rattigan t'aura injecté ses fameuses substances censées te rafraîchir la mémoire ? »

Cavanaugh ne savait que répondre. Il faut bien tenter *quelque chose*, songea-t-il.

Comme il s'apprêtait à assembler les fils, le système hydraulique se mit à bourdonner de lui-même et la dalle se souleva.

Les silhouettes de Grace, d'Edgar et d'une demi-douzaine d'hommes en armes se profilèrent dans la lumière du jour.

Cavanaugh éteignit la torche en écrasant la manche sous sa semelle, attrapa la ceinture et entraîna Jamie dans une pièce obscure. Il n'avait aucun plan précis en tête mais n'importe quoi valait mieux que rester planté là, à découvert. Il glissa la main dans sa veste, sortit la pochette d'allumettes, en arracha plusieurs ainsi que cinq millimètres de papier abrasif qu'il enfonça dans une autre poche. Puis il froissa la pochette au creux de son poing.

Des pas pesants résonnèrent sur les marches. Les hommes armés descendirent les premiers.

Grace et Edgar suivaient. « Montrez-vous, cria Grace. Sinon nous balancerons des flash-bangs dans chaque pièce jusqu'à ce qu'on vous trouve. »

Cavanaugh savait que ces fusées risquaient de leur percer les tympans. Il jugea donc préférable d'apparaître dans le corridor, accompagné de Jamie.

« Ça sent le brûlé. » Grace baissa les yeux vers la manche à demi calcinée, abandonnée par terre.

« Une torche, dit Cavanaugh.

— Comment avez-vous fait pour l'allumer ?

— Avec des allumettes. »

Grace décocha à Edgar un regard plein de mépris.

La lumière venant de la trappe ouverte était assez vive pour que Cavanaugh étudie l'apparence des gardes. N'étant pas engoncés dans leurs vestes, ils ne portaient donc pas de gilets en Kevlar. En revanche, ils étaient équipés d'une ceinture garnie de toutes sortes d'engins : émetteurs-récepteurs, pistolets Beretta, munitions, flash-bangs.

Son regard glissa sur les poches déformées du pantalon d'Edgar. Un objet pesait sur le côté droit, probablement l'un des pistolets confisqués. Dépassant de son autre poche, on voyait poindre l'attache du couteau à cran d'arrêt.

« Jetez les allumettes par terre », ordonna Grace.

Cavanaugh obéit.

« Qu'est-ce que vous avez fait avec ? Elles sont passées sous les roues d'une bagnole ou quoi ? » D'un air dégoûté, Grace les ramassa. La pochette était tellement abîmée qu'on ne remarquait pas le morceau manquant. « Nous avons un ordinateur dans la voiture, avec un accès à internet. » Grace brandit quelques feuilles d'imprimante. « En attendant que le bon docteur arrive, pourquoi ne pas essayer de recouvrer la mémoire par des moyens naturels ? Troy Donahue. » La lumière qui filtrait dans son dos permit à Grace de déchiffrer les caractères imprimés sur l'une des feuilles. « "Grand, blond, les yeux bleus, ce jeune premier idolâtré par la gent féminine est connu pour son jeu inexpressif. Pic de popularité – fin des années 50, début des années 60. Principaux succès : *Ils n'ont que vingt ans, Susan Slade, La soif de la jeunesse, L'amour à l'italienne, Les dingues sont lâchés.* L'un de ces titres vous évoque-t-il quelque chose ?

— J'ai juste vu la boîte de la cassette, dit Cavanaugh. Je ne sais pas du tout de quoi parlait le film. Le nom de la partenaire féminine était inscrit dessus. Donnez-moi des noms d'actrices. »

Grace plissa les yeux pour mieux lire. « Connie Stevens. Sandra Dee. Suzanne Pleshette. Stephanie Powers.

— Sandra Dee, répondit Cavanaugh, histoire de la faire patienter. Oui, c'est ça. Sandra Dee.

— *Ils n'ont que vingt ans.* » Grace lut le résumé. "Une histoire d'amour dans une station balnéaire du Maine". Prescott avait peut-être l'intention de s'installer dans le Maine. » Elle consulta une autre page. « Passons à la filmographie de Clint Eastwood. Vous avez parlé d'un "thriller" ?

— En tout cas, je suis sûr que ce n'était ni un film de guerre ni un western.

— *L'inspecteur Harry.*

— Non.

— *Magnum Force. L'inspecteur ne renonce jamais. L'inspecteur Harry est la dernière cible.*

— Non.

— *La sanction. Un frisson dans la nuit. Le canardeur. La corde raide.*

— Non. » Soudain, Cavanaugh eut un coup au cœur. Le titre venait de lui revenir. Pourtant il resta de marbre.

« Vous commencez à m'ennuyer. *L'épreuve de force. La relève. Dans la ligne de mire.*

— Non.

— *Un monde parfait. Les pleins pouvoirs. Jugé coupable. Créance de sang.*

— Non.

— Décidément vous m'agacez. Fin de la liste. Fin de la discussion. Le docteur sera là dans trente minutes. Ce sera un plaisir de le voir exercer sa magie sur vous. »

Fâchée, Grace tourna les talons et s'en alla, suivie de son escorte. La dalle en ciment redescendit. De nouveau, Cavanaugh contempla les derniers instants de lumière. Puis, les ténèbres les environnèrent de toutes parts.

5

CETTE fois, l'obscurité semblait les écraser.

Jamie avait du mal à respirer. Les jambes de Cavanaugh tremblaient tellement qu'il eut la tentation de s'adosser à un mur et de se laisser glisser sur le sol. Il résista. « Une chose joue en notre faveur.

— Je ne vois pas quoi, dit Jamie.

— Ils ne nous ont toujours pas confisqué les ceintures. » Son ton bravache retomba quand il revint à tâtons dans la pièce où ils avaient tenté de se cacher tout à l'heure. Frottant le sol avec ses semelles, il retrouva l'endroit où il avait jeté sa ceinture. « Donne-moi les manches de ton chemisier.

— A quoi ça nous servira ? Grace t'a pris les allumettes. Comment veux-tu enflammer ces fichues manches ?

— En fait, une autre chose joue en notre faveur, s'exclama Cavanaugh d'une voix qu'il voulut ferme. Je ne lui ai pas donné toutes les allumettes. » Il en sortit une de sa veste et la frotta contre les cinq millimètres de papier abrasif.

Rien ne se passa.

Seigneur, je n'en ai peut-être pas déchiré assez, pensa-t-il. Le cœur battant, il renouvela sa tentative. Cette fois, l'allumette s'enflamma, fournissant assez de lumière pour révéler l'expression de panique peinte sur le visage de Jamie.

Elle sortit les manches de la poche de son blazer. Il en attacha une à la boucle de la ceinture et approcha la flamme. Ils regardèrent le tissu prendre feu comme s'ils contemplaient leurs dernières étincelles de vie.

« J'ai soif, dit-elle.

— Moi aussi. Encore un effet secondaire de la décharge d'adrénaline.

— Ma bouche est si sèche... Si seulement je pouvais boire un peu d'eau. Si seulement ils n'avaient pas démonté les robinets. »

Soudain, malgré la maigre lueur de leur pseudo-torche, Cavanaugh vit un éclair passer dans les yeux de Jamie, comme si elle venait d'avoir une idée.

« Quoi ? demanda-t-il.

— Où pouvait bien être la salle de bains ? » Elle remonta le corridor d'une démarche hésitante. Cavanaugh, traînant toujours derrière lui la ceinture et le chiffon enflammé, lui emboîta le pas. Le bruit de la boucle raclant le sol se répercutait sur les parois de la cave et les renvoyait d'autant plus à leur triste condition. « A quoi penses-tu ? »

Elle lui confia son idée.

« Ce n'est pas tout à fait infaisable, répondit-il.

— Mais il faut de l'eau », fit remarquer Jamie.

Ils visitèrent fébrilement toutes les pièces qui s'alignaient à droite du corridor. Dans l'avant-dernière, des tuyaux sortaient des murs. C'était tout ce qui restait des lavabos et des urinoirs.

« Bon sang, ils sont scellés, s'écria Jamie. « J'espérais pouvoir ouvrir les valves. Ç'aurait pu *marcher* ! »

— Ça peut quand même marcher. » Sous la lumière vacillante

de la torche, Cavanaugh examina un tuyau plus grand que les autres. Le capuchon vissé dessus était de forme carrée.

« Mais nous n'avons pas de clé à molette !
— Enlève ta ceinture.
— A quoi ça... » Sans achever sa question, Jamie dénoua sa ceinture et la lui tendit.

Heureux de pouvoir enfin s'occuper, Cavanaugh mit le feu à l'autre manche du chemisier et éclaira la ceinture. Elle était composée de deux couches de cuir, placées chacune dans un sens. « Voyons si elle est vraiment solide. »

Il passa l'extrémité de la lanière dans la boucle et fit un nœud qu'il enfila sur l'embout carré du tuyau. Puis il serra. Quand le cuir fut bien tendu sur sa prise, il tira en exerçant une rotation sur le capuchon. La lanière lui entamait les paumes. Ses bras faiblissaient. Ses pieds dérapaient sur le sol.

Le capuchon ne bougeait pas.

Jamie vint à son secours.

Elle attrapa la ceinture et ils tirèrent ensemble. Le capuchon grinça, tourna très légèrement. Les talons enfoncés dans le sol, ils tirèrent encore de toutes leurs forces. Quand le capuchon se dévissa, ils faillirent basculer en arrière.

Cavanaugh se précipita pour détacher la ceinture et finir de dévisser le capuchon avec les mains, s'attendant à voir l'eau jaillir. Mais la bouche du tuyau demeura désespérément sèche.

« Il y a sûrement une valve principale, dit Jamie. Une valve qui distribue l'eau dans le bâtiment. »

Traînant la manche enflammée derrière lui, Cavanaugh la suivit dans la dernière pièce sur la droite.

« C'est là ! »

La pièce ressemblait fort à un débarras. Une grosse canalisation sortait du sol pour rejoindre un réseau de tuyaux plus petits s'enfonçant dans un mur. La canalisation possédait une valve. Jamie l'ouvrit au maximum sans toutefois entendre l'eau vibrer à l'intérieur. Ils tendirent l'oreille. Dans la pièce à côté, pas la moindre goutte ne tombait du tuyau.

« L'eau a été coupée. Il faut trouver où. » Cavanaugh se retourna vivement vers le mur derrière lui. Le panneau du disjoncteur avait été arraché. Excepté l'interrupteur placé en haut à droite, qui alimentait sans doute l'entrée principale en électricité, toutes les autres manettes avaient également disparu. A leur place, des fils de couleurs pendaient.

« Il doit y avoir un puits quelque part, supposa Cavanaugh. Avec une pompe. Si l'eau ne coule pas c'est que la pompe n'est pas branchée. »

Plantés devant les fils de couleur, ils tentèrent d'imaginer lequel allait avec lequel. Après un court examen, Cavanaugh conclut qu'ils pendaient plus ou moins par paires. Il essaya donc d'établir un circuit en tenant deux fils pris au hasard par leur revêtement isolant. Rien ne se passa. Il en assembla deux autres. En vain.

D'un geste fébrile, Jamie prit le relais. « Combien de temps nous reste-t-il ?

— Moins de quinze minutes. »

Les ombres s'épaississaient autour de la torche agonisante.

Cavanaugh assembla une autre paire. Une étincelle jaillit mais rien ne s'alluma autour d'eux. Il sépara les fils tout en prenant soin de les replier afin de pouvoir les reconnaître facilement par la suite.

« Plus vite », dit Jamie. Son souffle rauque résonnait dans l'espace vide.

Quand la lumière déclina au point que Cavanaugh n'arriva plus à distinguer les fils entre ses doigts, il enleva sa veste et déchira les coutures de sa chemise. Le froid le fit frissonner. Après avoir enflammé une autre pièce de tissu, il retourna à son ouvrage et c'est à ce moment qu'il entendit un bourdonnement quelque part sous leurs pieds. La pression faisait vibrer le tuyau d'adduction.

« J'ai réussi, s'exclama Jamie. J'ai trouvé la bonne paire. »

L'eau jaillit de la canalisation ouverte dans la salle de bains.

Tentant de contrôler ses émotions, Cavanaugh remarqua sur le sol la trace laissée par un appareil de chauffage. Il observa les crochets qui sortaient du mur, près du disjoncteur, en se disant qu'ils avaient dû servir à fixer les tuyaux de la chaudière.

Pressé par le temps, il ne s'y attarda pas et revint aux fils du disjoncteur. « Il faudrait qu'ils soient plus longs. »

Jamie s'approcha d'un trou dans le mur et tira au maximum

les deux fils qui en dépassaient. Avec l'aide de Cavanaugh, elle les tordit d'avant en arrière afin de les sectionner.

Pendant ce temps, la pompe ronronnait toujours. Dans la pièce voisine, l'eau jaillissait du tuyau.

D'un coup de dent, Cavanaugh arracha le revêtement isolant les fils électriques. La flamme faiblissait. Jamie accrocha un autre bout de tissu et traîna la torche dans le corridor.

« Il n'y a pas d'eau par terre », s'écria-t-elle affolée.

Ils se précipitèrent dans la salle de bains. L'eau restait concentrée dans la partie centrale de la pièce.

« Mon Dieu, il y a une évacuation », cria Jamie. Elle enleva son blazer et l'enfonça en boule dans le siphon.

Abandonnant la torche dans le couloir, Cavanaugh courut vers elle et rajouta sa propre veste au bouchon de tissu.

Ils restèrent un instant à observer la flaque qui grossissait. Cavanaugh se sentit défaillir puis se rendit compte qu'il retenait son souffle.

Le bouchon faisait son office. L'eau envahissait la pièce. Quand elle atteignit le corridor, Cavanaugh récupéra la torche et la mit à l'abri dans le débarras.

Derrière lui, il entendait Jamie donner de grands coups de pied dans les flaques pour que l'eau se répande plus vite vers le couloir. Sur le disjoncteur, il attrapa les fils repliés et, les tenant éloignés l'un de l'autre, les étira au maximum de leur longueur avant de les connecter à ceux qu'ils avaient extirpés du mur, quelques instants plus tôt. Il les relia en les entortillant.

Les bouts touchèrent le sol.

Lorsque Jamie apparut à l'entrée du débarras, la torche éclaira brièvement ses bras nus. « L'eau se répand partout.

— Il faut qu'elle arrive par ici. » Il la rejoignit dans le corridor. Sur le sol boueux miroitaient seulement quelques petits centimètres d'eau. Ensemble, ils redoublèrent de coups de pied.

Quand l'inondation fut sur le point d'envahir le débarras, Cavanaugh fit demi-tour, souleva les fils en les gardant éloignés l'un de l'autre et les suspendit aux crochets, près du disjoncteur.

L'eau pénétra dans le débarras.

« Jamie, récupère ta ceinture. »

Lui-même arracha le tissu enflammé de sa propre ceinture et

enfonça la boucle dans l'eau pour refroidir le métal. Puis il noua la sangle. Jamie fit de même avec la sienne. Quand il suspendit sa ceinture à un crochet, Jamie l'imita de nouveau.

L'eau avançait toujours, elle était sur le point d'éteindre le chiffon enflammé posé près d'eux. Dans un silence religieux, ils attendirent que l'obscurité se fasse. Une seconde avant d'entendre le sifflement produit par le contact du feu et de l'eau, Cavanaugh sépara les fils qui alimentaient en électricité la pompe à eau.

Le bourdonnement cessa, de même que le jaillissement de l'eau. La flamme s'éteignit.

Ils se retrouvèrent plongés dans les ténèbres.

L'action combinée de l'eau froide et du béton répandait un courant d'air glacial à travers le sous-sol. Cavanaugh qui n'avait plus ni chemise ni veste se mit à grelotter. Dans le noir, il percevait le souffle oppressé de Jamie.

Pour la distraire, il lui lança : « Quand on sera sortis, je t'enseignerai la programmation neuro-linguistique.

— C'est quoi ça ?

— L'influence du langage sur la manière de penser et de ressentir.

— "Quand on sera sortis" ? Voilà que tu essaies encore de me faire croire au Père Noël.

— On va y arriver, déclara Cavanaugh d'une voix décidée. Visualise les prochaines étapes de l'action et imagine ce que tu vas devoir faire. Tu dois penser à tout pour ne te laisser surprendre par rien.

— Je visualise la lumière du soleil.

— Tu la reverras très bientôt.

— C'est merveilleux de se projeter dans le futur.

— Je ne te le fais pas dire. »

Le grondement qui résonna à travers la cave leur indiqua que la dalle de béton s'ouvrait. Des pas claquèrent sur les marches puis sur le sol du couloir. Des torches balayèrent l'espace. Mais leurs faisceaux étaient trop hauts pour éclairer le ciment humide.

« Le docteur est là », cria Grace.

Cavanaugh et Jamie ne remuèrent pas un cil.

« Où êtes-vous ? », interrogea Grace.

Pas de réponse.

« *Où êtes-vous ?* Bon sang, je vous conseille de vous montrer ! Je vous ai déjà dit ce qui se passera si vous essayez de vous cacher. »

Pas de réaction.

« Dans ce cas, j'envoie les flash-bangs », hurla Grace.

Il y eut un frottement de tissu. Cavanaugh supposa que leurs ravisseurs étaient en train de s'équiper de protège-tympans. Il chercha les mains de Jamie, les lui posa sur les oreilles, puis couvrit les siennes. Cette piètre protection valait contre les explosions relativement lointaines. En revanche, s'ils s'amusaient à bombarder le débarras, les déflagrations leur causeraient une douleur atroce.

Cavanaugh crut entendre au loin le claquement d'une fusée heurtant le sol.

Une explosion assourdie comprima l'air autour de lui. Renvoyé par les parois de béton, le grondement lui traversa le corps.

Puis il y eut une seconde explosion.

Et une autre, plus proche.

Cavanaugh pressa ses mains contre ses oreilles. Quand une quatrième fusée éclata, Jamie s'appuya contre lui en tremblant. Les déflagrations étaient à présent assez proches pour que Cavanaugh voie leur terrible clarté – l'éclair produit par l'engin paralysant – se refléter sur les murs du corridor. Grace et son équipe devaient se protéger les yeux.

La fusée suivante explosa à quelques mètres du débarras. Les silhouettes de leurs ravisseurs se découpaient en ombres chinoises. Les hommes marchaient mitraillettes au poing. D'après les calculs de Cavanaugh, le groupe pataugeait déjà dans l'eau mais leurs protège-tympans les empêchaient d'entendre son léger clapotis. D'une seconde à l'autre, ils baisseraient les yeux et se rendraient compte de la situation.

En réalité, c'était chose faite. Cavanaugh le comprit très vite car les détonations cessèrent. Il baissa les mains.

« C'est quoi toute cette eau ? demanda Grace. D'où diable sort-elle ? »

Cavanaugh tapota l'épaule de Jamie qui, réagissant au signal convenu, passa son bras dans la ceinture accrochée au-dessus d'elle et s'y suspendit en soulevant les pieds.

« Allez inspecter les deux dernières pièces », ordonna Grace.

Cavanaugh enfonça précipitamment son bras droit dans la sangle, plia les genoux et se hissa hors de l'eau.

Une seconde plus tard, il attrapait les fils posés sur le crochet et les jetait dans l'eau.

Si ça ne marche pas..., pensa-t-il.

Il s'attendait à voir jaillir des étincelles au moment où les fils toucheraient l'eau. Mais il n'en fut rien. Ils étaient fichus. *Je suis désolé, Jamie,* songea-t-il.

Puis un bruit sinistre lui fit tendre l'oreille.

Ouuuuuuuuuuuuuuuuuuuuhhhhhh

C'était un cri venant du corridor. Un cri rauque, guttural comme un ululement. D'autres hurlements s'élevèrent, semblables au premier.

Ouuuuuuuuuuuuuuuuuuuuhhhhhhhhhhhh

Tout à coup, Cavanaugh comprit. Ces cris inhumains étaient causés par les décharges électriques traversant le corps de leurs ravisseurs. *Crac. Bang.* Quelque chose claqua. Des mitraillettes tombèrent, l'écho de leurs chutes se répercutant violemment contre les parois de la cave. Des torches roulèrent sur le sol détrempé. Comme elles étaient étanches, elles ne s'éteignaient pas.

Ouuuuuuuuuuuuhhhhhhhhhhhhhhhhhhhhhhh

Les lumières jalonnant le couloir projetaient des ombres grotesques, celles des blessés pris de convulsions au milieu des flaques. Une mitraillette se mit à cracher. Son fracas heurta les oreilles de Cavanaugh qui, le bras droit coincé dans la ceinture, ne pouvait pas les protéger. D'autres armes partirent d'elles-mêmes, les balles ricochaient sur les murs du corridor. D'autres cris retentirent. Impossible de dire si les tirs visaient une cible imaginaire ou si les hommes agissaient par simple réflexe musculaire, à cause des décharges électriques qui les secouaient. On entendit des douilles tomber dans l'eau, parfois elles en heurtaient d'autres avec un bruit métallique. Puis il y eut un déclic ; la dernière mitraillette se tut, à court de munition. Enfin, elle tomba.

Ouuuuuhhhhhh.

Peu à peu, les dernières ombres du couloir cessèrent de s'agiter et s'affaissèrent inanimées.

Un silence mortel planait sur la scène. Sans lâcher sa ceinture, Cavanaugh saisit les fils de la main gauche, les sortit de l'eau et les accrocha au mur, interrompant le circuit électrique.

« Maintenant », ordonna-t-il à Jamie.

6

ILS atterrirent les deux pieds dans l'eau et aussitôt coururent vers le corridor. Sous la lumière des torches électriques, ils dénombrèrent dix corps étendus. Cavanaugh s'empara d'une mitraillette, au cas où l'un d'entre eux simulerait l'évanouissement. Il vit le cadavre tordu d'un homme en complet-veston, une serviette de médecin posée près de lui. Edgar était couché à plat ventre dans l'eau. Glissant la main dans les poches de son pantalon, il récupéra le couteau Emerson, et le Sig Sauer qu'il tendit à Jamie tout en enfonçant le cran d'arrêt dans sa propre poche.

Grace. Nom de Dieu, où était Grace ?

Cavanaugh leva les yeux quand il entendit des pas précipités marteler le sol du couloir. Se découpant en contre-jour, une silhouette montait les marches quatre à quatre.

Cavanaugh fit feu.

Trop tard. Grace était déjà hors de portée. Elle venait de disparaître par l'ouverture, vers la gauche. De plus, elle avait dû appuyer sur la télécommande qui ne quittait pas sa ceinture car la dalle de béton était en train de redescendre.

Cavanaugh se précipita vers l'escalier tout en se demandant

comment diable Grace avait pu échapper à la mort. Soit elle s'était éloignée de l'eau au moment fatidique soit elle portait des chaussures a semelles de caoutchouc.

La porte de béton descendait toujours. Cavanaugh entendait Jamie courir derrière lui mais une seule chose comptait pour l'instant : atteindre les marches et les escalader.

Sous la dalle, le rectangle de lumière ne faisait plus que soixante centimètres de haut. Il plongea sur le flanc et roula sur lui-même en écorchant ses épaules et son dos nus. Puis, une seconde avant que la porte ne se referme complètement avec un bruit sourd, il dégagea ses jambes.

Avant même qu'il ne se relève, ses yeux agressés par la lumière du jour se posèrent sur quatre hommes qui le considéraient d'un air ébahi. Laissant les muscles de ses doigts agir d'eux-mêmes, il appuya sur la détente. Trois rafales de quatre balles jaillirent du MP-5.

Un homme recula en titubant, la poitrine transpercée. Il ne portait pas de gilet pare-balles et n'avait même pas eu le temps de lever son arme. Un deuxième réussit à pointer sa mitraillette et à tirer mais, touché plusieurs fois en plein visage, manqua sa cible et s'écroula.

Prenant leurs jambes à leur cou, les deux derniers se réfugièrent dans les décombres calcinés de la grange.

Sans leur laisser le temps de répliquer, Cavanaugh plongea derrière un mur en ruine sur lequel des balles ricochèrent. Il s'écorcha la poitrine en atterrissant sur les pierres, mais peu importait – l'essentiel était de survivre, de tuer tous ceux qui s'interposeraient et de sortir Jamie de son trou.

Or, pour ouvrir la trappe, il avait besoin de la télécommande de Grace. Mais où était-elle ? Quand il s'était mis à couvert derrière le mur, Cavanaugh n'avait vu aucune trace de sa présence. Auparavant, elle avait disparu sur la gauche, donc elle devait se trouver maintenant sur sa droite, près du Ford Explorer. Avait-elle décidé de se cacher derrière ?

Devant le 4×4 était garé un break vert foncé appartenant sans doute au médecin. Il imagina les déplacements de Grace. Elle longeait probablement les deux véhicules à pas mesurés, dans l'intention de le prendre à revers. De là où il se tenait, impossible de voir ce qui se passait sous les voitures ; c'était pourtant le seul moyen de vérifier si Grace était bien là.

Par-dessus le marché, le fracas des explosions avait durablement perturbé son audition, l'empêchant de percevoir les petits bruits qui auraient pu le prévenir des intentions de Grace et de ses deux acolytes. Son cœur se mit à battre la chamade lorsqu'il comprit qu'il venait d'atterrir dans un trou creusé par l'un des tueurs, au moment où l'équipe d'assaut s'était planquée parmi les gravats. Sur sa gauche, il vit d'autres creux au milieu des décombres. Longeant le mur écroulé, il les franchit en faisant le moins de bruit possible et chercha un espace entre les pierres où coller son œil pour apercevoir la grange et, qui sait, les véhicules garés à sa droite.

Il examina le MP-5 qu'il tenait en main. Son chargeur pouvait contenir jusqu'à trente cartouches de 9 mm. Combien en restait-il ? Il avait tiré trois rafales. D'habitude, il ne dépensait pas plus de quatre cartouches par rafale. Mais comment s'en assurer ? S'il avait effectivement tiré seize cartouches, il en restait quatorze dans le chargeur – à supposer qu'il ait été plein au départ – et une dans la chambre, à condition toutefois que son précédent possesseur y ait bien inséré une cartouche avant d'enfoncer le chargeur.

Sois prudent, pensa-t-il. Pars du principe que tu ne disposes que de douze cartouches.

Il donna un petit coup sur le levier de sélection pour passer du mode automatique au coup par coup, puis étira la crosse à partir d'une rainure pratiquée dans la carcasse du MP-5. Maintenant, il pouvait s'en servir comme d'une carabine. Quand il se redressa pour coller son œil entre les pierres, il vit quelque chose bouger dans la grange en ruine, à droite et à gauche de la trappe fermée. Mais avant même de pouvoir appuyer sur la détente, une pluie de balles percuta le mur au niveau de sa tête, l'obligeant à se baisser. Il sentit un picotement au front ; un liquide tiède se mit à couler. Quand il se toucha le sourcil et regarda sa main, il constata qu'il avait été atteint par un éclat de pierre.

Il ramassa une planche noircie et la balança vers l'endroit où il avait atterri tout à l'heure, en espérant que le bruit induirait les autres en erreur. Puis jetant un rapide coup d'œil à travers une fissure du mur, il vit l'homme sur la droite passer la tête à l'extérieur et viser la planche.

Cavanaugh fit feu. L'homme tomba, touché à l'épaule. Cavanaugh se baissa juste à temps pour éviter la salve qui aussitôt percuta le mur, juste à l'endroit où il se tenait, faisant voler des éclats de pierre et soulevant la poussière. Il avait fait mouche mais il n'y avait pas de quoi s'enorgueillir puisque aucun organe vital n'était atteint. La menace persistait.

Jamie, pensa-t-il. Elle va devenir dingue. Et si jamais ils n'étaient pas tous morts, dans cette cave. Si jamais elle devait se battre pour survivre...

Cesse de penser.

En se tortillant, il rampa vers la gauche du long du mur écroulé, ce qui lui valut de s'écorcher de nouveau la poitrine sur les gravats. Parvenu à la limite des ruines, il s'aperçut que s'il restait penché, les hommes dans la grange ne le verraient pas arriver. Et s'il réussissait à atteindre la façade de la grange et à progresser ainsi jusqu'au côté opposé, il les prendrait peut-être par surprise. En plus, au cas où Grace se trouverait effectivement derrière l'Explorer et le break, à droite de la grange, il pourrait même faire d'une pierre deux coups.

Lorsque Cavanaugh parvint devant les décombres, il trouva la Taurus à l'endroit précis où Jamie l'avait garée précédemment. Mais qu'en faire ? Sans clé de contact, inutile d'espérer démarrer discrètement. Devant la grange, les tas de gravas étaient tellement hauts qu'il put les longer sans se faire voir, en courant, le dos courbé. Sa poitrine écorchée était maculée de sang, sa langue gonflée. Passant la tête à l'angle du mur, il aperçut le break et le 4×4 près de la grange. De là où il se trouvait, impossible de savoir si quelqu'un était caché derrière. Mais rien ne l'empêchait de s'aplatir sur le sol pour jeter un coup d'œil en dessous.

Sous l'Explorer, près des roues avant, il repéra les grosses chaussures de marche de Grace et le bas de son pantalon kaki. Elle avait pris la précaution de se tapir derrière le moteur, seul endroit susceptible d'arrêter une balle de gros calibre. Puis Cavanaugh vit quelque chose bouger juste au-dessus du capot. Les cheveux blonds de Grace apparurent près du pare-brise. Elle venait de lever un peu la tête pour voir ce qui se passait du côté du mur en ruine, derrière la maison, mais Cavanaugh n'entrait pas dans son champ de vision.

Le MP-5 avait une portée de deux cent dix mètres. L'Explorer n'était qu'à soixante-dix mètres mais dans les circonstances présentes, c'était quand même une distance considérable. Cavanaugh se demanda s'il serait assez habile pour toucher une cible aussi petite – le sommet d'une tête dépassant d'un capot – avec une arme au canon court et des mires qu'il n'avait pas eu le temps de régler. Il en avait tellement bavé jusqu'à présent qu'il ne parvenait plus du tout à maîtriser sa tremblote. Et il respirait mal, ce qui constituait un handicap supplémentaire puisque seul un souffle régulier permet de fixer la position des bras d'un tireur. S'il ratait son coup, il révélerait sa position. Grace et les deux hommes n'auraient plus qu'à se séparer pour l'encercler et le prendre en tenailles.

Changeant d'avis, il se coucha à plat ventre, sa peau nue frottant contre les cailloux. Puis, pour le stabiliser, il coinça le MP-5 dans la terre. Les deux yeux grands ouverts, il aligna les mires avant et arrière en visant l'espace compris entre le sol et l'Explorer, là où il avait repéré les chaussures et les tibias de Grace. Elle se tenait pieds écartés, pour garder l'équilibre, mais de là où il se trouvait, ils semblaient joints. Cette cible-là était autrement plus fiable que le sommet de la tête. Il retint son souffle, ramena ses bras contre lui et pressa sur la détente.

Le claquement de la détonation fut si puissant qu'il n'entendit pas l'impact de la balle. En revanche, il ne perdit rien du cri qui retentit derrière l'Explorer. Le visage déformé par la douleur, Grace tomba près de la roue avant du 4×4. Pour réajuster sa visée, il dut se pencher. Grace le vit bouger et, couchée sous l'Explorer, braqua son pistolet dans sa direction. Cavanaugh se rejeta en arrière, roula sur lui-même juste à temps pour éviter la balle qui fit sauter un gros morceau de bois.

« Le salaud est caché par là-bas ! hurla Grace. Devant ! »

Courbé en deux, Cavanaugh rebroussa chemin en courant. Il longea les ruines pour atteindre le côté gauche de la maison. Le stress lui donnait la nausée. Se fiant à son entraînement et à sa longue expérience du combat, il rassembla toute son énergie et tourna au coin en chargeant comme un taureau furieux. Abasourdi, l'un des tireurs s'immobilisa. Ayant entendu l'appel de Grace, il s'était rué hors de la grange et avait déjà parcouru la moitié du mur gauche de la maison lorsque Cavanaugh l'arrosa de deux courtes rafales qui lui déchirèrent la poitrine.

Cavanaugh fonça sur sa victime, vérifia qu'elle était bien morte et s'empara de son arme. Il ignorait combien de cartouches restaient dans le chargeur, mais c'était toujours ça de pris. Le deuxième homme, seulement blessé, ne sortirait sans doute pas de sa cachette à moins d'une bonne raison. Grace elle aussi était mal en point. Incapable de poser le pied, il lui faudrait boitiller ou ramper pour se déplacer. Cavanaugh supposa qu'elle resterait à l'abri derrière l'Explorer jusqu'à ce qu'elle sache ce qu'il en était. Ni elle ni son complice n'étaient en mesure de juger des conséquences des coups de feu qui venaient de retentir. Logiquement, si leur complice avait réussi à abattre Cavanaugh, il les aurait avertis. Mais d'un autre côté, s'il l'avait raté, il aurait observé le plus profond silence pour mieux continuer à le traquer. Donc, en n'entendant pas de cri de triomphe, Grace et son acolyte ne pouvaient déduire avec certitude que le troisième larron était mort.

Cavanaugh décida de prendre son temps et de les laisser saigner encore quelques minutes avant de se montrer.

C'est alors qu'en dépit des sifflements qui n'en finissaient pas de l'assourdir, il perçut un bourdonnement familier. Il fronça les sourcils. C'était impossible. De toute évidence, la dalle de béton était en train de s'ouvrir mais il n'arrivait pas à comprendre comment.

Le bourdonnement continuait. Seigneur, Grace avait-elle utilisé sa télécommande ? Essayait-elle d'inciter Jamie à sortir pour la prendre en otage ?

Estimant que le seul endroit où Grace et l'homme blessé ne le chercheraient pas était justement le coin de mur où il se trouvait, il se jeta à plat ventre et se mit en observation derrière une pierre en plissant les yeux pour mieux apercevoir la grange en ruine. En effet, la trappe en béton était bien en train de s'ouvrir.

Il regarda derrière lui. Avait-il pris la bonne décision ? Et si Grace avait décidé d'actionner la trappe uniquement pour détourner son attention ? Après, il ne lui resterait plus qu'à faire le tour de la maison clopin-clopant pour le surprendre par-derrière pendant que lui se focaliserait sur la grange et Jamie, redoutant de la voir apparaître.

Il jeta encore un coup d'œil derrière lui avant de reprendre sa surveillance. A présent, la porte était grande ouverte. Dans la pénombre régnant à l'intérieur de la cave, quelque chose bougea.

« Jamie, ne sors pas ! »

Tout en criant, Cavanaugh recula et se colla au sol. L'instant suivant, plusieurs rafales fracassèrent les pierres à l'angle du mur. Des éclats volèrent, de la poussière jaillit. Au bruit, il repéra deux sortes d'armes. Une mitraillette et un pistolet. Donc Grace était encore cachée derrière l'Explorer.

« Tu m'as entendu, Jamie ! Ne sors pas ! »

Cette fois, aucun tir ne succéda à son cri. Ses adversaires tenaient sans doute à économiser leurs munitions.

« Je t'entends ! » La voix de Jamie était faible. « Je reste où je suis !

— Si tu te montres, ils te tireront dessus ou te prendront en otage ! C'est pour ça que Grace a ouvert la porte !

— Grace n'a pas ouvert la porte ! C'est *moi* !

— *Quoi ?* s'étonna Cavanaugh.

— Les fils électriques que tu voulais assembler ! Tu supposais qu'ils commandaient l'ouverture de la trappe ! Eh bien, tu avais raison !

— Reste où tu es !

— Combien sont-ils, là dehors ?

— Grace et un de ses hommes ! cria Cavanaugh.

— Où sont-ils ?

— Grace est sur ta gauche ! Derrière l'Explorer ! Là où tu l'as vue la garer ! L'homme est caché au milieu des décombres, derrière la porte du labo ! Pour l'amour du ciel, ne sors pas !

— L'homme est sur la droite ou sur la gauche ?

— Il *était* sur ta gauche mais il a pu changer de place ! Je t'en conjure, n'essaie pas de sortir !

— Je ne bouge pas ! hurla Jamie. Mais j'ai une idée ! Quand je te le dirai, tiens-toi prêt à tirer !

— Quelle que soit ton idée, renonce ! C'est trop risqué !

— Donne-moi vingt secondes ! »

Que diable avait-elle en tête ? se demanda Cavanaugh.

Méfiant, il passa la sangle de son MP-5 sur son épaule gauche puis attrapa le fusil mitrailleur pris sur l'homme qu'il venait d'abattre. Il avait finalement décidé de s'emparer de son arme après avoir calculé que l'autre n'aurait jamais pris le risque de quitter sa planque et de s'avancer le long du mur sans être certain de disposer d'une bonne quantité de munitions. Mais il n'avait pas le temps de sortir le chargeur pour s'en assurer.

Cavanaugh recula. Les autres l'avaient entendu crier, ils savaient donc où il était. C'était là qu'ils comptaient le voir apparaître. Son cœur cognait si fort qu'il le crut sur le point d'exploser. Il se déplaça de six mètres et rejoignit un tas de décombres assez bas pour lui permettre de tirer au moment où il déciderait de se redresser.

Mais il n'était toujours pas sûr de lui. Il jeta encore un coup d'œil dans son dos. Si Grace décidait de l'attaquer par-derrière, combien de temps lui faudrait-il, dans son état, pour faire le tour de la maison ?

Soudain, Jamie l'avertit d'un cri. « Tiens-toi prêt ! »

Quoi qu'elle ait prévu, il valait mieux que ça marche, pensa Cavanaugh.

« Compte jusqu'à cinq ! lança Jamie. Maintenant ! »

Dérouté, Cavanaugh s'exécuta.

Un. Deux.

Il plaça le levier de sélection de la mitraillette en mode semi-automatique.

Trois. Quatre.

Deux explosions le firent sursauter. Elles venaient de la grange. Seigneur, ils balancent des grenades dans la cave, pensa Cavanaugh. Furieux, il se dressa d'un bond et tira sur les deux côtés de la trappe. Deux autres explosions retentirent, accompagnées d'éclairs aveuglants. Ce ne sont pas des grenades ! comprit Cavanaugh. Cachée dans le renfoncement, Jamie était en train de balancer des flash-bangs.

Deux nouvelles détonations secouèrent les décombres. De la fumée s'éleva. L'homme blessé s'enfuit à toutes jambes, les mains sur les oreilles.

Cavanaugh affermit sa visée et tira trois coups. Il voulait atteindre le centre de la masse. La première pénétra dans le dos, la deuxième fut déviée et toucha le cou. La troisième passa complètement à côté. Peu importait. Un flot de sang jaillissait de la gorge du blessé. Cavanaugh savait que dans quelques secondes, il s'écroulerait exsangue.

« On l'a eu ! » hurla Cavanaugh à l'intention de Jamie.

Bang !

Bang !

Les explosions lumineuses et assourdissantes qui retentirent ensuite de l'autre côté de la grange indiquèrent à Cavanaugh que Jamie avait changé de cible et s'était mise à bombarder l'Explorer.

Bang !

Cavanaugh courut vers la façade de la maison et quand il s'arrêta à l'angle du mur, s'efforça de retrouver une respiration plus normale. De nouveau, il inspecta les abords avant de se montrer.

Bang.

Les fusées qui explosaient autour de l'Explorer, bien que distantes de soixante-quinze mètres, lui faisaient mal aux yeux. Il supposa que Grace devait en souffrir d'autant plus et qu'elle se terrait dans son coin. Il prit donc le risque de s'élancer à découvert et de contourner les ruines pour obtenir une vue directe sur l'autre côté du 4×4.

La portière du conducteur était ouverte. Quand il vit Grace s'installer tant bien que mal sur le siège en ramenant vers elle sa jambe ensanglantée, il tira sur la portière mais la balle, au lieu de la traverser et toucher sa cible, produisit le bruit caractéristique du projectile heurtant un blindage. Grace ferma la portière d'un coup sec. Elle enfonça la clé de contact. Ses cheveux blonds presque ras et ses hautes pommettes se découpèrent nettement derrière le volant.

Lorsque Cavanaugh tira sur le pare-brise, une étoile se forma. Le verre était à l'épreuve des balles. Puis Grace appuya sur l'accélérateur. Il fit feu de nouveau pendant que le 4×4 fonçait sur lui, après avoir contourné le break.

Son troisième tir fendilla encore un peu plus le pare-brise.

Cavanaugh savait que même le verre le plus solide ne pouvait résister à cinq balles tirées dans un rayon de vingt centimètres. Cinq balles et le pare-brise partirait en éclats. Affermissant sa position, il pressa une quatrième fois sur la détente. Grace était tellement proche de lui que ses yeux bleu glacier paraissaient énormes.

Cavanaugh voulut tirer une cinquième fois mais en entendant le déclic du percuteur, réalisa que son arme était vide. En jurant, il la balança sur le pare-brise et plongea sur le côté juste à temps pour éviter que Grace ne le percute. L'Explorer passa près de lui dans un rugissement et une envolée de poussière. Cavanaugh roula sur lui-même, la carcasse métallique du MP-5 qu'il portait en bandoulière s'enfonça dans son épaule nue.

Au lieu de s'engouffrer dans le sentier menant à la route que Cavanaugh avait empruntée pour gagner la vallée, l'Explorer effectua un brusque tête-à-queue et se repositionna face à lui.

Bondissant sur ses pieds, il fit glisser la bandoulière et empoigna le MP-5 mais trop tard. Grace était trop près pour qu'il ait le temps de tirer.

Il se jeta sur la gauche.

Grace vira dans sa direction.

Il se jeta sur la droite.

Grace se lança à sa poursuite.

Au dernier moment, Cavanaugh fit une feinte sur la gauche avant de plonger sur la droite. Le souffle de l'Explorer le frôla; il tomba lourdement, grimaça et se rétablit, s'attendant à ce que Grace fasse demi-tour et fonce de nouveau vers lui.

Au lieu de cela, l'Explorer s'éloigna à toute vitesse. Le rugissement du moteur commençait à peine à diminuer que Cavanaugh percevait déjà un nouveau bruit. Un grondement s'amplifiant rapidement. Des pales brassaient l'air. Un hélicoptère. Grace venait d'appeler des renforts sur son portable, pensa Cavanaugh. Puis il changea d'avis. Non, si l'hélico était à elle, pourquoi se serait-elle enfuie ? Tout au contraire, elle cherchait à l'éviter.

En courant vers la Taurus, Cavanaugh se baissa pour ramasser un gros caillou. Sur les voitures américaines, le système de sécurité verrouillant le volant était trop solide pour qu'on en vienne à bout en appuyant ses pieds contre la colonne de direction tout en tirant sur le volant, comme il l'avait fait l'autre jour après avoir volé la guimbarde dans la zone industrielle. Il ouvrit la portière, sortit le couteau Emerson, fit jaillir la lame qu'il enfonça dans la fente du contact. Puis il saisit le caillou, en donna un bon coup sur la poignée du cran d'arrêt pour coincer le bout de la lame dans la fente, rabattit à demi la poignée du couteau et tourna brutalement. L'angle de quatre-vingt-dix degrés lui fit gagner de la puissance. Il savait que la lame était d'une robustesse à toute épreuve, et de fait, après une autre violente torsion, Cavanaugh sentit la serrure du contact se briser, libérant le volant.

Il passa la main sous le tableau de bord et saisit le boîtier électrique Radio Shack qu'ils avaient installé le jour où Jamie et lui avaient modifié la Taurus : une précaution élémentaire s'ils perdaient la clé de contact. Le boîtier étant connecté aux fils du starter, il suffisait de presser un bouton pour que le moteur s'allume.

La portière côté passager s'ouvrit. Cavanaugh brandit le couteau Emerson mais le baissa aussitôt quand il vit Jamie s'engouffrer à l'intérieur.

« Vas-y ! cria-t-elle. Démarre ! »

7

CAVANAUGH enfonça la pédale de l'accélérateur. Les pneus mordirent la poussière ; la Taurus partit sur les chapeaux de roues.

Pendant que Jamie refermait la portière, Cavanaugh vit le 4×4 disparaître au milieu des fourrés.

« Tu as encore le pistolet d'Edgar ? demanda-t-il.
— Cela va sans dire. » Jamie respirait vite et bruyamment.

« Descends ta vitre. Essaie de repérer les endroits où Grace serait susceptible de nous tendre une embuscade. »

Comme la Taurus s'élançait à travers les arbres et le sous-bois, Jamie lui fit remarquer : « C'est pas le choix qui manque. »

Le sentier s'élevait vers une crête boisée. Ensuite il tournait, se redressait avant d'aboutir à un carrefour en T, coupé par une route couverte de gravier. Le nuage de poussière qui tourbillonnait au loin leur indiqua la direction que Grace avait prise.

Dérapant sur le gravier, Cavanaugh se lança à sa poursuite. La lumière filtrant à travers la poussière brouillait sa vision. Il accéléra juste assez pour pouvoir s'arrêter pile en cas d'obstacle. Puis la brise commença de dissiper les nuages de poussière. Il appuya sur le champignon. Quand l'air s'éclaircit tout à fait, il s'aperçut que la route bitumée était proche.

Arrivé au carrefour, il considéra le sentier caillouteux qui continuait droit devant. Plus le moindre nuage de poussière. Grace avait dû prendre soit à droite soit à gauche, mais comment décider ? Il y avait des traces de pneus des deux côtés. « A toi de choisir, déclara Cavanaugh.

— Gauche », décréta Jamie.

Vérifiant que la voie était libre, Cavanaugh vira sur la gauche en dérapant puis mit le pied au plancher. Le compteur marquait cent cinquante. De chaque côté, les arbres et les champs n'étaient plus qu'un brouillard. Au sommet d'une côte, il ralentit de crainte que Grace ne l'attende de l'autre côté. Une fois parvenu au bas de la pente, il s'arrêta devant une nouvelle intersection. Deux routes goudronnées se croisaient.

« Choisis une direction.

— Encore à gauche, dit Jamie.

— Tu as une raison particulière ?

— Pas vraiment.

— Alors c'est parti. »

Arrivé au carrefour suivant, Cavanaugh se rangea sur le bas-côté. Aucune trace de l'Explorer. Ses mains étaient si crispées sur le volant qu'il lui fallut quelques secondes pour les desserrer.

Couvert de sueur, il regardait obstinément devant lui. Sur le siège à côté, Jamie tremblait tout autant que lui.

« Tu t'en es bien sortie jusqu'à présent », finit-il par dire.

La voix de Jamie était rauque. « Merci.

— Tu as gardé ton sang-froid. » Il avait la nausée. « Tu n'as pas cédé à la panique.

— C'était moins une.

— Je sais ce que tu ressens. » Transpirant toujours plus, Cavanaugh ne cessait de regarder droit devant. « Une idée géniale, les flash-bangs.

— J'étais tellement furieuse. Je ne pensais qu'à une chose : ne pas mourir dans ce trou.

— La colère est un bon stimulant. » La main de Cavanaugh frémit quand il essuya sa bouche couverte de poussière. « Surtout quand elle se conjugue avec la peur.

— Je t'ai apporté un cadeau, dit Jamie.

— Oh ? » Stupéfait, Cavanaugh baissa les yeux. Près du Sig Sauer posé sur le siège, il vit une ceinture qu'elle avait dû récupérer sur l'un des cadavres dans la cave. Accrochés à la ceinture, il y avait un Beretta glissé dans son holster et un chargeur plein.

« Quelle charmante attention.

— Je connais tes goûts, mon chéri. Où est l'autre Sig ? C'est Grace qui l'a ?

— Probablement, dit Cavanaugh. Avec les clés de contact. Et mon portable, mon portefeuille et les papiers d'identité que Karen m'a fabriqués.

— Passe la main sous le siège. »

Sans comprendre, Cavanaugh obéit et ramena le sac à main de Jamie. « Sacré bon sang. »

La fermeture Eclair était fermée. Jamie fouilla à l'intérieur. « On dirait qu'ils n'y ont pas touché. J'ai encore mon portefeuille et mon téléphone. »

Le bourdonnement d'un hélicoptère résonna dans la vallée, derrière eux.

Jamie se retourna. « Je doute que ce soient des copains à elle, autrement, elle ne se serait pas enfuie. »

Cavanaugh hocha la tête. « Je suppose que c'est John et une équipe de secours envoyée par le Bureau. »

Jamie eut l'air soulagé. « Alors dépêchons-nous de faire demi-tour pour les mettre au courant. »

Cavanaugh ne bougea pas.

« Qu'est-ce qui cloche ? Si nous ne revenons pas sur nos pas, ils lanceront un mandat d'arrêt contre nous, dit Jamie. Bon Dieu, peut-être même sont-ils là pour nous arrêter. Nous avons enlevé Kline, et à présent Kline est mort. Comme des tas d'autres types, là-bas. Et le docteur. Il faudra qu'on leur explique ce qui s'est passé.

— On ne peut pas revenir en arrière.

— Quoi ?

— On ne peut pas faire confiance au FBI. Kline était en cheville avec un de leurs agents. C'est lui qui lui a parlé de John. Si je raconte tout, je risque de lui fournir les informations qui lui manquent. Et il retrouvera Prescott avant nous.

— Mais je suis sûre que John découvrira la brebis galeuse.

— Ça lui prendra combien de temps ? Et s'il n'y parvenait pas ? J'ai besoin de l'antidote. Et même si John trouve le mouchard, même si le FBI est fiable, ça ne résoudra rien. Prescott ne paiera jamais pour ses crimes.

— Je ne comprends pas.

— Le gouvernement le protégera. Bien sûr, ils ne peuvent décemment pas approuver des recherches illégales. Les contrôleurs de Prescott seront sévèrement punis, mais pas trop quand même. Quant à Prescott, ils le laisseront tranquille. L'arme existe, le mal est fait. Le ministère de la Défense voudra en savoir plus. On ne sait jamais, ça peut toujours servir. Ils le feront parler et ensuite, sous prétexte de préserver la sécurité nationale, ils lui offriront une cachette bien confortable. Prescott changera d'identité, de vie. Exactement ce qu'il souhaite depuis le départ. »

Jamie le regarda fixement.

« Qu'est-ce qui ne va pas ? demanda-t-il.

— Au début, il y avait des gens à tes trousses, répondit Jamie. Des gens qui voulaient te tuer. Je me suis dit que si je t'aidais à découvrir qui ils étaient, on pourrait envoyer toute cette histoire au diable, rentrer dans le Wyoming. J'espérais que la vie reprendrait comme avant.

— Crois-moi, je ne veux pas autre chose. Je souhaite de tout mon cœur que la vie reprenne comme avant.

— Alors, qu'est-ce qui t'en empêche ?

— Karen. Duncan. Chad. Tracy. Roberto. La liste des victimes de Prescott risque de s'allonger. Il est tellement parano qu'il est capable de tuer le premier type qui le regardera de travers. Il faut l'en empêcher. »

Le silence les envahit. Le camion qui les dépassa franchit le carrefour dans un bruit de ferraille.

« Il faut que tu prépares ta défense, finit-il par articuler.
— Hein ?
— *Nous* n'avons pas enlevé Kline. C'est moi qui suis responsable de tout. Je t'ai forcée à me suivre. C'est ce que tu leur diras. Joue les victimes.
— Tu crois qu'ils vont gober ça ? s'indigna Jamie.
— Arrange-toi pour qu'ils le croient. Sors-toi de ce guêpier.
— Tu es en train de me dire...
— Il faut que tu partes.
— Et qu'on se sépare ? fit Jamie.
— Tu as failli te faire tuer à cause de moi. Je ne peux pas te laisser risquer encore ta vie.
— Je suis venue de mon plein gré.
— Mais je ne peux pas courir après Prescott tout en m'inquiétant pour toi.
— Je me suis très bien débrouillée.
— Oui, concéda Cavanaugh. C'est juste.
— Je reste. »

Cavanaugh posa les yeux sur ses mains tremblantes. Un autre camion franchit le carrefour bruyamment.

Il hocha la tête.

« Que signifie ce signe de tête ? Où ça nous mène ? demanda Jamie.
— Quelque part dans l'ouest de la Virginie.
— Très drôle.
— J'ai épuisé toutes mes blagues. » Cavanaugh considéra Jamie, ses bras nus, son chemisier sale, puis il appuya sur le bouton commandant l'ouverture du coffre. Les valises étaient à l'arrière. « Nous ferions mieux d'enfiler des vêtements propres.
— Tu as besoin de plus que cela. »

Jamie le détailla de la tête aux pieds. Cavanaugh suivit son regard. Il était couvert de crasse. Son pantalon était déchiré. Sa poitrine couverte d'écorchures. Le sang, la sueur et la saleté formaient une épaisse pellicule sur sa peau.

« Il reste des bouteilles d'eau sur le siège arrière. Je vais me laver le visage puis je mettrai une casquette, une chemise et un pantalon, histoire de camoufler le plus gros, jusqu'à ce qu'on trouve un motel.

— Tu empestes la cordite, dit Jamie.

— J'en connais qui trouvent ça sexy. »

SIXIÈME PARTIE

Reprise de la menace

1

LEUR motel se situait à deux heures de route vers le nord, dans la banlieue de Harrisburg, Pennsylvanie, assez loin pour que les hommes du FBI aient du mal à les retrouver si jamais Rutherford lançait des recherches. De toute façon, celui-ci ne connaissait ni le vrai nom de Jamie ni le genre de voiture qu'elle conduisait.

Harrisburg avait un autre avantage. En tant que capitale de l'Etat, cette ville était assez grande pour disposer de nombreux vidéoclubs. Le film de Clint Eastwood, dont le titre lui était revenu en tête lorsque Grace lui avait lu la liste de ses thrillers, ne fut pas difficile à trouver. Pour la bluette avec Troy Donahue et Sandra Lee, ce fut une autre paire de manches. Après que Cavanaugh et Jamie eurent déposé leurs affaires au motel, ils durent écumer toutes les boutiques avant de mettre la main sur une cassette de *Ils n'ont que vingt ans*.

« Le coup de foudre entre deux stars dans une station balnéaire du Maine », lut Jamie sur le dos de la boîte quand ils eurent regagné le motel.

Cavanaugh glissa la cassette dans le lecteur qu'ils avaient loué. « Prescott n'est pas vraiment du genre romantique. Donc s'il accorde de l'importance à ce film, c'est qu'il a ses raisons.

— Et si Grace avait dit vrai ? Il voulait peut-être s'installer dans le Maine », suggéra Jamie.

La cassette était tellement usagée que les images rayées avaient perdu de leurs couleurs. Comme le film avait été tourné pour le cinéma, les panoramiques supportaient mal le format télévision. Leur écran ne mesurait que quarante-deux centimètres, ce qui n'arrangeait pas les choses.

« La musique n'est pas mauvaise, fit remarquer Jamie.

— Je ne vois que ça d'acceptable. »

Alors que les adultes passaient leur temps à se conter fleurette, Donahue et Dee, eux, devaient se contenter de se regarder en chiens de faïence. Richard Egan jouait aussi mal que Donahue. Les scènes étaient sacrément pénibles et, entre deux, on avait droit à des plans d'une magnifique plage bordée de pins où venaient s'écraser les vagues.

« La maison est intéressante. »

Une demeure basse et étroite, de style moderniste, se dressait sur un petit promontoire, au fond d'une baie. Construite en pierres, elle ressemblait à une proue de navire, surtout lorsque les vagues venaient se briser à sa base.

« Ça me rappelle les maisons de Frank Lloyd Wright », déclara Jamie.

Au grand soulagement des deux spectateurs, le générique de fin arriva, escorté d'une musique tonitruante.

Cavanaugh appuya sur le bouton de rembobinage. « Le Maine.

— Et maintenant, passons au deuxième film... » Jamie saisit *Un frisson dans la nuit* et lut le résumé. « "Un animateur de radio poursuivi par une de ses fans. Les débuts de Clint Eastwood en tant que metteur en scène. Filmé dans la ville où il habite, Carmel." » Elle examina l'illustration sur la boîte. « Jessica Walter et un couteau. Bien. Les intrigues à couper au couteau sont mes préférées.

— En fait, ce film-là est plutôt réussi. Je l'ai vu il y a si longtemps que je ne m'en souviens presque plus, mais j'avais trouvé que Clint Eastwood s'en était bien sorti. Il y a un bon suspense.

— J'ai eu ma dose de suspense, répliqua Jamie.

— La Californie. Le Maine. Prescott balançait entre les deux.

— Eh bien, envoie donc ce chef-d'œuvre, dit Jamie, et voyons pourquoi Prescott l'aime tant. »

Le film débutait sur un long plan pris d'hélicoptère. On longeait une côte déchiquetée, battue par les vagues, des falaises où s'accrochaient d'improbables pins tordus par le vent.

Trente secondes plus tard, Cavanaugh et Jamie, assis sur le lit, se penchaient en avant, médusés.

« Sacré Bon Dieu ! s'exclama Cavanaugh. *Ils n'ont que vingt ans* était censé se dérouler dans le Maine, mais en fait il a été tourné à...

— Carmel », l'interrompit Jamie.

De la suite, ils ne perdirent pas une miette. On voyait Clint Eastwood longer la côte escarpée au volant de son bolide ; puis, accompagné de sa petite amie, se promener longuement sur une plage.

« C'est la même plage que dans *Ils n'ont que vingt ans*, dit Jamie. Cette baie arrondie est tellement caractéristique. A mon avis, il ne doit pas en exister des dizaines comme celle-là.

— Cherchons la maison de Frank Lloyd Wright », proposa Cavanaugh.

Elle n'apparaissait pas dans le film mais cela importait peu. Quand la cassette fut terminée, Cavanaugh et Jamie s'étaient fait leur opinion. *Un frisson dans la nuit* et *Ils n'ont que vingt ans* avaient été filmés au même endroit.

« Qu'as-tu remarqué d'autre le jour où tu as rencontré Prescott ? Tu parlais de livres, dit Jamie.

— Des bouquins de photos – il y en avait un qui ressemblait à un livre porno. Un autre sur la géologie. Et un autre encore sur Robinson Jeffers. »

2

VUE du dehors, la bibliothèque de Harrisburg était une structure arrondie en verre fumé. A l'intérieur, ils découvrirent une vaste salle de consultation équipée de nombreux ordinateurs. Cavanaugh et Jamie parcoururent les rayonnages, sélectionnèrent quelques volumes qu'ils entassèrent sur une table un peu en retrait.

« Ecoute ça, murmura Jamie. La baie de Carmel-by-the-Sea, de son véritable nom, se trouve au bord d'une immense fosse sous-marine rivalisant avec le Grand Canyon. Un site qui fascine les géologues. »

— Voilà qui explique le bouquin de géologie, intervint Cavanaugh.

— De plus, la ville est célèbre pour ses écrivains, ses artistes et ses *photographes*. » Jamie appuya sur le dernier mot tout en prenant bien garde de ne pas hausser le ton. « Ansel Adams y a vécu. Ainsi que Edward Weston.

— Je connais Adams, mais qui est...

— Tu parlais d'un livre porno, n'est-ce pas ?

— Oui, je me souviens vaguement d'un titre olé olé, et d'une photo de femme nue sur la couverture.

— *Passion* ?

— Quoi ?

— Le titre, ce ne serait pas *Forms of Passion* ? Jette un œil là-dessus. »

Jamie lui tendit le livre. Le photographe s'appelait Edward Weston. La couverture avait été enlevée mais lorsque Cavanaugh se mit à feuilleter l'album, il tomba sur le plus beau nu qu'il ait jamais vu.

« C'est la photo de couverture », dit-il.

Une jeune femme élancée était assise, tête penchée, front posé sur un genou replié. Elle était nue mais il n'y avait rien de choquant dans cette pose sensuelle qui lui rappela une vieille photo représentant un poivron ressemblant à s'y méprendre à deux personnes en train de faire l'amour. Sur une autre page, il admira un superbe coquillage doté de formes semblablement érotiques.

« La passion, dit Cavanaugh plongé dans sa contemplation. Pour toute chose. »

Ensuite, Cavanaugh tomba sur des pages consacrées aux paysages. La légende indiquait Point Lobos, près de Carmel. Toujours ce rivage magnifique, bordé de rochers déchiquetés, qu'ils avaient découvert dans *Ils n'ont que vingt ans* et *Un frisson dans la nuit*.

« Prescott était dingue de cette région. Je pense que ça ne fait plus aucun doute, n'est-ce pas ? », demanda Jamie.

Une bibliothécaire s'avança vers eux sans remarquer le visage tuméfié de Cavanaugh. En revanche, elle fit signe à Jamie de respecter le silence.

Avec une moue d'excuse, Jamie se replongea dans ses livres. Dès que la bibliothécaire eut disparu, elle chuchota : « Tu disais que Prescott s'intéressait au golf. Pebble Beach – juste au nord de Carmel – est l'un des deux plus fameux parcours de golf au monde. Tu disais que c'était un fin gourmet. Carmel est la ville de la gastronomie. On trouve des bons restaurants dans tous les quartiers. Pour que tout coïncide, il ne nous reste plus qu'à résoudre l'énigme Robinson Jeffers.

— C'est déjà fait. » Cavanaugh lui glissa ses notes. « Jeffers et sa femme Una ont visité Carmel en 1914 et la ville leur a tellement plu qu'ils s'y sont installés et y ont vécu jusqu'à la fin de leurs jours. Jeffers acheta un terrain, transporta des blocs de granite pris sur la plage et passa plusieurs années à construire une maison et une tour haute de douze mètres. Il baptisa leur propriété Tor House en référence aux pierres dressées qu'on trouve en Angleterre. Una et lui y moururent. »

Cavanaugh lui montra un recueil des poèmes de Jeffers en attirant son attention sur deux vers.

Dans ma jeunesse, je lui bâtis une tour
Un jour, elle mourra

« Le jour où j'ai rencontré Prescott, nous avons parlé de ce passage sur la tour mais j'ignorais à quoi ces lignes faisaient allusion.

— A présent tu sais.

— A présent je sais. »

3

Ils roulaient vers Carmel. Les menaces terroristes ayant entraîné une protection renforcée des aéroports, Cavanaugh avait renoncé à faire le voyage en avion. Ils auraient dû passer par des tas de contrôles. Or Edgar lui avait confisqué le permis de conduire et le passeport fabriqués par Karen. De plus, il était fort probable que Rutherford et le FBI aient diffusé leur signalement. Tout bien considéré, la voiture comportait de nombreux avantages – dont celui de pouvoir transporter des armes.

Pendant le trajet, Cavanaugh aurait le temps de se remettre de ses blessures. Pour les automobilistes qu'ils croisaient sur la route, la Taurus était une voiture comme les autres, transportant un couple comme les autres. Bien sûr, il y avait ces blessures, mais en voyant le visage tuméfié de Cavanaugh, ils devaient se dire que le pauvre homme venait d'avoir un accident. Voilà sans doute pourquoi il se laissait pousser la barbe.

Sans quitter l'Interstate 80, ils traversèrent l'Ohio, l'Indiana, l'Illinois et l'Iowa.

Arrivés au Nebraska, Cavanaugh admira les grandes plaines qui les entouraient à perte de vue. « Ça me rappelle l'Oklahoma.

— Ah ?

— J'y ai passé deux ans quand j'étais gosse. »

Jamie lui jeta un regard curieux.

« Mon père avait eu la mauvaise idée de s'engager dans l'industrie du forage à l'époque où le pétrole n'était plus une manne. »

Il hésita.

« J'avais un chien. Pas un chien de race. Juste un bâtard. Une sorte de colley miniature. »

Jamie l'observa en attendant qu'il poursuive.

« Mon père, ma mère et moi avons pas mal voyagé, puisqu'il

était sans cesse à la recherche d'un travail. Il arrivait qu'on ne lui propose que des boulots très dangereux. Un jour, quand j'étais petit, je l'ai vu éteindre un puits de pétrole en flammes. Le costume qu'il portait le faisait ressembler à un astronaute. Pour éteindre le feu, il s'est servi d'un bulldozer et de bâtons de dynamite. Après cela, il est parti se saouler. C'était pas la première fois. Cette nuit-là, quand il est rentré à la maison, il s'en est pris à ma mère. J'ai voulu l'empêcher de lui faire du mal. Alors il m'a frappé. Puis mon chien s'est mis à aboyer. Et pour bien nous montrer que c'était lui qui commandait, il l'a tué à coups de pied. »

On n'entendait plus que le ronronnement du moteur et le vrombissement des roues.

« Après cet épisode, ma mère l'a quitté, reprit Cavanaugh. Il lui a fallu beaucoup de courage pour affronter sa colère. Nous sommes devenus encore plus pauvres que lorsque nous vivions avec lui. Mais elle a réussi à s'en sortir, elle a rencontré un type bien. J'ai même pu fréquenter des écoles assez correctes. Je pense que ma mère et mon beau-père auraient aimé que je devienne avocat ou un truc comme ça. Mais j'avais trop de colère en moi. Je ne rêvais que de venger toutes les femmes battues et tous les chiens martyrisés. Alors je me suis engagé dans l'armée et j'ai suivi l'entraînement des commandos. Ça m'a permis de me battre contre des terroristes et autres brutes épaisses et les mettre hors d'état de nuire. Mais, au bout du compte, j'ai compris que je n'avais pas d'autre avenir. Un soldat des Opérations spéciales ne sert pas à grand-chose quand il retrouve la vie civile. A part devenir mercenaire, travailler pour la CIA, s'engager dans la police ou dans des sociétés privées de sécurité. Quand l'un de mes anciens instructeurs de Delta Force m'a offert ce boulot de protecteur, j'ai sauté sur l'occasion. On comprend facilement pourquoi. Les victimes m'attirent. Je ne cesse de secourir ma mère. Je ne cesse de protéger mon chien. »

Jamie se décida à intervenir. « C'est la première fois que tu t'étends à ce point sur ton passé. En fait, je crois même que tu ne m'en as presque jamais parlé.

— Prescott faisait semblant d'être une victime mais en réalité ce n'était qu'une brute. A cause de lui, aujourd'hui, les brutes me font peur. Il ne l'emportera pas au paradis. »

Ils traversèrent le Wyoming. Quand ils croisèrent la bretelle menant à Teton Range, Jackson Hole, chez eux, ni l'un ni l'autre ne firent de commentaire.

4

APRÈS avoir suivi l'Interstate 80 pendant quatre jours, ils bifurquèrent vers le sud sur la Pacific Coast Highway, sans passer par San Francisco. Avant d'atteindre Carmel, ils s'arrêtèrent dans un motel pour la nuit. Mais Cavanaugh, trop préoccupé par la tâche qui les attendait, eut du mal à trouver le sommeil.

« Par où veux-tu qu'on commence ? », demanda Jamie, le lendemain matin, attablée devant une omelette jambon-fromage dans le restaurant du motel.

Cavanaugh, lui, se contentait d'un café. « Comment fais-tu pour avaler tout ça et rester mince ?

— J'ai un bon métabolisme. En plus, quand je suis inquiète, j'ai besoin de manger.

— Pour l'instant, nous sommes en sécurité.

— Ce n'est pas ce que je voulais dire. » Ils étaient assis à une table de coin, le dos au mur. Autour d'eux, il n'y avait personne. Une télévision bourdonnait derrière le comptoir. Néanmoins, elle baissa la voix. « On ne te pourchasse plus. Ce n'est pas comme si tu étais en service commandé. Il ne s'agit pas d'autodéfense. Ni de protéger un client. Aujourd'hui, c'est *toi* le chasseur. Si tu obtiens ce que tu veux, je crains que cela ne te transforme.

— Ça me rappelle une remarque de Prescott. »

Jamie le regarda sans comprendre.

« Après que je l'ai récupéré dans l'entrepôt, nous avons failli nous faire piéger à l'intérieur d'un centre commercial. L'équipe qui nous pourchassait avait laissé une voiture garée à l'extérieur. J'ai réussi à m'en approcher et j'ai crié au chauffeur de se tirer vite fait. Le type était tellement surpris qu'il ne bougeait pas. Il a donc fallu que je tire sur le toit de la voiture pour lui faire retrouver l'usage de ses jambes. Plus tard, Prescott m'a demandé pourquoi je ne l'avais pas tué.

— Et qu'as-tu répondu ?

— Que cet homme ne constituait pas une menace immédiate, que j'étais un protecteur, pas un... »

Jamie n'eut pas besoin d'en entendre davantage pour saisir.

« Je me demande si Prescott prévoyait ma réaction, ajouta Cavanaugh d'une voix amère. Il ignore si je suis mort dans l'incendie de la maison de Karen. A l'heure qu'il est, ce salopard est peut-être en train de se dire que je suis un défenseur tellement bien formaté qu'il peut dormir tranquille, que jamais je ne lui ferai payer sa trahison. »

Jamie garda le silence.

« Il aura changé d'apparence, poursuivit Cavanaugh. Il porte probablement des lunettes, à présent. Il a eu le temps de se faire pousser la moustache ou la barbe. Il a même pu avoir recours à la chirurgie plastique. Seule son obésité risque d'être difficile à dissimuler. »

Troublée, Jamie attaqua son omelette.

Cavanaugh jeta un coup d'œil sur la télévision, derrière le comptoir. Un spot publicitaire vantait un produit de régime. Photos à l'appui, on expliquait comment un obèse pouvait devenir étonnamment mince en quelques petites semaines. Il se tourna vers Jamie. « La pièce où Prescott se cachait était garnie d'étagères où il stockait sa nourriture. Rien que des aliments riches en hydrates de carbone et calories. Des macaronis au fromage. Des lasagnes. Des raviolis. Des chips. Des barres chocolatées. Du Coca classique.

— De quoi entretenir son embonpoint.

— Suppose qu'il ait suivi un régime draconien. »

Jamie leva les yeux.

« Ça fait presque trois semaines que je ne l'ai pas vu, dit Cavanaugh. S'il ne mange rien, s'il boit des litres d'eau pour nettoyer son système...

— Un homme aussi déterminé que Prescott... » Jamie hocha la tête. « Ça n'aurait rien de très diététique mais je parie qu'à ce rythme, il pourrait perdre une livre ou deux par jour.

— Bon Dieu, s'écria Cavanaugh, on aurait beaucoup de mal à le reconnaître.

— Toi, en revanche, même avec cette barbe que tu fais pousser pour changer d'aspect, on te reconnaît sans peine, dit Jamie. Même au milieu d'une foule, Prescott te verrait arriver.

— Mais pas toi, fit remarquer Cavanaugh.

— Que veux-tu dire ?

— Il ne sait pas que tu es avec moi. Même si vous vous trouviez nez à nez, il ne saurait pas que tu le pourchasses.

— Mais c'est *toi* qui le pourchasses », répliqua Jamie.

5

OCEAN Avenue était la seule rue de Carmel reliant directement l'autoroute à la mer. Pentue, longue de plusieurs centaines de mètres, elle était divisée en deux par un terre-plein planté d'arbres et d'arbustes. Ses trottoirs étaient peuplés de boutiques vieillottes et de touristes nonchalants.

Pendant que Jamie se concentrait sur sa conduite, Cavanaugh détaillait les passants. Et si jamais Prescott se trouvait parmi eux ?

Il n'y était pas.

Tout au bout, ils aperçurent l'océan dont les vagues s'écrasaient sur une plage de carte postale en forme de croissant de lune. Une étendue de sable incroyablement blanc, courant sur mille cinq cents mètres. Des blocs de rochers dépassaient de la falaise, des cyprès y déployaient leurs branches comme des fougères. Deux surfeurs en combinaison de plongée chevauchaient la crête des vagues. Des chiens folâtraient dans l'écume pendant que leurs maîtres flânaient derrière eux. Des mouettes planaient.

Cavanaugh observa les promeneurs. Aucun d'entre eux ne lui rappelait Prescott.

Jamie tourna à gauche et suivit la route longeant le splendide panorama. Les maisons rustiques étaient clôturées par des rangées d'arbres. Ils reconnurent les pins de Monterey signalés dans leur guide touristique, mais aussi des chênes aux troncs tordus par le vent.

Jamie désigna une élévation sur la droite. « Tiens, c'est la maison qu'on voit dans *Ils n'ont que vingt ans.* »

Cavanaugh retrouva cette ligne si caractéristique, comme une proue de navire. Depuis l'époque du film, il semblait que les vagues l'avaient quelque peu maltraitée. « Elle parait inhabitée », dit-il en reportant vite son attention sur les gens qui marchaient au bord de la plage ou sur le trottoir.

Prescott n'était pas parmi eux.

6

ILS s'arrêtèrent dans une ruelle tranquille, flanquée d'arbres qui n'existaient pas au temps où Robinson Jeffers et Una avaient élu domicile à Carmel.

Ils descendirent de voiture, grimpèrent une allée pavée de briques, ouvrirent une barrière en bois et pénétrèrent dans un espace enclos.

Les lectures de Cavanaugh lui en avaient tellement appris sur cette maison légendaire, sur les efforts épiques de l'Irlandais efflanqué pour parvenir à la construire, qu'il s'attendait à quelque chose de plus impressionnant. Aussi fut-il surpris par l'atmosphère d'intimité qui régnait en ces lieux. Ces fleurs aux couleurs vives, ces délicats arbustes lui évoquaient les jardins qui parsèment la campagne anglaise. Sur la gauche, se dressait la tour en pierre, haute de douze mètres, que Jeffers avait baptisée Hawk Tower, avec sa cheminée, son escalier, ses créneaux, ses tourelles. Sur la droite, la maison basse, écrasée sous sa cheminée de pierre et son toit en bardeaux doucement incliné.

L'allée de brique se prolongeait jusqu'à la porte d'entrée où un vieux monsieur les accueillit en leur expliquant qu'il travaillait pour la fondation chargée d'entretenir la propriété. « Vous souhaitez la visiter ? s'enquit-il.

— On en meurt d'envie.

— Vous avez eu un accident ? », demanda l'homme aux cheveux blancs en observant avec sympathie le visage de Cavanaugh.

« Une chute. J'ai pris quelques jours de congés, le temps de récupérer.

— Carmel est l'endroit idéal pour se reposer. »

Malgré leur exiguïté, les pièces que Jeffers avait construites à la sueur de son front paraissaient étonnamment spacieuses. Entre ces murs épais, on avait l'impression que l'air était comprimé. Un léger courant d'air froid filtrait entre les lambris. Dans le salon, Cavanaugh examina la cheminée de pierre sur la droite et le piano dans le coin opposé. De là, on avait une vue imprenable sur l'océan.

Le guide les conduisit dans la chambre d'hôte, puis leur montra la cuisine et la salle de bains. Ensuite ils grimpèrent jusqu'aux deux chambres mansardées. Jeffers avait écrit une partie de son œuvre dans l'une d'elles.

« Robin, ainsi que nous nous plaisons à l'appeler, a conçu cette maison comme un modèle réduit, expliqua le vieil homme, pour qu'elle résiste aux tempêtes. Una et lui ont eu deux garçons, des jumeaux. Vous imaginez sans peine combien ils devaient s'adorer pour pouvoir vivre heureux dans un espace aussi restreint et loin de tout. Ils n'ont fait installer l'électricité qu'en 1949, après avoir vécu trente ans ici. Un choix délibéré. »

Etrangement, Cavanaugh sentit sa gorge se serrer.

« Vous voyez, sur cette poutre, Robin a gravé quelques vers, dit le guide. Mais ils ne sont pas de lui. Ils sont tirés d'une de ses œuvres préférées : *The Faerie Queene* de Spenser :

Sleepe after toyle, port after stormie seas,
Ease after warre, death after life does greatly please.[*] »

Cavanaugh se sentait vidé.

« Veuillez me suivre. Je vais vous montrer la Hawk Tower », reprit le vieil homme.

Connaissant l'inspiration volontiers pessimiste de Jeffers, basée sur l'opposition entre la fragilité humaine et la puissance durable du monde naturel, Cavanaugh fut surpris de constater qu'il avait mis un certain humour dans la construction de sa tour dotée d'un donjon et d'un escalier « secret » dans lequel les enfants avaient dû jouer à cache-cache. Elle était conçue à la fois comme une sorte de boudoir pour Una et un terrain de jeux pour leurs fils. Même en haut, aucune de ses étroites fenêtres, pourtant nombreuses, ne donnait sur la mer.

« Una est morte en 1950 d'un cancer, Robin en 1952 de diverses affections, dit le guide. Robin souffrait des poumons, l'abus du tabac avait durci ses artères, mais pour ma part, j'ai toujours pensé qu'il était mort de chagrin. Il ne s'était jamais remis de la mort de sa femme. Elle avait soixante-six ans. Lui soixante-quinze. Trop jeunes pour mourir, diraient certains, et pourtant quelle vie bien remplie ! Je ne dis pas cela aux gosses qui viennent ici en voyage scolaire mais à vous si. Dans leur jeunesse, Robin et Una envoyaient leurs enfants dormir dans l'une des chambres mansardées. Et ensuite – le vieil homme n'hésita qu'un instant –, ils faisaient l'amour dans la chambre d'amis, au rez-de-chaussée, avant de monter dans l'autre chambre sous les toits. Le lit dans lequel ils se sont aimés est le même qui les a vus mourir. Leurs cendres sont enterrées ensemble dans ce coin du jardin. »

---

[*] *Après le labeur le sommeil, après l'ouragan le calme du port,*
Après la guerre la quiétude, après la vie la mort, quel ravissement.

Dans la rue, on entendit des portières claquer. Le regard de Cavanaugh glissa au-dessus des fleurs, de la barrière en bois, et se posa sur une famille sortant d'une fourgonnette.

« Voici quelques extraits des poèmes de Robin. » Le guide leur tendit des photocopies. « Si vous avez des questions...

— Oui, j'en ai. » Cavanaugh jeta un coup d'œil sur la famille qui approchait, juste pour s'assurer que le père n'était pas Prescott. « Mais ma question ne porte pas sur Robinson Jeffers. »

Le guide hocha la tête et attendit.

« Je cherche quelqu'un. Je suis presque certain qu'il est venu ici récemment. C'est un fanatique de Robinson Jeffers. »

De nouveau, l'homme hocha la tête comme s'il trouvait parfaitement naturel que tout le monde soit fanatique de Robinson Jeffers.

« Il s'appelle Daniel Prescott. » Cavanaugh doutait fort que Prescott ait utilisé son vrai nom, mais ça ne coûtait rien d'essayer.

« Ce nom ne me dit rien.

— Il a une petite quarantaine d'années. Un bon mètre quatre-vingts. Il porte des lunettes, une moustache, à moins qu'il ne se soit décidé à se faire pousser la barbe, ajouta Cavanaugh pour couvrir toutes les éventualités.

— Désolé, je ne peux pas vous aider, répondit le guide. Votre description est trop imprécise. Je vois défiler beaucoup de gens. Je finis par tous les mélanger.

— Bien sûr. J'ajouterai qu'il souffre d'embonpoint mais qu'il suit un traitement médical pour perdre du poids. Auriez-vous vu un quadragénaire qui aurait l'air d'avoir beaucoup maigri ?

— Comment aurais-je pu le remarquer ?

— La peau de son visage devait être un peu flasque, surtout au niveau du menton.

— Vraiment, ça ne m'évoque rien. Mais si je vois quelqu'un qui ressemble à cela, voulez-vous que je lui transmette un message de votre part ?

— Non, fit Cavanaugh. Pour tout dire, je suis détective privé et j'essaie de le retrouver. »

Les yeux du guide s'agrandirent.

« Ce type a trois femmes et douze gosses. Quand il en a assez de la vie de famille, il s'en va. Il change de nom. Sans payer de pension pour les enfants. Une véritable ordure. Nous pensons qu'il s'est installé dans la région de Carmel et prévoit de fonder une *nouvelle* famille. Pour l'abandonner un jour ou l'autre, Dieu seul sait quand. On m'a engagé afin de le retrouver et l'obliger à assumer les conséquences de ses actes. Le plus drôle c'est qu'il adore Robinson Jeffers mais qu'il n'a jamais rien tiré de son enseignement. »

Le guide eut l'air troublé. Comment pouvait-on ignorer à ce point la générosité, le dévouement inscrits dans l'œuvre de Jeffers ?

« Si ce petit farceur vient par ici, essayez de noter le numéro de sa plaque d'immatriculation ou d'obtenir son nom ou d'autres renseignements sur lui, dit Cavanaugh. Mais sans éveiller ses soupçons.

— Je serai aussi discret que possible.

— Et pour l'amour du Ciel, ne lui dites pas que je suis dans le coin.

— Loin de moi cette idée.

— Je finirai bien par lui mettre la main dessus, l'assura Cavanaugh.

— Je l'espère de tout mon cœur. »

7

POUR atteindre Pebble Beach, ils poussèrent vers le nord en empruntant un chemin détourné passant par les rues endormies de Carmel. Cavanaugh détaillait les promeneurs. Personne.

Jamie s'arrêta au péage de la fameuse 17-Mile Drive, une route pittoresque qui bordait un gigantesque parcours de golf et présentait aux automobilistes l'étalage luxuriant de ses greens, de ses étangs et autres bunkers, avec l'océan en toile de fond. Des chevreuils y gambadaient. Ils passèrent devant des villas de milliardaires flanquées de cyprès et de pins de Monterey. Mais Cavanaugh ne voyait rien de tout cela. Seul Prescott l'intéressait.

Arrivés devant le club de Pebble Beach, ils passèrent un porche et se garèrent au fond du parking pour que Cavanaugh puisse observer tout à loisir les allées et venues des clients. Dix minutes plus tard, Jamie sortait de la réception en arborant un air perplexe.

« Qu'est-ce qui se passe ? demanda Cavanaugh.

— Si Prescott rêvait de passer ses journées à jouer au golf à Pebble Beach, il a dû avoir une grosse désillusion. A moins d'avoir le bras long, il faut réserver un an à l'avance pour réussir à jouer dans ce club.

— Un an ?

— Et si on vient en individuel, c'est deux ans. Admettons que tu aies raison et qu'il ait préparé son coup longtemps à l'avance, il a dû réserver voilà des mois, tout en s'arrangeant pour que ses contrôleurs n'en sachent rien.

— Très risqué, répliqua Cavanaugh. Et à l'époque, il ne connaissait pas son nouveau nom. Il n'avait pas non plus la carte de crédit adéquate, pour effectuer la réservation.

— A moins qu'il ait réussi à se faire des amis haut placés, ce qui me paraît difficile en l'espace de deux semaines, dit Jamie, je te conseille de repasser dans un an environ, à supposer que tu puisses encore le reconnaître à ce moment-là.

— J'avais prévu un emploi du temps un peu plus resserré, ironisa Cavanaugh.

— Il y a au moins une douzaine de parcours de golf dans cette région. Ils n'ont sûrement pas tous une telle liste d'attente. Que prévois-tu de faire ? Les visiter tous ? T'installer à proximité et surveiller les joueurs à la jumelle dans l'espoir de voir passer Prescott ?

— S'il faut en passer par là.

— Ça va te prendre beaucoup de temps. Et tu risques de le rater. En revanche, le FBI dispose d'assez d'hommes pour surveiller tous les terrains de golf en même temps.

— Non, pas de FBI, lâcha Cavanaugh.

— Ils ont aussi les moyens de vérifier les antécédents de tous les nouveaux clients, dit Jamie.

— Pas de FBI », répéta Cavanaugh.

8

CAVANAUGH était assis à l'ombre d'un cyprès sur la plage de Carmel, au nord-est, près de l'endroit où la rive grimpait vers les greens de Pebble Beach. Il était assez éloigné du bord de mer pour se confondre avec les arbres et les buissons qui poussaient derrière lui. L'air embaumait ; le soleil de l'après-midi se reflétait si vivement sur l'eau qu'il chaussa ses lunettes de soleil.

« Tous les chemins mènent à Rome ? demanda Jamie.

— Et tout le monde finit par se retrouver sur la fameuse plage de Carmel. Elle attire les amateurs de pittoresque tout autant que les parcours de golf et la 17-Mile Drive. » Cavanaugh étudia le long croissant de sable blanc densément peuplé. Certains lisaient allongés sur des transats, d'autres surfaient la vague, se baladaient, faisaient du jogging ou s'amusaient à lancer un frisbee à leur chien. « Je n'arrive pas à imaginer qu'on puisse vivre ici sans faire un tour sur cette plage de temps à autre. J'admets que Prescott ait pris ses précautions au début en restant terré chez lui. Mais ensuite, il a dû commencer à se laisser aller. Peut-être même vient-il ici pour faire de l'exercice. Bon sang, je crois savoir qu'il avait un chien.

— Le FBI pourrait rechercher les personnes ayant acheté une propriété dans le coin durant ces dernières semaines », avança Jamie.

Cavanaugh garda les yeux obstinément braqués sur les touristes.

« C'était juste une idée, ajouta Jamie.

— Je n'arrête pas de voir Roberto, son crâne défoncé... Le visage explosé de Duncan... Karen morte de peur sur son fauteuil roulant.

— Il se peut que le gouvernement ne se montre pas aussi clément à son égard que tu le penses. »

Sans prendre la peine de lui répondre, Cavanaugh jeta un œil sur un plan des commerces de la ville. « La plus grande librairie se trouve dans le centre commercial de Carmel. Nous pourrions aller y faire un tour. Comme Prescott aime lire, on a une chance de tomber sur lui.

— A moins qu'il n'achète ses livres sur internet.

— Rien ne vaut une vraie librairie.

— Dans ce cas, il peut très bien se fendre d'une petite balade en voiture jusqu'à Monterey », dit Jamie.

Cavanaugh lui décocha un regard sombre.

« Je me contente de proposer des alternatives, précisa-t-elle.

— Ce qui nous ramène ici, sur cette plage.

— Ça me convient. Je vais me chercher une chaise et un livre. Histoire de joindre l'utile à l'agréable.

— Quand la nuit sera tombée, nous ferons la tournée des meilleurs restaurants.

— J'espère qu'on ne fera pas qu'y passer et qu'on s'arrêtera pour dîner.

— Comme il est au régime, il doit rechercher des repas peu copieux mais très raffinés. Ce qui ne nous laisse que les deux ou trois meilleurs restaurants de la ville.

— A moins qu'il mange chez lui. »

De nouveau, Cavanaugh lui décocha un regard noir.

Un jogger partit à fond de train vers l'extrémité de la plage, fit demi-tour et revint sur ses pas.

« Perdre du poids, articula Jamie.

— Tu as pensé à quelque chose ?

— Je vais me montrer honnête mais ça me coûte. Pour perdre du poids rapidement, Prescott a besoin d'autre chose que d'un régime alimentaire. Il lui faut de l'exercice. Des heures et des heures d'exercice. »

9

PENDANT que Cavanaugh l'attendait dans une galerie d'art, Jamie profita d'un trou dans la circulation pour traverser la rue et prendre le passage menant à une sorte de galerie marchande. Sur leur plan, l'endroit ressemblait à un labyrinthe. Attenant à un hôtel aménagé à l'intérieur du bloc, elle savait qu'elle y trouverait l'un des clubs qu'ils avaient décidé de visiter. Au premier étage. Il était 16 h 30. Rien ne leur garantissait que Prescott fréquentât un club de gym, et qui plus est ce club précis à ce moment précis, mais Cavanaugh ne pouvait prendre le risque d'entrer, justement parce que Prescott risquait quand même d'y être. Comme Prescott ne connaissait pas Jamie, mieux valait qu'elle y aille seule. Si elle ne remarquait personne correspondant à son signalement, elle était censée raconter au moniteur qu'elle préparait un article pour un magazine de santé, sur les obèses ayant perdu beaucoup de poids en peu de temps, grâce à leur volonté. Puis elle lui demanderait si l'un des membres du club était dans ce cas.

Tout en feignant d'admirer les toiles exposées, Cavanaugh jetait de fréquents coups d'œil de l'autre côté de la rue. Le soleil déclinant projetait des ombres sur les portes. Des touristes allaient et venaient. Il vérifia sa montre puis reporta son attention sur les peintures.

Trente minutes plus tard, il était toujours là, à examiner ostensiblement les toiles.

Il sortit et traversa la rue. Des pots de fleurs aux couleurs vives flanquaient l'entrée du centre. Slalomant entre les badauds, il s'engagea dans un passage sur sa droite. Il savait que le club de gym se trouvait dans la prochaine allée sur la droite, alors il tourna au coin, dépassa d'autres jardinières et tomba sur un escalier assorti d'une pancarte : THE FITNESS CLINIC.

Parvenu au premier étage, il balaya du regard le hall d'entrée et la longue salle d'exercice vivement éclairée qui lui faisait suite. Pas de Jamie. Sans aller plus loin, il passa discrètement en revue les personnes qui s'escrimaient sur les divers appareils. Aucune d'entre elles ne lui rappela Prescott. Dans le bourdonnement des tapis de jogging et le claquement des haltères, il s'approcha du type tout en muscles, vêtu d'un short serré et d'un tee-shirt, qui trônait derrière un comptoir.

« J'avais rendez-vous avec ma femme dans ce club mais je suis en retard, dit Cavanaugh. Savez-vous si elle est toujours ici ? Grande, mince, cheveux auburn. Jolie. »

Le moniteur fronça les sourcils. « Vous vous appelez Cavanaugh ?

— Pourquoi ? Qu'est-ce qui s'est passé ?

— Mon vieux, je suis vraiment désolé pour ce qui est arrivé.

— Désolé ?

— Votre femme s'est évanouie. Ses deux amies m'ont dit qu'elle souffrait d'un genre d'hypotension. »

Cavanaugh sentit ses extrémités s'engourdir.

« J'ai voulu appeler une ambulance, poursuivit le moniteur, mais elles m'ont expliqué que ce n'était pas la première fois qu'elle faisait ce type de malaise. Que ça n'avait rien de bien alarmant. Un truc comme une chute des électrolytes. »

L'estomac de Cavanaugh se changea en bloc de glace.

« Alors j'ai pris une bouteille de Gatorade dans le distributeur là-bas, dit le moniteur, et je la leur ai donnée. Elles l'ont fait boire et l'ont aidée à se lever. Elle était dans les vapes mais elle pouvait marcher à condition qu'on la soutienne.

— Des amies ? » Cavanaugh pouvait à peine articuler.

« Deux femmes qui sont arrivées après elle. Heureusement qu'elles étaient deux parce qu'il y en avait une qui se déplaçait avec des béquilles. Elle n'aurait jamais pu s'en sortir toute seule.

— Des béquilles ? » Le hall sembla chavirer.

« Elle avait une jambe dans le plâtre. Comme elle craignait que vous vous fassiez du souci, elle vous a laissé un message. »

Le moniteur passa la main sous le comptoir et sortit une enveloppe.

Les doigts de Cavanaugh tremblaient tellement qu'il eut du mal à l'ouvrir. En déchiffrant l'écriture nettement déliée qu'il découvrit sur le bout de papier, il se retint pour ne pas hurler.

Tor House. Demain à 8 heures.

10

GRACE, pensa Cavanaugh. Il serrait les dents pour garder son sang-froid. Malgré la faiblesse de ses membres, il se mit à rouler au hasard dans le quartier, faisant le tour des pâtés de maisons, revenant en arrière puis repartant dans une autre direction, tout en chronométrant les feux de circulation afin de les franchir juste avant qu'ils ne passent au rouge. Il employa toutes les techniques qu'il connaissait pour s'assurer qu'on ne le suivait pas. Soudain il poussa un juron en comprenant que Grace avait fait le lien entre *Ils n'ont que vingt ans* et Carmel. Tout comme eux, elle avait erré un peu partout dans la ville. Ils s'étaient peut-être même croisés plusieurs fois dans la journée. A Tor House, qui sait ? Grace ignorait l'engouement de Prescott pour Robinson Jeffers, mais quelle importance ? Tor House était l'une des attractions locales et, à ce titre, méritait le détour. Peut-être les avait-elle vus monter en voiture et partir ? En tout cas, cette hypothèse expliquerait pourquoi elle avait choisi la maison de Jeffers comme lieu de rendez-vous pour le lendemain. A moins qu'elle ne les ait aperçus, Jamie et lui, sur la 17-Mile Drive ou au club de Pebble Beach. Autre possibilité : Grace avait vu Cavanaugh surveiller la plage de Carmel à la jumelle.

Quoi qu'il en soit, Grace l'avait suivi en attendant patiemment qu'une occasion se présente d'enlever Jamie. Et il y avait fort à parier qu'elle le suivait encore, en ce moment même. Il gonfla ses poumons en songeant que les quelques minutes où il s'était éloigné de la Taurus avaient suffi pour que Grace y colle un système de pistage. Aussitôt Cavanaugh s'arrêta dans une station-service afin de vérifier son hypothèse. Il inspecta l'intérieur de la voiture, regarda en dessous, puis fonça vers une cabine téléphonique d'où il appela les renseignements. Il leur demanda les numéros des magasins Radio Shacks de la région. L'un d'eux – celui de Monterey, au nord – était ouvert jusqu'à 9 heures, lui apprit-on. Après s'être enquis du chemin à emprunter pour s'y rendre, il prit l'autoroute 1 et roula sur dix kilomètres à une vitesse à peine inférieure aux limitations imposées par la loi. Il y acheta un récepteur FM, ce qui lui permit d'ausculter la Taurus en tournant autour plusieurs fois tout en passant lentement d'une station à l'autre. S'il y avait un engin, le récepteur se mettrait à biper. Il devait être réglé sur une bande FM disponible. Grace, de son côté, suivrait sa trace en se guidant sur le rythme plus ou moins rapide des émissions sonores produites par le signal. En revanche, si Grace avait réussi à se procurer un appareil plus sophistiqué, utilisant les transmissions ultrasoniques, Cavanaugh s'acharnait en vain puisqu'il était impossible de trouver dans le commerce un système de détection assez performant pour repérer ce genre d'émetteur.

Il passa une heure à chercher mais ne découvrit rien. Alors il remonta dans la Taurus et partit en toute hâte vers le motel, sans omettre de vérifier de temps en temps le comportement des voitures qui le suivaient. Il prenait un risque en rentrant au motel. Grace avait pu droguer Jamie pour la faire parler. L'idée l'effleura de passer la nuit ailleurs mais il ne put s'y résoudre. Si jamais Jamie échappait à ses ravisseurs, elle chercherait à le joindre dans la chambre ou s'y rendrait directement. Il laissa les lumières allumées, coinça la commode contre la porte et s'assit par terre en chien de fusil, dans le coin près de la fenêtre qui donnait sur le devant. Il ne voulait pas dormir, il voulait se tenir prêt à tirer si quelqu'un forçait l'entrée.

11

LE brouillard qui flottait dans l'air ce matin-là donnait à l'aurore un aspect crépusculaire. Il arriva à 7 heures, une heure à l'avance, se gara à cent mètres de Tor House, éteignit ses phares, ses essuie-glaces, son moteur, et descendit. Bien qu'il eût allumé le chauffage de la Taurus, il n'était pas parvenu à se réchauffer. A présent, l'humidité glaciale faisait trembler ses mains. Il aurait bien aimé boutonner sa parka mais c'était impossible puisque son pistolet était caché dessous. Rassemblant toute sa volonté, il s'enfonça dans le brouillard de plus en plus épais et les ombres de plus en plus profondes. Quand il entendit l'écho de ses pas sur le bitume, il passa sur le trottoir recouvert d'un tapis moelleux d'aiguilles de pins.

Dès qu'il vit Tor House se profiler devant lui, il se demanda ce qui avait bien pu le pousser à devancer le rendez-vous. Cette purée de pois l'empêcherait de voir venir l'ennemi. Que suis-je censé faire au moment où Grace se montrera ? se demanda-t-il. Lui tirer dessus pour l'immobiliser ? Lui faire avouer où elle cache Jamie ? Grace ne se laissera pas faire, et si ce rendez-vous n'était qu'un traquenard, il faisait une belle cible.

Il s'arrêta pour mieux observer les ombres déployées autour des arbres, des buissons et des maisons. Il sentit les remords l'envahir. S'il avait écouté Jamie et renoncé à sa folle vengeance, elle serait encore à ses côtés et lui-même ne serait pas planté dans la brume au milieu de nulle part, à trembler de tous ses membres, possédé par une peur qu'il n'aurait jamais pu imaginer autrefois.

Il n'avait pas peur pour lui.

Mais pour Jamie.

Ses jambes refusaient d'avancer. Durant ces dernières semaines, il s'était servi de la colère pour surmonter sa peur. Aujourd'hui, le désir de protéger Jamie le galvanisait. Au cours de la nuit, il avait songé à demander l'aide du FBI, comme Jamie le lui avait suggéré, mais le temps manquait pour établir un plan et il y avait toujours le risque qu'une équipe de secours constituée dans l'urgence commette un impair et se trahisse. Si Grace flairait le danger, elle ne se montrerait pas, ce qui anéantirait sans nul doute le seul espoir de sauver Jamie.

Il longeait les arbres enténébrés et les maisons spectrales. Devant lui, se profilaient les lignes indistinctes de Tor House. Le brouillard le glaçait jusqu'aux tréfonds de son être, sensation fort insolite étant donné la chaleur qui lui brûlait le ventre. Comme Tor House était inhabitée, il songea à se cacher quelque part dans le jardin, peut-être dans Hawk Tower, le temps que la brume se dissipe et que Grace apparaisse. Dans une heure, il y verrait plus clair.

J'ai idée que Grace est déjà dans les parages, pensa-t-il. Peut-être même dans la tour !

Bup-bup.

Le cœur de Cavanaugh fit un bond dans sa poitrine. Il s'immobilisa au milieu du carrefour embrumé.

Bup-bup.

Le bruit se rapprochait.

Bup-bup.

Quelque chose bougea. Cavanaugh dégaina son pistolet.

Bup-bup.

Une vague silhouette se dessina au milieu d'une nappe de brouillard. Le bruit cessa.

Au loin, on entendait le martèlement du ressac.

« Vous avez une heure d'avance, fit une voix, celle de Grace. Vous vouliez me faire la surprise, hein ? C'est bizarre mais ça ne m'étonne pas. »

Cavanaugh était incapable de répondre.

« Je m'approche, dit Grace. Et j'aimerais bien que vous renonciez à me tirer dessus. »

Bup-bup.

La silhouette longue et athlétique de Grace émergea du brouillard. Il reconnut son accoutrement paramilitaire : treillis kaki, pull assorti rentré à l'intérieur et veste de photographe équipée de tas de ganses et de poches. Idéale pour cacher une arme.

Mais une chose surtout lui sauta aux yeux : les béquilles qu'elle tenait coincées sous les aisselles, dont les extrémités en caoutchouc produisaient cet étrange martèlement sur le macadam. Sa jambe gauche portait un plâtre.

« Heureusement que c'était la gauche. Autrement, j'aurais eu du mal à conduire. Vous voulez signer mon plâtre ? Il y a un X à l'endroit où s'est logée la balle. »

De nouveau, Cavanaugh fut incapable de répliquer.

« Une autre fois peut-être, repartit Grace. Quand nous en aurons terminé. » Le brouillard flottait autour de ses cheveux blonds. Décidément, son visage racé aurait pu être séduisant si elle avait abandonné cette expression revêche.

Elle fronça les sourcils en désignant le Beretta que Cavanaugh tenait en main.

Il le rengaina.

Quelque part dans la brume, une portière claqua.

« Descendons vers la plage avant de réveiller les voisins », proposa Grace.

Dans un mouvement de balancier, elle avança les pieds, les reposa, et déplaça ses béquilles avec un léger décalage. *Bup-bup.*

« Je peux comprendre qu'on m'envoie du plomb dans le corps, dit-elle, mais qu'on me force à visionner tous les films de Troy Donahue me reste en travers du gosier. »

Bup-bup.

« Comme je ne pouvais savoir si vous aviez menti en mentionnant le nom de Sandra Dee, j'ai dû me taper tous les grands succès de Troy Donahue. *L'amour à l'italienne*? Non. Avec toutes ces menaces terroristes lancées contre les Américains à l'étranger, je me suis dit qu'un type aussi méfiant que Prescott n'aurait jamais choisi de s'exiler en Europe. *La soif de la jeunesse*? Il va de soi que les plantations de tabac de Parrish n'étaient pas non plus son truc, malgré toutes ces femmes en chaleur qu'on voudrait nous faire croire tapies parmi les plants de tabac. *Les dingues sont lâchés*? On y voit un terrain de golf tout à fait du goût de Prescott, mais un type qui a décidé de construire son labo dans une vallée verdoyante de Virginie ne peut décemment vivre dans le désert. Il ne restait que *Ils n'ont que vingt ans* avec cette plage étonnante qui, tout compte fait, n'a jamais été dans le Maine. »

Le brouillard se dissipa suffisamment pour que Cavanaugh voie qu'ils étaient arrivés sur l'avenue longeant les vagues du Pacifique. Des gouttes de sueur froide perlaient sur son visage.

« Mais avant de comprendre cela, poursuivit Grace, j'ai dû regarder tous les thrillers d'Eastwood possibles et imaginables. J'avoue que j'adore les films d'action de Clint mais, au bout de deux jours de ce régime, j'ai frisé l'indigestion. Je ne sais pas si à l'avenir j'aurai le courage de retourner voir une de ses œuvres. Encore une autre raison de vous en vouloir.

— Où nous avez-vous repérés ?

— Je me suis focalisée sur sa passion pour le golf. Je savais que tôt ou tard, je vous retrouverai près du prestigieux terrain de Pebble Beach. Là où tous les vrais amateurs rêvent de jouer. Et hier, ma patience a été récompensée. »

Cavanaugh ne répondit pas tout de suite.

Le ressac martelait la côte rocheuse.

« Merde, s'écria-t-il.

— Ensuite, j'ai attendu mon heure.

— Comment avez-vous fait pour maîtriser Jennifer ?

— Epargnez-moi vos histoires à dormir debout. Les papiers d'identité que j'ai trouvés dans son sac m'ont renseignée sur son véritable prénom. J'ai demandé à une amie de me donner un coup de main. Ma seule amie, pourrais-je ajouter. Grâce à vous, le ministère de la Justice enquête sur le labo de Prescott et tous ceux qui ont trempé dans cette affaire. Aujourd'hui, mes contrôleurs me tournent le dos. Ils ne veulent plus entendre parler de moi ni de Prescott. Jamie ? Mon amie lui a administré une légère giclée de cela. » Grace montra à Cavanaugh un petit atomiseur enfermé dans un sac en plastique. « Le type derrière le comptoir a paru soulagé quand nous l'avons emmenée avec nous. Un club de gym ne court pas après ce genre de publicité. Mes béquilles ont achevé de l'amadouer. Comment imaginer qu'une femme handicapée puisse être autre chose qu'une victime ? »

Cavanaugh avait l'impression que son cœur cognait plus fort que le ressac. « Est-ce que Jamie est saine et sauve ?

— Autant qu'on puisse l'espérer. Mais son futur proche dépend de vous. Avez-vous eu le temps de songer au vide laissé par son absence ? Etes-vous vraiment disposé à m'obéir ? »

Le sang battait dans ses tempes. Cavanaugh attendit qu'elle s'explique.

« J'ai besoin de Prescott, reprit-elle. Aujourd'hui, mes contrôleurs me considèrent comme un boulet. Si j'arrive à lui mettre la main dessus, si je réussis ma mission en leur fournissant la preuve de sa mort, je regagnerai leur confiance. Juste assez pour qu'ils me laissent disparaître comme je l'entends et non comme eux l'entendent. »

Cavanaugh avait envie de vomir.

« Vous allez l'attraper et me le livrer, lâcha Grace.

— Vous n'avez pas cessé de nous suivre et, malgré cela, vous n'avez toujours pas compris que j'ignore où il est ? Bordel, je n'en sais pas plus que vous.

— Mais vous avez vos deux jambes, et moi pas. Tout ça à cause de qui ? Si vous voulez récupérer Jamie, vous avez intérêt à le retrouver, articula Grace. Je vous donne jusqu'à demain même heure.

— *Demain ?*

— Pas une minute de plus. D'ailleurs je n'ai pas le choix. Si la situation n'est pas réglée demain, mes contrôleurs vont devenir fous et j'aurai les pires ennuis. Trouvez-le. Voilà mon numéro de portable. » Grace lui tendit un bout de papier.

« Vous voulez que je vous l'amène ?

— Me l'amener ? Diable non. Je veux que vous l'abattiez. Je veux voir son cadavre. »

Cavanaugh ne put s'empêcher de penser que depuis le départ, tout le monde s'acharnait à tuer Prescott.

« Tenez, dit Grace. Ça vous aidera peut-être. »

Elle lui tendit un sac en plastique renfermant l'atomiseur dont elle s'était servie pour enlever Jamie.

« La drogue reste efficace pendant deux heures, expliqua-t-elle. Elle agit par contact avec la peau. N'oubliez pas d'enfiler un gant de latex quand vous l'administrerez. » Pendant que

Cavanaugh glissait le sac dans la poche de sa veste, elle ajouta : « Si je n'ai pas de nouvelles de vous demain matin à la même heure, je vous ferai un autre cadeau. Le cadavre de Jamie. »

Ils se regardèrent longuement.

Les vagues grondaient au bas de la falaise.

Grace disparut dans les ténèbres.

Le martèlement des béquilles s'éloigna. Le brouillard se fit plus glacial. Cavanaugh songea un instant à la suivre pour qu'elle le mène vers Jamie. Mais c'était impossible ; Grace allait bientôt remonter en voiture et lui était à pied. A supposer qu'il parvienne à identifier la marque du véhicule et noter son numéro d'immatriculation, comment ferait-il pour retrouver sa trace ? De plus, il s'agissait sûrement d'un véhicule loué qu'elle abandonnerait sous peu. Il ne lui restait plus qu'à courir vers la Taurus et revenir ici en voiture, en espérant que Grace y serait encore. Mais avec ce brouillard, impossible de rouler sans phares. Or s'il les allumait, elle le repérerait tout de suite et se sentant menacée, pourrait choisir de sauver les meubles et de disparaître à jamais après avoir tué Jamie.

Non, pensa-t-il, il ne me reste plus qu'à trouver Prescott.

Et ensuite ? se demanda-t-il. Grace tiendra-t-elle parole ? Me rendra-t-elle Jamie ?

Bup-bup. Le martèlement des béquilles était à peine audible. La lueur trouble projetée par les phares d'une voiture passa devant lui sur l'avenue panoramique. Quand le véhicule s'arrêta, le bruit du moteur devint un murmure. Une portière s'ouvrit et se referma en claquant. Puis le ronronnement s'évanouit dans le lointain.

Il remonta en courant la rue embrumée pour rejoindre la Taurus. Tuer Prescott ? pensa-t-il. Pas question. Il faut que je le garde en vie. C'est mon seul espoir de revoir Jamie.

Mais d'abord, il faut que je lui mette la main dessus. Dieu me vienne en aide.

12

« RUTHERFORD à l'appareil », annonça une voix grave. Cavanaugh se trouvait dans une cabine téléphonique, devant une station-service, la main crispée sur le combiné. « Tu détestes toujours la cuisine chinoise ? »

Rutherford se remit vite de sa surprise. « Tu nous as laissé un sacré tableau de chasse.

— Légitime défense.

— J'aurais moins de mal à te croire si tu étais resté sur place pour tout nous expliquer. Imagines-tu un instant le nombre de flics qui sont à vos trousses à l'heure actuelle ? Et le nombre de lois que vous avez transgressées ? Je suppose que tu ne me diras pas où vous êtes.

— Je vais me faire une joie de te l'apprendre, puisque de toute façon vous n'allez pas tarder à localiser mon appel. Carmel.

— Tu as encore le temps de prendre des vacances. Tant mieux pour toi. » La voix de Rutherford était lourde de sarcasmes. « Un jour, j'en prendrai moi aussi – dans le fond, plusieurs personnes parlaient en même temps – quand j'aurai bouclé le dossier Prescott. Mais pour l'instant, je suis dedans jusqu'au cou. Le ministère de la Justice pense avoir identifié les contrôleurs militaires de Prescott, mais comme le labo est détruit et que Prescott a disparu, impossible d'établir un lien entre eux et le laboratoire de recherches ni de démontrer qu'on y fabriquait une arme biochimique clandestine. Impossible aussi de prouver que l'arme a été testée illégalement sur des civils et des militaires.

— Je peux peut-être t'aider à obtenir cette preuve, répondit Cavanaugh.

— Au début de la semaine, tu aurais pu choisir de rester pour faire ton enquête, mais tu as fichu le camp.

— J'ai changé d'avis. » Il serra le combiné avec une telle force que ses doigts lui firent mal.

« Comment expliques-tu ce miraculeux revirement ?

— Ma femme a été enlevée. » En empêchant sa voix de trembler, Cavanaugh lui résuma les faits. La disparition de Jamie et le marché qu'on lui avait mis entre les mains. « Je dois retrouver Prescott et l'utiliser comme appât. On travaille ensemble ?

— Ensemble ? Dis donc, tu te passais bien de nous avant, pourquoi on ne se passerait pas de toi à présent ?

— C'est à cette seule condition que je vous dirai où chercher.

— Carmel ? Ça, je le sais déjà.

— Je peux te fournir bien plus de détails, mais écoute-moi, si vous ne procédez pas de la bonne manière, elle y passera. »

Pendant quelques secondes, Cavanaugh n'entendit plus que le brouhaha régnant dans le bureau de Rutherford. Ce dernier était en train de peser le pour et le contre.

« Bon, alors dis-moi quelle est la bonne manière ? finit-il par répondre.

— Passez en revue tous les terrains de golf dans le secteur Carmel/Monterey. Obtenez le nom de tous les golfeurs qui ont appelé pour fixer un rendez-vous au cours des trois dernières semaines.

— Mais il doit y en avoir des *milliers*.

— Ensuite interrogez les agents immobiliers de la région. Qu'ils vous fournissent les noms de tous les gens qui ont acheté ou loué une propriété dans le coin au cours des trois dernières semaines. Si Prescott a loué une maison, il s'est peut-être adressé directement à un propriétaire, mais il faut bien commencer par quelque chose. Comparez ces noms à ceux des golfeurs. Et faites les recoupements. »

Rutherford réfléchit encore un peu puis répliqua. « Ça fait pas mal de gens à contacter. Ça prendra du temps.

— *Je n'ai pas de temps*. Cet après-midi, John. Je te rappellerai cet après-midi. » Au bord du désespoir, il faillit briser le combiné en raccrochant. Tout en courant vers sa voiture, il songea qu'il venait de faire ce que Jamie avait voulu qu'il fasse depuis le début.

13

« BOB Bannister, dit Cavanaugh en tendant la main au moniteur de gym.
— Vic McQueen. » L'homme le gratifia d'une poignée de main franche et virile.

Cavanaugh lui abandonna ses doigts pendant quelques secondes avant de les récupérer meurtris. « J'écris pour un nouveau magazine de santé intitulé *Notre corps, notre santé*. Il est basé à Los Angeles mais grâce à internet, je peux travailler ici, à domicile. »

Vic hocha la tête avec sympathie. On sentait qu'il plaignait sincèrement tous les pauvres bougres contraints de quitter l'air pur de Carmel Valley pour la pollution de LA.

« Mon rédacteur en chef a beaucoup apprécié l'idée de reportage que je lui ai soumise, dit Cavanaugh. En fait, je souhaite écrire un article montrant qu'avec de la volonté, on peut très vite se refaire une santé. »

Vic pencha la tête pour exprimer son intérêt. Il le fit entrer dans un bureau où ils s'assirent l'un en face de l'autre. Sur les étagères s'alignaient divers trophées de gymnastique ; les murs, eux, étaient tapissés de photos dédicacées montrant le dénommé Vic en compagnie d'autres athlètes respirant la santé, serrés dans des tee-shirts bien trop petits pour eux. Sûrement des sommités dans leur domaine.

« Je m'intéresse aux cas désespérés, exposa Cavanaugh, ceux qui soufflent comme des phoques dès qu'ils font trois pas, les obèses frisant la crise d'apoplexie. Je veux prouver à nos lecteurs que même une épave peut retrouver la forme et transformer radicalement sa vie, à condition d'être motivée, de suivre un régime adapté et de bénéficier de bons conseils. Et cela en peu de temps. Je veux dire, sans avoir à trimer pendant six mois ou un an. Pour des personnes vraiment mal en point, six mois ou un an représentent une éternité. Elles veulent des résultats rapides. Vous connaissez la blague : "Le problème avec le plaisir immédiat c'est qu'il prend trop de temps." »

Vic fronça les sourcils. « Peu de temps... C'est quoi pour vous ?

— Un mois. Je veux savoir s'il est possible de prendre un type vraiment obèse, de l'astreindre à un régime draconien, de lui apprendre à utiliser les appareils de fitness, de le surveiller, de l'encourager, de le faire travailler plusieurs heures par jour, en commençant doucement, en variant les exercices, pour qu'il acquière de la résistance – et d'obtenir en l'espace d'un mois un type aussi svelte et musclé que vous ?

— Que *moi* ? En un *mois* ? Ça non, c'est impossible.

— Bon, d'accord, disons relativement svelte et musclé.

— Ce serait dangereux.

— Pas plus dangereux que de ne rien faire, répliqua Cavanaugh. Je veux montrer une transformation radicale. Je veux prouver qu'un club de gym comme celui-ci peut faire des merveilles dans un très court laps de temps. Voilà l'accroche de mon article : Pas besoin d'être patient pour être en forme. Tout repose sur la motivation. »

Vic s'accorda quelques instants de réflexion. « Ça pourrait marcher à condition que vous évoquiez les risques.

— Je vous ferai lire l'article avant de l'envoyer. Ainsi, vous pourrez vérifier que j'ai bien tout compris. J'aimerais aussi qu'on prenne des photos de vous avec un ou deux des miraculés qui sont passés par votre club.

— Des photos de moi ? Pas de problème.

— Et pour les miraculés ? Certains de vos adhérents correspondent-ils au profil ?

— Eh bien, nous avons vu passer un type, il y a six mois, qui...

— Je préférerais un petit nouveau, comme ça on pourra le photographier aux diverses étapes de sa cure.

— Je n'ai personne pour le moment, fit Vic d'un air navré. Vous citerez quand même notre club dans votre article ? »

14

« LA plupart de nos membres sont en excellente condition physique. Il arrive qu'on tombe sur des cas pathologiques, mais pas récemment. »

*

« Nous faisons des merveilles quand les gens y mettent du leur, mais... »

*

« Pas au cours des trois dernières semaines. »

*

« Je crois que j'ai le type que vous cherchez », dit le prof de gym bâti comme un dieu nordique.

Cavanaugh cacha sa joie. Il en était à son dixième club. Ayant écumé Carmel, Pacific Grove et Monterey, il se trouvait à présent dans la circonscription de Seaside, sur Monterey Bay, près de l'ancienne installation militaire de Fort Ord, à quinze kilomètres à l'est de Carmel. Toujours aussi stoïque, Cavanaugh posa son stylo sur son calepin et s'exclama : « Vraiment ?

— Il s'appelle Joshua Carter. Pas Josh. Joshua. Il y tient beaucoup. Il s'est présenté ici... – le moniteur réfléchit un instant – il y a un peu moins de trois semaines. Je m'en souviens parce qu'il était dans un tel état que je me suis dit qu'il ne tiendrait jamais le coup. Mais depuis, on le revoit chaque après-midi. Je veux dire chaque après-midi *sans exception*. Il reste quatre heures. Au début, je pensais qu'il allait se tuer, tomber raide mort sur le tapis de jogging ou sous les haltères, mais non. Il y va doucement, travaille à un rythme régulier, n'en fait jamais trop. Après l'exercice, il s'assoit dans le sauna et transpire pour perdre encore quelques livres. »

Cavanaugh réussit à prendre quelques notes d'une main ferme. Et pourtant, son cœur battait la chamade. « J'ai l'impression d'avoir trouvé l'oiseau rare.

— Le seul problème, c'est que vous arrivez un peu tard pour les photos.

— Pourquoi cela ?

— Il s'entraîne si assidûment et avec une telle détermination, tout en suivant un régime alimentaire, qu'il a changé du tout au tout. L'autre jour, quand je suis rentré d'un stage de randonnée, j'ai eu du mal à le reconnaître. Et je n'étais parti que trois jours. Ses progrès sont proprement époustouflants. Si vous voulez des photos de lui "avant", il faudra lui demander s'il en a chez lui.

— Oui, mais s'il n'en a pas, je perds mon temps. Donnez-moi donc son numéro de téléphone et son adresse pour que je lui demande. » Cavanaugh venait de formuler sa requête de telle façon que le moniteur ne pouvait refuser.

« Voyons voir. » L'homme pianota sur un clavier d'ordinateur. « 68 Vista Linda. Vous savez, c'est l'une de ces rues qui ont été tracées après que la ville a racheté le terrain de golf de Fort Ord. » Le moniteur écrivit le numéro de téléphone. « Quelque chose me tracasse. Je préfère être honnête.

— Ah ? » Cavanaugh se raidit. Le moniteur aurait-il compris qu'il n'était pas journaliste ?

« Plus j'y pense, plus je me dis que Joshua n'est peut-être pas l'homme qu'il vous faut pour votre article. Il a maigri si rapidement, ça n'a rien de naturel. Je me demande parfois si ce résultat est uniquement dû à sa volonté, à son régime et à l'aide que nous lui apportons.

— Que voulez-vous dire ? » Cavanaugh savait ce que l'autre allait répondre mais fronça les sourcils en feignant l'étonnement.

« Eh bien, je ne veux pas que vous ayez des ennuis avec votre magazine. Imaginez que vous écriviez votre article, qu'ils l'impriment, et qu'entre-temps on découvre que la transformation physique de Joshua est liée à la prise de...

— De stéroïdes ?

— Tout ce qu'on raconte sur les haltérophiles et les joueurs de foot professionnels, les histoires de dopage durant les jeux Olympiques, les rumeurs qui traînent à propos de certaines joueuses de tennis... Notre métier en subit les contrecoups. Quand les gens me voient avec tous mes muscles, ils se disent parfois : "Bien sûr, quand on prend des stéroïdes, c'est pas difficile de ressembler à cela." Je jure devant Dieu que je n'ai jamais touché à ces saloperies de toute ma vie. Les attaques cardiaques, les crises d'apoplexie, très peu pour moi. Ces drogues sont totalement contraires à mes principes. Si je fais ce métier c'est que je crois à la vie saine et naturelle. »

En revanche, la prise de stéroïdes cadrerait assez bien avec le personnage de Prescott, le biochimiste, pensa Cavanaugh. « Lui avez-vous posé la question ?

— Oui, et ça l'a choqué. Il a juré n'avoir jamais touché à cette merde.

— Mais ? s'enquit Cavanaugh.

— Au fond de moi, j'ai peine à croire qu'il ait pu changer comme ça sans y avoir eu recours.

— Quand je le rencontrerai et s'il accepte de m'aider, je penserai à l'interroger sur ce sujet. A quoi ressemble-t-il ?

— Un bon mètre quatre-vingts. Une petite quarantaine d'années. Encore un peu joufflu, mais trois fois rien. Sa silhouette s'affine et s'affermit de jour en jour. Si je ne l'ai pas reconnu en rentrant de randonnée c'est aussi parce qu'il s'était rasé la tête et fait pousser un bouc. »

L'allusion lui évoqua le bouc de Roberto ; l'image de son crâne fracassé se représenta devant ses yeux. Comme il aurait aimé que Prescott subisse le même sort ! Il réprima son soudain accès de colère. Il devait se concentrer sur une seule chose : retrouver Jamie. Mais pour cela, pour forcer Grace à la lui rendre, il fallait que Prescott reste en vie.

« A vous entendre, il doit être photogénique. Parfait pour mon article, dit Cavanaugh. A quelle heure a-t-il coutume de venir ici ?

— Vers une heure. »

Cavanaugh jeta un œil sur sa montre. Son tour des clubs de gym lui avait pris toute la matinée. Il était 12 h 35. Le temps. Il manquait de temps. « Joshua doit travailler la nuit ou un truc comme ça, pour disposer de ses après-midi.

— Travailler la nuit ? A mon avis, il ne travaille pas du tout, répliqua le moniteur.

— Je ne comprends pas.

— Il est toujours bien sapé. Il porte une montre en or. Une Piaget ou un machin dans le même genre. Je sais qu'elle vaut cher parce que le jour de son inscription, il a fait tout un foin pour qu'on lui garantisse que les casiers étaient vraiment sûrs. Il roule dans une Porsche flambant neuve. Pas une Boxter. Une Carrera. Il vit dans un quartier chic. J'ai l'impression qu'il est assez riche pour se dispenser de travailler. »

Une montre en or ? pensa Cavanaugh. Une Porsche ? Prescott aurait-il oublié ses conseils de discrétion ?

« De l'argent ? Ça c'est embêtant, dit Cavanaugh.

— Que voulez-vous dire ?

— Les gens riches sont souvent jaloux de leur vie privée et n'apprécient guère qu'on parle d'eux dans les magazines. De peur d'attirer les cambrioleurs ou autre. Soyez gentil, quand vous verrez Joshua, ne lui dites rien de notre conversation. Laissez-moi l'aborder à ma façon. Autrement, il risque de m'envoyer paître, surtout s'il pense que vous m'avez parlé de lui. Même chose, s'il imagine que vous m'avez exposé vos soupçons à propos des stéroïdes, il pourrait mal le prendre et vous poursuivre en diffamation.

— Seigneur Dieu, un procès ?

— Contre vous mais aussi contre le club. Les gens riches sont ainsi. Ne vous tracassez pas. Contentez-vous de ne rien lui dire avant que je lui parle.

— Je serai muet comme une tombe, mon vieux. Croyez-moi.

— Une Porsche, hein ?

— Ouais.

— Si jamais je gagne au loto, je m'en achèterai une. Rouge. C'est ma couleur préférée.

— Celle de Joshua est blanche. »

15

A 12 h 55, une Porsche blanche s'engagea sur le parking et se gara à droite du club de gym construit en verre et en bois de séquoia. Le souffle court, Cavanaugh, caché au fond d'un snack de l'autre côté de la rue, griffonna le numéro minéralogique de la Porsche sur son bloc-notes et reprit une gorgée de latte. Un homme grand et un peu enrobé en descendit. Même de loin, on remarquait sans peine que ses mocassins noirs, son pantalon gris et son pull-over bleu sortaient de la boutique d'un grand couturier. Il avait le crâne rasé, le visage bronzé, portait un bouc et des lunettes de soleil.

Sans quitter des yeux le prétendu Joshua Carter, Cavanaugh réussit à reposer sa tasse sans renverser de café. Si effectivement ce type-là et Prescott ne faisaient qu'un, le changement était stupéfiant. Cavanaugh se souvenait d'un homme ventripotent, maladroit, au visage empâté. Et il voyait quelqu'un d'autre. Il lui restait quelques kilos à perdre, mais son régime avait remodelé ses joues, sa mâchoire. Avec son bouc et son crâne rasé, il avait l'air plus viril, plus costaud. A sa façon, il était presque beau. Sous les vêtements vagues et confortables, Cavanaugh sentait sourdre une remarquable puissance musculaire.

En l'espace de si peu de temps, c'est impossible, pensa Cavanaugh. Impossible, à moins qu'il n'ait ajouté des stéroïdes ou autre chose à son nouveau régime... Une idée lui vint : et si Prescott avait inventé un nouveau stimulant hormonal ?

L'homme s'arrêta un instant, balaya du regard le parking et l'espace qui l'entourait, puis sortit le sac de gym noir posé derrière le siège. Voulait-il vérifier que tout allait bien ou se contentait-il de savourer le paysage ? Les lunettes de soleil empêchèrent Cavanaugh de voir si Carter coulait des regards méfiants de chaque côté de lui tout en marchant vers l'entrée du club. Mais avant qu'il ouvre la porte, il le vit se retourner et observer la rue.

16

CINQUANTE. Cinquante-deux. Cinquante-quatre. Les mains crispées sur le volant, Cavanaugh remontait Vista Linda en notant les numéros des villas. Rien que des maisons de maître valant des millions de dollars, donnant sur le splendide terrain de golf de Bayonet-Blackhorse, un nom qui datait de l'époque où Fort Ord était encore en activité.

Soixante. Soixante-deux. Soixante-quatre. Cavanaugh ne comprenait pas pourquoi Prescott avait élu domicile dans la péninsule de Monterey au lieu de s'installer à Carmel. La vue imprenable sur le terrain de golf ne lui semblait pas une raison suffisante. Peut-être voulait-il s'éloigner de Carmel parce qu'il craignait qu'on ne fasse la relation entre cette ville et lui. Mais pourquoi diable se montrer si prudent d'un côté et de l'autre se pavaner en Porsche en arborant une montre en or ?

Soixante-dix. Soixante-douze. Cavanaugh avait prévu de glaner des informations sur le plan de la maison. Ensuite il s'arrangerait pour y pénétrer, maîtriser Prescott au moyen de l'atomiseur que Grace lui avait donné et enfin procéder à l'échange avec Jamie. Il savait qu'il risquait de rencontrer un système d'alarme et d'attirer l'attention des voisins, mais il n'avait pas le choix.

Soixante-quatorze. Le soixante-dix-huit était juste devant lui.

Une imposante bâtisse de style pseudo-hispanique, avec un étage, un toit en tuiles et...

Cavanaugh ralentit. Une pancarte À VENDRE était fichée au milieu de la pelouse.

17

« DÉSOLÉ de vous déranger, dit Cavanaugh au vieil homme à moitié chauve qui lui ouvrit la porte, mais j'ai remarqué cette pancarte de l'autre côté de la rue. » L'homme avait abusé du soleil. La peau de son visage, tannée comme un vieux cuir, était sillonnée de rides que son expression sévère creusait encore davantage.

« Mon père est chirurgien. Il habite Chicago mais veut prendre sa retraite ici, expliqua Cavanaugh. Comme il est dingue de golf, j'ai fait un tour dans le coin pour voir s'il y aurait des maisons à vendre. Celle d'en face me semble parfaite, mais comme c'est un quartier récent, je me demandais pourquoi on la mettait déjà en vente. Il y a quelque chose qui cloche ?

— Cette affreuse pancarte, dit l'homme.

— Pardon ?

— Je lui ai conseillé de la vendre de particulier à particulier. Qu'est-ce que vous voulez, avec un écriteau pareil, on attire n'importe qui. Des drogués, des agents immobiliers, des gens qui n'ont pas les moyens de vivre ici. Et tout ça vient rôder dans le quartier, s'en mettre plein la vue et encombrer la rue. Aucun respect. A la minute même où Sam a cassé sa pipe, sa femme s'est précipitée pour vendre la maison.

— Sam ?

— Jamison. Lui et moi avons emménagé la même semaine, il y a deux ans de cela. Il est tombé raide mort sur le terrain de golf hier matin et dans l'après-midi cette foutue pancarte était déjà plantée dans le jardin. »

18

A LA PREMIÈRE station-service, Cavanaugh se précipita sur une cabine téléphonique, enfonça une carte dans la fente et pianota.

« Rutherford à l'appareil, dit la voix profonde.

— Où en es-tu avec les listes ? lâcha Cavanaugh, surpris par son souffle court.

— A Washington, une douzaine d'agents sont pendus au téléphone. Nous en avons envoyé d'autres à partir de San Francisco et San José avec mission de se mettre en relation avec notre agent pour la région Carmel/Monterey. En revanche, nous n'avons pas réussi à contacter beaucoup d'agents immobiliers, jusqu'à présent. Quant aux terrains de golf, j'aimerais bien qu'on me donne un dollar par candidat à l'inscription.

« Il va falloir mettre les bouchées doubles. Vérifie ce numéro minéralogique. Il s'agit d'une plaque californienne. Porsche Carrera. Blanche, dernier modèle. » Cavanaugh lui dicta le numéro.

« Tu es à... » John énonça l'emplacement et le numéro de la cabine que Cavanaugh utilisait.

« Ton système d'identification téléphonique est diablement bon.

— *Diablement* et *bon* sont des termes incompatibles, dit le baptiste du Sud. Reste où tu es. Je contacte le Département des immatriculations de Californie et je te rappelle dans dix minutes.

— Fais vite. J'attendrai. »

Dès qu'il eut raccroché, Cavanaugh se rua vers la Taurus et s'en alla, certain que dans très peu de temps, une voiture de police envoyée par Rutherford arriverait sur les lieux pour le chercher. Il franchit dix pâtés de maisons et s'arrêta devant une autre station-service disposant d'une cabine extérieure. Après avoir filé trop vite tout à l'heure, le temps passait trop lentement à présent. Juste au moment convenu, il enfonça la carte téléphonique dans la fente et pianota. Sa main transpirait sur le combiné. « Qu'as-tu trouvé ?

— Tu étais censé rester sur place.
— *Qu'as-tu trouvé ?*
— La Porsche est un véhicule de location.
— Quoi ?
— Un dénommé Joshua Carter l'a louée pour un mois seulement. D'après la compagnie de location, il aurait donné l'adresse suivante : 78 Vista Linda à Seaside, Californie. La police locale envoie une voiture banalisée sur place. »

Cavanaugh pouvait à peine parler. « Dis-leur de laisser tomber. Carter n'habite pas là.

— Il n'habite pas là ? Si tu le savais, pourquoi m'as-tu demandé de...

— J'espérais que tu me donnerais une autre adresse.

— C'est fou. J'ai besoin que tu viennes au centre de commandement que nous sommes en train de constituer. Cette fois, reste où tu es.

— D'accord. » Cavanaugh raccrocha et courut vers la Taurus.

19

BON Dieu, Prescott est tellement parano qu'il a créé une fausse identité à l'intérieur d'une fausse identité, pensa Cavanaugh installé dans le snack, tout en lorgnant le club de gym sur le trottoir d'en face. Ce fils de pute a probablement suivi les conseils que nous lui avons donnés dans le bunker. Il s'est plongé dans les vieilles rubriques nécrologiques. Et il a trouvé le nom d'un enfant qui, s'il avait vécu, aurait eu son âge, à l'heure actuelle. Sachant que la plupart des parents demandent un numéro de sécurité sociale pour leurs enfants dès la naissance et que certains Etats, dont la Californie, mentionnent les numéros de sécurité sociale sur les certificats de décès, il est allé aux archives de la ville où l'enfant est mort et a obtenu une photocopie du certificat de décès. Muni du numéro de sécurité sociale, il a pu se faire délivrer un permis de conduire et ouvrir un compte bancaire au nom de l'enfant.

Feignant de lire un magazine, Cavanaugh était assis loin de la vitrine. Selon le moniteur de gym, Joshua Carter avait coutume de s'entraîner pendant quatre heures. Il était 5 heures. Prescott utilisait sans doute sa deuxième fausse identité pour tâter le terrain. Si sa remarquable transformation physique attirait trop l'attention, il pourrait ainsi abandonner ce Joshua Carter de secours et tout reprendre au départ, en adoptant l'identité irremplaçable que Karen avait créée pour lui. Quand il quittait le club, il redevenait un autre et regagnait son vrai domicile.

Comment faire pour lui tomber dessus dans le club, le maîtriser et le faire sortir sans que des gens s'interposent ? pensa Cavanaugh. Autant ne pas y penser. En revanche, je peux le suivre...

Prescott sortit du bâtiment et s'arrêta un instant en plein soleil. Il se tenait encore plus droit qu'en entrant. Ses épaules semblaient encore plus larges, sa poitrine plus solide. Ses joues, rougies par l'exercice, paraissaient un peu moins rondes. S'il prenait une drogue, elle fonctionnait remarquablement bien, combinée avec le sport et un régime draconien. Il portait toujours des lunettes de soleil et les mêmes mocassins noirs, pantalon gris, pull-over bleu et sac de gym noir qu'il avait en entrant. Son crâne luisait. Il examina la rue puis partit vers le parking, à gauche. Arrivé devant la Porsche, il regarda encore une fois autour de lui et monta en voiture.

Au moment où Prescott quitta le parking, Cavanaugh sortit en trombe du snack et sauta dans la Taurus garée derrière. Quinze secondes plus tard, il se lançait sur ses traces. Ce laps de temps était problématique. En effet, il avait étudié la configuration de la rue et conclu qu'il suffisait de quinze secondes à vitesse normale pour atteindre l'un ou l'autre des panneaux stop placés à chaque extrémité. Lorsqu'il sortit du parking du snack, Cavanaugh vit la Porsche s'arrêter au carrefour de droite. Un instant plus tard, Prescott tournait à gauche.

Cavanaugh fonça, prit à gauche et vit la Porsche au milieu de la circulation, une centaine de mètres plus loin. Il savait que ce bolide était assez puissant pour se faufiler entre les voitures et virer prestement aux carrefours sans pour autant dépasser les limites de vitesse. A côté, la Taurus faisait pâle figure. Mais Cavanaugh espérait qu'en quittant son club de gym, Prescott changerait d'attitude, abandonnerait le personnage du type plein aux as pour se fondre dans le décor, si tant est qu'on puisse le faire à bord d'une voiture aussi luxueuse.

Cavanaugh avait raison. A présent Prescott roulait vers l'ouest, à une allure pépère, le long de Del Monte Avenue. Une fois arrivé à Monterey, il vira deux fois tout aussi prudemment, se dégagea des embouteillages de cinq heures de l'après-midi et pénétra dans un parking à deux étages, près d'un immeuble de bureaux.

L'entrée et la sortie du garage étaient proches l'une de l'autre, mais il fallait quand même s'assurer qu'il n'existait pas d'autres issues. Prescott avait peut-être l'intention de traverser le garage pour ressortir de l'autre côté. Juste au cas où on le suivrait. Seulement voilà, pendant que Cavanaugh faisait son tour d'inspection, Prescott pouvait très bien ressortir par devant. C'est alors qu'il vit la file de voitures derrière la guérite. Les gens étaient pressés de rentrer chez eux, après leur journée de travail. Il y avait tellement de monde que Cavanaugh disposait de tout le temps nécessaire pour faire le tour du bloc avant que Prescott ne ressorte.

Comme il l'espérait, il ne trouva pas d'autre issue. Revenu au point de départ, Cavanaugh pénétra dans le garage et sillonna le niveau 1, un étage obscur empestant les gaz d'échappement, sans voir la Porsche. Il la trouva au deuxième niveau, dans une zone marquée COMPACT ONLY, avec d'autres petites voitures, près d'une porte menant aux bureaux.

La disposition des lieux l'obligea à revoir ses plans. L'idéal aurait été que la Porsche soit stationnée loin d'une porte, entre des véhicules plus gros, de préférence des 4×4, derrière lesquels Cavanaugh aurait pu cacher la Taurus et attendre à couvert que Prescott s'approche pour lui tomber dessus.

Mais comme les choses se présentaient, Cavanaugh allait devoir se garer à une certaine distance. Il songea à se dissimuler dans un coin sombre près de la Porsche et foncer sur Prescott avant qu'il n'y monte. Il y avait une autre possibilité : se servir du couteau Emerson pour découper des morceaux de tissu dans les protège-siège de la Taurus et les enfoncer dans le tuyau d'échappement. La Porsche refuserait de démarrer, Prescott descendrait pour voir ce qui clochait et Cavanaugh n'aurait plus qu'à profiter de ce moment de distraction pour se jeter sur lui.

Mais Prescott se laissera-t-il distraire ? se demanda Cavanaugh. Ou cette soudaine panne éveillera-t-elle ses soupçons ? S'il avait un pistolet sur lui, s'il se mettait à tirer... Je ne prendrai pas le risque de le tuer, pensa Cavanaugh.

Puis il réalisa qu'il disposait d'une solution bien plus efficace : vaporiser la drogue paralysante sur la poignée de la portière de la Porsche. Dès qu'il la toucherait, Prescott tomberait inanimé et il ne lui resterait plus qu'à accourir pour le ramasser comme s'il était saoul et l'emmener jusqu'à la Taurus.

Cavanaugh enfila les gants de latex qu'il avait achetés pendant la journée, sortit l'atomiseur du sac en plastique, descendit de voiture et marcha les mains dans le dos pour que les employés de bureau qui circulaient dans le parking ne les remarquent pas. Trente secondes plus tard, il se rasseyait au volant, rangeait l'atomiseur dans le sac et retirait prudemment ses gants en faisant bien attention de ne les toucher qu'à l'envers.

La Taurus étant cachée dans un coin sombre, les employés entrant dans le garage n'y prêtaient pas attention. Le bruit des portières qu'on ouvrait et fermait résonnait à travers l'espace bétonné. Plusieurs véhicules quittèrent leur emplacement et s'engagèrent sur la rampe menant au niveau inférieur. Le parking se vidait très rapidement. Vers 6 heures, la Porsche était le seul véhicule garé contre le mur près de la porte et la Taurus, juste en face d'elle, avait perdu presque toutes ses voisines.

Cavanaugh roula jusqu'au fond pour se mêler à d'autres véhicules.

6 h 30. D'autres employés de bureau quittèrent les lieux.

7 heures.

Quand 8 heures sonnèrent et que la Porsche et la Taurus se retrouvèrent seules, Cavanaugh eut un pressentiment.

20

« J'AI vu une Porsche flambant neuve là-haut, dit-il au gamin avec un anneau dans le nez, qui tenait la guérite de sortie.

— Ouais, cool, hein ?

— C'est pas trop risqué ici pour une voiture pareille ?

— Y a tout le temps quelqu'un qui surveille. Jusqu'à présent, personne n'a essayé de la voler.

— Jusqu'à présent ?

— Son proprio paie au mois. Bizarre, quand même.

— Que voulez-vous dire ?

— Le type ne s'en sert que l'après-midi. Je le vois partir vers midi et demi et revenir un peu après cinq heures. »

Ensuite, il quitte le bâtiment en passant par les bureaux, compléta Cavanaugh, et il observe la rue pour voir si quelqu'un l'a suivi.

21

Il m'a repéré. Je dois me faire à l'idée que ce salaud m'a repéré. Cavanaugh sortit du garage qui – il le comprenait maintenant – formait la ligne de démarcation entre Joshua Carter et l'identité fabriquée par Karen. En repartant vers Del Monte Avenue, Cavanaugh était absolument convaincu que Prescott tenait un autre véhicule à sa disposition près du parking, un modèle passe-partout comme Cavanaugh le lui avait conseillé.

Cavanaugh se retint de regarder dans le rétroviseur, de peur que Prescott comprenne qu'il se savait suivi. De violentes décharges électriques lui parcouraient les nerfs. Il prit à gauche et s'enfonça dans les vieux quartiers de Monterey. Lorsqu'il s'aperçut qu'il roulait sur Cannery Row dont les anciennes pêcheries remontant à l'époque de Steinbeck étaient devenues des boutiques et des cafés, il n'y prêta aucune attention. Sur sa droite, le soleil allait bientôt plonger dans l'océan. Il n'y prêta aucune attention non plus.

Suis-moi, se répétait Cavanaugh, fébrile. Suis-moi.

Il essaya de se mettre à la place de Prescott. Quelles étaient ses intentions en ce moment même ? Comptait-il quitter la région de Carmel/Monterey aussi vite que possible ? Seul Joshua Carter avait été démasqué, Prescott le savait. Et il n'avait aucune raison de penser que Cavanaugh n'agissait pas seul. Déciderait-il de le suivre pour protéger le personnage fabriqué par Karen en éliminant la menace pesant sur lui ? Tout dépendait de la manière dont Prescott considérait sa nouvelle vie. Y était-il vraiment attaché ? Aurait-il le cœur d'y renoncer ? Choisirait-il de s'enfuir ou de préserver l'identité qui avait déjà coûté la vie à cinq personnes ?

Cavanaugh conduisait aussi tranquillement que possible, sans chercher à semer son éventuel poursuivant. Au bout de Cannery Row, il tomba sur un cul-de-sac, ce qui l'obligea à tourner à gauche puis à droite. Mais à part ça, il continua tout droit en suivant le bord de mer défilant sur sa droite. Le soleil disparut dans l'eau, enveloppant de pourpre les crêtes d'écume. Pas une seule fois, Cavanaugh ne regarda dans son rétroviseur. Pas une seule fois, il ne montra qu'il espérait être suivi. Après avoir dépassé plusieurs aires de parking panoramiques, il finit par en choisir une peu fréquentée. D'un coup de volant, il quitta la route, se gara dans un coin tranquille, descendit de voiture et traversa pour atteindre les gros rochers bordant l'océan.

Une fois arrivé là, il fit une chose qu'on pourrait qualifier de courageuse, bien qu'en y réfléchissant ce genre d'action n'eût en soi rien d'exceptionnel. Il songea, démoralisé, que s'il avait écouté Jamie quand elle lui avait demandé de rentrer à Jackson Hole, il ne serait pas dans cette position de faiblesse, contraire à tous les principes de son métier. Alors, il repéra deux rochers bas, assez rapprochés pour qu'il puisse s'asseoir sur l'un tout en appuyant ses pieds sur l'autre. De dos au parking, il posa ses mains sur ses genoux et se mit à attendre.

Les derniers rayons du soleil scintillaient à la surface de l'océan. Une brise fraîche lui caressa le visage, dispersant les embruns que projetaient les vagues en s'écrasant sur les rochers. Mais Cavanaugh restait vigilant. Un véhicule freina sur la route et s'arrêta sur le parking derrière lui.

Le moteur tournait encore lorsqu'une portière s'ouvrit puis se referma. En dépit du martèlement des vagues, Cavanaugh entendit quelqu'un traverser la chaussée. Des semelles crissèrent sur le gravier. On s'approchait.

Les pas s'arrêtèrent dans son dos.

S'il avait écouté sa peur, il se serait aussitôt placé sur la défensive. Le fait qu'il s'oblige à demeurer paisiblement assis provoqua une étrange réaction de son système nerveux central. On aurait dit qu'il fonctionnait à toute vitesse, par pulsations, réclamant toujours plus d'oxygène et de sang.

« Comment m'avez-vous trouvé ? » Prescott s'exprimait d'une voix hésitante, comme la première fois qu'ils s'étaient parlé.

« *Ils n'ont que vingt ans* et *Un frisson dans la nuit*. » Cavanaugh avait les mains moites.

Pendant quelques secondes, il n'entendit plus que le ressac et le ronronnement du moteur au point mort. « Vous avez le don de l'observation.

— Et vous, vous apprenez vite. Dans une autre vie, vous auriez pu être agent secret, répliqua Cavanaugh en flattant délibérément son orgueil.

— Vous avez coutume de faire des compliments aux gens que vous voulez tuer ?

— Je ne veux plus vous tuer, repartit Cavanaugh sans quitter des yeux l'océan teinté par le couchant.

— Vous dites cela pour me dissuader de *vous* tuer ?

— Vous n'êtes pas venu pour ça. Autrement, vous auriez déjà appuyé sur la détente.

— Alors pourquoi suis-je venu ?

— Pour me parler. » Cavanaugh luttait pour contrôler sa respiration.

De nouveau, le silence entre eux se fit, sur fond de ressac et de bruit de moteur.

« Laissez vos mains sur vos genoux. Continuez à regarder la mer », ordonna Prescott.

La brise soufflait plus fort. Cavanaugh perçut des bruits de pas sur les galets. Une large silhouette apparut à la droite de son champ de vision. Elle contourna un gros rocher tout en restant à bonne distance. Sur les mains de Prescott une veste était rabattue, sans doute pour dissimuler une arme. « On dirait que vous êtes seul.

— Vous avez eu tout le temps de m'observer dans le garage. Vous saviez que j'étais seul à surveiller la Porsche.

— Qu'avez-vous mis sur la poignée ?

— Ça aussi vous l'avez vu ?

— J'ai caché des petites caméras vidéo sur les poutres porteuses du garage. Elles sont minuscules. Alimentées par des piles. A peine visibles. Ils en font la pub sur internet : "Surveillez votre baby-sitter. Regardez la fille de votre voisin prendre un bain de soleil." Pendant ce temps, j'étais installé au niveau inférieur, dans une camionnette équipée de moniteurs.

— Alors, vous savez pertinemment que j'agis seul.

— *Qu'avez-vous mis sur la poignée ?*

— Une drogue paralysante qui produit son effet au contact de la peau.

— Pourquoi agissez-vous seul ? Pourquoi n'avez-vous pas dit aux autorités que vous m'aviez trouvé ?

— Parce que le gouvernement aurait cherché à pactiser avec vous. Il vous aurait proposé un marché pour vous pousser à témoigner contre vos commanditaires, les officiers pour qui vous meniez vos recherches sur l'hormone.

— Vous êtes au courant de cela ?

— Je suppose qu'en cet instant même, la seule chose qui vous retient de l'utiliser contre moi c'est cette brise qui souffle du large.

— Qui vous a informé ?

— Un dénommé Kline. Le chef de l'équipe qui a tenté de vous enlever.

— Je sais qui est Kline. » La voix de Prescott se durcit.

« Vous n'avez plus rien à craindre de lui. Il est mort.

— Vous l'avez tué ?

— Non. Une femme que j'appelle Grace s'en est chargée.

— Grace ?

— Un mètre soixante-quinze. Yeux bleus. Cheveux blonds et courts. Elle a l'air de beaucoup fréquenter les clubs de gym. Plutôt agréable à regarder si ce n'était son expression agressive.

— Je la connais, elle aussi. Son vrai nom est Alicia.

— Trop féminin pour elle.

— Quand une femme subit un entraînement commando expérimental, il arrive qu'elle perde un peu de sa féminité. »

Le soleil était presque couché. Tandis que l'obscurité grandissante épaississait les ombres, Cavanaugh comprit pourquoi Prescott avait laissé tourner son moteur. Les phares étaient allumés. Prescott voulait éviter de décharger la batterie.

« C'est elle qui m'a donné la drogue paralysante dont j'ai aspergé la poignée de la Porsche.

— Je suis ravi de l'apprendre.

— Oh ?

— Comme je doute que vos talents s'étendent à l'exercice de la chimie, je pensais bien que vous la teniez de quelqu'un. Je croyais vous avoir entendu déclarer que vous travailliez seul.

— Je ne suis pas de mèche avec Grace, croyez-moi.

— Essayez de vous montrer plus convaincant.

— Je suis... » Non sans réticence, Cavanaugh dérogea à la règle qu'il s'était fixée : ne jamais révéler de détails personnels. « Marié.

— Vous m'aviez dit que vous viviez seul.

— En effet, avoua Cavanaugh. Normalement, je ne la mêle pas à mes affaires. Mais, après ce qui est arrivé dans le bunker, ma femme était la seule personne vers qui je pouvais me tourner. Elle est venue à Carmel avec moi. Hier, Grace l'a enlevée. Si je ne lui livre pas votre cadavre, ma femme – le mot resta coincé dans sa gorge – mourra.

— Voilà une raison imparable pour me tuer.

— Au contraire. » Des embruns éclaboussèrent le visage de Cavanaugh mais il les sentit à peine tant la peur engourdissait ses joues. « Si je lui livre votre cadavre, je ne la reverrai jamais. Grace a toutes les raisons de me haïr. Je l'ai estropiée et j'ai éliminé tous les membres de son équipe.

— Estropiée ?

— Je lui ai tiré dans les jambes. Elle marche avec des béquilles et elle a perdu la confiance de ses contrôleurs.

— Oui, j'imagine que rien ne pourrait la contrarier davantage, dit Prescott.

— Voilà pourquoi je me dis que si je lui livre votre cadavre, elle se servira de ma femme pour me rendre la monnaie de ma pièce.

— Probablement.

— Je veux que vous m'aidiez », dit Cavanaugh.

Le ressac cognait. Le moteur tournait au ralenti. Les phares brillaient.

« Pardon ? demanda Prescott.

— Je sais comment résoudre votre problème et le mien. » La poitrine de Cavanaugh se contracta.

« Continuez.

— Ma femme signifie tout pour moi.

— Plus que vos cinq amis morts ?

— Plus que *tout*. S'il lui arrivait quelque chose, je ne sais comment je... Aidez-moi à la récupérer et vous n'aurez plus rien à craindre de moi. Je ne vous chercherai plus d'ennuis. Et je ferai en sorte que *personne* ne vous cherche d'ennuis.

— Vous redeviendrez mon protecteur ? railla Prescott. Et de quelle manière suis-je censé vous aider ?

— En résolvant *votre* problème en même temps que je résoudrai le mien. Je téléphone à Grace et je lui dis que je vous ai attrapé mais que j'ai décidé de vous garder en vie jusqu'à ce qu'elle relâche ma femme. J'organise un échange. Vous marchez vers Grace pendant que ma femme marche vers moi. Ce que Grace ignore, c'est que vous n'êtes pas mon prisonnier – mais mon allié.

— Et pourquoi tomberait-elle dans le panneau ?

— Parce qu'elle sait ce que j'ai dû accomplir pour vous mettre la main dessus. Parce qu'elle nous croit ennemis.

— Et nous ne le sommes pas ?

— Pas si vous m'aidez.

— Qu'est-ce qui l'empêchera de m'abattre dès que j'apparaîtrai ?

— Elle ne voudra pas se priver du plaisir de vous avoir devant elle avant de le faire. Mais juste au cas où, vous enfilerez le gilet en Kevlar que j'ai dans ma voiture. Grace ne vous a pas revu depuis que vous avez maigri. L'épaisseur du gilet vous redonnera un peu de votre ancien embonpoint. Elle n'y verra que du feu. Je vous secouerai un peu avant de vous pousser vers elle. Vous aurez les mains attachées, histoire de détourner ses soupçons. Mais je ne serrerai pas vos liens et au moment où vous serez près d'elle... Vous savez vous servir de ce pistolet que vous cachez sous votre veste ?

— Je m'entraîne chaque matin sur un terrain de tir, à Monterey. »

Cavanaugh ne jugea pas utile de lui signaler qu'entre tirer sur une cible en carton et sur un être humain, il y avait une différence notable. Prescott avait prouvé à maintes reprises qu'il ne manquait pas de détermination en ce domaine. « Quand vous serez près de Grace, vous arracherez vos liens, vous dégainerez et l'abattrez.

— Facile à dire. Mais supposez qu'elle soit accompagnée.

— Elle l'est. Un autre agent. Tout le monde l'a laissée tomber, il ne lui restait plus que cette personne, du moins c'est ce qu'elle prétend.

— Et si elle mentait.

— Pour l'échange, nous choisirons un lieu de rendez-vous rapidement accessible pour nous. De cette manière, nous arriverons assez tôt pour voir venir. Quoi qu'il se passe, je serai là pour vous protéger.

— Vous parlez sérieusement ? demanda Prescott.

— Grace vous déteste tellement qu'elle ne renoncera jamais à vous pourchasser. Vous ne vous sentirez jamais en sécurité. Où que vous alliez, vous entendrez toujours des pas derrière vous. Si vous voulez conserver votre nouvelle identité, il faut que vous l'arrêtiez. Aidez-moi à récupérer ma femme et je vous aiderai à vous débarrasser de Grace.

— Et ensuite ? Si nous réussissons, si vous récupérez votre femme, vous me laisserez tranquille ?

— Absolument, affirma Cavanaugh.

— Malgré ce que j'ai fait à vos coéquipiers. J'ai du mal à vous croire. Donnez-moi une raison de vous faire confiance.

— Je vais vous donner la meilleure raison du monde, dit Cavanaugh. Ma parole. »

Pour la première fois, Cavanaugh se détourna de l'horizon enténébré. Le visage éclairé par la lumière des phares, il regarda Prescott droit dans les yeux. L'homme qui se tenait devant lui était méconnaissable. Des traits virils, des joues fermes, une mâchoire bien dessinée, un bouc, un crâne rasé, des épaules musclées.

« Je vous donne ma parole. Aidez-moi à retrouver ma femme et vous n'aurez plus rien à craindre de moi.

— Votre *parole* ? » Prescott prononça ce mot comme s'il s'agissait d'un concept tout nouveau pour lui.

« Et mon amour pour ma femme.

— Qu'est-ce qui me dit que cette femme existe ? Comment puis-je être sûr qu'il ne s'agit pas d'une supercherie ?

— J'aurais pu vous abattre dans le parking ou devant le club de gym. Je vous ai épargné parce que nous avons besoin l'un de l'autre. »

Dans les yeux sombres de Prescott, une étincelle passa.

« Mais si ce que je dis ne vous suffit pas, Grace vous convaincra peut-être, fit Cavanaugh. Le téléphone du motel où je suis descendu a une fonction haut-parleur. Si j'appelle Grace et que vous entendez sa voix, si elle parle de ma femme, alors vous me croirez ? »

22

Sans lâcher l'arme dissimulée sous sa veste, Prescott suivit Cavanaugh jusqu'au motel. Une fois entré, il lui ordonna de verrouiller la porte et de tirer les rideaux. Cavanaugh se déplaçait prudemment en gardant les mains loin du corps bien qu'il eût laissé son pistolet et son couteau Emerson dans la Taurus, comme Prescott le lui avait demandé.

Une fois les rideaux fermés, Prescott posa sa veste sur une chaise. Cavanaugh vit alors qu'il avait suivi son exemple à la lettre, jusqu'à se procurer le même genre de pistolet que lui : un Sig Sauer 225.

« Ça me rappelle le jour où nous nous sommes rencontrés, dit Cavanaugh. Vous braquiez déjà une arme sur moi. »

Les pupilles de Prescott étaient aussi dilatées que dans l'entrepôt.

« Vous vous souvenez de la conversation que nous avons eue à propos de l'adrénaline ? », demanda Cavanaugh.

Prescott hocha la tête en se passant la langue sur les lèvres. « Dans le bunker, oui.

— Je vous disais que celui qui maîtrise l'adrénaline, qui opte pour le combat, passe pour courageux aux yeux de tous. Mais que celui qui, comme vous, agit en dépit de sa peur et, au lieu de fuir, affronte le danger – celui-là est le plus courageux des deux.

— Pas de flatteries. Tout ce que je veux c'est me débarrasser de mes ennemis. »

Cavanaugh désigna la commode. « Je vais ouvrir ce tiroir et vous montrer quelque chose.

— Faites-le lentement. »

Cavanaugh tira sur le tiroir avec sa main gauche, du bout des doigts. « Soutien-gorge. Culottes en dentelle. Ça fait pas mal de temps que j'ai cessé de me travestir.

— Quoi ? » Les joues de Prescott virèrent au rouge.

« Dans la salle de bains, vous trouverez une trousse à maquillage. De la laque. Du rouge à lèvres. De la crème de beauté. Un minuscule rasoir. Je veux que vous alliez voir. Ça vous convaincra peut-être que je voyage bien avec une femme.

— D'accord, je suis convaincu, dit Prescott mal à l'aise. Mais ça ne prouve pas qu'on l'ait enlevée. »

De la poche de sa chemise, Cavanaugh retira le bout de papier que Grace lui avait donné. Il s'avança vers le téléphone posé à la tête du lit, fit le 9 pour sortir, pressa la touche activant la fonction haut-parleur puis composa le numéro du portable de Grace.

Assis face à face, chacun sur un lit, Prescott tenant toujours son pistolet braqué sur Cavanaugh, ils entendirent une première sonnerie.

Puis une deuxième.

Juste au moment où Cavanaugh commençait à se demander si Grace allait répondre, une voix de femme lança sur un ton sec : « Allô. »

Cavanaugh regarda Prescott comme pour lui demander : Vous reconnaissez cette voix ?

Les lèvres de Prescott pâlirent.

Il y avait des parasites sur la ligne. Parfait, songea Cavanaugh. Elle ne remarquera pas la légère réverbération provoquée par le haut-parleur.

« C'est moi, dit Cavanaugh.

— J'espère que vous appelez pour m'annoncer une bonne nouvelle.

— Je l'ai eu.
— Il est mort ?
— Je veux entendre la voix de ma femme.
— Je vous ai demandé s'il était mort.
— Et moi, je vous ai demandé de me passer ma femme. »

Cavanaugh entendit encore des parasites puis des voix assourdies dans le fond. Sa requête avait l'air de la contrarier.

Soudain, la voix acérée de Grace revint : « Dites-lui que vous allez bien. »

Pas de réponse.

« Bon sang, tu vas parler ?!
— Je vais... – Cavanaugh sentit que Jamie souffrait et sa gorge se contracta comme s'il partageait sa douleur – bien. »
— Voilà, intervint Grace. Elle se porte bien. Et maintenant, Prescott ?
— Que diable lui avez-vous fait ?
— Des trucs qui font très mal. »

Le visage ensanglanté de Jamie surgit soudain devant ses yeux.

« Plus tôt vous la retrouverez, plus vite vous pourrez prendre soin d'elle, dit Grace sur un ton moqueur. Prescott. Vous parliez de bonnes nouvelles. Est-ce qu'il est mort ?
— Non.
— Alors ce n'est pas une bonne nouvelle. Pourquoi vous ne l'avez pas tué ? »

Cavanaugh regarda Prescott comme pour lui signifier : Vous voyez ? Je ne mentais pas.

Le crâne rasé de Prescott luisait de sueur.

« Parce que je veux être sûr de récupérer ma femme, articula Cavanaugh.
— Vous croyez que je ne remplirai pas ma part du marché ?
— Pas si je vous livre un cadavre. Vous n'auriez plus aucune raison de me la rendre. Je vous propose un échange. Quand je verrai ma femme, vous verrez Prescott. Quand vous libérerez ma femme, je le libérerai. Après cela, vous ferez de lui ce que bon vous semblera.
— Dites donc, ce n'est pas ce qui était convenu.
— Oui, mais c'est comme ça et pas autrement. »

Le silence se fit. On n'entendait plus qu'un sifflement électronique.

« Je n'aime pas qu'on me pose des ultimatums, reprit Grace.

— Pourtant, vous devriez être ravie. Vous m'avez dit que vous aviez jusqu'à demain matin pour regagner la confiance de vos contrôleurs. Grâce à moi, vous voilà en avance sur l'horaire. Rendez-moi ma femme et vous aurez Prescott. Nos problèmes respectifs sont quasiment résolus. »

Grace retomba un instant dans le silence avant de pousser un soupir de lassitude. « Où voulez-vous qu'on se retrouve ? »

Pour la troisième fois, Cavanaugh regarda Prescott. Sur le chemin du motel, ils étaient convenus du plan qu'ils suivraient si jamais Cavanaugh parvenait à convaincre Prescott de sa sincérité et si Prescott choisissait de continuer. En fait, c'était Prescott lui-même, qui connaissait la région de Carmel comme sa poche pour l'avoir sillonnée en tous sens, qui avait décidé du point de rendez-vous.

Cavanaugh lui indiqua l'endroit. « A environ vingt kilomètres au sud de Carmel sur la Route 1, vous trouverez une route qui mène vers la montagne. Avec une pancarte SITE HISTORIQUE.

— J'en rêvais : de la culture. Quel est ce site historique ?

— Une chapelle en pierre construite en 1906 par un ermite, un banquier dont la famille a disparu dans le tremblement de terre de San Francisco. Le bâtiment n'est plus qu'une ruine. Personne n'y met jamais les pieds.

— Et dites-moi, comment connaissez-vous cet endroit ?

— Je suis déjà venu à Carmel, mentit Cavanaugh. Un jour, en venant de Los Angeles, j'ai vu un embranchement et j'ai décidé d'aller jeter un coup d'œil.

— Et je suis censée vous faire confiance au point d'accepter ce rendez-vous ?

— Hé, je suis seul, vous êtes deux. Tout ce que je veux, c'est me débarrasser de ce fils de pute et récupérer ma femme. Ce que vous ferez de Prescott dans les collines, c'est votre affaire. Il n'y aura pas un chat dans le secteur. J'ai pensé que vous apprécieriez la tranquillité de ce coin de campagne. »

De nouveau, Grace poussa un soupir de contrariété. On devinait qu'elle pesait le pour et le contre. Elle se méfiait mais, par

ailleurs, il fallait absolument qu'elle regagne la confiance de ses supérieurs. « Quand ?
— Dans une heure.
— C'est trop tôt. Je n'y serai jamais. Disons deux heures. » Grace coupa la communication.

23

CAVANAUGH désactiva la fonction haut-parleur du téléphone et reposa le combiné sur son socle. Les lèvres engourdies, il regarda Prescott et l'arme pointée sur lui. « Alors ? »

Prescott avait du mal à reprendre son souffle ; il semblait accomplir un terrible effort pour recouvrer ses esprits et rassembler ses forces. Et bizarrement, cela le rendait plus imposant, plus massif. Il étudia les chiffres sur la pendule de la table de chevet – 22 : 20. « Elle a menti. Il ne lui faut pas deux heures pour arriver.
— C'est exact.
— Elle va tenter de nous devancer, fit Prescott. Pour vous tendre un piège et vous couper l'herbe sous le pied.
— C'est encore exact. Je persiste à vous le dire : Vous avez raté votre vocation.
— Il ne reste pas beaucoup de temps, ajouta Prescott.
— Alors que comptez-vous faire, continuer à fuir en regardant sans cesse derrière vous, ou mettre fin à vos problèmes cette nuit même ? »

Prescott le contempla, ou plutôt, fixa quelque chose au-delà de lui, comme si Cavanaugh n'était pas là. Son regard se perdait dans un morne horizon peuplé de jours et de nuits interminables, passés à fuir.

Enfin, il se leva. Son bouc noir contrastait vivement avec la pâleur de ses joues. La sueur suintait de son cuir chevelu. Les deux mots qu'il s'apprêtait à prononcer étaient sans doute les plus difficiles qu'il ait jamais eu à dire. « Allons-y. »

SEPTIÈME PARTIE

Éliminer la menace

1

« OTEZ votre chemise. Enfilez ça. » Cavanaugh passa la main sous la housse du siège arrière de la Taurus et retira le gilet pare-balles caché en dessous. « Votre chemise est assez large pour qu'on ne remarque pas la présence du gilet. Ensuite vous remettrez votre veste. Elle cachera le pistolet. »

La Taurus était garée dans un coin sombre, au fond du parking du motel. Caché derrière la voiture, Prescott fit ce qu'on attendait de lui. Il eut l'air surpris par le bref coup d'œil lancé par Cavanaugh sur son ventre presque plat et son torse musclé.

Lorsque Prescott enfila sa veste, Cavanaugh attrapa le rouleau de chatterton qui traînait sur le sol, à l'arrière de la Taurus. « A présent, installez-vous à l'avant. Pendant que je conduirai, vous mettrez ça autour de vos chevilles. »

Prescott lui jeta un regard méfiant.

« Faites en sorte que ça ait l'air solide, conseilla Cavanaugh. Ensuite servez-vous de ceci. » Cavanaugh ouvrit la portière de gauche et prit le couteau Emerson. Prescott avait insisté pour qu'il le range sous les pédales, avec son pistolet. Cavanaugh appuya sur l'onglet à la base de la lame qu'il fit jaillir avant de tendre l'arme à Prescott. « Entaillez l'intérieur de la bande afin de pouvoir l'arracher en vous servant de vos jambes, en cas de besoin. »

Prescott avait toujours son air soupçonneux.

« Regardez ce poignard. Si je l'avais voulu, j'aurais pu vous arracher votre pistolet et vous tuer, non ? dit Cavanaugh. Tant que vous êtes avec moi, vous n'avez rien à craindre. Attachez vos chevilles ; ensuite, prenez ce couteau. Et faites attention. La lame est aiguisée. »

Cavanaugh monta dans la voiture, ramassa son pistolet sur le sol, l'enfonça dans son holster et attendit que Prescott le rejoigne. Quand il monta à son tour, on sentait qu'il se faisait violence.

Cavanaugh démarra aussitôt, roula sur deux cents mètres et s'arrêta devant une épicerie vivement éclairée qu'il avait remarquée un peu plus tôt, sur la route du motel. OUVERT JUSQU'À MINUIT disait l'enseigne au néon. Il s'y engouffra et ressortit cinq minutes plus tard, chargé d'un sac en papier qu'il vida sur le siège.

Pendant que Cavanaugh reprenait la route, Prescott baissa les yeux sur les quatre objets posés là : une bouteille de sirop de maïs incolore, une autre contenant du colorant alimentaire rouge, un bol et une grosse cuiller en plastique. « A quoi ça va servir ?

— Prenez le bol et mélangez un peu de sirop de maïs avec le colorant alimentaire. » Cavanaugh bifurqua pour s'engager sur la Route 1.

« Pour quoi faire, sacré bon sang ?

— Etant donné que nous ne disposons pas de produits de maquillage professionnels, c'est le meilleur moyen d'imiter les croûtes et le sang séché. »

Ils se mêlèrent à la circulation qui filait vers le sud. Malgré son impatience, Cavanaugh respectait les limites de vitesse. La pendule du tableau de bord indiquait 22 : 40. Il fallait qu'ils arrivent au point de rendez-vous aussi vite que possible, et ils avaient déjà perdu vingt minutes.

Quand Prescott eut préparé la mixture, il glissa la main dans sa veste et en retira un tube de métal gris.

Cavanaugh se raidit. « Est-ce...

— L'hormone ? » Prescott hocha la tête. « Vous aviez raison. Je ne l'ai pas utilisée sur la plage parce que la brise l'aurait dispersée. Quand on dévisse le bouchon, il faut compter vingt secondes, juste le temps de se mettre à l'abri. Après cela, le gaz sort.

— Vous prévoyez de vous en servir tout à l'heure ?
— Placez-nous de telle manière que nous ayons le vent dans le dos.
— Supposez que ce soit impossible. Si je prends une bouffée de ce truc, je ne serai plus en mesure de vous aider. Et si Grace et son associée réagissaient comme les Rangers de Floride ? Au lieu de partir en courant, elles pourraient se mettre à tirer sous le coup de la panique. Et Jamie risquerait de recevoir une balle. »

Prescott ne répondit rien.

« Non, trancha Cavanaugh.

— Mais...

— Posez cela sur le siège. »

Prescott le dévisagea.

« Allez ! insista Cavanaugh. Laissez-le ici. »

Prescott posa le tube sur le siège.

« A cause de ce truc, j'ai connu la peur pour la première fois de ma vie, dit Cavanaugh. Existe-t-il un antidote ? » Il avait formulé cette question d'un ton volontairement détaché.

— Bien sûr. Autrement, même avec le délai de sécurité, l'arme pourrait intoxiquer celui qui l'emploie.

— L'antidote ne supprime pas la peur ?

— Seulement la peur causée par l'hormone.

— Je veux que vous m'en donniez, dit Cavanaugh.

— Je ne peux pas.

— Pourquoi ?

— Je n'en ai pas sur moi, répondit Prescott Et de toute façon, l'antidote ne servirait à rien pour l'instant.

— Que voulez-vous dire ?

— Vous continueriez à avoir peur pour votre femme. Dès qu'on aime une personne, on tremble pour sa sécurité. Heureusement, c'est une forme de peur que j'ai réussi à éviter. A présent, à vous de découvrir.

— Découvrir quoi ?

— Ce que c'est que le courage. »

2

Ils dépassèrent Carmel et continuèrent vers le sud. Au fur et à mesure, les phares qui venaient en face se faisaient plus rares puis, quand ils atteignirent la zone presque inhabitée entourant Point Lobos, ils se retrouvèrent quasiment seuls sur la route.

Bientôt, à travers les arbres noirs, Cavanaugh vit briller çà et là les lumières de quelques maisons isolées. « C'est quoi cet endroit ?

— Carmel Highlands. Une sorte de hameau perché sur une falaise au-dessus de l'océan. »

Sur la droite, Cavanaugh repéra la route qui y menait. Les phares de la Taurus perçant la pénombre, il vira et se gara au milieu des arbres.

Il éteignit les phares. « On s'y met. Tout à l'heure, il y avait trop de circulation. Un policier aurait pu voir votre visage et nous arrêter. »

Cavanaugh prit la cuiller en plastique, l'enfonça dans le bol puis étala le sirop de maïs teinté de rouge au coin gauche de la bouche de Prescott, sur sa joue et sa tempe gauches, puis traça un genre d'entaille sur son crâne rasé. Exposée à l'air, la mixture qui avait commencé à se coaguler ressemblait étonnamment à du sang séché.

Lorsque Cavanaugh ralluma les phares, il étudia l'effet à la lueur du tableau de bord. « On se croirait aux urgences.

— Mais je sens le sirop de maïs.

— Pas de loin. Au moment où Grace le sentira, elle sera morte.

— Je dois être sûr.

— Comment cela ?

— Faites-le vraiment.

— Je ne vois pas ce que vous...
— Je veux de vraies blessures, insista Prescott.
— *Quoi ?*
— Sur mon crâne. Les blessures au cuir chevelu saignent abondamment. L'odeur du sang couvrira celle du sirop.
— Nom de Dieu ! s'exclama Cavanaugh.
— Faites-le. » Lorsque Cavanaugh brandit le couteau Emerson, Prescott tressaillit.

Cavanaugh ne pouvait qu'imaginer le sang-froid dont Prescott eut besoin pour rester immobile pendant qu'il lui incisait le sommet du front sur quatre centimètres.

Le sang jaillit.

Cavanaugh essuya sa lame sur le visage de Prescott. Le vrai sang se mêla au faux.

A présent, Prescott avait l'air d'un mort-vivant.

« Tendez les mains », ordonna Cavanaugh.

Les mains de Prescott tremblaient lorsque Cavanaugh entoura ses poignets de chatterton avant de pratiquer une entaille entre deux, sur l'intérieur de la bande. La coupure était assez discrète pour qu'on ne la remarque pas de loin mais suffisamment nette pour que Prescott n'ait aucun mal à se défaire de ses liens.

« OK ? » demanda Cavanaugh.

Prescott fit un test, tenta d'écarter les mains et faillit déchirer la bande. Il inspira en frémissant. « OK. »

Cavanaugh fit demi-tour, regagna la Route 1 et repartit vers le sud. Sur la droite, la lune projetait une lueur blafarde à la surface de l'océan. Sur la gauche, quelques rares lumières scintillaient au flanc de la montagne. Ils étaient seuls sur la route.

« Prochain tournant, articula Prescott d'une voix blême.
— Vous la connaissez plutôt bien, cette région.
— Quand j'ai commencé à suivre mon régime, je préférais éviter la foule. Je n'avais pas encore assez changé. Du coup, j'ai passé pas mal de temps à randonner dans le coin. »

Cavanaugh tourna le volant. Les phares de la Taurus éclairèrent la pancarte SITE HISTORIQUE. Il s'engagea ensuite sur un sentier cahoteux qui grimpait entre les arbres.

Le sentier débouchait d'abord sur une prairie nimbée par la lune puis serpentait entre les fourrés. A plusieurs reprises, les roues de la Taurus s'enfoncèrent dans des ornières ; des cailloux raclèrent le châssis. Les épaisses ramures leur cachaient le ciel. Les buissons frottaient contre la carrosserie.

« On va bientôt tomber sur une deuxième prairie, commenta Prescott. La chapelle est construite sur le versant opposé, à mi-pente. Mais il n'y a pas grand-chose à voir. » La respiration de Prescott se faisait plus rapide, plus stridente. « A part une petite tour surmontée d'une croix, tout n'est que ruines.

— Comptez jusqu'à trois avant d'expirer.

— Quoi ?

— Retenez votre souffle pendant trois secondes. Puis expirez pendant trois secondes. Recommencez plusieurs fois. Ça vous aidera. A présent, baissez-vous avant qu'elles ne vous voient. Faites semblant d'être évanoui. »

Prescott obéit. Malgré l'obscurité, son visage semblait pâle comme la mort.

Cavanaugh l'écoutait mesurer sa respiration. En même temps, à chaque cahot de la voiture sur le chemin, à chaque embardée, il sentait son cœur cogner contre sa cage thoracique. Il prit un virage serré et enfin émergea des fourrés. Devant eux, s'étendait une prairie illuminée non seulement par le clair de lune mais aussi par des phares dont l'éclat soudain leur signala l'emplacement de la chapelle.

« Bon sang, elle est arrivée avant nous », s'écria Cavanaugh.

3

SANS ralentir ni montrer aucun signe d'inquiétude, il continua de suivre le sentier en direction des phares. « Prêt ? demanda-t-il à Prescott affalé sur le sol.

— Il est un peu tard pour faire demi-tour.

— Dans cinq minutes, vous serez en sécurité. Ma femme sera sauvée et vous serez libre.

— La fameuse projection dans le futur. Ce truc m'a superbement réussi le jour où vous m'avez fait sortir de l'entrepôt, répliqua Prescott. Oui. Dans cinq minutes, votre femme sera sauvée et je serai libre. »

Prononcés par Prescott, ces mots lui firent l'effet d'une formule magique. Il se détendit un peu. « Voyons si vous êtes aussi bon acteur que biochimiste.

— Et voyons – Prescott retint son souffle pendant trois secondes – si vos talents de protecteur sont aussi grands que vous le prétendez. »

La Taurus se rapprocha des phares. Grace se tenait campée sur ses béquilles près d'une voiture d'un modèle tellement banal qu'il faisait fureur parmi les spécialistes de la sécurité : une Mercury Sable. Derrière elle, la croix plantée au sommet de la chapelle reflétait le faisceau des phares de la Taurus. Sous la tour, les murs n'étaient que ruines.

Il s'arrêta à vingt-cinq mètres de la Mercury. A cette distance et de nuit, impossible de leur tirer dessus avec un pistolet. Le risque demeurait qu'elle ait posté un tireur armé d'un fusil au milieu des arbres, mais sans lunette de vision nocturne il aurait été incapable de viser correctement. Or Cavanaugh doutait que Grace ait réussi à se procurer un équipement aussi sophistiqué en si peu de temps. Par ailleurs, les quatre phares diffusaient trop de lumière pour ne pas interférer avec la plupart des optiques à infrarouge qui fonctionnaient en amplifiant les rayons de la lune et des étoiles. En bref, l'éclat des phares, décuplé par la lunette, aurait aveuglé le tireur.

Cavanaugh descendit sans couper ni son moteur ni ses feux. Au creux de sa poitrine, la sensation de froid redoubla dans la fraîcheur de la nuit.

Gêné par la luminosité des phares, il grimaça et lança d'une voix aussi ferme que possible : « Vous êtes arrivée tôt. » Il se rappela le début de leur conversation à Tor House, sous le brouillard, le matin même. Sa voix résonna sur les collines boisées qui les entouraient.

« Ça n'a pas l'air de vous surprendre. Moi aussi je m'attendais à ce que vous devanciez notre rendez-vous, dit Grace. Ouvrez toutes les portières. »

Cavanaugh s'exécuta. Il savait pourquoi Grace lui avait demandé cela. La personne tapie dans les fourrés allait ainsi pouvoir inspecter de loin l'intérieur du véhicule. Peut-être s'était-il montré trop optimiste. Aurait-elle placé au-dessus d'eux un tireur équipé d'une lunette de vision nocturne dernier cri, fonctionnant par détection thermique et non par amplification de lumière ? Si c'était le cas, l'éclat des phares ne l'empêcherait nullement de viser.

Malade de trouille, il ouvrit la portière arrière gauche, contourna le coffre, ouvrit la portière arrière droite avant de s'occuper de celle du passager puis se replaça dans le faisceau de ses phares, espérant y trouver refuge.

Mais, au fond de lui, il sentait que ses pires craintes étaient sur le point de se concrétiser. Son plan allait échouer.

Mon Dieu, faites que Jamie me soit rendue, pensa-t-il.

Soudain, il changea d'avis et reprit espoir en entendant Grace demander : « Où est Prescott ? »

Pourquoi cette question ? s'interrogea Cavanaugh. Toutes les portières sont ouvertes. Si Grace avait posté un tireur sur le côté, il aurait déjà aperçu Prescott couché devant le siège et aurait informé Grace par talkie-walkie ou émetteur-récepteur que tout allait bien et qu'ils étaient venus seuls.

« Il est à l'avant, à moitié assommé. » Si elle lui avait demandé d'ouvrir les portières c'était juste pour donner le change, conclut Cavanaugh, le cœur battant d'espoir. Elle veut me faire croire qu'elle a posté un tireur dans les fourrés. Mais il n'y en a pas. Autrement, elle saurait où se trouve Prescott et qu'il n'y a personne d'autre dans la voiture.

« Sortez-le de là.

— Pas avant que j'aie vu ma femme. »

D'un geste impatient, Grace lâcha l'une de ses béquilles pour faire un signe de la main en direction de la chapelle en ruine.

Deux silhouettes se levèrent et se découpèrent dans la lumière des phares. Deux femmes dont l'une poussait l'autre pour la faire avancer. La stature de l'une était impressionnante, très semblable à celle de Grace. Ses cheveux étaient bruns mais ils avaient la même coupe. Peut-être avaient-elles suivi ensemble l'entraînement commando pour femmes auquel Prescott avait fait allusion.

L'autre femme, c'était Jamie. Il vit ses mains attachées. Elle se tenait penchée en avant, comme si elle souffrait. Quand elle leva la tête, Cavanaugh remarqua du sang sur son visage. La colère le traversa aussi violemment qu'une flamme. Il se retint de hurler.

« Maintenant, montrez-moi ce salopard », intima Grace.

Cavanaugh s'avança vers la portière du passager et prit le temps de s'assurer que Prescott avait suivi ses ordres – le tube de métal était toujours posé sur le siège. Quand il le tira hors de la voiture, Prescott atterrit si violemment qu'il poussa un gémissement.

Sans plus de ménagement, Cavanaugh le traîna sur le sol et ne le lâcha devant le capot que pour lui décocher quelques bons coups de pied dans les côtes, pour faire plus vrai. Le bout de sa chaussure cogna sur le gilet pare-balles caché sous la chemise de Prescott. Ce gilet protégeait ses organes vitaux mais ne le rendait pas totalement insensible. De nouveau, Prescott gémit puis au quatrième coup de pied, cessa de gigoter et se ramassa sur lui-même.

« Debout, ordonna Cavanaugh. Tu ne crois pas que je vais te porter. »

Cavanaugh glissa discrètement la main vers la poche de son pantalon, dégrafa le couteau Emerson, l'ouvrit d'un coup de pouce et lui libéra les chevilles. Puis il replia la lame et remit le couteau à sa place tout en aidant Prescott à se hisser sur ses jambes d'un geste si violent que sa tête ballotta d'un côté et de l'autre. Prescott ne tenait pas debout. Cavanaugh se plaça derrière lui et l'attrapa par les épaules pour l'empêcher de tomber.

« Voilà, il est à vous, dit Cavanaugh à Grace.

— Mais qu'est-ce que c'est que cette histoire ? fit Grace. Ce type n'est pas Prescott.

— Bien sûr que si.

— Prescott n'est pas si...

— Il a perdu du poids. Ça fait partie de son déguisement. Je vais vous prouver que c'est bien lui. Hé, secoue-toi, dis-lui quelque chose. »

Prescott vacillait.

Cavanaugh lui balança un coup de poing dans les reins. Pour éviter que ses articulations ne s'écrasent contre le gilet pare-balles, il amortit le coup à la dernière seconde. Grace n'y vit que du feu.

Prescott gémit et se plia en deux.

« Allez, parle-lui !

— Euh... » Visiblement perclus de douleur, Prescott leva la tête. « Comment... » Il toussa comme s'il avait quelque chose de cassé à l'intérieur. « Comment ça va, Al ?

— C'est bien lui, s'exclama Grace. Seigneur, regardez son visage. Qu'est-ce que vous lui avez fait ?

— Je lui ai un peu rendu la monnaie de sa pièce. Je n'oublierai jamais ce qu'il a fait à mes amis. A présent à vous de passer à la caisse. Libérez ma femme et je libérerai Prescott. »

En équilibre sur ses béquilles, Grace regarda sa compagne en hochant la tête.

La femme poussa Jamie vers lui. Se découpant dans la lumière des phares, il vit sa silhouette marcher en titubant dans sa direction.

« C'est à vous maintenant », dit Grace.

Pour faire avancer Prescott, Cavanaugh lui décocha une bourrade dans le dos. Comme un pantin animé par un marionnettiste handicapé, Prescott marchait de guingois sur ses jambes flageolantes.

« Jamie, approche encore un peu. » Cavanaugh la vit chanceler vers lui. « Ça va aller. Continue. »

Pendant ce temps, Prescott progressait tant bien que mal en direction de Grace et de sa compagne.

Brusquement, il tomba à genoux.

Cavanaugh le rejoignit et le redressa sans douceur. « Avance, bordel ! On t'attend. J'ai mieux à faire que rester ici à te regarder mettre un pied devant l'autre. »

Il assortit ces mots d'une autre violente bourrade. Prescott encaissa le coup comme un pantin désarticulé.

En le voyant approcher, les deux femmes le contemplèrent éberluées tant il leur semblait grotesque.

De son côté, Jamie avançait toujours, d'un pas mal assuré. Cavanaugh finit par apercevoir ses yeux verts éclairés par les phares.

Pour la deuxième fois, Prescott s'arrêta comme sur le point de s'écrouler.

« Avance ! » Cavanaugh se précipita vers lui et le bouscula de nouveau. Ils étaient à présent à mi-chemin entre les voitures.

Jamie et Prescott se croisèrent. Elle contempla horrifiée les affreuses blessures marquant le visage de Prescott.

C'est presque fini, elle sera bientôt libre, pensa Cavanaugh, en priant pour que les faits lui donnent raison. Selon ses calculs, Grace profiterait de ses retrouvailles avec Jamie pour lui tirer dessus. Tout allait se jouer dans les prochaines secondes.

« Rentrons à la maison », dit-il à Jamie. Il fit le geste de l'enlacer mais se retint et lui désigna la voiture.

Cavanaugh se focalisa sur la scène qui se déroulait devant Prescott toujours plié en deux. En équilibre sur une béquille, Grace leva l'autre pour frapper Prescott au visage pendant que sa compagne le tenait en respect.

J'ai donné ma parole, pensa Cavanaugh.

Voyant Grace brandir sa béquille, Prescott se laissa tomber pour éviter le coup. L'arme improvisée lui passa au-dessus de la tête en sifflant. Lorsque Prescott s'effondra, il prit soin de dissimuler ses mains.

Il tire sur le chatterton, il attrape le pistolet sous sa veste, songea Cavanaugh.

Rétablissant son équilibre, Grace s'apprêtait à frapper encore une fois.

Prescott roula sur lui-même plus prestement que son état n'aurait pu le laisser prévoir. Cavanaugh sortit son pistolet.

Trois armes firent feu presque simultanément. La compagne de Grace atteignit Prescott à la poitrine. Ce dernier frémit et toucha Grace en pleine tête à la seconde même où la béquille retombait près de lui. Lorsque Cavanaugh appuya sur la détente, il entendit un cri. Blessée à la poitrine, la compagne de Grace fut projetée en arrière. Une quatrième détonation retentit. Aussitôt la femme cessa de crier. Prescott venait de lui fracasser le visage.

L'air empestait la cordite, des petits nuages de fumée flottaient dans la lumière des phares.

Assourdi par le hurlement des détonations, les nerfs à vif, Cavanaugh se tourna vivement vers Jamie et vit avec soulagement qu'elle s'était laissée tomber dès le début de la fusillade. « *Tu vas bien ?*

— Oui.

— Tu en es sûre ?

— Oui. »

Il se retourna vers Prescott. « Et vous, vous allez bien ? »

Prescott, toujours couché par terre, ne répondit pas tout de suite. L'impact de la balle sur son gilet en Kevlar lui avait coupé le souffle. En plus, il devait se faire à l'idée que son cauchemar venait de s'achever et qu'il n'avait plus de raison d'avoir peur. « Oui.

— J'ai tenu parole, dit Cavanaugh. Je vous ai aidé. Je vous ai protégé. Et puisque vous aussi vous m'avez aidé, vous n'avez plus rien à craindre de moi. Je vous hais de tout mon cœur mais je ne vous chercherai plus d'ennuis. »

Le souffle court, Prescott leva les yeux vers lui en hochant la tête.

« Au cas où vous n'auriez pas pensé à effacer vos empreintes digitales sur les cartouches quand vous avez chargé votre arme, je vous conseille de retrouver les douilles vides et de les emporter, dit Cavanaugh.

— Je m'en suis souvenu.

— Prenez la voiture de Grace et quand vous l'abandonnerez, rappelez-vous d'essuyer toutes les surfaces que vous aurez touchées.

— Je n'oublierai pas.

— Alors nous sommes quittes. »

Sans tourner le dos à Prescott ni lâcher son pistolet, Cavanaugh recula vers Jamie, l'aida à se lever et continua jusqu'à la voiture, toujours à reculons.

« Ça va ? lui redemanda-t-il. Tu as besoin d'un médecin ? »

Prescott ne bougeait pas. Il se tenait la poitrine. L'impact de la balle avait dû lui laisser un bel hématome.

Les silhouettes de Cavanaugh et de Jamie se découpaient en

ombres chinoises sur les phares de la Taurus dont le moteur tournait toujours.

« Je crois que je n'ai rien de cassé », parvint-elle à articuler.

Cavanaugh la guida jusqu'à la portière du passager.

Soudain, Jamie se mit à trembler de tous ses membres. Lui-même sentit ses jambes se dérober sous lui. Une odeur âcre montait des sièges. Elle lui emplit les narines, accéléra les battements de son cœur et lui dessécha la bouche. Il se mit à haleter.

Le tube de métal sur le siège, comprit-il. Prescott l'a dévissé avant que je le traîne hors de la voiture !

Cavanaugh s'empara du tube et le jeta vers Prescott. Ou du moins vers l'endroit où il était couché deux secondes auparavant, car profitant de sa surprise, il leur avait déjà faussé compagnie.

Cavanaugh attrapa Jamie et la poussa dans la Taurus. Au même instant, une détonation déchira les ténèbres. Jamie fut projetée contre lui.

« Non ! », hurla-t-il en aspirant l'hormone à pleins poumons. Terrorisé, il ne parvenait plus à maîtriser ses tremblements. D'une main, il soutenait Jamie, de l'autre il se mit à tirer en direction des étincelles qui avaient jailli de l'arme de Prescott. Il crut entrevoir une forme indistincte recroquevillée derrière la voiture de Grace. Toujours dangereusement éclairé par les phares, il visa la Mercury. Sa main faiblit, il rata le phare droit et rappuya encore deux fois sur la détente. L'ampoule explosa, plongeant le côté droit de la voiture dans l'obscurité. Avant qu'il n'arrive à détruire l'autre phare, Prescott répliqua. La balle passa si près qu'il l'entendit claquer au-dessus de sa tête.

Comprenant que la portière ouverte ne la protégeait pas des balles, Cavanaugh se dépêcha de hisser Jamie sur le siège passager et c'est là qu'il découvrit, épouvanté, le flot de sang qui s'écoulait du côté droit de sa poitrine.

Une balle troua le pare-brise.

Cavanaugh se pencha sur Jamie. Le moteur de la Taurus formait à présent un rempart entre Prescott et eux. Il déchira le chemisier de Jamie. L'hormone dégageait une telle puanteur qu'il crut vomir. Il retrouva le rouleau de chatterton à l'endroit où Prescott l'avait laissé tomber et grelottant de peur, réussit à en arracher un morceau qu'il lui appliqua sur la poitrine, colmatant le trou qu'avait formé la balle en entrant.

Le poumon cessa de siffler.

Il déchira un deuxième morceau et le colla à l'endroit où la balle était ressortie. Prescott continuait à tirer dans le pare-brise. Cavanaugh tressaillit, passa en rampant par-dessus Jamie et claqua la portière passager. Puis, ramassé derrière le volant, il enclencha la marche arrière et rassembla toute la force qu'il lui restait dans les jambes pour écraser la pédale de l'accélérateur. Quand les pneus mordirent le tapis d'herbe et que la voiture bondit en arrière, il relâcha la pédale et tourna le volant. La voiture fit un tête-à-queue. A présent, ils tournaient le dos à Prescott. D'un geste frénétique, Cavanaugh engagea une vitesse et partit, pied au plancher. L'accélération fut si puissante que les deux autres portières se refermèrent brusquement.

Toujours tassé derrière le volant, il se concentrait tellement sur sa conduite qu'il avait du mal à trouver les boutons commandant les vitres. A peine eut-il réussi à en baisser légèrement une ou deux, pour que l'odeur se dissipe un peu, qu'une balle transperça le pare-brise arrière. Aspergé d'éclats de verre, il se ramassa encore plus sur lui-même en frissonnant comme s'il avait la fièvre. Prescott visa plus bas. Ses balles heurtèrent le coffre. De toute évidence, il essayait de toucher Cavanaugh en transperçant les sièges. Ce fut peine perdue, les projectiles ricochèrent sur la plaque en acier que Cavanaugh avait installée au fond du coffre.

Tout en fonçant vers la rangée d'arbres à la limite de la prairie, Cavanaugh songea que le chargeur de Prescott serait bientôt vide mais qu'il lui restait encore l'arme de Grace et celle de sa compagne.

Jetant un coup d'œil dans le rétroviseur, il vit remuer l'unique phare de la Mercury. Prescott s'était lancé à leur poursuite.

Quelle pourriture! pensa Cavanaugh en cherchant à tâtons sa ceinture de sécurité. Et moi qui avais promis de le protéger!

Les phares de la Taurus révélèrent soudain un virage abrupt au milieu des arbres. Cavanaugh, avec ses réflexes diminués, ne l'avait pas prévu.

Je lui avais donné ma parole !

Les branches raclèrent la voiture. Cramponné au volant, Cavanaugh négocia un autre virage inattendu. Dans son rétroviseur, un éclair trouait de temps à autre le rideau des arbres. La Mercury gagnait du terrain.

Prescott tenait l'avantage, c'était évident. Comment lutter d'égal à égal alors que Jamie était grièvement blessée et que lui-même devait se battre contre les effets dévastateurs produits par l'hormone sur son système nerveux ? Un virage en épingle à cheveux vint confirmer ses craintes. Jamie faillit décoller de son siège. Cavanaugh dut ralentir encore afin de pouvoir ôter sa main droite du volant, retenir Jamie et lui attacher sa ceinture de sécurité.

Les arbres s'entrouvrirent, les phares de la Taurus éclairèrent une autre prairie. Dans le rétroviseur, le gros œil brillant de la Mercury s'approchait à toute vitesse. Cavanaugh entendit des balles heurter la plaque d'acier du coffre.

En traversant la prairie plongée dans le noir, il chercha à tâtons l'interrupteur à bascule qu'il avait fixé au bas du tableau de bord. Aussitôt, il plissa les yeux pour se protéger de la lumière éblouissante qui se refléta dans son rétroviseur. Les feux de brouillard installés par Jamie à l'arrière projetaient un faisceau de lumière intense sur le pare-brise de la Mercury.

Cavanaugh accéléra avant de vérifier la réaction de Prescott d'un coup d'œil dans le rétroviseur. La luminosité des feux de brouillard était telle qu'on ne voyait même plus l'unique phare de leur poursuivant. Il imagina Prescott se protégeant les yeux avec la main, ralentissant pour tenter de se remettre du choc.

Je l'ai semé, pensa Cavanaugh. Il faut que je conduise Jamie à l'hôpital.

Elle poussa une plainte.

Mon Dieu, faites qu'elle ne meure pas.

Un autre rideau d'arbres se profila devant eux. Soudain, Cavanaugh ressentit une terrible secousse. Prescott venait de leur rentrer dedans. L'effet de surprise et la collision furent si violents que Cavanaugh se trouva projeté contre sa ceinture de sécurité. La tête de Jamie partit en arrière. Non !

Au lieu de ralentir, Prescott avait résolu de leur foncer dessus en se servant des feux de brouillard comme d'une cible. Après les avoir emboutis, il continua de leur coller au train. Il était si proche que les lumières éblouissantes se reflétant sur le capot de la Mercury emplissaient l'habitacle de la Taurus, flamboyaient dans le rétroviseur et aveuglaient Cavanaugh.

Il rabattit le rétroviseur vers le haut pour dévier la réfraction. Alors qu'il s'acharnait à contrôler sa direction, il encaissa un autre choc. Prescott recommençait son petit jeu. De toute évidence, il n'avait tiré aucun enseignement de leur course-poursuite au sortir de l'entrepôt. Leurs poursuivants avaient embouti leur véhicule volé à plusieurs reprises, sans produire d'autres dommages que quelques bosses sur le pare-chocs et quelques secousses pour les passagers. Rien qui les empêchât de continuer à rouler.

La Mercury revint à la charge. Les feux de brouillard ne servaient plus à rien à cette distance. Peut-être cherche-t-il à les briser, pensa Cavanaugh. Comme il pénétrait dans le bois, Cavanaugh dut réduire sa vitesse. Il sentait la pression constante de la Mercury à l'arrière de la Taurus. Et soudain il comprit la tactique de Prescott. Seigneur, il cherche à me faire perdre le contrôle de mon véhicule. Il veut que je percute un arbre.

Malgré les risques, Cavanaugh dut choisir d'accélérer. Quand il s'écarta de la Mercury, il remarqua que ses feux arrière éclairaient moins. Prescott avait dû réussir à en casser un. Ensuite, Cavanaugh ne pensa plus à rien sauf à slalomer entre les arbres en passant alternativement du frein à l'accélérateur. Il prit le premier virage sur les chapeaux de roues. Son pare-chocs heurta quelque chose. Une balle volatilisa l'une des vitres. D'autres ricochèrent sur l'acier du coffre. Une autre encore fracassa le dernier feu de brouillard. Le halo éblouissant à l'arrière disparut en même temps que réapparaissait le phare de Prescott.

Brusquement, les arbres s'écartèrent. Cavanaugh fit une embardée sur la droite et déboucha sur le ruban sombre de la Pacific Coast Highway. Ses pneus crissèrent lorsqu'il appuya son pied tremblant sur la pédale de l'accélérateur. Il s'élança en direction de Carmel.

Jamie gémit encore une fois.

« Ne meurs pas », supplia-t-il.

Derrière lui, Prescott dérapa avant de s'engager sur la route étroite. A sa gauche, Cavanaugh voyait la lune scintiller sur l'océan. A droite, les collines boisées disparaissaient dans le lointain. Il n'y avait ni lumière, ni véhicule, ni habitation. Il prit un virage sur les chapeaux de roues et se rétablit difficilement. La direction répondait mal. On aurait dit que quelque chose avait lâché. Mais à la réflexion, c'était peut-être à cause des roues. Une balle avait dû se ficher dans un pneu qui, au lieu d'exploser, se dégonflait peu à peu.

Prescott gagnait du terrain. Lorsque Cavanaugh négocia le virage suivant, la faiblesse de sa direction l'obligea à lever le pied ; l'autre en profita pour emboutir l'arrière de la Taurus. La secousse qui traversa le corps de Jamie la fit hoqueter. Cavanaugh n'osait pas songer à elle. Il devait se concentrer sur une seule chose : sa conduite.

Des phares apparurent devant lui, un minivan les croisa. Au même instant, Prescott recommença son manège, puis se laissa un peu distancer avant d'accélérer de nouveau. Mais au lieu de lui rentrer dedans, il vira brusquement et passa sur la voie de gauche, presque à la hauteur de la Taurus.

Non ! songea Cavanaugh.

Il avait bien retenu la leçon. Prescott heurta légèrement le pare-chocs arrière gauche de Cavanaugh avec son pare-chocs avant droit. Handicapé par son problème mécanique, Cavanaugh sentit la Taurus pivoter irrépressiblement sur la gauche. Sa fameuse technique fonctionnait à merveille. Pendant que la Mercury filait droit devant, la Taurus fit un tête-à-queue. Cavanaugh, éberlué, se retrouva dans le sens inverse. Tous feux allumés, la voiture heurta un rail de sécurité, le défonça, dévala une pente, se renversa sur le côté puis se retourna sur le toit avant de basculer encore et de se rétablir sur ses quatre roues. Ensuite, Cavanaugh ressentit le choc affreux de l'eau heurtant le châssis.

4

« JAMIE ! »
Quand la voiture avait basculé dans l'eau, elle avait été projetée contre son siège. A présent, elle gémissait à côté de lui.

A moitié assommé, Cavanaugh tentait de reprendre ses esprits. La Taurus commençait à s'enfoncer. A cause de la pression de l'eau sur les portières, pas moyen de les ouvrir avant que la voiture soit entièrement inondée. Durant la course-poursuite, il avait réussi à baisser les vitres de quelques centimètres. Il chercha le bouton pour les descendre complètement. Après cela, il sortirait Jamie et la ferait remonter avec lui. Mais hélas, il dut bientôt constater que le système ne fonctionnait plus.

Lorsqu'il saisit le couteau Emerson agrafé dans la poche de son pantalon et en cogna le manche sur le verre de sécurité, il pataugeait déjà dans l'eau froide. Le centre de la vitre s'étoila en une multitude d'éclats de verre. Il achevait de dégager l'ouverture quand il s'arrêta net. Une forme noire lui bouchait la vue. Sous le clair de lune et la lumière déclinante des phares de la Taurus, il discerna un énorme rocher.

Cavanaugh se tourna de l'autre côté. Là aussi, une grosse pierre bloquait la sortie. La Taurus était tombée à la verticale, au beau milieu d'un trou d'eau cerné de rochers. Impossible de sortir, ni à droite ni à gauche. Seuls l'avant et l'arrière de la voiture étaient dégagés.

Défonce le pare-brise à coups de pied, pensa Cavanaugh. Mais il s'aperçut aussitôt que l'espace était trop étroit pour y faire passer Jamie. Comme leur voiture avait fait un tonneau, le toit s'était écrasé. Les pare-brise avant et arrière n'étaient plus que deux fentes.

L'eau glacée lui arrivait aux genoux. La Taurus ne cessait de s'enfoncer. Les phares et les petits voyants du tableau de bord se mirent à clignoter. Grelottant de froid, Cavanaugh redressa Jamie pour qu'elle puisse respirer le plus longtemps possible. Ses pieds commençaient à s'engourdir.

Les portes. Bloquées par les rochers.

Les vitres. Impossible de passer par là.

Le toit.

Cavanaugh ouvrit le couteau Emerson d'un coup de pouce, taillada le revêtement du plafond et le rabattit. Le toit était enfoncé, ses montants s'étaient élargis, créant assez d'espace pour laisser passer un corps humain, pourvu qu'on puisse y creuser un trou.

Agrippant le couteau de telle manière que la lame pointe dans la même direction que son pouce, Cavanaugh le ficha dans le toit. Les agents du monde entier considèrent le couteau Emerson comme un outil de première force. Aussi tranchante qu'un rasoir, sa lame est constituée d'un métal extrêmement solide, avec une pointe conçue pour ne jamais s'émousser. Ses dentelures peuvent couper l'acier. Ce genre de couteau était capable de percer la portière d'une voiture et Cavanaugh savait que même les fibres des gilets en Kevlar cédaient sous ses coups.

Grâce à son tranchant, la lame passa au travers du toit. Il scia, retira le couteau, l'enfonça de nouveau et recommença l'opération. Quand l'eau froide atteignit son bas-ventre, il reprit de plus belle. L'impact des coups se répercutait dans son bras et son épaule, puis se répandait dans tout son corps.

Il attaqua encore une fois le toit en grognant de douleur mais quand il s'aperçut, affolé, que Jamie avait glissé sur le côté – l'eau atteignait à présent le ventre de Cavanaugh – il la redressa aussitôt avant de se remettre au travail. Son souffle résonnait à travers l'habitacle. Un nuage de buée sortait de sa bouche. Lorsque l'eau baigna son torse, il tenta encore un dernier effort puis renonça. L'eau entravait ses mouvements, lui volait sa force. La lame dérapa sur le métal.

Les lumières s'éteignirent. La Taurus n'en finissait pas de

couler. Le désespoir s'empara de lui. Avec l'eau qui l'empêchait de bouger normalement, et maintenant cette obscurité presque absolue, jamais il n'arriverait à passer par le toit. Il vit Jamie s'affaisser et de nouveau s'efforça de la redresser. Il lui effleura le visage. Au bord des larmes, il sentit les remords l'envahir, *Je suis désolé*. Si je t'avais assez aimée, si je t'avais écoutée, nous serions chez nous à l'heure actuelle. Je t'ai bien mal protégée. Je suis tellement désolé.

Quand l'eau se mit à lui lécher le cou, il fut pris d'un terrible accès de colère. Nom de Dieu, il doit bien y avoir une...

Il poussa le bouton d'ouverture du coffre, se débarrassa de ses chaussures d'un coup de pied, se glissa au-dessus du dossier et passa à l'arrière. Tremblant de froid, il retira la housse de la banquette, enfonça le couteau Emerson dans le dossier et, comme un fou, entreprit de le déchiqueter. Lorsque le trou fut assez grand, il repoussa la plaque d'acier au fond du coffre puis, prenant une bonne bouffée d'air, plongea et se faufila à l'intérieur du coffre inondé. La pression de l'eau le maintenait fermé. Il insista mais rien ne se passa. Les tonneaux avaient dû l'endommager. Il poussa encore. Ses poumons lui faisaient mal. Il plongea son couteau dans le système de fermeture, tourna, força, fit levier et sentit quelque chose céder. Alors, il s'arc-bouta, poussa avec le dos et souleva le couvercle.

Respirer. Besoin de respirer. Il revint immédiatement en arrière, se retrouva sur la banquette, leva la tête et se cogna le crâne dans le noir. Quand il recracha le peu d'air restant dans ses poumons, sa poitrine émit une sorte de grondement qui résonna dans l'espace confiné. Affolé, il constata qu'il restait à peine dix centimètres entre l'eau et le toit. Sans s'accorder de pause, il inspira tout l'oxygène qu'il pouvait, plongea, chercha Jamie sur le siège avant, la trouva et la hissa jusqu'à la poche d'air.

Le gémissement qui sortit de ses lèvres lui redonna espoir. On ne gémit pas quand on ne respire plus. Il lui enleva ses chaussures, la tourna de manière à la placer face à lui puis ouvrit sa bouche tuméfiée, y colla la sienne et souffla. Il voulait lui remplir les poumons afin qu'elle dispose d'assez d'air pour survivre à l'épreuve suivante. Car maintenant il s'agissait de la faire passer au-dessus du siège avant et de traverser avec elle le trou pratiqué dans la banquette. Quand ils arrivèrent dans le coffre, il cala ses pieds par terre et poussa vers le haut. Le couvercle s'ouvrit. Il ne lui restait plus qu'à se servir du courant pour remonter à la surface.

A force d'être ballotté en tous sens, il ne savait plus où il était. Mille.

Deux mille.

Trois mille.

Quatre mille.

Lorsque Jamie et lui émergèrent, il crut entendre des explosions – ce n'était que le bruit des vagues heurtant les rochers. Jamie se mit à haleter, il l'attrapa par les épaules et nagea tant bien que mal en se propulsant avec les pieds et son bras libre.

Le faisceau d'une torche faillit l'aveugler. Il y avait quelqu'un là-haut sur le pont, à quelque six mètres au-dessus de lui, tout près de l'endroit où la Taurus avait basculé. *Prescott*, pensa Cavanaugh. Il vient terminer son œuvre. Cavanaugh se remit à nager de toutes ses forces vers les gros rochers ; à tout moment, il s'attendait à recevoir la balle indolore qui lui ferait exploser le crâne. S'il mourait avant Jamie, elle coulerait et leurs cadavres seraient emportés vers le large par le courant.

Si près. Ils étaient si près du but. Et pourtant...

« Espèce de salopard ! réussit à hurler Cavanaugh.

— Quoi ? Je ne vous entends pas ! » hurla-t-on en retour. C'était la voix d'un homme, mais pas celle de Prescott. « Essayez d'atteindre ces rochers ! »

Cavanaugh n'eut pas la force de répondre.

La torche l'aveuglait toujours. « Quand j'ai vu le rail de sécurité enfoncé, je me suis arrêté et j'ai aperçu votre voiture là en dessous ! J'ai appelé la police ! Rapprochez-vous ! J'ai une corde dans mon coffre ! »

5

Un masque à oxygène collé sur le visage, une perfusion dans le bras gauche, Jamie était étendue sur un chariot poussé par deux infirmiers. Bientôt suivis par deux chirurgiens, ils franchirent en courant des portes à ouverture électronique et s'engouffrèrent dans un corridor vivement éclairé, flanqué de salles d'opération. La pendule fixée au mur indiquait 0:35. En regardant les portes se refermer, Cavanaugh desserra sa main crispée sur la couverture qui l'enveloppait.

« J'ai entendu dire que tu avais arrêté l'hémorragie avec du chatterton », lança une voix derrière lui.

Cavanaugh se tourna vers Rutherford. Son visage sombre était gris de fatigue. Comme Cavanaugh, il portait encore les marques des coups qu'il avait reçus.

« Il va falloir penser à inscrire ta méthode au programme de l'académie de police », dit Rutherford.

Malgré son épuisement, Cavanaugh parvint à bredouiller : « Ça fait plaisir de te revoir, John.

— Difficile à croire, étant donné le mal que tu t'es donné pour m'éviter.

— Quand es-tu arrivé ?

— Ce soir. Dès qu'on a compris que tu recommençais à nous mener en bateau, on a décidé d'aller faire un tour à Carmel, histoire d'admirer le paysage. En fait, quand j'ai reçu ton deuxième coup de fil, j'étais à bord d'un avion affrété par le Bureau, quelque part au-dessus de l'Ohio.

— Tu as dit à la police de rapporter tous les incidents impliquant des individus correspondant à notre signalement ?

— Ça tombait sous le sens. Dis-moi, j'ai l'impression que tu joues de malchance en ce moment. » Rutherford désigna du menton le couloir des salles d'opération. « Elle va s'en sortir ? »

Cavanaugh baissa les yeux vers ses mains. « Ils ne savent pas.

— Je suis vraiment navré. Nous aurions pu tenter de t'aider à la retrouver.

— "Tenter". Trop de détails à régler. Pas assez de temps. Le gouvernement tenait trop à récupérer Prescott pour vouloir m'aider. Je ne pouvais pas me permettre de courir ce risque.

— Est-ce que les médecins t'ont dit à quel moment ils pourront se prononcer sur son état ?

— Dans quatre à cinq heures.

— Ça fait longtemps à attendre, répondit Rutherford. Tu as le choix, soit tu poireautes en prison soit tu viens avec nous. On va s'occuper de Prescott. Serais-tu prêt à nous donner un coup de main, à présent ? »

6

DANS la salle d'interrogatoire du poste de police de Monterey, plusieurs hommes visiblement épuisés étaient assis autour de deux rangées de bureaux. Les uns appartenaient à la police locale, les autres au ministère de la Justice. Ils écoutaient la déposition de Cavanaugh. De temps à autre, un téléphone sonnait et, chaque fois, Cavanaugh sursautait, espérant un appel de l'hôpital. Mais ce n'était jamais l'hôpital.

« Je vais faire venir un dessinateur pour qu'il travaille sur la description que tu nous as fournie. Les aéroports de la côte ont déjà été alertés, dit Rutherford.

— Je ne pense pas qu'il quittera la région », répliqua Cavanaugh. L'éclairage trop cru lui faisait mal aux yeux. « Prescott est certainement persuadé que nous sommes morts. »

Il songea alors qu'en cet instant même, Jamie était peut-être en train d'agoniser. Cette pensée lui fit perdre le fil de son discours.

Mais il poursuivit quand même. « J'ai dit à Prescott que le gouvernement ignorait que je l'avais suivi jusqu'à Carmel. Il a marché. Après tout, dans le cas contraire, pourquoi aurais-je agi seul ? Prescott est tellement sûr de lui qu'il doit se croire tiré d'affaire, à présent. Et contre toute attente, peut-être même a-t-il décidé de rester chez lui. Où est la liste que je vous ai demandé d'établir ? » Il faisait allusion aux noms des hommes ayant à la fois acheté ou loué des propriétés dans le secteur Carmel/Monterey au cours des trois dernières semaines, et pris rendez-vous pour jouer au golf sur les meilleurs terrains de la région.

Rutherford lui tendit plusieurs feuilles de papier. « Voilà ce que nous avons obtenu jusqu'à maintenant. N'y figurent pas les personnes qui ont loué sans passer par une agence. A l'heure actuelle, nous dépouillons les petites annonces des journaux locaux pour contacter les propriétaires ayant traité directement avec leurs nouveaux locataires. »

Au fur et à mesure que Cavanaugh descendait la liste, les lumières au plafond se faisaient plus dures. « Il y en a plus que je ne m'y attendais.

— C'est un secteur densément peuplé.

— Comment se fait-il qu'il y ait si peu de noms sur Carmel même ?

— Les propriétés coûtent les yeux de la tête dans ce coin-là. Tout le monde ne peut pas se les offrir. Les gens louent beaucoup, achètent peu. »

Cavanaugh continuait à examiner la liste. Pacific Grove, Monterey, Seaside, Carmel, Carmel Valley, Carmel Highlands. Ça n'en finissait pas.

« Il va falloir beaucoup de personnel pour vérifier tout cela, dit Cavanaugh. Et beaucoup de temps et d'efforts pour ne pas éveiller les soupçons de Prescott, si jamais vous retrouvez sa piste.

— Nous espérions que certains de ces noms vous évoqueraient quelque chose. Ce qui nous permettrait d'économiser du temps et des efforts, justement, intervint un agent du FBI.

— Je suis sûr que Karen ne lui a pas choisi un nom trop original, dit Cavanaugh. Elle a dû lui trouver quelque chose de banal et en même temps de totalement étranger à son ancienne vie. »

Les hommes semblaient accablés de fatigue.

« A moins que Karen n'ait eu un mauvais pressentiment à son sujet », ajouta Cavanaugh.

Ils relevèrent la tête.

« Si Karen se savait en danger, reprit Cavanaugh, elle lui a peut-être donné un nom ayant une certaine signification pour moi, un nom susceptible de me mener jusqu'à lui.

— Vous ? demanda un agent.

— Elle savait pertinemment que s'il lui arrivait malheur, je chercherais à la venger.

— Vous étiez très proches ?

— Son frère et moi étions ensemble à Delta Force. Il est mort dans mes bras. »

Les hommes du groupe marquèrent un silence respectueux.

Cavanaugh se remit à parcourir la liste. « Il s'appelait... » Cavanaugh posa son index sur un nom et tapota la feuille. « Ben. »

Rutherford se pencha sur la liste. « Benjamin Kramer.

— Carmel Highlands. » En se dirigeant avec Prescott vers le rendez-vous de Grace, Cavanaugh avait pris une route conduisant aux Highlands et lui avait demandé à quoi correspondait ce nom. « C'est un petit hameau perché sur une falaise au-dessus de l'océan », lui avait expliqué Prescott d'une voix atone. C'est là qu'il vit, ce salaud, pensa Cavanaugh. J'étais à deux pas de chez lui et je ne le savais pas.

« Tu crois vraiment qu'il y a un rapport ? » Rutherford avait l'air de s'accrocher à cette idée. « Et si ce n'était qu'une coïncidence ?

— A la première lecture, je ne l'ai pas remarqué parce que Ben n'utilisait que son diminutif. On l'appelait Ben tout court. Mais Prescott a une dent contre les diminutifs. Il tenait à ce qu'on l'appelle Daniel, surtout pas Dan. Quand il a exhumé Joshua Carter, il a bien insisté auprès du personnel du club de gym pour qu'on l'appelle Joshua et pas Josh. Sur cette liste, on trouve pas mal de diminutifs – Sam, Steve. A côté, Benjamin sonne bizarrement. Ça fait vraiment très pompeux.

— Et en ce qui concerne son nom de famille, "Kramer" ? demanda un agent du FBI.

— Avant l'accident de voiture qui l'a clouée dans un fauteuil roulant, Karen était fiancée avec un dénommé Kramer. Un sale type qui s'est empressé de rompre dès qu'il s'est rendu compte qu'elle resterait handicapée à vie. Ben disait que l'accident de Karen avait quand même cela de bon qu'il l'avait empêchée d'épouser ce Kramer.

— Voyons l'adresse. Qui connaît bien les Highlands ? interrogea Rutherford.

— Ma tante y vit. » Une femme détective sauta sur le téléphone.

Rutherford se tourna vers un autre policier. « Est-ce que votre service posséderait des cartes détaillées des agglomérations de la région ?

— Nous avons un logiciel et des images satellite sur internet.

— Il faut localiser la maison le plus précisément possible. »

Un téléphone sonna. Un policier décrocha. Cavanaugh se reprit à espérer, tout en le redoutant, que ce soit un appel de l'hôpital. Mais il s'agissait de tout autre chose.

Quelqu'un glissa un CD-Rom dans un ordinateur. Sur l'écran apparut le plan de Carmel Highlands. Le détective tapa l'adresse. « C'est là. Au bout de cette crête rocheuse. Vue imprenable sur l'océan. » Une image satellite agrandie montrait le sommet des maisons, les espaces verts et le tracé des rues. Le détective zooma sur la propriété qui les intéressait.

« Un beau morceau de terrain, dit Cavanaugh.

— Dans les Highlands, certains domaines font près d'un demi-hectare.

— Plutôt vaste comme baraque.

— Quand on compare avec les ombres projetées par ses voisines, on a l'impression que la nôtre est de plain-pied. »

La détective prit congé de sa tante et reposa le combiné. « Tout le monde se connaît dans ce bled. Quand ce type a emménagé, elle lui a apporté une corbeille de fruits pour lui souhaiter la bienvenue. Il était obèse. Désagréable. Il disait qu'il faisait un régime et ne mangeait pas de fruits à cause du fructose qu'ils contiennent. C'est le mot qu'il a employé – *fructose*. Elle l'a revu deux ou trois fois depuis. Il avait fondu, s'était rasé la tête et portait un bouc. Elle peut voir sa maison à travers les arbres. Les lumières sont allumées.

— A une heure trente du matin ? s'étonna un agent du FBI.

— Peut-être les laisse-t-il allumées quand il sort.

— A moins qu'il ne soit en train de faire ses bagages, intervint Rutherford en s'emparant d'un téléphone. Et dans ce cas, il est grand temps qu'on lui mette la main dessus. »

7

CAVANAUGH n'en pouvait plus. Epuisé par la tension et le manque de sommeil, il se tenait derrière l'une des voitures de police fermant la rue. Toujours plus inquiet pour Jamie, il avait téléphoné à l'hôpital quelques minutes auparavant. On n'avait pas pu le renseigner. Près de lui, Rutherford et son équipe scrutaient les maisons avec leurs jumelles de vision nocturne. Les bâtisses plongées dans le noir étaient largement éparpillées. Ils se focalisèrent sur la dernière. Perchée au bord de la falaise, sa large silhouette ramassée sur l'horizon aurait semblé prolonger les vagues écumeuses de l'océan si les rues alentour n'avaient été si vivement éclairées. Il y avait bien de la lumière à l'intérieur.

« Je ne vois toujours aucune ombre derrière les rideaux, dit un agent.

— Il est peut-être parti en laissant tout allumé pour nous faire croire qu'il est encore là », suggéra un autre.

Ses vêtements étaient secs mais Cavanaugh continuait à grelotter. Pour se réchauffer, il croisa les bras sur sa poitrine. Il avait si froid. Le froid de l'angoisse qu'il éprouvait en pensant à Jamie – et un autre : celui de la peur. « Si vous ne voyez rien bouger dans la maison c'est que Prescott est trop méfiant pour s'exposer derrière une fenêtre. »

Quelque chose remua dans l'ombre. Des silhouettes se détachèrent des bosquets. C'était une famille qu'on évacuait. Ils remontèrent la rue pour se mettre à l'abri derrière les voitures de police. Réveillés en pleine nuit par un coup de fil des autorités, ils avaient dû quitter leur maison par la porte de derrière, dans le noir complet. Des policiers armés jusqu'aux dents les attendaient dehors.

« C'est la dernière ? demanda Rutherford.

— Six maisons. Six familles. La place est nette », l'informa un détective.

Derrière la barricade, près d'une camionnette ouverte, des silhouettes vêtues de noir s'activaient. On n'entendait rien à part les raclements produits par le matériel de transmission, les cartouchières, les gilets pare-balles, les jumelles de vision nocturne et les casques qu'on sortait du fourgon. Dix commandos SWAT[*] vêtus comme des guerriers intergalactiques étaient en train de vérifier leurs pistolets et leurs fusils d'assaut.

Rutherford s'avança vers eux, suivi de Cavanaugh.

Devant la camionnette, un civil d'une quarantaine d'années, l'un des voisins de Prescott, montrait au commandant de l'équipe d'intervention le plan qu'il avait dressé de l'intérieur de la villa. Pour l'étudier, l'officier braquait sur la feuille une torche rouge tamisée dont le rayon était invisible de loin.

« Depuis combien de temps n'y êtes-vous pas entré ? demanda le commandant SWAT.

— Cinq semaines. Ça remonte au déménagement de son précédent propriétaire. Jay et moi étions très proches. Il est tombé malade. C'est vraiment moche ce qui lui est arrivé.

— A-t-on fait des travaux depuis ? Avez-vous vu des ouvriers ou autres ?

— Je n'ai rien remarqué.

— OK, une fois passé la porte d'entrée, on entre dans un salon, dit l'officier. On a une pièce télévision, une chambre d'amis

---

[*] SWAT : « Special Weapons And Tactics » ; groupe d'intervention spéciale dépendant du gouvernement fédéral. (N.d.T.)

et une salle de bains sur la droite. A gauche, la cuisine, deux autres chambres avec salle de bains. Une sacrée surface. On sort du salon par des portes-fenêtres ?

— Oui. Et à l'arrière, il y a une terrasse avec un muret d'un mètre de hauteur surplombant la falaise.

— C'est quoi cette pièce derrière le garage ?

— La buanderie.

— Et celle-ci, à côté ?

— Une chambre noire. Jay et moi faisons... – l'homme se renfrogna et se reprit – ... faisions de la photo, jusqu'à ce qu'il tombe malade. »

Le commandant montra le plan à son équipe et leur exposa la procédure à suivre. Comme il n'y avait pas de questions, il fit un signe de tête à Rutherford. « On n'attend plus que votre signal.

— J'insiste sur le fait qu'il nous le faut vivant », dit Rutherford.

Donc le gouvernement compte traiter avec lui, pensa Cavanaugh.

« Est-il armé ?

— A ce qu'on sait, il possède un AR-15 converti en automatique et sans doute aussi plusieurs pistolets 9 mm.

— S'il nous tire dessus...

— Vous avez des gaz lacrymogènes. Des flash-bangs. Au cas où vous auriez vraiment besoin de vous défendre, contentez-vous de le blesser, autant que possible.

— Il porte une veste en Kevlar », précisa Cavanaugh.

Les hommes de l'équipe SWAT se tournèrent vers Cavanaugh et le détaillèrent du mieux que le leur permettait l'obscurité ambiante.

« Vous êtes le garde du corps ? » s'enquit le commandant.

Cavanaugh ne releva pas le terme. « J'ai déjà eu affaire à lui. Il est extrêmement dangereux. »

L'officier s'adressa à Rutherford. « Vous disiez que la cible était un biochimiste.

— C'est exact.

— Un frimeur qui joue au cow-boy.

— Et qui a déjà tué cinq personnes, à ma connaissance, ajouta

Cavanaugh. Il est intelligent et très doué pour se débarrasser des gêneurs. Ne le sous-estimez pas.

— Nous allons lui balancer tellement de flash-bangs qu'il restera sourd pendant une semaine.

— On vous a parlé de l'arme qu'il a mise au point ? demanda Cavanaugh.

— Un truc qui fait peur ?

— Une hormone en aérosol.

— Une hormone ? » Le commandant lui décocha un regard signifiant quelque chose comme : « Atterris, mon gars ». « La plupart des types de mon équipe font ce boulot depuis sept ans. Ils en ont vu des vertes et des pas mûres. Pour eux, un biochimiste c'est presque des vacances. La peur on a l'habitude. Je veux dire qu'on s'en accommode assez bien.

— Je comprends », dit Cavanaugh.

Le commandant examina Cavanaugh d'un air dubitatif. Cet individu n'avait sans doute rien vécu qui lui permette de comprendre ce qui se passait dans la tête d'un commando SWAT.

« Permettez-moi d'ajouter qu'à moins d'en avoir fait l'expérience, on est incapable d'imaginer la puissance de cette substance, précisa Cavanaugh. Si jamais vous sentez une odeur âcre...

— C'est qu'il se sera fait dessus en nous voyant débarquer chez lui, le coupa le commandant.

— Je crois que je devrais y aller en éclaireur, suggéra Cavanaugh.

— *Quoi ?* s'écria Rutherford.

— Je suis au courant des risques. » Cavanaugh redoutait de se trouver encore une fois confronté à l'hormone mais, malgré son appréhension, ne pouvait laisser ces hommes foncer tête baissée vers l'inconnu. Ils ignoraient totalement ce qui les attendait. « J'ai plus de chance de...

— Mais regardez-vous, l'interrompit le commandant. Vous ne pouvez pas faire ça dans l'état où vous êtes. Ce type a déjà failli vous avoir ce soir, qu'est-ce qui vous fait penser qu'il ne recommencera pas ? Je suis sûr que vous êtes un bon garde du corps, mais je vous conseille de laisser les pros s'occuper du sale boulot. » Se tournant vers ses hommes, il lança : « Allez, on y va. »

Malgré sa colère, Cavanaugh n'insista pas. Les commandos se scindèrent en deux groupes, passèrent furtivement de l'autre côté de la barricade et avancèrent en suivant les ombres et les rangées d'arbres bordant la rue. Ces hommes avaient l'air aussi bien entraînés et chevronnés que tous les groupes SWAT qu'il avait pu rencontrer. En quelques secondes, ils les perdirent de vue.

Dans la maison de Prescott, les lumières s'éteignirent l'une après l'autre.

« Mais qu'est-ce..., s'exclama quelqu'un.

— Il a peut-être fini par aller se coucher.

— A moins que les lumières ne soient réglées sur minuterie, suggéra un détective.

— Il faut tout arrêter », dit Cavanaugh à Rutherford.

Dans la camionnette, un policier coiffé d'écouteurs murmura : « Le commandant dit qu'ils vont attendre dix minutes pour voir s'il se passe autre chose. Si la cible est réellement allée se coucher, c'est d'autant mieux – quand ils se pointeront, ils trouveront Prescott dans son beau pyjama. »

Cavanaugh n'avait pas du tout envie de rire. Il ne quittait pas des yeux les lumières éclairant l'extérieur de la maison et s'imaginait à la place de l'équipe SWAT. S'il était parti avec eux, il tremblerait de peur à l'heure actuelle.

Dix minutes passèrent. A 4 h 40, l'homme aux écouteurs sortit la tête de la camionnette. « Ils entrent. »

Cavanaugh vit au loin des silhouettes sombres émerger de l'obscurité. Elles passèrent rapidement sous le halo des réverbères et traversèrent la pelouse à toute vitesse. Deux hommes portaient un bélier compact avec lequel ils défoncèrent la porte principale. Cavanaugh supposa que l'autre partie de l'équipe faisait de même sur la porte de derrière. Armes au poing, les hommes casqués se ruèrent à l'intérieur. Derrière les rideaux, on aperçut les éclairs syncopés d'un stroboscope. Une sirène se déclencha.

Ensuite, des coups de feu, des cris éclatèrent.

8

« **M**ON Dieu, mais qu'est-ce qui se passe ? s'alarma Rutherford. *C'est quoi cette sirène ? Et ce stroboscope ?*

— Prescott, dit Cavanaugh.

— Appelez des renforts ! », hurla Rutherford à l'opérateur radio dans la camionnette. Il dégaina son pistolet. « Il faut qu'on y aille ! Il faut qu'on les aide !

— Ils se tirent dessus, expliqua Cavanaugh.

— Quoi ?

— Ils tirent sur tout ce qui bouge ! Si tu y vas, ils vont t'abattre toi aussi !

— Mais on ne peut pas rester là à... »

La fusillade cessa, les cris devinrent presque inaudibles mais la sirène continua de hurler et les stroboscopes de clignoter derrière les fenêtres à un rythme si rapide qu'ils lui donnaient mal au cœur.

« Pour l'amour du ciel, n'y va pas tout de suite. Attends que je te le dise, lança-t-il. Qu'on me donne un pistolet !

— Tu n'es pas autorisé. »

Cavanaugh attrapa une torche dans la camionnette. Ce faisant, il remarqua un fusil à pompe posé sur une table et s'en saisit.

« Hé ! », s'écria l'opérateur radio.

Avant qu'on ait pu l'arrêter, Cavanaugh avait franchi la barricade. Il atteignit la maison rustique sur la droite, se mit à courir d'un arbre à l'autre et traversa plusieurs vastes pelouses en se guidant sur le poteau électrique qui se dressait contre le ciel nocturne, illuminé par les lampadaires placés à l'extérieur de la maison de Prescott.

Le poteau se trouvait à droite de la villa. Plus Cavanaugh se rapprochait des stroboscopes et de la sirène, plus il ralentissait le pas. Quand il atteignit la dernière maison sur la droite, il se colla au mur et glissa ainsi jusqu'à la cour étroite à l'arrière où il se mit à ramper. Au fond de la cour, un muret de pierre haut d'un mètre environ surplombait la falaise et l'océan. Les hurlements de la sirène couvraient presque le martèlement du ressac. Cavanaugh s'avança jusqu'à la grande barrière en bois de séquoia séparant le terrain où il se trouvait de celui de Prescott. Le poteau électrique était planté juste après la clôture.

A son sommet, un gros transformateur gris.

Cavanaugh se demanda comment procéder : escalader la clôture, chercher le disjoncteur extérieur qui devait se trouver près du compteur électrique, et couper le courant pour en finir avec les stroboscopes et la sirène. Mais il hésita. Qu'allait-il découvrir de l'autre côté ? En plus, il aurait parié que le disjoncteur était fermé à clé et que Prescott avait installé dessus un système de sécurité pour empêcher quiconque d'y accéder et de couper le courant chez lui. Le temps pressait. Il n'avait pas le choix.

Il engagea une cartouche dans la chambre du fusil, visa le transformateur au sommet du poteau et pressa sur la détente en collant son épaule contre la crosse pour amortir le recul de l'arme. Un trou de vingt centimètres de diamètre apparut au milieu du transformateur, comme foré par les éclats de chevrotine. Mais la sirène et les stroboscopes continuaient à fonctionner. Il éjecta la cartouche vide, en engagea une autre, tira une deuxième fois. Au grondement du fusil s'ajouta un éclair jaillissant du transformateur. Il y eut une pluie d'étincelles ; les stroboscopes et la sirène s'arrêtèrent.

La maison de Prescott fut aussitôt plongée dans l'obscurité.

S'armant de prudence, Cavanaugh longea la clôture en restant dans l'ombre et, une fois arrivé au bout, s'accroupit. Il passa la tête de l'autre côté. De là où il était, il apercevait la façade de la villa.

On courait dans la rue.

Il entendit des voix inquiètes qui se rapprochaient.

Soudain, Rutherford apparut près de lui. « OK, puisque tu as l'air de tout savoir sur la question, dis-moi ce qu'on doit faire.

— Avant d'entrer, il faut briser toutes les fenêtres.

— Briser toutes les...

— Pour laisser pénétrer la brise de l'océan. Elle renouvellera l'air à l'intérieur et chassera l'odeur de l'hormone. Sinon, dès qu'on entrera on se mettra à paniquer et à tirer sur tout ce qui bouge. Et s'il reste encore quelqu'un de vivant dans la maison, il fera pareil. »

Deux agents du FBI les rejoignirent. De l'autre côté de la rue, des officiers de police et d'autres agents se tenaient à couvert au milieu des arbres et des buissons.

On n'entendait que le martèlement assourdi des vagues au pied de la falaise.

Puis, un gémissement s'éleva. Il venait du perron.

« Tony ? », cria Rutherford au commandant SWAT.

Pas de réponse.

« *Tony, est-ce que tu m'entends ?* »

Toujours pas de réponse.

Ce silence ne signifiait rien, Cavanaugh le savait. A supposer qu'il soit encore vivant, Tony ne pouvait se permettre de signaler sa position.

Un nouveau gémissement leur parvint.

Rutherford sortit un talkie-walkie de sa ceinture. « Vous recevez quelque chose de leur part ? Terminé. »

Le talkie-walkie crépita. « Rien. »

Cavanaugh entendit des sirènes au loin. « Si on ne les emmène pas très vite à l'hôpital, les blessés vont se vider de leur sang.

— Et si on essaie de les récupérer, Prescott risque de nous tirer dessus. » Sa phrase suivante parut venir de nulle part. « Tu sais ce que disent les baptistes ? »

Cavanaugh comprit que Rutherford parlait pour se calmer. « Non, John. Dis-moi.

— Les humains sont des pécheurs.

— C'est la pure vérité, répliqua Cavanaugh.

— La miséricorde divine est notre seul espoir.

— Ça aussi c'est la pure vérité.

— Eh bien, que Dieu nous accorde sa miséricorde », lança Rutherford en se précipitant vers un pin planté devant la villa.

Cavanaugh voulut le suivre mais ses jambes refusèrent de lui obéir. Il croyait déjà sentir l'odeur de l'hormone et s'il s'était écouté, il aurait fait demi-tour et se serait enfui le plus loin possible.

Rutherford prononça quelques mots dans son talkie-walkie. Les sirènes de police hurlaient toujours plus fort. Les agents du FBI et les officiers de police se glissèrent vers la maison.

« Bon d'accord, que Dieu nous accorde sa miséricorde », dit Cavanaugh en percevant un autre gémissement, près de la porte ouverte. Il bondit et, maudissant sa lâcheté, traversa la pelouse en courant, s'arrêta entre deux fenêtres de la façade, se pressa contre le mur de pierre et brisa toutes les vitres avec la crosse de son fusil.

Il entendit d'autres fracas de verre brisé. Les policiers suivaient son exemple. Ils faisaient exploser les vitres à coups de crosse tout en restant collés au mur. Une demi-minute plus tard, les fenêtres à l'arrière de la maison subissaient le même traitement.

Cavanaugh attendait que Prescott réplique. La brise marine s'engouffra dans la maison, faisant voleter les rideaux.

« C'est quoi cette odeur ? hurla un officier de police.

— Eloignez-vous de la maison ! cria un agent.

— Planquez-vous ! J'ai vu quelque chose bouger !

— Ne tirez pas avant d'être sûrs de votre cible ! », ordonna Rutherford.

Un policier s'éloigna du mur de façade en courant.

Deux agents le suivirent. Ils fonçaient en direction des voitures de police bloquant la route.

Cavanaugh tenta de retenir son souffle.

Mais dès qu'il inspira de nouveau, il renifla l'odeur portée par le vent. Même diluée dans l'air, elle lui monta au cerveau. Instantanément, il se retrouva trempé de sueur. Si ses jambes avaient accepté de le porter, il se serait enfui. Lentement, par volutes, l'hormone sortit de la maison, évacuée par la brise. Maintenant, on ne reniflait plus rien hormis l'odeur du sel et du varech, et pourtant Cavanaugh tremblait toujours.

« Salon dégagé ! », cria quelqu'un à l'intérieur. L'équipe à l'arrière n'avait pas senti l'hormone car elle se trouvait dans le bon sens du vent.

« Pièce télé dégagée !
— Chambre d'amis dégagée !
— Salle de bains dégagée ! »

Derrière les fenêtres brisées, les faisceaux des torches quadrillaient l'intérieur de la maison. D'autres agents et policiers entrèrent par la porte de devant. Le nombre de torches augmenta d'autant.

« Deuxième chambre dégagée !
— Deuxième salle de bains dégagée !
— Bureau dégagé ! »

Et ainsi de suite. L'équipe poursuivait son inspection. Cavanaugh franchit la porte d'entrée. Au lieu de la puanteur de l'hormone, il huma des relents de cordite et l'odeur cuivrée du sang.

« Déplacez la barricade ! Faites venir les ambulances ! », hurla Rutherford dans son talkie-walkie.

Cavanaugh le vit penché au-dessus d'un corps étendu par terre. Le halo de la torche se posa sur le sang maculant un uniforme SWAT. L'homme avait été touché au visage.

Cavanaugh passait de pièce en pièce. Il y avait des cadavres et du sang un peu partout. Certains hommes n'étaient que blessés. Ils se tordaient de douleur en geignant, sans doute sauvés par leurs vestes blindées. Mais il savait que même les blessures aux bras et aux jambes pouvaient provoquer des hémorragies mortelles.

Par les fenêtres, il vit apparaître les lumières clignotantes de deux ambulances puis se tourna vers la rangée de stroboscopes fixée au coin de chaque pièce, près des sirènes.

« Chambre de maître dégagée !
— Salle de bains attenante dégagée !
— Garage dégagé !
— Buanderie dégagée !
— Chambre noire dégagée ! »

Les infirmiers firent irruption dans le salon et examinèrent très vite chacun des corps allongés en faisant tout ce qui était en leur pouvoir pour sauver les blessés.

« Tu avais raison, dit Rutherford. Ils se sont entre-tués. »

Cavanaugh désigna les murs. « Il a placé les stroboscopes de telle manière qu'on croie à une fusillade par arme automatique. Les lumières hachées ont peut-être même créé l'illusion d'une silhouette armée. En entendant les sirènes, ils ont dû sursauter. Se croyant menacés de toutes parts, il a suffi qu'un seul d'entre eux se mette à paniquer et commence à tirer pour que les autres l'imitent. Ces gars n'avaient jamais connu pareille épouvante.

— Des professionnels, lâcha Rutherford.

— Exactement comme pour les quinze Rangers qui ont pété les plombs et se sont entre-tués dans les marais. Bordel, où est Prescott ? », demanda Cavanaugh.

Les renforts arrivaient. A présent, deux douzaines d'agents et d'officiers de police munis de torches arpentaient la maison en tous sens.

« Pas de cave, pas de grenier, dit Rutherford.

— Le toit est en pente. Il doit bien y avoir un espace en dessous, répliqua Cavanaugh.

— Deux agents sont allés vérifier à deux reprises. Prescott n'est pas là-haut.

— Pendant que l'équipe SWAT s'approchait de la maison, il a éteint les lumières, expliqua Cavanaugh. Il a enclenché le capteur de mouvement relié aux stroboscopes et à la sirène.

— Puis il est sorti par-derrière, poursuivit Rutherford. Vérifiez les propriétés voisines. Fouillez toutes les habitations. Que des voitures de police patrouillent dans les rues et sur la grande route. Il est à pied, il ne peut pas aller bien loin.

— Ben, voilà le problème, dit un agent.

— Quel problème ?

— Il n'y a pas de voitures dans le garage. Il avait peut-être garé un véhicule dans le coin. »

Pour la première fois de sa vie, Cavanaugh entendit Rutherford jurer.

Le talkie-walkie de Rutherford crépita. Une voix que Cavanaugh identifia comme celle de l'opérateur radio dans la camionnette demanda : « Le garde du corps est avec vous ? Terminé.

— A côté de moi. Terminé.

— Dites-lui qu'on vient de recevoir un appel de l'hôpital. »

9

CAVANAUGH se trouvait dans une salle vivement éclairée du service des urgences. Jamie était étendue devant lui, inconsciente, livide, des électrodes posées sur la poitrine. Vêtue d'une chemise d'hôpital et recouverte d'un drap, un tube à perfusion prolongeait son bras gauche, un autre tube enfoncé dans sa gorge l'aidait à respirer. Les moniteurs contrôlant son pouls, sa tension artérielle et son rythme cardiaque ne cessaient de clignoter en bipant.

L'un des chirurgiens, un Hispanique grand et mince, était en train de l'examiner. Il se tourna vers Cavanaugh. « Elle est remarquablement solide.

— Oui, admit-il.

— J'en saurai plus dans douze heures, mais les signes sont encourageants. Nous avons toutes les raisons de nous montrer optimistes. »

Cavanaugh hocha la tête en contemplant Jamie.

« Elle vous doit beaucoup, dit le chirurgien. Elle serait probablement morte avant d'arriver à l'hôpital si vous n'aviez pas stoppé l'hémorragie avec du chatterton.

— Non, répliqua Cavanaugh. Elle ne me doit rien du tout. »

Le médecin eut l'air intrigué.

« Si je l'avais écoutée, reprit Cavanaugh, on ne lui aurait jamais tiré dessus. »

Le moniteur cardiaque bipait.

« Je peux rester ici ? demanda Cavanaugh.

— Normalement, ce n'est pas permis... »

Cavanaugh le regarda.

« D'accord, se reprit le chirurgien.

— La lumière, dit Cavanaugh en plissant les yeux, ébloui. Pourriez-vous lui poser quelque chose sur les paupières ?

— Dès que nous aurons fini ici, nous éteindrons.

— Et en attendant ?

— Une infirmière va apporter une serviette.

— Merci. »

Trente secondes plus tard, Cavanaugh se retrouva seul avec elle.

La poitrine de Jamie se soulevait et redescendait. Le respirateur sifflait et claquait au même rythme.

« Je suis désolé », souffla Cavanaugh.

Ses muscles lui faisaient mal. Il avait l'impression d'avoir du sable dans les yeux. Il baissa les paupières pour les protéger de la lumière crue du plafond, s'adossa contre la chaise en plastique et réussit à s'endormir. Quand les infirmières entrèrent pour s'occuper de Jamie et remplacer sa perfusion, il ne se réveilla même pas.

10

Il était environ 14 heures. Cavanaugh avait emprunté une voiture de police banalisée. Il s'arrêta au bord de la Route 1, juste avant le tournant menant à Carmel Highlands et à la maison de Prescott. Il descendit et marcha jusqu'à l'embranchement sans quitter l'abri des arbres sur le bas-côté. Il faisait beau, le ciel était magnifique, mais Cavanaugh ne regardait que les hautes futaies devant lui. Il s'en approcha lentement, de biais, le nez en l'air, puis enleva ses lunettes de soleil pour mieux voir les branches.

Quand il aperçut ce qu'il cherchait, il chaussa ses jumelles et observa les branchages. En se dissimulant sur le côté, il se focalisa sur l'endroit où les branches rejoignaient les troncs. Au bout de dix minutes, un haut pin de Monterey – sur la gauche, à environ douze mètres du tournant – retint son attention. Il braqua ses jumelles sur l'espace compris entre deux branches et hocha la tête.

11

AVANT d'arriver dans la rue de Prescott, Cavanaugh s'arrêta de nouveau, descendit de voiture et marcha le long du bas-côté. A présent que son regard était mieux aiguisé, il ne lui fallut que cinq minutes pour repérer la caméra miniature, fixée par des attaches métalliques à la branche d'un pin de Monterey, à quelque dix mètres de l'entrée. L'attache peinte en marron se confondait avec la branche. La caméra était identique à celle que Prescott était si fier d'avoir installée dans le parking. « Ils en font la pub sur internet, avait-il précisé. Surveillez votre baby-sitter. Regardez la fille de votre voisin prendre un bain de soleil. »

Ou bien encore observez la police en train de cerner votre maison en croyant vous prendre par surprise, pensa Cavanaugh. La nuit dernière, Prescott n'a rien perdu de nos faits et gestes, et ce, dès l'instant où nous avons pénétré dans les Highlands. Il a vu Rutherford installer le barrage routier et suivi depuis le départ l'attaque de l'équipe SWAT. Voilà pourquoi les lumières se sont éteintes chez lui quelques secondes après que le commando eut entamé son approche. Bien sûr, pensa-t-il. Prescott s'est dit qu'en laissant tout allumé, l'effet de dissuasion jouerait et lui ferait gagner un peu de temps. Mais en voyant apparaître la police, il est passé à la phase deux. Il a éteint et branché les détecteurs commandant les stroboscopes et la sirène. Et en dernier lieu, il a répandu l'hormone dans toute la maison.

Cavanaugh revint vers sa voiture sans passer dans le champ de la caméra. Quand il s'engagea dans la rue, il porta ses regards vers l'extrémité de la zone habitée et, pour la première fois, vit clairement la maison de Prescott. Elle était basse, conçue dans un style moderniste avec des pierres plates disposées en couches superposées. La porte du garage pour deux voitures était ouverte. La bande jaune posée par la police encerclait la propriété, en passant d'un arbre à l'autre.

D'autres détails lui sautèrent aux yeux. A droite, un gros camion garé près du poteau électrique. Sur sa plate-forme, deux ouvriers remplaçaient le transformateur détruit par Cavanaugh la nuit précédente. Dans l'allée, un barbu vêtu d'une salopette sortait des feuilles de contreplaqué d'une camionnette. La moitié des fenêtres de la façade étaient déjà bouchées par des plaques de bois. Le long du trottoir de gauche, Cavanaugh identifia deux voitures de police et un véhicule banalisé tournés dans sa direction. Cavanaugh reconnut la berline sombre dans laquelle circulaient Rutherford et ses collègues.

Lentement, Cavanaugh fit demi-tour devant la maison afin d'étudier sans en avoir l'air les coins de murs cachés par les avant-toits. C'est alors qu'il vit plusieurs petites boîtes trouées, censées servir de niches à oiseaux... ou de réceptacles pour caméras miniatures.

Il se gara devant les voitures de police et marcha jusqu'à la maison. Rutherford sortit.

« Est-ce que ta femme va mieux ? » Il avait changé de costume, s'était rasé mais n'avait pas réussi à effacer son air hagard. Les hématomes qui marquaient encore son visage formaient des taches livides sur sa peau noire.

« Elle est toujours inconsciente. » Cavanaugh se fit violence pour ajouter : « Mais le chirurgien dit que les signes sont encourageants. Nous avons repris espoir.

— Bien. » Rutherford semblait sincèrement soulagé. Pourtant c'est sur un ton froissé qu'il poursuivit. « J'ai appris par hasard qu'elle s'appelle Jamie et pas Jennifer.

— Je suis désolé.

— C'est bon.

— Je croyais qu'en ne révélant pas son nom, je lui éviterais de se trouver impliquée dans cette affaire, expliqua Cavanaugh.

— Mais elle s'y est quand même trouvée impliquée, n'est-ce pas ?

— Oui, concéda Cavanaugh, très impliquée.

— Qu'est-ce que tu fais ici ?

— Je ne sers à rien à l'hôpital. L'attente... » Incapable de terminer sa phrase, Cavanaugh regarda autour de lui. « Je me suis dit que je pouvais t'être utile.

— Je ne vois pas en quoi. Prescott est parti depuis belle lurette. Soit dans un véhicule planqué dans le coin, soit à bord d'une voiture volée, dit Rutherford. Nous avons placé en état d'alerte tous les patelins situés au nord et au sud des Highlands. La police patrouille les autoroutes, surveille les aéroports, les marinas, les gares, les stations de bus. Tous les endroits possibles et imaginables. Nous avons repéré la voiture qu'il a abandonnée sur le panorama de Pacific Grove, là où vous vous êtes rencontrés. Nous surveillons également la camionnette stationnée dans le parking où il garait sa Porsche. »

Comme le menuisier clouait une feuille de contreplaqué sur une fenêtre défoncée, Cavanaugh désigna du menton la porte d'entrée grande ouverte. « L'équipe du labo a terminé ?

— Ils n'ont rien trouvé d'intéressant. Nous avons mis la main sur son ordinateur. Il contient peut-être des documents utiles. »

En entrant, Cavanaugh entendit des voix résonner dans diverses pièces. Sans doute celles des agents du FBI et des détectives effectuant une dernière tournée d'inspection. A la lumière du jour, la maison paraissait encore plus vaste. Son coûteux mobilier design était assorti à son architecture, du moins le supposait-on puisque la fusillade avait détruit la plupart des chaises, canapés, tables et lampes. Les murs et les photos en noir et blanc de la région de Carmel qui les ornaient avaient subi le même sort. Il y avait des éclats de verre partout. La brise marine s'engouffrant par les fenêtres à l'arrière chassait l'odeur entêtante émanant des taches de sang qui maculaient le parquet, chacune cerclée d'un trait à la craie.

Cavanaugh considéra les stroboscopes fixés dans un coin.

Leurs ampoules multicolores se fondaient étonnamment bien dans le décor, telles des œuvres d'art abstrait. Vues de l'extérieur, personne n'aurait pu s'étonner de leur présence.

« Le nombre des victimes est toujours le même ? demanda-t-il.

— Cinq morts. Cinq blessés graves. Etat stationnaire. Ils ont des chances de s'en sortir.

— Enfin une bonne nouvelle. »

Cavanaugh traversa le salon, s'avança vers les portes-fenêtres, se baissa pour passer sous une autre bande jaune et sortit sur une terrasse dallée garnie d'arbustes et de jardinières de fleurs. Plongé dans ses pensées, il se pencha sur le muret en pierre et se mit à observer le pied de la falaise. Douze mètres plus bas, les vagues se fracassaient contre les rochers abrupts. Des embruns lui aspergèrent le visage.

« Nos bateaux patrouillent le secteur au cas où Prescott aurait été assez fou pour tenter de descendre en s'accrochant à la falaise, dit Rutherford.

— Ça vaut le coup de vérifier. »

Faisant de son mieux pour rester impassible, Cavanaugh se retourna et jeta un œil sur les deux niches à oiseaux fixées sous les avant-toits, l'une à l'extrême droite, l'autre à l'extrême gauche de la maison. Cavanaugh était persuadé qu'elles contenaient des caméras miniatures et que, grâce à elles, Prescott avait pu observer tous les mouvements des policiers de chaque côté du bâtiment.

Quand Cavanaugh revint dans la maison, le menuisier continuait à obturer les fenêtres à grands coups de marteau. Deux agents du FBI attendaient Rutherford.

« Une fois que l'électricité sera rétablie et toutes les fenêtres bouchées, nous fermerons la maison à clé », dit Rutherford.

Cavanaugh approuva d'un hochement de tête.

Il inspecta le bureau, les chambres et les salles de bains, passa dans le garage, la buanderie et la chambre noire.

Rutherford ne le quittait pas d'une semelle.

Cavanaugh ressortit, se planta devant la maison pour en examiner de nouveau la façade. Finalement Rutherford le regarda en secouant la tête avec lassitude.

« Je te l'avais bien dit, fit-il.

— Au moins, tu ne me reproches pas d'avoir essayé.
— D'accord. Pour une fois je n'ai rien à te reprocher.
— J'aurais dû rester à l'hôpital. »

12

« NON, monsieur. Pas de changement », dit l'infirmière.

*

« Puis-je vous aider ? demanda le vendeur de l'armurerie, un gaillard moustachu.
— J'ai besoin d'un fusil.
— D'un genre particulier ?
— Remington 870 calibre vingt à pompe.
— Ah ça oui, on peut dire que c'est un genre particulier. Vous ne seriez pas de la police ?
— Non. Pourquoi cette question ?
— C'est juste que les flics adorent ce modèle. Les Opérations spéciales l'utilisent souvent aussi.
— C'est connu », lâcha Cavanaugh.

*

« J'ai besoin d'une scie à métaux. La plus solide que vous ayez. Et ajoutez plusieurs lames de rechange », dit Cavanaugh au quincaillier.

*

« J'ai besoin d'une combinaison de plongée », dit Cavanaugh au vendeur du magasin de nautisme.

« J'ai besoin d'un canot gonflable capable de supporter un moteur hors-bord », dit Cavanaugh au vendeur de surplus de l'armée.

13

Dans la chambre du motel, Cavanaugh contemplait le coffret à maquillage que Jamie avait laissé sur la commode. Quand il appela l'hôpital, on lui répéta que son état était stationnaire.

Il retira le matelas et, avec les pinces achetées à la quincaillerie, fixa le fusil au bois du lit en le disposant de telle façon que le canon dépasse, puis entreprit de le scier pour le faire passer de trente-huit centimètres à vingt-huit. Après une heure d'efforts et plusieurs lames, il obtint l'arme compacte qu'utilisent la plupart des services de police. Il n'avait pas vu le temps passer – trop de choses en tête.

Après avoir rappelé l'hôpital (« état stationnaire »), Cavanaugh ouvrit deux boîtes de chevrotine (calibre double zéro). Il aimait ce genre de munitions parce que ses plombs de gros calibre avaient tendance à ne pas trop s'éparpiller, même dans un tir à longue distance.

Il décida de les améliorer encore. Avec le nouveau couteau Emerson CQC-7 qu'il avait déniché chez l'armurier, il entailla la hampe en plastique de chaque cartouche au niveau de la ligne de séparation entre la poudre et les plombs. Il fallait veiller à ne pas trop enfoncer la lame, sinon le cylindre de plastique risquait de se casser en deux. Mais l'entaille devait être assez nette pour que les deux tiers de la cartouche se détachent au moment du tir.

Quand il appuierait sur la détente, il libérerait non seulement les plombs mais la hampe de plastique les contenant, si bien que les plombs resteraient groupés jusqu'au moment où ils toucheraient la cible avec une force surmultipliée, proche de celle d'une bombe.

14

La nuit était tombée. Cavanaugh roulait sur la Route 1. Il approchait d'un pont bas, situé juste au sud de Point Lobos, près des Highlands, le coin idéal pour ce qu'il envisageait de faire. En plus, c'était là que Prescott les avait précipités dans l'eau. Il se gara en bord de route, attendit que les phares des voitures s'espacent, puis sortit le canot dégonflé, le traîna le long de la pente jusqu'à la mer, le gonfla avec une bouteille d'air comprimé, l'ancra à un rocher et fit deux allers-retours vers la voiture pour aller chercher le petit moteur hors-bord et le sac waterproof flottant contenant son équipement. Il avait revêtu sa combinaison de plongée avant de quitter le motel. A présent, il ne lui restait plus qu'à enlever la parka enfilée par-dessus. Il passa des gants de caoutchouc, des bottes de plongée, poussa le canot loin des rochers, mit le moteur en marche et partit sur la mer éclairée par la lune. Sans s'éloigner de plus de cent mètres de la côte, il suivit les falaises des Highlands en se guidant sur les lumières des habitations.

Quand il arriva à la hauteur du promontoire sur lequel se dressait la maison de Prescott, il coupa le moteur et se mit à ramer en silence. Comme l'électricité avait été rétablie, il pouvait se repérer aux lampadaires entourant la bâtisse mais, pour manœuvrer le canot et se rapprocher de la falaise, ce fut une autre paire de manches. Il fallait se battre contre les vagues et le courant sous-marin. Couvert de sueur, il entreprit de ramer tantôt à bâbord tantôt à tribord.

Lorsqu'il parvint à la hauteur des vagues qui s'écrasaient sur les récifs, il s'arrêta de peur d'être précipité contre la paroi rocheuse. Les embruns lui aspergeaient le visage. Après avoir enfilé la capuche de sa combinaison, ses palmes et son masque équipé d'un tuba, il saisit le sac flottant et sauta par-dessus bord. Pendant un instant, le contact de l'eau glaciale le paralysa mais très vite, le fluide s'infiltra dans sa combinaison, s'étala entre sa peau et le caoutchouc et presque aussitôt, sa température s'éleva à 37 degrés. Seul le visage de Cavanaugh ressentait les effets du froid. Il lui restait à vaincre le dangereux courant marin. Agitant furieusement bras et jambes, il déploya toute sa puissance musculaire pour franchir les vagues turbulentes tout en tirant derrière lui son équipement flottant, relié à son poignet gauche par une solide corde en nylon. Soudain, une vague le propulsa en l'air ; quand il aperçut les rochers juste devant lui, il crut s'y fracasser. Son cœur battait si fort qu'il songea un instant à faire demi-tour et regagner à toute vitesse le bateau avant que le courant ne l'emporte au large.

Mais il ne pouvait se permettre de reculer et de laisser la panique s'emparer de lui. Il savait que s'il s'écoutait, plus jamais il n'arriverait à vaincre sa peur. Les vagues le soulevaient, le hissaient à leur sommet puis l'aspiraient vers le bas. Il se débarrassa de l'eau encombrant son tuba en crachant violemment tout l'air restant dans ses poumons et regarda devant lui, à travers son masque parsemé de gouttelettes, pour estimer la puissance des vagues. Puis il se mit à nager frénétiquement entre les rochers coupants surgissant de l'océan. Une lame le projeta contre la falaise. Si sa combinaison n'avait pas amorti le choc, le granite lui aurait entamé l'épaule. Grimaçant de douleur, il tâtonna à la recherche d'une prise, glissa, repartit en arrière, aspiré par une autre vague, et de nouveau percuta la falaise. Mais cette fois, sa main gantée agrippa une fissure à laquelle il s'accrocha désespérément tout en cherchant une autre prise qu'il trouva, un peu plus haut. Avant que la prochaine vague ne vienne le happer, il parvint à se hisser hors de l'eau.

En équilibre précaire sur le flanc de la falaise, Cavanaugh

dominait l'océan déchaîné. Il libéra l'une de ses mains, se débarrassa du masque et du tuba puis, respirant goulûment, les jeta dans les vagues avant de se défaire de ses palmes qui suivirent le même chemin. Les pieds toujours protégés par ses chaussons de caoutchouc, il prit appui dans un renfoncement de la roche, resta un moment suspendu entre ciel et mer, le temps d'oxygéner ses poumons, puis entreprit d'escalader la paroi noyée dans la nuit. Les embruns formaient des nuages de brume tout autour de lui. Il avait découpé le bout de ses gants pour que ses doigts puissent agripper les affleurements rocheux, mais le peu qui restait de caoutchouc entravait quand même ses gestes. Il décrocha ses mains de la falaise, l'une après l'autre, arracha ses gants avec les dents et les jeta dans les vagues. Aussitôt il sentit le froid lui mordre les paumes, mais pas assez pour lui faire lâcher prise. Il tenait bon.

Il continuait de grimper, la corde toujours attachée à son poignet gauche et reliée à une bobine munie d'un bouton qui permettait de la dérouler. Juste avant d'atteindre les rochers, il avait appuyé sur ce bouton si bien que le sac waterproof, au lieu de l'alourdir, flottait à présent au milieu de la houle. Cavanaugh progressait toujours. Ses doigts saignaient mais cela n'avait pas d'importance. Il irait jusqu'au bout. Sa main se referma sur une autre prise, ses pieds s'enfoncèrent dans une autre fissure, puis il leva la main une dernière fois et toucha le muret en pierre, au sommet de la falaise. Il fut pris d'un regain d'énergie en comprenant que la première épreuve touchait à sa fin.

Les caméras miniatures cachées à chaque coin des avant-toits étaient braquées l'une vers l'autre. A cause de l'étroitesse des trous pratiqués dans les niches à oiseaux, leur champ se réduisait à l'espace entourant les angles de la maison et ne s'étendait donc pas jusqu'au muret surplombant la falaise. Cavanaugh se hissa, s'accroupit sur le muret et resta là, en équilibre sur ses quelque trente centimètres d'épaisseur, le temps de tirer sur la corde pour récupérer son sac tout dégoulinant d'eau. Puis il balaya du regard la façade arrière de la maison. Les lampadaires extérieurs projetaient une lumière crue sur les angles de la bâtisse et les portes-fenêtres fermées par des cadenas. Tout comme les autres fenêtres, des planches de contreplaqué les bouchaient, sur lesquelles se découpait une bande jaune posée par la police, assortie d'une pancarte d'avertissement. Les intrus étaient passibles de poursuites judiciaires.

Cavanaugh ouvrit la fermeture Eclair du sac waterproof et sortit le fusil à canon scié ainsi qu'une pochette en nylon contenant les cartouches, qu'il balança sur son épaule droite. Il prit le couteau Emerson, l'agrafa sur l'encolure de sa combinaison puis saisit l'étui réservé aux outils de crochetage. Enfin, se débarrassant de sa capuche, il chercha au fond du sac les lunettes de vision nocturne qu'il s'était procurées dans le surplus de l'armée, et se les passa autour du cou.

Une fois prêt, il sauta sur la terrasse, atterrit sur les dalles et se mit à courir en slalomant vers les portes-fenêtres. A cet endroit-là, l'angle de vue des caméras n'allait pas jusqu'au niveau du sol. Une fois arrivé, il s'accroupit en se disant qu'il risquait de se faire repérer au moment où il crochèterait la serrure. Mais l'opération ne lui prit que quelques secondes. Les portes s'ouvrirent, il se précipita dans la maison, referma derrière lui, chaussa ses lunettes et braqua son fusil.

A travers ses lunettes, il découvrit le salon nimbé d'une lueur verte. Franchissant les amoncellements de meubles et de gravats, il tourna à gauche pour vérifier la pièce télé, la chambre d'amis et la salle de bains. Ces endroits ne l'intéressaient pas particulièrement mais il lui fallait quand même s'assurer qu'ils étaient sûrs. A la suite de quoi, il se faufila de l'autre côté de la maison. Les débris de verre crissaient sous ses pieds protégés par le caoutchouc. L'odeur éventée de la cordite planait encore dans l'air. Soudain, Cavanaugh comprit qu'il avait dû effectivement passer dans le champ des caméras au moment où il s'était accroupi pour forcer le cadenas – parce que tout d'un coup une odeur âcre trop familière recouvrit les relents de cordite.

Jusqu'à présent, sa combinaison lui avait prodigué une douce chaleur. Maintenant, la sueur qui jaillissait de ses pores faisait grimper la température. Il se serait cru dans un sauna. Pris de nausées, il courut le risque de lâcher son fusil, le temps de descendre la fermeture Eclair de sa veste. Dénuder son torse ne lui apporta aucun soulagement.

Dans la cave de Karen, il avait cru respirer la dose maximum d'hormone mais c'était faux. Il le comprenait à présent que l'insupportable puanteur l'assaillait de toutes parts. Quelles étaient les limites de l'arme mortelle inventée par Prescott ? Il l'ignorait. Ses jambes menaçaient de se dérober sous lui. Son ventre passait alternativement du chaud le plus cuisant au froid le plus glacial. Son pouls battait si fort qu'il faillit s'évanouir.

Son esprit se scinda en deux. D'un côté, il aurait voulu se recroqueviller dans un coin en priant pour que le cauchemar se termine. De l'autre, il savait qu'il n'avait pas le choix. Il devait continuer à se défendre, pivoter sur lui-même de plus en plus rapidement en pointant son fusil tout autour de lui. La chaleur qui émanait de son corps troublait les images verdâtres se dessinant devant ses lunettes. Assailli par des craintes imaginaires, à demi aveuglé par l'épouvante, il avisa face à lui un homme planté au milieu du corridor menant à la chambre principale. L'homme le menaçait d'un pistolet. Sur le point de presser sur la détente, Cavanaugh réalisa soudain que ce n'était qu'une ombre. Le genre d'illusion à laquelle les Rangers et l'équipe SWAT avaient succombé.

Une seule chose jouait en sa faveur. Il connaissait les effets de l'hormone et savait donc ce qui l'attendait. Tandis que l'odeur devenait à ce point insupportable que sa bouche s'emplissait de bile, ses oreilles perçurent un bruit agaçant qu'il identifia bientôt. Il venait de lui. Cavanaugh gémissait à fendre l'âme sans pouvoir s'arrêter. A chaque inspiration, ses lèvres laissaient échapper des plaintes toujours plus déchirantes. Quand il sentit un hurlement se former dans sa gorge, il se précipita dans le couloir.

S'interdisant la moindre pensée, la moindre hésitation, il s'engouffra dans la chambre. Un espace immense où il repéra d'abord une console de jeux vidéo posée près d'une splendide bergère. Sur le mur au pied du lit, un écran plasma de grandes dimensions et, à côté, une armoire de rangement pour DVD. A droite de la télé, un placard fermé par une porte coulissante. Pas plus tard que cet après-midi, Cavanaugh en avait inspecté l'intérieur. Il y avait trouvé quantité de vestons de grands couturiers, des étagères en bois de cèdre surmontées de débardeurs, de tee-shirts et de sweaters griffés.

Saisissant une commode, il la poussa si violemment vers le placard qu'il défonça le montant soutenant la tringle. Puis il saisit l'armoire, l'écran plasma et tira. L'écran se brisa en mille morceaux. Une fois le placard bloqué et le mur au pied du lit débarrassé de ce qui l'encombrait, il sortit des protège-tympans du sac de cartouches et se les enfonça dans les oreilles. Ses doigts tremblaient tellement qu'il dut s'y reprendre à deux fois. L'odeur était si prenante qu'il se retint pour ne pas vomir. En jurant, il recula, leva son fusil et tira sur le mur, à un mètre sous le plafond. Son corps frissonnant eut du mal à encaisser le mouvement de recul qui faillit l'étourdir. Mais il constata avec satisfaction que la cartouche en plastique s'était bien séparée de sa base au moment où la poudre s'était enflammée. Telle une fusée miniature, la plus grosse partie de la cartouche et la chevrotine qu'elle contenait creusèrent dans le mur un trou gros comme un poing, à travers lequel les plombs explosèrent tels des éclats d'obus. Derrière le trou, il entrevit une étrange lueur pâle.

Cavanaugh réarma son fusil à pompe, éjectant le reste de la cartouche vide et insérant une pleine dans la chambre. Dans un accès de fureur, il tira de nouveau, cette fois à un mètre à gauche du trou. Une deuxième fusée miniature perça le mur. Puis une autre. A chaque nouvel impact, l'étrange lueur s'étendait. Son Remington 870 contenait quatre cartouches dans le chargeur et une dans la chambre. Cavanaugh tira les derniers coups vers le bas du mur. L'odeur de la cordite masquait presque la puanteur de l'hormone. D'une main tremblante, Cavanaugh chercha d'autres cartouches au fond du sac et les enfonça tant bien que mal dans la rainure sous le fusil. Juste avant de se remettre à tirer, il entendit derrière le mur des cris assourdis par ses protège-tympans.

Cette fois, il visa à un mètre cinquante sous le plafond. Quand Cavanaugh rechargea encore une fois et se remit à tirer, les hurlements de Prescott redoublèrent d'intensité. Un épais brouillard emplissait la chambre. Recharger. Tirer. Recharger. Tirer. A présent, Cavanaugh pointait son fusil à un mètre au-dessus du sol. Les cris de Prescott venaient de là. Il avait dû se jeter à terre.

« Tu voulais me faire croire que tu étais parti », rugit Cavanaugh. Sa propre voix résonnait dans sa tête comme si elle venait de très loin. La peur et les protège-tympans n'y étaient pas pour rien.

« Mais t'as raté ton coup, j'ai vu les caméras là-dehors ! » Cavanaugh réarma son fusil à pompe et perça un nouveau trou à la base du mur. Prescott, terrorisé, restait plaqué au sol. Des éclats de bois et de plâtre giclèrent à travers la pièce. La tache de lumière glauque s'élargit encore.

« Des tas de caméras ! », hurla-t-il. Son cri sortait de ses entrailles.

« Qui dit caméras dit moniteurs ! *Mais où sont ces foutus moniteurs ?* » Cavanaugh perça encore un trou dans le mur. Sa vessie menaçait de le trahir, à cause de l'hormone.

« *Une chambre de cette taille possède toujours un dressing. Où est-il ?* » Cavanaugh pompa et tira. Derrière les trous, on percevait nettement la luminosité des moniteurs empilés sur des étagères, contre le mur gauche, à l'abri des tirs. Une pièce sans portes ni fenêtres.

« Ça n'a pas dû être bien difficile de monter un mur dans le dressing ! Un truc qui pivote comme une porte et qu'on verrouille de l'intérieur ! » De nouveau, Cavanaugh pressa sur la détente. Il savait que les voisins entendraient les tirs et téléphoneraient à la police, mais peu lui importait. Quand la police arriverait, il aurait terminé le travail.

« Comment as-tu fait ? Tu t'es servi de la camionnette du parking pour transporter les matériaux de construction ? » Le fusil de Cavanaugh rugit une fois encore. « Tes voisins n'y ont vu que du feu, hein ! Des étagères pour les moniteurs ! Un conduit de ventilation connecté au système principal ! Un lit de camp ! De la nourriture en boîtes ! Des toilettes portables ! Même décor que dans ce foutu entrepôt où tu te terrais comme un rat ! Décidément, c'est une habitude ! »

Cavanaugh appuya sur la détente. Le centre de la cloison vola en éclats. A présent, la lumière des moniteurs était tellement vive qu'il fut contraint de rabattre ses lunettes sur son front. « Cet énorme écran plasma les a tous bluffés. Jamais ils n'auraient imaginé que tu puisses te cacher derrière ! Il y a deux jours, quand la police a suspendu ses recherches dans le secteur, tu aurais pu profiter de la nuit pour te tirer, voler une voiture et foncer à San Francisco ! On ne se serait pas aperçu du vol avant plusieurs heures et personne n'aurait fait le rapport avec toi, puisque tu aurais pris la précaution d'effacer tes empreintes, comme je te l'ai appris ! »

Quand il éjecta la cartouche vide et s'apprêta à réarmer une dernière fois, les mains et le visage de Cavanaugh dégoulinaient de sueur.

Brusquement, une violente rafale traversa la cloison à demi écroulée, faisant voler des bouts de bois et de plâtre. Les balles venaient d'un fusil d'assaut automatique. *Le AR-15 de Roberto*, pensa Cavanaugh en se jetant au sol. Malgré ses protège-tympans, il entendit nettement le rugissement de l'arme. De gros morceaux de mur fusèrent à travers la chambre, les balles fracassèrent la tête de lit et la cloison derrière Cavanaugh. Des lampes, des cadres explosèrent. A travers les trous de plus en plus nombreux, il aperçut, devant la lueur verdâtre des moniteurs, les éclairs saccadés jaillissant du canon.

Soudain, les tirs cessèrent. Cavanaugh crut entendre un juron et un frottement métallique. Prescott était en train de se démener comme un beau diable pour décoincer une cartouche. Une seconde après, ce qui restait de la cloison partait en morceaux. Prescott se rua dans la chambre en hurlant. Sur son torse musclé, il ne portait que son gilet en Kevlar. La lueur des moniteurs faisait briller la sueur couvrant ses bras puissants et son crâne rasé. Ses yeux luisaient malgré la demi-pénombre. Tel un prédateur pris au piège, la fureur contractait ses mâchoires musculeuses et son menton carré. Il jeta son fusil d'assaut, enjamba d'un bond les débris de l'écran plasma et fondit sur Cavanaugh dont les poumons se vidèrent d'un coup sous le choc renforcé par la rigidité du gilet en Kevlar. Cavanaugh crut perdre connaissance. Puis les mains de Prescott se refermèrent sur sa gorge. Son système nerveux subit une nouvelle décharge. Il ne respirait plus, les os de son cou menaçaient de se rompre. Alors il écrasa ses deux poings sur les oreilles de Prescott si violemment que ce dernier recula en braillant de douleur.

Cavanaugh reprit péniblement son souffle, roula sur lui-même et voulut récupérer son fusil. Mais Prescott l'en empêcha en repoussant ses mains d'un coup de pied. Il s'empara de l'arme et pressa sur la détente. Malgré ses protège-tympans, la détonation claqua comme un coup de tonnerre. Quand la cartouche heurta la console de jeux vidéo, le cylindre de chevrotine explosa et l'appareil se volatilisa. Prescott, ne connaissant pas la mécanique des fusils, mit trop de temps à éjecter ce qui restait de la cartouche ; Cavanaugh se reprit et se jeta sur lui. Son élan les projeta tous les deux contre les portes-fenêtres. La planche de contreplaqué clouée à l'extérieur céda. Cavanaugh et Prescott atterrirent sur la terrasse illuminée.

Cavanaugh se protégea les yeux. Pendant ce temps, Prescott se dégageait et levait son arme.

« Ça ne te servira à rien », articula Cavanaugh d'une voix frémissante. La peur lui parcourait le corps tel un fluide ; la brise océanique s'engouffrait dans sa bouche, dans son nez. « Quand tu as abattu la cloison, je n'avais pas fini de recharger. Il n'y avait qu'une seule cartouche.

— Bien sûr », dit Prescott.

Cavanaugh attrapa le couteau Emerson agrafé sur le col de sa combinaison de plongée, fit surgir la lame d'un coup de pouce et respira plusieurs fois. L'air frais ne supprimerait pas les effets nocifs de l'hormone mais en tout cas stopperait leur progression.

« Hé, pauvre con, personne ne joue du couteau face à un mec armé d'un fusil, railla Prescott.

— Plaisanterie éculée.

— Peut-être, mais moi elle m'amuse. » Prescott pressa sur la détente.

Rien ne se passa.

« C'est la rentrée des classes », lança Cavanaugh.

Pendant que Prescott regardait bouche bée le fusil vide, Cavanaugh ôta ses protège-tympans. Des sirènes hurlaient dans le lointain.

« Ça te plairait d'apprendre le combat au couteau ? » Cavanaugh se jeta sur lui.

Prescott bondit en arrière.

« C'est d'abord une question d'équilibre. » Cavanaugh s'élança de nouveau.

Prescott esquiva le coup en se jetant de côté.

« Ensuite, c'est une question de dextérité. » La lame sombre jaillit comme un éclair. Elle déchira l'air d'avant en arrière, de haut en bas.

Prescott brandit son fusil au-dessus de sa tête, comme une batte de base-ball.

« Après il faut choisir la partie du corps qu'on a envie de piquer. Tout dépend du résultat qu'on souhaite obtenir, poursuivit Cavanaugh. La mort instantanée ou une lente agonie. »

Prescott restait planté là. Il avala une bonne goulée d'air sans comprendre qu'en faisant cela, il avertissait Cavanaugh de son prochain mouvement. Puis il chargea.

Sans lui laisser le temps d'abattre son fusil, Cavanaugh se pencha, lui entailla le bras droit et recula d'un bond avant que Prescott ne reprenne ses esprits.

Prescott regardait son bras ensanglanté d'un air choqué.

Les sirènes se rapprochaient.

Lorsque Prescott tourna la tête vers le bruit, Cavanaugh en profita pour s'élancer et lui entailler l'autre bras.

Pris de fureur, Prescott fouetta l'air avec son fusil mais à sa grande surprise, rata son coup. Après avoir esquivé, Cavanaugh lui plongea le couteau Emerson dans le ventre. La lame traversa le gilet en Kevlar sans rencontrer de résistance.

Les genoux de Prescott fléchirent ; il recula, abasourdi, en regardant, les yeux écarquillés, Cavanaugh retirer la lame sanglante des épaisseurs du gilet pare-balles et le sang couler sur son pantalon de jogging. Il n'arrivait pas à y croire, une chose pareille ne pouvait pas lui arriver à lui.

« La blessure n'est que superficielle. Tu ne mourras pas tout de suite, commenta Cavanaugh. Il te reste encore pas mal de sang à perdre.

— Comment... » La question de Prescott s'acheva dans un hoquet.

« Je suis sûr qu'un type aussi futé que toi n'aura aucun mal à piger. Ce gilet est en fibres polymères. Il est conçu pour résister aux balles, et les balles ont un bout rond.

— Le couteau est pointu, il passe entre les fibres ?

— Gagné, 20 sur 20 ! », s'exclama Cavanaugh en abattant de nouveau sa lame.

Mais Prescott avait mis à profit ces quelques secondes de répit pour se ressaisir. Au lieu de reculer encore, il lui jeta son fusil à la tête, s'élança, lui attrapa les bras et les lui coinça le long du corps. Cavanaugh, surpris, ne réussit qu'à lui érafler la peau alors que Prescott l'empoignait déjà, en serrant de toutes ses forces.

Cavanaugh avait l'impression d'étouffer, comme si des câbles métalliques lui comprimaient la poitrine. Il n'arrivait même plus à gonfler ses poumons. A cinq centimètres de ses yeux, le regard dément de Prescott le fixait ; de nouveau, il se sentit défaillir. Les projecteurs de la terrasse s'assombrirent. Impossible d'utiliser son couteau puisqu'il ne parvenait même pas à bouger les bras. Impossible de lever la jambe pour lui envoyer un coup de genou dans le bas-ventre ; ils étaient trop près l'un de l'autre.

Alors il tenta un geste désespéré. Il glissa sa jambe droite derrière la cheville gauche de Prescott et balaya. Au moment où Prescott perdit l'équilibre, Cavanaugh le poussa pour l'aider à tomber. Lorsqu'il atterrit sur lui, son poids lui coupa le souffle.

Dans sa chute, Prescott relâcha son étreinte, juste assez pour que Cavanaugh se libère. Ils roulèrent chacun de son côté et se redressèrent tant bien que mal.

Cavanaugh brandit son couteau.

Prescott évita le coup d'un bond en arrière.

Cavanaugh attaqua encore.

Prescott esquiva de la même façon mais, dans son mouvement de recul, heurta le muret et bascula par-dessus.

« Non ! » hurla Cavanaugh en bondissant vers lui. Juste avant que Prescott ne tombe dans le gouffre, il lui saisit le bras gauche.

Suspendu au-dessus de la falaise, on entendait ses chaussures racler la roche. Il balbutia : « Je vous en prie... ne me... lâchez pas... je vais... tomber.

— Mon épaule me fait souffrir depuis que tu m'as tiré dessus. » Sans lâcher prise, Cavanaugh s'étira au-dessus du muret. « Je ne tiendrai pas longtemps, je le crains. »

D'un geste désespéré, Prescott lança son bras droit en l'air et agrippa les mains de Cavanaugh. Douze mètres plus bas, les vagues se fracassaient sur les rochers. « J'ai peur.

— Je sais, dit Cavanaugh. Mais hélas, ton hormone m'a mis

dans un tel état que je ne suis pas sûr de pouvoir tenir bien longtemps. Mes mains tremblent. »

Comme pour illustrer ses dires, les bras ensanglantés de Prescott commencèrent à glisser. « Pour l'amour du ciel, hurla-t-il.

— Où est l'antidote ?

— Quoi ?

— Dis-moi où est l'antidote. »

Des voitures s'arrêtèrent devant la maison ; leurs sirènes hurlaient toujours. Des portières claquèrent.

« Dis-moi où est l'antidote. Et je te laisserai la vie sauve. »

Les bras de Prescott continuaient à glisser.

Cavanaugh faiblissait.

Prescott eut un hoquet.

En grimaçant, Cavanaugh resserra sa prise. « *Où est l'antidote ?*

— Lève les mains, que je les voie ! clama Rutherford en pointant un pistolet sur Cavanaugh.

— Je crois qu'il vaut mieux que j'obtempère. » Cavanaugh fit semblant de lâcher.

« Non, attendez ! cria Prescott.

— L'antidote ! Où est-il ?

— Dans la maison !

— Continue. » Cavanaugh rassembla toute la force qui lui restait.

« Dans ma planque ! Derrière un moniteur ! Un aérosol rouge !

— Si tu m'as menti, tu regretteras que je ne t'aie pas laissé crever au pied de cette falaise !

— Remonte-le ! » Rutherford apparut au coin de la maison, escorté de plusieurs agents du FBI et officiers de police, tous armés, tous prêts à tirer. Un autre groupe venait de surgir de l'autre côté.

Sans changer de position, Cavanaugh demanda : « Qu'est-ce qui va lui arriver, John ? Est-ce que le gouvernement compte traiter avec lui ?

— Plus maintenant. Ce qui s'est passé cette nuit a fait trop de bruit. Les journaux du coin, les chaînes de télévision régionales se sont emparés de l'affaire. On en parle même sur le câble, les chaînes publiques et la presse de la côte Est. Si jamais le gouvernement négociait avec un tueur en série, tu imagines le scandale. Il aura ce qu'il mérite.

— Je ne sais pas ce que vous allez lui faire mais de toute façon ce sera trop doux pour lui. Prescott, écoute-moi, dit Cavanaugh tout en le hissant. Quand tu seras en prison, je te conseille de reprendre du poids, parce qu'un beau mec comme toi risque d'attirer les convoitises de ses petits colocataires. Ou alors continue ta cure de stéroïdes, histoire de te rajouter quelques muscles. Ça te sera bien utile si tu veux repousser leurs avances. Je crois que tu as encore beaucoup à apprendre sur la peur. »

15

Assis sous les lumières crues de la salle des urgences, Cavanaugh regardait Jamie. Il guettait le moindre battement de ses paupières, la moindre crispation de ses lèvres. On lui avait enlevé le respirateur. Sa poitrine se soulevait sans l'aide d'aucun appareil. Les voyants, les bips des moniteurs mesurant son pouls, sa pression sanguine et son rythme cardiaque indiquaient qu'elle allait nettement mieux.

« Vingt-quatre heures ont passé et on n'a rien constaté d'alarmant, dit le chirurgien. C'est très encourageant. »

Cavanaugh hocha la tête, plein d'espoir.

« Pourquoi n'iriez-vous pas vous reposer une heure ou deux ? proposa le chirurgien.

— Si vous n'y voyez pas d'inconvénient, je reste. »

A 6 h 37 du matin (Cavanaugh nota l'heure avec précision), les yeux verts de Jamie s'ouvrirent enfin. Elle paraissait sonnée, nauséeuse et très mal en point mais, quand elle le reconnut enfin, son visage tuméfié s'illumina l'espace d'un instant.

« Tu m'entends ? », demanda-t-il.

Elle esquissa un très léger signe de tête. Ce simple effort semblait lui coûter.

« Je vais te dire un truc et je le répéterai autant de fois qu'il faudra pour que tu t'en souviennes, déclara Cavanaugh. Dès que tu seras remise, on retourne dans le Wyoming. Chez nous. Et on y reste. »

Entre ses paupières lourdes, elle lui décocha un regard attentif.

« Si j'avais accepté de rentrer quand tu me l'as demandé, on ne t'aurait pas tiré dessus. Je ne sais pas comment je pourrai rembourser ma dette, mais je le ferai. »

Jamie articula péniblement : « Prescott ?

— Je l'ai retrouvé. »

Aussitôt, un voile d'inquiétude passa devant ses yeux.

« Il est vivant. John l'a placé sous bonne garde. »

Pendant quelques secondes, on n'entendit plus que le bip des moniteurs.

« Je veux te prouver combien je regrette, dit Cavanaugh. Tu comptes plus que tout pour moi. Désormais, tu peux me demander tout ce que tu veux. »

Les paupières de Jamie retombèrent.

« Je suppose qu'il est encore trop tôt pour que tu saisisses ce que je suis en train de te dire. Mais la prochaine fois que tu te réveilleras, je serai là et je te le redirai. Je te le redirai autant de fois qu'il le faudra, fit Cavanaugh d'une voix frémissante. Jusqu'à ce que tu me pardonnes. »

Il lui toucha la main.

Les doigts de Jamie se rapprochèrent des siens, imperceptiblement mais assez pour qu'il comprenne.

« Je serai là, répéta Cavanaugh. Tu sens comme ma main est ferme. » L'antidote marchait. « Je prendrai soin de toi. »

Elle hocha la tête, ses paupières closes se décrispèrent et, quand elle retomba dans le sommeil, un vague sourire se dessina sur ses lèvres tuméfiées.

Dans la collection « Grand Format »

SANDRA BROWN
Le cœur de l'autre

CLIVE CUSSLER
*Atlantide
L'or bleu
L'or des Incas
Odyssée
Onde de choc
Raz de marée
Serpent
Walhalla*

MARGARET CUTHBERT
Extrêmes urgences

LINDA DAVIES
*Dans la fournaise
L'initiée
Les miroirs sauvages
Sauvage*

ALAN DERSHOWITZ
Le démon de l'avocat

JANET EVANOVICH
*Deux fois n'est pas coutume
La prime*

JOHN FARROW
*La ville de glace
Le lac de glace*

GIUSEPPE GENNA
Au nom d'Ismaël

GINI HARTZMARK
*A l'article de la mort
Crimes au labo
Mauvaise passe
Le prédateur
La sale affaire
La suspecte*

PAUL KEMPRECOS
*Blues à Cap Cod
Le meurtre du Mayflower*

ROBERT LUDLUM
*La trahison Prométhée
Le complot des Matarèse
Objectif Paris
Opération Hadès
La directive Janson
Le pacte Cassandre
Le protocole Sigma*

STEVE MARTINI
Irréfutable
L'avocat
Le jury
La liste
Pas de pitié pour le juge
Principal témoin
Réaction en chaîne
Trouble influence

PETER MOORE SMITH
Les écorchés

DAVID MORRELL
Démenti formel
Disparition fatale
Double image
In extremis
Le contrat Sienna

PERRI O'SHAUGHNESSY
Amnésie fatale
Entrave à la justice
Intentions de nuire
Intimes convictions
Le prix de la rupture

MICHAEL PALMER
De mort naturelle
Fatal
Le patient
Situation critique
Traitement spécial
Un remède miracle

JOHN RAMSEY MILLER
La dernière famille

LISA SCOTTOLINE
La bluffeuse
Dans l'ombre de Mary
Dernier recours
Erreur sur la personne
Justice expéditive
Rien à perdre

SIDNEY SHELDON
Crimes en direct
Matin, midi et soir
Racontez-moi vos rêves
Rien n'est éternel
Un plan infaillible

KARIN SLAUGHTER
Au fil du rasoir
Mort aveugle

Cet ouvrage a été imprimé par

FIRMIN DIDOT
GROUPE CPI

Mesnil-sur-l'Estrée

*pour le compte des Éditions Grasset
en janvier 2005*

Imprimé en France

Dépôt légal : janvier 2005
N° d'édition : 13621 - N° d'impression : 72040
ISBN : 2-246-65361-4
ISSN : 1263-9559